云浮故事

YUNFU GUSHI

郭亦乐 主编

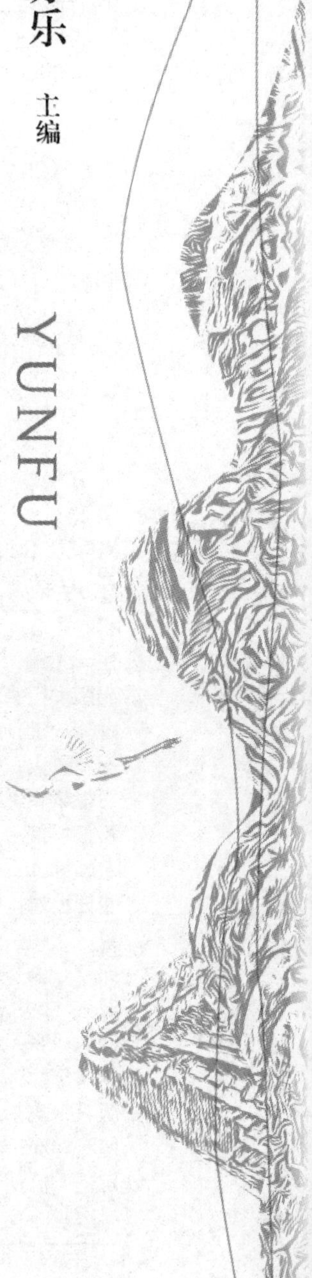

南方日报出版社
NANFANG DAILY PRESS
中国·广州

图书在版编目（CIP）数据

云浮故事 / 郭亦乐主编. -- 广州 : 南方日报出版社, 2019.3
ISBN 978-7-5491-1961-5

Ⅰ. ①云… Ⅱ. ①郭… Ⅲ. ①报告文学－作品集－中国－当代
Ⅳ. ①I25

中国版本图书馆CIP数据核字(2018)第292821号

YUNFU GUSHI
云浮故事

主　　编：郭亦乐
出版发行：南方日报出版社
地　　址：广州市广州大道中289号
出 版 人：周山丹
责任编辑：付惠平
责任技编：王　兰
装帧设计：禮孩書衣坊
责任校对：王　燕
经　　销：全国新华书店
印　　刷：广东信源彩色印务有限公司
开　　本：889mm×1194mm　1/16
印　　张：27
字　　数：320千字
版　　次：2019年3月第1版
印　　次：2019年3月第1次印刷
定　　价：58.00元

投稿热线：（020）87360640　读者热线：（020）87363865

《云浮故事》编委会

目　录

三、行业精英·卓越篇

四、云浮好人·仁爱篇

一

杰出乡贤·传奇篇

踏遍青山人未老

文长辉

珠江，南中国一条奔流不息的大江。

珠江，发源于云贵高原的乌蒙山，流经云贵桂粤四省，一路汇流了大小10多条江流，长达2320公里——悠长、清澈、美丽、丰饶，哺育了珠江两岸的人民。

大江滔滔，斯人立于岸兮。珠江流域，从古到今诞生了多少风流人物，发生了多少传奇故事。本篇报告文学的主人公陈开枝，他的人生就与这条江水乳交融在一起。

1992年春天，珠江之滨。陈开枝作为“首席接待官”，近距离与邓小平接触，见证了中国改革开放的总设计师邓小平南行的脚步，聆听南方谈话先声和伟人教诲，获得人生的强大动力。

1996年冬天，珠江上游右江之畔。陈开枝作为广州市帮扶百色地区的负责人，来到邓小平67年前创建百色红色革命根据地的地方，开始了实践“先富帮后富，最终实现共同富裕”的漫漫扶贫征程。

22年扶贫路，一场跨世纪的“长征”

咬定青山不放松，立根原在破岩中。
千磨万击还坚劲，任尔东西南北风。

——郑板桥《竹石》

百色的秋天，点染着云贵高原东南麓独有的翠色与斑斓。秀山丽水，风光旖旎。

站在百色市凌云县弄福盘山公路上，陈开枝——这位78岁的扶贫“义工”看到：昔日号称“鬼门关”的地方，如今已天堑变通途，人畅其行、货畅其流，他不由得感叹，两眼湿润起来。

22年了！去苗乡瑶寨的路不再崎岖不平、不再分外遥远。

22年了！他1.80米的身躯不再挺拔、脚步不再健步如飞。

22年了，他像一个忠诚不倦的园丁，一年又一年，辛勤浇灌着百色红土地上的幼苗。

22年了，他跋山涉水、走村入寨，面庞更黝黑了，头发更稀疏了，可他激情依旧、赤心依旧，踏遍青山人未老。

右江之约

珠江支流的右江，距离广州800多公里。右江冲积的百色“小盆地”，是一块红色的土地。1929年12月，25岁的邓小平在此领导了百色起义，创建了中国工农红军第七军。值得一提的是，当时就有一个云浮人叶季壮，受党中央委派，与张云逸一起从广州赴百色，协助邓小平领导百色起义，随后担任右江苏维埃政府财政委员会主任和红七军政治部主任。

67年之后，又一种情缘将百色与广州连接在一起。

20世纪90年代，中国经济在改革开放的东风中全面加速，沿海经济更是欣欣向荣、一日千里。随之出现的，是西部地区在市场经济中的步履较缓，东西部经济差距快速拉大。1996年7月，党中央、国务院做出开展东西部扶贫协作的战略决策，广东和广西成为结对帮扶的战友。时年56岁、时任广州市常务副市长的陈开枝，由省市主要领导"点将"，接受了广州市对口帮扶广西百色地区的任务。

第一次踏上百色的土地时，陈开枝被想象不到的贫困震撼了。他记忆犹新地说："走进每一个村庄，我都揭开他们的锅看，我把苍蝇拨开，去挑一些吃，酸啊！我整个眼泪流下来了。知道它贫困，不知道是这样的贫困。老区人民太苦了！"

处于云贵高原东南麓的百色，属于典型的高原山地构造地形，碳酸盐类岩石分布广，是世界上喀斯特地貌发育最典型的地区之一。百色其名，来自壮语中的原始村落"博涩寨"，意为洗衣服的地方，也就是水多、石板多。这块3.63万平方公里的版图上，分布着95％的大石山地区，土地石漠化达到1300万亩。什么是石漠化？通俗地说，就是土质稀少，太多石头。于是，百色成了全国18个连片贫困地区之一（"老少边山穷"地区之一），是其中扶贫对象最多、少数民族人口最多、所辖县数最多、民族自治县最多的地区之一。12个县中，竟有10个县是国家级贫困县。

"百色当时人口357万，但那么大的地方整个财税才2.6亿元，80％以上的人住茅草房，有86万人没水喝，近100万人行路难，63万人没有解决温饱，16万人生活在没有生存条件的地方。"22年过去，当年百色令人心酸的贫困数据，至今在陈开枝的脑海里挥之不去。陪他调研的时任百色地委书记刘咸岳风趣地对陈开枝说，不用记那么多数据，形容百色的贫困，两句话就好：一是住房"八面来风"（茅草房四处进风漏雨）；二是生活

"三不上"——不上学（没钱读书），不上桌（没东西吃），不上床（没被子盖）。

这就是陈开枝所面临的百色贫困现实！"起初是服从组织的一个安排，走遍它的瑶乡苗寨，看了它的山山水水，这个时候激发了一种力量，我不仅仅是来接受组织的任务，我这辈子要跟百色的贫困老百姓一起来努力，来改变他们的命运。"扶贫不仅仅是任务，更是一份沉甸甸的历史责任！老区人民曾经为新中国的成立做出了巨大的牺牲，已经47年了，再也不能让这块红色的土地被贫困压得抬不起头来。这份艰巨的历史责任，陈开枝义不容辞地扛在了肩上，一直到退休都没有放下。

很快，一场点线面结合、眼下与长远结合的扶贫战役迅速在百色大地打响。通路通水、通电通邮、通广播电视和茅草房改造、移民搬迁、劳务输出、产业发展等八大项扶贫工程轰轰烈烈行动起来！

首先是修路，"百塞"要变"百通"，让百色的内部连通起来，与外部世界连通起来。当年快速打通号称"鬼门关"的弄福路就是一例。

凌云县下甲乡的弄福路，是一条连接6个贫困村、2.3万人通行的村路，全长36公里，九曲十八弯蜿蜒盘旋在山涧之上，走出大石山需要两三天的路程，有些村民一辈子没有走出过村子。1998年5月，广州和百色决定联合啃下这块"硬骨头"。陈开枝和群众一起到工地上搬石头，有好几个晚上在工地上安营扎寨。经过4个多月的奋战，共凿开11处绝壁，打通340米的隧道，修建从海拔300多米盘旋到1200多米的12个回头弯道。如今，弄福路已经成为百色的一个旅游景点，一个团结协作、艰苦奋斗的教育基地。

2000年，在凌云县接着开展了屯级公路大会战，修建了550条1168公里屯级公路，有1989个屯通了公路，解决了13.8万群众的行路难问题。陈开枝说："我的经验是，措施一定要硬。当时修一条路，以每公里3万元的造价承包，处级干部每人要管一公里，科级干部管五百米，市县领导负责一条路，反正怎么修都要完成。”

田东县扶贫办主任刘德磊，是个务实直率的百色汉子。一说起陈开枝，开口就是一串数据和实例：

“自1997年以来，陈开枝已经来过田东县98次了。今年上半年，陈开枝就来了田东3次。3月份，到了最远的陇穷村，过去是山凹地区，翻山越岭才能到。如今这个村变了，路通了，有水喝了，小学也全变样子了。记得陈开枝第一次到陇穷村调研，是1997年11月13日。他听说田东有一个‘广西第一穷村’陇穷村，就执意要去。当时全是崎岖陡峭的羊肠山路，有一段路要爬70度的陡坡，在半山坡上，陈开枝因体力不支而昏倒，抢救了20多分钟才醒过来。地委书记刘咸岳知道他早上5点起床、7点飞南宁，一路在移民区视察，一定是劳累出来的，就心疼地劝他说：‘老伙计，无论如何不能再往上爬了。咱们慢慢下山吧，从录像专题片也可以了解情况。’陈开枝坚持说：‘这里的老百姓祖祖辈辈天天爬，我们爬一次有什么风险。放心，百色不脱贫，马克思不会收我的，走吧！’他们在路边折了根树枝当拐杖，艰难行进了2个多小时，终于到达陇穷村，掌握了第一手贫困状况的资料。”

陇穷村实在穷，全村7个自然屯，175户924人，人均耕地0.24亩，水、电、路、电话、广播、电视“六不通”，几乎是一个“孤岛”。当时人均口粮只有140千克，95%的贫困人口温饱没有解决。考察组每个人的心灵受到震撼，陈开枝看得揪心，脸色沉重，当即拍板实施水、电、路、校舍建设等七大会战！很快，100多万元扶贫资金到位了。当时仅仅修路，就动员了部队、民兵、群众等一大批人力，许多人肩扛手提，硬是开出了一条汽车可以开进村里的盘山公路。

2018年7月他来田东，专门看江山镇的移民新村。当初那些死活不愿意搬家的山民，如今已经成为新村居民。几位居民拿出自己家种的金色芒果，请陈开枝品尝。他们说："如果没有当年的异地搬迁，就没有我们今天的好日子。"

1997年年初，陈开枝率领广州市区一班人到田东调研，最终定下了首次扶贫的大动作：对最贫困的作登瑶族乡、印茶镇和思林镇等大石山区的602户特困农户进行异地搬迁。

经过一年的奋战，建成了江山、新隆两个异地移民开发区。设置16个移民点，建成2.5万平方米的砖瓦房，有602户3184人搬进了新居。同时配套新建了道路122公里、卫生所2所、学校2所、饮水工程12处、村委会办公楼2所。搬迁与开发相结合，开发土地1.96万亩，种植良种甘蔗1.3万亩、板栗1500亩、甜竹2500亩，实现了"当年进点、当年开发、当年住进新房、当年解决温饱"的目标。到2017年，农民人均纯收入已经从当初的年均300元增长到年均5775元。这是一个历史性的进步。

从这一案例看，当初陈开枝推行的异地搬迁这条路，是走对了。随后他们趁热打铁，在田东县印茶镇巴麻村、思林镇双燕村等6个镇10个村实施整村推进示范新村建设，先后投入了2976万元，实施基础设施建设、产业开发、劳动力培训等项目，到2010年受益农户2097户8759人，其中有5个村已经摘掉了"十二五"贫困村的帽子。

有200年种植历史的芒果，已经成为田东金黄色的产业。1996年起全县推广芒果种植，如今成了脱贫果、致富果，全县种植32万亩。而劳务输出，解决了田东剩余劳动力的难题。每年为田东县创造6.15万个就业岗位，农民工在广东务工收入超过了10亿元。可以说，实现了一人打工全家脱贫的目标。而且打工还是一所育人的学校，许多在广东打工的人带回了技术、新观念新思维，纷纷办厂办企业，成为当地致富带头人。

刘德磊建议，应当去陇穷村看一看。于是我们沿龙须河向西进发，一路上成片的果园和茂盛的庄稼，让人眼前一亮。不到一个小时的车程，陇穷村到了。

陇穷村的村名，乍一听，就和“穷”字关联在一起。随行的同志解释说，“陇”是山头，意思是说到这个地方，山头都穷尽了。也就是说，这是一个僻远之地。这里的变迁无疑是巨大的。村民黄荣兵手指着新盖的楼房说：

“这是2010年2月盖起的。托共产党的福，建房时政府支持了6万多元。之前住的，真不咋样。茅草房，四面通风。用我们的话说，下面一层是畜牧局，养猪羊的；中间一层是人社局，住人的；上面一层是粮食局，挂粮食的。如今的生活，可以说是芝麻开花节节高。我的大女儿已经在东莞务工，二女儿正在深圳技校读书。她们是家里的希望。”

坐落于陇穷村的陇穷小学，校舍不再是一片土屋。在一座现代化的四层楼旁，正在兴建新的学生宿舍。校长何成一脸质朴，他介绍说，目前学校可以接纳7个自然屯的孩子来上学，学校设有一到六年级6个班级，教师16人，学生208人，其中104人住校。而在1995年之前，只有20名学生、2个教师，连本村的许多孩子都没有上学。

陇穷村已经解决了饮水难、行路难、住房难、用电难、看电视难、看病难和子女上学难等“七大难”，告别了祖祖辈辈住茅草房的历史。陇穷村在变，它的特困村的“帽子”摘掉了。七上陇穷村的陈开枝说，以后陇穷村一定要改名陇富村。在持续不断的扶贫中，富裕离陇穷村还会远吗？

陈开枝切合百色实际，走出一条具有广州特色之路，其扶贫效果让国内外扶贫人士刮目相看。1999年，联合国开发计划署考察中国的扶贫开发工作，陈开枝开创的扶贫方式被称为“广州模式”，联合国的官员感慨地说：“如果陈开枝能到非洲扶贫就好了。”

珠江之缘

陈开枝经常说，让革命老区百色摆脱贫困的信念，来自伟人邓小平。

没有小平，就没有百色起义；没有小平，就没有改革开放。他记得小平反复叮嘱大家的一句话：先富帮后富，最终实现共同富裕。

陈开枝在他写的《1992·邓小平南方之行》一书中说：

“老人家留给我一把做人的钥匙，我拿着这把钥匙，打开了人生境界的第一扇门：不讲大话，实干、苦干、拼命干；我拿着这把钥匙，打开了人生境界的第二扇门：不图功名，为人民排忧解难；我拿着这把钥匙，打开了人生境界的第三扇门：饮水思源，让大家共同富裕；我拿着这把钥匙，打开了人生境界的第四扇门：多做好事，力争一辈子做好事。”

应该说，追随邓小平南行、见证中国改革开放大门的重启，是陈开枝人生中收获的最大一笔财富。当他一页页地给我翻看邓小平“南行”时的照片，眉目话语之间，全是对小平发自内心的崇敬。他的著作《1992·邓小平南方之行》我是读过的，但许多史实和故事经他身临其境地重述，立刻变得历历在目，充满了感情色彩，让人难以忘怀。

陈开枝说，广东40年的改革史，绝对是血与火的考验，惊心动魄！如果没有点勇气，早就回家种田了！就这样，广东顶着压力走了两三年，1984年终于迎来了转机。这一年初，邓小平第一次南行，充分肯定了广东改革开放的成绩。随后，开放了全国14个沿海城市。而第二次南行，虽然只有11天，却被人们称为拨正历史航向的11天。

那是1992年的元旦，陈开枝还在南海沙头镇下基层，时任广东省委书记谢非打来电话，用了一句两人都听得懂的话：“我们盼望已久的老人家要来了，请你赶快回来研究一下总体接待和安全警卫工作。”陈开枝明白，邓小平要来了。十几天后，他成为中国改革史上那场最著名的“冬休”的见证者之一。

在陪同小平视察期间，陈开枝记录下很多珍贵的历史镜头，“第一次喊出了‘发展才是硬道理’，真是震撼全世界啊”。

“老人家到达深圳后，原本是安排上午休息的。但是，不一会儿他就从房间走出来了，一见我就说：‘你快点叫车，让我出去看看！’我只好解释说，原计划是上午休息，没安排车。老人家回答说：‘你不知道，我坐不住啊！’他非常急切。别人把深圳说得一塌糊涂，说资本主义复辟了，到底是怎么个情况啊，他急需确认。这个对我来说是很震撼的。这句话更让我震撼到家了！我回去就跟工作人员讲，明天出去要带上录音机，如果要处分就处分我吧！因为开始说不让录音。”

在云浮市迎宾馆，陈开枝动情地说：“当年陪邓小平南行，是我一生中最大的光荣。我有时对自己说，中国有6000多万共产党员，我是最幸运的一个。因为在这11天里，我亲眼看到了小平同志这位中国人民的优秀儿子是怎样深情地爱着我们的祖国和人民的，亲耳聆听了小平同志对全党全国人民的庄严政治交代，也可以说是他老人家的历史性的政治嘱咐。南方谈话成为《邓小平文选》第三卷的终卷篇，确实是压卷之作，意义是很深远的。”

也是小平同志，前瞻性地提出了“先富帮后富，最终实现共同富裕”的思想。这对于今天的东西部协作、全国一盘棋的脱贫攻坚，都是有重要战略指导意义的。

陈开枝说，邓小平对曾经战斗过的百色和百色人民，一直存有很深的感情和牵挂。1984年3月，邓小平与日本首相中曾根康弘谈话时说：“我25岁领导了广西百色起义，建立了红七军。从那时开始干军事这一行，一直到解放战争结束。”1992年，百色平果县凤梧希望小学收到5000元捐款。这笔捐款就来自时年88岁的邓小平。

邓小平对红色百色的历史贡献以及现实关怀，是百色一笔宝贵的政治财富和精神财富。正是沿着邓小平指引的方向，陈开枝在百色扶贫路上拥有了坚定的信心和无尽的力量。

玉米糊之情

自从1996年踏上红土地，喝下了贫困户的一口玉米糊，陈开枝的心就和百色的群众贴在了一起。

每一次百色扶贫，都有这样的工作日志，大同小异：

2004年10月23日，星期六。

陈开枝一行5点多起床、7点多飞南宁，然后乘6小时汽车，在二级公路上颠簸300多公里，中午才到百色。

吃完午饭接着往西林县赶，走4个多小时的三级路，下午5点左右到西林县。

逐个考察广东东送电力公司正在建设中的驮娘江梯级水电站；到普合乡时，暮色已降临，到西林政府招待所已近晚上8时。

晚9点钟开始开会，听取西林有关扶贫工作汇报，晚11点散会。

24日，星期日。

一早吃了早餐，到那劳中学考察，那劳中学的领导反映学生住房紧张，希望能帮忙解决建校的资金，即动员随行的广东东送电力公司吕伟东董事长捐款20万元。之后直往田林县，在政府招待所边吃午饭边听取扶贫汇报。饭后直奔南宁，坐最晚的一班航班回广州。

陈开枝说："我的工作制是365714，一年365天，一周7天，每天14小时，都是我的工作时间，我是用广州人双休日、节假日打球、钓鱼的时间来百色帮扶，星期六早上5点多起床，7点多飞南宁，晚上到西林，星期天晚上再坐飞机回广州，星期一一早我就到单位上班，很多人都不知道我来了百色。"

确实如此。跟随他来百色扶贫的广州干部说，和陈开枝去百色，下午2点吃午饭、晚上9点吃晚饭，都是很正常的。第一天和当地同志研究工作到深夜，第二天天没亮就要上山，每天工作起码16小时以上。他们有一个顺口溜："跟着陈开枝，累死无人知，吃饭不准时，加班无贴士（补助费）。"

"日烈衣透汗，路陡气急喘。谁知扶贫苦，中餐三点半。山高日落晚，林深鸟鸣单。风尘五百里，九千九道弯。"这是时任百色市委常委、宣传部部长罗红赠给陈开枝的诗，真实地描述了陈开枝扶贫的一天。

有人戏称陈开枝是"超人"，可这个"超人"偏偏患有严重静脉血栓。他遭遇车祸的几处骨折旧伤，常常会复发。可他依然是一个伟岸的汉子！每天行程500公里，坐车或步行10小时以上，攀高寒石山，下阴湿坐地，走崎岖山路，脚面经常肿得连鞋子都脱不下来，甚至昏倒在石山上。同行的大伙看到一个年迈的人这样拼命，既心痛又感动，劝他休息一下，怎么也劝不住。他非要自己亲眼看一看那些扶贫点的真实情况，他非要现场落实项目才会心里踏实，于是12个县的壮乡瑶寨留下他深深的脚印。

广西籍诗人黄承基，有感于陈开枝的精神，为他写了一首诗《扶贫丰碑》：谁也无法计算/他那双脚/到底丈量过多少土地/跨过多少道梁/越过多少条坎/他雄劲的脚力/印满大地的图章……

1998年，陈开枝从广州市常务副市长转任市政协主席。百色人担心他卸了职，没有具体的扶贫工作任务了，就不会再来百色了。结果当选的第二个月，百色人欣喜地看到了风尘仆仆赶来的陈开枝。"我在市政协的七年里，去得更勤了，筹款也更多了。"陈开枝高兴地说。事实上，他本可以知难而退的，本可以顺势"收官"的，可他扶贫的力度却比过去更大了。从他这时的开怀大笑里，人们听到了一个老共产党员矢志不渝的责任担当！

2000年元旦，陈开枝第16次爬上了田林县六隆山，高兴地和竹农一直挖竹笋。两年前，他建议在这里建立八渡笋基地，并亲手栽下第一棵竹子。现在，这里已经发展为20万亩竹林，有14万亩竹笋投产，产鲜笋30万吨，竹子10万吨。望着青翠欲滴的竹林，陈开枝又想到进行竹笋深加工，推广“公司+基地+农户”、“产供销”一条龙、“农工贸”一体化方式。

4个月之后，陈开枝第17次出现在六隆山。这次他脸上露出了笑容：台湾山弘公司已到六隆，投资2000多万元兴建了一个加工厂，八渡笋加工销售有着落了。第二年就加工笋干600吨，产值达2000多万元，户均收入4000元，纯收入在万元以上的有406户、3万元以上的有60户。

田东县作登瑶族乡巴立村，共有198户920人，因严重缺水，其中一多半农户没有解决温饱。村民们盼水盼电心切，不少孩子取名“盼水”“盼电”。他们抱着试一试的心情给陈开枝写了一封求助信。陈开枝收到信后，马上动员广州市供电局支持20万元，10天后就汇到了巴立村。不久巴立村人告别了世代松明火把照明、人挑马驮用水的日子。村民们感动地说，是广州亲人和陈开枝给他们送来了“小太阳”。

103次百色行：一生践行一个承诺

为什么我的眼里常含泪水？
因为我对这土地爱得深沉……

——艾青

陈开枝说，诗人艾青的这句诗，表达了他的全部感情。他深深地爱着曾经灾难深重而今走向繁荣富强的祖国。

1996年11月28日，陈开枝第1次走进广西百色地区，他是一位外省的扶贫干部，顶多是在探访穷亲戚。

2018年11月11日，陈开枝第103次走进广西百色市，他是名副其实的百色人民的儿子、扶贫义工。

103次，不是一个简单的数字。每一次都怀着火热之心，每一次都抱着一腔深情。每一次，都不是空手而去，都有实打实的项目落地，都有点对点的帮扶行动。

小草精神

百色市扶贫办的干部都知道，陈开枝一到贫困户家，第一件事就是“揭锅头，看米缸”。他要随行的大家吃一吃群众的酸菜，体验一下群众在吃什么，贫困户过着怎样的生活，这样，才会对贫困有深切的感受。

田东县陇接村，坐落在大石山窝里。陈开枝第一次来时，村学校的教室竟然是4根木柱撑着，上面只盖了油毛毡，四周什么遮拦都没有，不知孩子是怎么上课的。陈开枝看得流泪，与考察团当即凑了4万元交到校长手里，吩咐一定要把教室盖起来。

2001年7月7日，百色遭遇百年不遇的大洪水，防疫药品急缺。8日上午7：30，正是星期天。情急之下，地委副书记张少康给陈开枝打电话，请求广州市支援。没想到，25分钟后，陈开枝就回话了，说已经在组织有关部门调集药品。下午5时，陈开枝又打来电话，说送药品的车子已经出发。第二天中午，价值57万元的一车药品运送到了。这就是陈开枝的真情和效率！此后，广州又源源不断地送去救灾物资。随后，陈开枝专门率队到田东、田阳等几个受灾最重的地方慰问，他站在碎砖碎瓦上，泪花闪闪地，逐一将市政协干部的捐款送到灾民手上，鼓励乡亲们一定要咬紧牙关挺过去。

张少康回忆，当年的9月1日，陇接村暴雨成灾，山路也被冲垮了。田东县县长谭锋打电话给陈开枝说，路被冲毁了好几段，有些路段还塌方，为了安全起见，是不是不去了？陈开枝第一个回答是：“说话算数，不然对不起乡亲们。”考察团换上了越野车，就直往山路赶。一路上，雨还在下，山路的边坡还在垮。过了一道又一道弯，上了一道又一道坡，终于赶到了陇接村。这是陈开枝第三次来陇接村了。小学校长看到陈开枝在大雨中到了学校，开心地报告说，现在教室盖起来了，还建了个篮球场。陈开枝高兴地说这次又带来了5万元，你们可以多盖几间教室了。

扶贫需要真扶贫、扶真贫，更需要真情扶、真心扶。百色人说，陈开枝在扶贫上，比百色人还百色人。

连续10年的春节，陈开枝都是在百色过的。2002年的春节，陈开枝正月十一（2月22日）到了百色，比往年迟到了几天。他一户一户地嘘寒问暖，一个学校一个基地地细心察看，关怀一丝不减。可谁又知道，就在正月初四，他80岁的兄、嫂意外遇难，全家笼罩在一片悲恸之中。同志们劝他，这个春节不要去百色了。可一料理完亲人的后事，放心不下百色扶贫工作的他，还是坚持到百色去看乡亲们，而且很快联络了一批爱心企业家，给百色人民送来了2300万元的“大礼包”。其中就有香港谭兆基金会援建谭兆职业技术学院和隆林等县改建中小学的1106万元，有香港国际投资公司董事长彭磷基援建祁福中学的530万元，还有香港日成玩具有限公司董事长郑柱成援建百色高中的280万元。这是一个多么坚强的人啊，他的体内蕴含着对百色人无可比拟的爱！他的心属于百色人。

“有困难，找开枝。”这句在百色流传很广的话，绝不是一个传说。跟随陈开枝十多年的李勇，拿出一大沓求助信和汇款单。这些大部分都是困难学生的来信，短短四五百字诉说了自己的困境。“他很容易被感动。他每封信都要看，一看就会被感动，一感动就要给人汇款资助。”

李勇成了邮局的常客。每到开学，他就拿着长长的名单到邮局汇款。每年，陈开枝都从自己的退休金里拿出3万元资助百色的贫困学生，像《1992·邓小平南方之行》一书的稿费也会存入自己小小的扶贫基金里。

他几乎给每位求助者都寄过学费。“平均每个人都寄上500元，有的寄几千元。有些人已经被资助十多年了，从初中读到了博士。”

姚美辛，家住林云县大石山区，兄弟姐妹6人，她是最小的。到她上林云高中时父母已经60岁了。高二老师有一次听了陈主席“知识改变命运”的报告，一回来就在课堂上大讲特讲，还鼓励学生们好好学习，向陈爷爷汇报学习情况。姚美辛就大胆地提笔写了一封几百字的信。没想到，陈爷爷回信了，激励她好好学习，并寄了1000元钱。姚美辛激动地说，“当时看了信，眼泪就直接滴在信纸上。不仅仅是1000元钱的事，是给了我心灵上、精神上的一个支柱”。没有因贫困而放弃学业的姚美辛考入了梧州学院，2010年开始担任林云县一个偏远镇的村官，2016年选拔为林云镇的宣传委员。如今的姚美辛，是百色扶贫助学的义务宣传员，她也在努力用自己的力量，去帮助困难的学生。她说：“陈爷爷的精神在感染着我，我要把他的精神传承下去。”

百色像姚美辛这样直接受到陈爷爷资助的，有田东县的王碧雪、王碧行，平果县的邓红霞等100多名特困学生。

在百色，陈开枝的名字无人不知。比他那些头衔更让人心折的，是百色人发自内心深处的赞叹。有一次，陈开枝一行开车走在山区，路上的小孩突然停下来敬礼。后来陈开枝才知道，这是当地干部和老师教孩子们的感谢方法。“我们这里穷，如果有吉普车经过的话，肯定就是陈伯伯的，你们见到要敬个礼。”

二十年前还是陈伯伯，如今已经变成了陈爷爷。自从2005年在广州市政协主席位上退休，他就成了一个扶贫志愿者、百色人民的义工；从官方扶贫到民间扶贫，他不领一分工资，只奉献自己。正如他喜欢唱的《小草》，“没有花香，没有树高，我是一棵无人知道的小草。从不寂寞，从不烦恼，你看我的伙伴遍及天涯海角”。陈开枝解释说，小草精神具有双重性，一是奉献精神，二是不屈不挠的拼搏精神。“谁言寸草心，报得三春晖”，小草就有这样的精神和风骨。

红豆品格

百色市扶贫指挥部，坐落在右江之畔。走进指挥部，好像进入了一个具备军事化形态的“作战指挥室”。

这里的“挂图作战”是独特的：哪里是南部山区，哪里是右江河谷，标得一清二楚；脱贫进度如何，属于第几阶段，更是三色旗子插着，一看就明白。两鬓霜花的市扶贫办主任乃尚权说起扶贫，如数家珍。

22年之前，可没有这样的阵势。是广州市和百色市共同推动了这种联合作战的方式。一提到陈开枝，担任了10年扶贫办主任的乃尚权眼眶里立时湿润了，他说：

“不是每一棵树都能开在喀斯特山石上，但红豆树做到了。陈开枝就是这样的树——红豆树。他是百色的百科全书，哪个寨哪个村，都可以数得来。”

确实如此。“红豆生南国，春来发几枝。愿君多采撷，此物最相思。”诗人王维所称颂的红豆之果，具有高洁的品格：质坚如钻，色艳如血，不蛀不腐，永不褪色。陈开枝就是一棵红豆树。

百色的镇村寨子，陈开枝几乎走遍了，连最远的也都去过了。每年初二、初三、初四到贫困户家里过年，百色扶贫办的同志都跟着去过。乃尚权的回忆里充满了深情：

记得当年的异地搬迁，陈开枝投入了他全部的心血。安置区里处处都有他的身影。每天工地上有上万名群众进行搬迁建设，终于建成了6个开发区。六隆、平果等县87个扶贫搬迁点的上万名群众，实现了从大山走入平地的愿望。

2003年正月初四，是陈开枝在百色过的第七个春节。他一下飞机，就直接赶到300公里外的田东县林逢镇龙国屯，这个屯的房屋都“挂”在一个漏斗型的石山窝里。陈开枝沿着陡峭的石板路，走访每一个困难户。听说屯里有一户三个孤儿，父亲去世，母亲改嫁，现在三兄弟住在堂叔家里，生活靠全村人接济。没等村里人说完，陈开枝的泪水已经流了下来。他问当地干部：“孩子每年上学需要多少费用？”他拉着谢妙旺三兄弟的手，给每个孩子发慰问金，叮嘱他们好好学习。随行的人深为感动，一对北京老夫妻提出资助三个孩子读书，广州锦江房地产公司董事长陈文波当场捐款5万元给村里，帮助改善孤儿的生活。

山窝里有一个露天人工蓄水池，池上面漂着树叶、废纸等一些脏东西。没想到陈开枝走到池边，捧起水就尝。他说了一句话：“这里的水不卫生，得想办法解决群众的吃水难问题。”这一切来得如此自然、真实，没有任何作秀的成分。陪同他的市委书记马飚看到这一幕，震惊地说：“陈开枝动真情，真扶贫啊。”专门来平果县投资的亚洲铝业有限公司董事长刘孟军当场表示：“今年我为百色两所学校捐资100万元，以后我要在百色市每个县都捐助一所学校，力争接过陈开枝先生的扶贫接力棒。”这就是榜样的感召力。

百色的男女老少，对陈开枝的无私奉献充满了由衷的敬意。凌云县政协委员黄兰芬创作了一首歌《你的心牵挂着百色老区》，唱出了他们的心声：

都说边远没有兄弟，
都说贫困没有亲戚，
你看那个广州兄弟，
脚下沾的是百色的黄泥，
你的心牵挂着百色老区，

无论你走到哪里，

都留下你深深的足迹。

…………

小溪情怀

大地上的小溪，并不为人们所注意。可正是无数的小溪汇成了江河。哪一条江河的源头，又不是小溪呢？

陈开枝，就是一条明亮奔向大海的“小溪”，他感染和带动了更多的“小溪”，向百色的明天奔流汇集。

陈开枝走到哪里，就把他的扶贫“动员会”开到哪里，就把他的扶贫“课堂”设到哪里。他经常对广东企业家说的一句话是：要饮水思源、反哺老区。到百色扶贫，是践行小平“先富帮后富”的理论，我们千万不要把自己看作救世主。是党的改革开放政策，首先让广东发展起来。我们有义务、有责任帮扶百色，那里缺水缺电缺学校，我们就要鼎力支持。

在陈开枝的摇旗呐喊下，一大批粤港澳企业家追随而来。他们纷纷献出爱心，全力支持百色扶贫，成了一支强大的扶贫力量。

更有一批企业家开始迁徙到百色，扎根在百色，创办企业，让“输血”行动变为“造血”机能。仅仅田东县，就有不少广东企业西移落户，广东航空电子用品公司兴办的电子厂，年生产规模达到了3000万件，总投资2000多万元；落户田东工业园区的盛亚科技有限公司等3家企业，总投资达到了1.8亿元。在田林县，仅佛山劲达纸业公司一家的投资就达到了2.5亿元，一个项目让县财政收入翻了一番。

到2010年，百色与广州市签订了37个招商项目，总投资35.37亿元，到位资金15.63亿元；进入“十二五”以后，投资加快，仅仅2013年，就有61个项目引进，总投资913.23亿元，到位资金458.6亿元。仅仅陈开枝个人牵线引进的企业就有20多家，投资达到了12亿多元。

百色广东商会会长李志伟，个子不高，可心气很高，说话干练，带有明显的广东人开放、务实的特点。2007年，他受陈开枝的感召，从广州到百色办企业，从此把这里当成自己的家乡。他在百色兴办了5个项目，其中有大型建材市场、小商品市场和花鸟市场，这是百色过去所没有的。“原来百色是没有大市场、大物流的概念的。”李志伟的几家企业里，仅仅建材市场就有386户店主，就业3000多人。三家市场管理十分规范，获得国家工商总局的肯定，赢得“全国诚信示范市场”称号。这些市场的出现，让百色所特有的两广到云贵的大通道优势发挥了出来。

李志伟200多人的企业中，90%是百色人。12年来，他个人捐助扶贫的资金达到了500多万元。他深有感触地说：“陈主席教育我们，企业发展到一定程度，一定要回馈社会。我们对百色扶贫出点力，说明我们对社会是有用的。成立商会，就是要抱团发展，通过服务企业，更好地做好扶贫工作。”

事实上，早在清康熙五十九年（1720年），广东人就在百色建立了“粤东会馆”，那座三进两廊的建筑匾额上书着“东渐西被”四个鲜亮的大字。这说明，百色自古就是一个上达云贵、下通广州香港水路发达的商业中转站、商品集散地。今天，广东商人们正在传承这一辉煌历史和商业精神，在百色扶贫开发中发挥自己的潜能，做出自己的贡献。

百色广东商会在百色的会员企业有150多家，近年来他们的扶贫捐款达到了5000多万元。

还不止这些，全国各地更多的“小溪”也在奔向百色。

珠海的振华盛世公司来了，捐款1000万元；

深圳光彩事业促进会来了，捐款800多万元；

深圳的李伟波基金会来了，捐款500万元；

浙江的毓芳慈善基金会来了，捐款500万元，为5万名农村小学生量身定制20万件全新童装。

上海企业家宋子帆来了，资助隆林县一批贫困学生；百色一位不留名的爱心企业家来了，捐款100万元之多……

从一个陈开枝，到千万个“陈开枝”，这就是“陈开枝效应”的传播与扩散；

从“广州亲人”到千百万个“百色人”，这是陈开枝的特殊贡献与独特意义。

在陈开枝的扶贫大旗下，汇聚起一支招得来、带不走、留得下的扶贫开发队伍、爱心团队。

“挖掉穷根，靠的是教育”

衣带渐宽终不悔，
为伊消得人憔悴。

——［宋］柳永

华南师范大学毕业的陈开枝，最懂得教育的重要性；曾经寒门出身、上了大学的陈开枝，最懂得教育对一个人的命运产生的作用。

“不能让孩子们失学！”

陈开枝清晰地记得，1997年大年初五，他走进田东县梅林村村民班连成家的情景：

无遮拦的茅草房寒风刺骨，一家人缩成一团蹲在火塘边，一个9岁的孩子和一个5岁的孩子穿着破烂的单衣冻得瑟瑟发抖。揭开冰冷的大锅，里面除了清水，什么都没有。陈开枝的心被刺痛了。当地干部告诉他，这家人除了这两个孩子，还有一个13岁的孩子上山捡柴去了。陈开枝就问这些孩子是否在上学读书。男主人说：家贫，老大老二只能轮流上学，老大在年前读过了，年后该轮到老二去读了。陈开枝哽咽着说："别轮了，让他们都去读书，我们来资助他们！"说罢，他立刻掏出身上所有的钱交给乡党委书记。广州来的干部当场也捐了2700元钱，给村民买粮吃买衣穿，剩下的给孩子们交学费。

有一次，他们到德保县马隘乡的一个村。刚到村口，就看见一个10岁左右的男孩坐在石凳上，呆呆地看着汽车，一副很好奇的样子。他很纳闷：这是上学的时间，这个孩子为什么不去上学？后来打听才知道，在当地，适龄儿童失学司空见惯。看到眼前这一幕，他的眼睛湿润了。

陈开枝了解到，整个百色地区，居然有3.6万多名儿童失学，387个中心村没有完整的小学校舍，4个乡没有初中。这一刻，他想到了自己的少年时代。

陈开枝，是从广东云浮市镇安镇山根村深山里走出来的穷孩子。从小家境困难，从小学到初中，有好几次差点要放弃学业，硬是咬着牙熬了过来。初中毕业，因为上师范不用花钱，而且每月有12元的生活费，他选择进入罗定师范学习。三年之后，成绩优秀并入党的陈开枝，有了一个新的机遇。1960年，国家挑选一批品学兼优的毕业生保送上大学。可这一年，是中国经济最困难的一年，陈开枝的家里更是困难到了极点，家里有几个人浮肿了，需要陈开枝立刻工作（每月有29.5元的工资）来挑起家庭重担。正在两难之际，罗定师范的老师们出现了！自身困难的他们联合捐助了60斤粮票和100多元，送到了陈开枝的家里。这不是一般的雪中送炭，送的是救命钱。这番义举，硬是把陈开枝“赎回”了大学校园。20岁的陈开枝，第一次走出大山进入广州。第一天在华南师范学院报到，因为光着脚丫而被门卫拦下，他只好在街上买了一双一元多钱的布鞋。这双鞋子，竟然是他人生中的第一双鞋。四年的大学生活，他常常靠捡拾暨大华侨生扔掉的鞋子穿。陈开枝感恩，正是国家的援助、老师的支持和好心人的照料，改变了他的人生道路；陈开枝也深切体会到，只有刻苦发奋地读书，才能改变人生命运。

陈开枝说，扶贫不能头痛医头、脚痛医脚。贫困和愚昧是双胞胎，不重视教育，不开发智力，抓脱贫便没有抓到根本。扶贫先扶志，治穷先治愚。百色要真正从贫困走向富裕、从愚昧走向文明，根子在教育，长远在教育。

从这一天起，他就把扶贫的重心放在百色的教育上。他痛下决心，一定要让失学的孩子回到学校里来。

为了孩子们，陈开枝可以说跑断了腿、磨破了嘴，使尽了浑身解数。1998年8月，陈开枝带着筹集到的250万元助学款来到了百色。随后组织广州的有关单位，开始了大规模的捐资助学活动。广州珠江投资公司捐资180万元，建成了田东江山小学；广州镇泰公司和广州市经济开发区共同捐资75万元，兴建了平果小学。几年下来，仅仅支持田东县达到1000万元，建设中小学校23幢、1.37万平方米，受益学生达到1.28万人。

从2000年开始，广州对口百色扶贫的主要目标转变了，这就是教育扶贫：把百色失学儿童100%送回学校，解决百色校舍不足、师资力量不足的问题。短短的两年间，广州市和港澳社会各界无偿援助百色地区教育款项达到2.5亿元，在百色兴建起了156所学校。又经过10多年的努力，在广州市社会各界、港澳台和海外华侨的帮助下，筹集社会资金达到2亿多元，新建、改建了242所中小学和幼儿园，百色的孩子们上学不再难。

陈开枝一有机会就动员企业家参与扶贫。2000年，田林县六隆移民开发区正在筹钱建学校，刚好碰上王永庆先生的长子王文洋请吃饭。陈开枝就趁机动员开了："饭，不吃了，请你帮助百色建一所小学吧。"王文洋当下就同意捐50万元，于是移民区的"好又多"希望小学建起来了。

"那时的学校根本不像学校，我去田东县的作登瑶族乡陇接村，那个学校只有一个茅草房，20平方米，黑板是破烂的木板，不是标准的黑板，是复试教学。很多干部说我们把青春献给红土地是没问题了，我们的后代怎么办？当年只有一个百色高中，怎么也挤不进去，另外很多学校是破烂的校舍、破烂的教室，有些教师两年都没拿工资，非常困难。当时我感到扶贫先扶智，把教育搞起来，如果拿米和油去扶贫的话永远是养高等动物，养了一批，又要养下一批。知识可以改变命运，改变自己的命运，改变家庭的命运，所以我们就让3.6万失学孩子统统念书。第二就是如何提高教学质量的问题。动员广东很多教师来支教，又把这里的校长骨干派去广州挂职，募捐，搞教师培训中心，现在百色的教师培训中心算是广西最好的，不断地提高教师的教学质量。"

来自西林县山村的程琬婷同学，是祈福高中首届学生，毕业考上大学第一年就因无法交付学费而面临辍学，是陈开枝的4000元捐款解决了她的燃眉之急。这也彻底改变了她的命运，让她实现了教师梦。在2010年祈福高中建校10周年庆时，程琬婷再次见到了陈开枝，并表示现在有能力了，希望能将4000元还给恩人。但陈开枝却握住她的手说："不用还钱，把爱心传递下去。"在西林民族高中担任教师的程琬婷，也常利用业余时间到贫困学生家中走访，帮助他们在"爱心群"里寻找一对一的帮扶对象，帮助了部分贫困的学生。

时间到了2017年12月，是陈开枝的第100次百色扶贫。他最关心的还是教育。一下飞机就赶往200多公里开外的隆林县，考察中国扶贫基金会隆林“加油计划”项目办公室，随后又去了大树脚小学、弄桑小学、保上小学、西林民族高中等学校考察。

当年6月底落户于隆林的“加油计划”项目，就是陈开枝引进来的。它可以为进入项目的学校提供“爱心厨房”“阳光操场”和“阅读空间”，每学年为学生送去美术包、运动包、图书包等学习和生活用品，并通过教师培训，引入提升孩子素质教育和综合能力的“加油课程”。这也成了百色扶贫中的新亮点。

“让孩子们上好的学校”

陈开枝认为，孩子光有学上，还不够，一定要上好的学校。

可当时偌大的百色地区，只有一所重点中学。陈开枝就动了建校的念头。如何实施呢？还得化缘。

百色祈福中学的副书记郑大敬，一见到我，就拿出了一个正要印行的画册给我看。这是祈福中学成立18年来的珍贵影像记录。郑大敬的回忆是深情、绵长的：

1999年5月，陈开枝率广州市政协组成的港澳扶贫考察团到百色考察，成员里就有全国政协委员、香港祈福国际投资公司董事长彭磷基先生及夫人孟丽红女士。在考察中，他们重点看了百色的教育现状。当时，365万人口的百色只有一所地区重点高中，而且校舍简陋。彭磷基坐不住了，决定投资帮助百色老区兴办一所地区重点高中。

百色，把右江边最好的位置让出来建一所学校。各项筹备工作，以百色从未有过的加速度旋转起来。让陈开枝、彭磷基最高兴的是，祈福高中2000年2月开始建设，到年底即开始投入使用，创造了“百色速度”。

建校以来，祈福高中在陈开枝、彭磷基的关心下结出了累累硕果。黄斯璇、陆雅哲、周勇禄等6人考入清华大学，300多人考取国家985院校，

2000多人考取211院校。建校第5年，就有周勇禄同学勇夺广西高考理科状元，震惊了广西教育界。学校多年夺得百色市高考理科文科状元，高考成绩各项指标多年名列百色市前茅。

18年间，祈福高中已毕业了10届学生。10年高考连创佳绩，为国家输送了1.5万多名大学生，其中90%是壮族等少数民族，40%是家庭贫困学生。今年在校生达到了3600人，进入高考重点线的人数达到了480人，有10人入围清华、北大的分数线。这是18年前做梦也想不到的。每当说起这些荣誉时，祈福高中老师们感慨地说："陈老是最大的功臣啊！"

彭磷基先生的投资从最初的500万元达到了3000万元。2010年，祈福高中十周年校庆之际，陈开枝先生又牵线搭桥，由彭磷基先生和孟丽红女士捐资300多万元，加上政府投资2000万元，新建学生饭堂、塑胶跑道、文化广场、学生宿舍、孟丽红学术交流中心。

郑大敬充满信心地说，下一步，市里决定将学校南边的162亩储备土地划拨给祈福高中，将投入近3亿元巨资，新建教学楼、学生宿舍楼、学生食堂、科技综合楼、艺术综合楼、学术报告厅、教师周转房及配套设施。到2018年，祈福高中将以百色名片、广西一流、站在时代发展前沿的现代化高中出现在人们面前。

这里的一草一木凝结着陈开枝的心血。2005年，他把自己撰写的《1992·邓小平南方之行》一书的6万元稿费，全部捐给了祈福高中。每次陈开枝到学校，都是一次爱心旅行。同学一拥而上，向陈爷爷问好。一位家在偏远县隆林的家长急急赶来，给陈开枝送了几个他种的南瓜，就为了当面感谢他。每年的开学礼，陈开枝都要来做报告。他给同学们讲："是鹰就要飞出山谷。个人的家庭出身不能选择，但个人的前途可以选择，只要读书奋斗，就可以走出大山。你们每一个人都要成为翱翔天空的雄鹰。"

郑大敬说，祈福高中是爱的成果。今天校园文化的核心是：爱的传承、爱的洗礼、爱的力量、爱的放飞。这应当是教育最核心最珍贵而基本的灵魂。

由香港日成玩具有限公司董事长、广州政协委员郑柱成先生捐资830万元，在百色高中初中部、百色民师附小开办的百色少数民族助学班，同样是陈开枝的牵线成果之一。从2000年起，每年有251名农村各族品学兼优的小学生，集中到百色少数民族助学班，免费供他们从小学一直读到高中毕业。今天，他们中的许多人已经成为国家干部、教师、法律工作者等百色建设的人才。

2006年2月22日，除夕夜，田阳县移民安置点，252位少数民族助学班的孩子进行了汇报演出。看到一年前胆胆怯怯、连普通话都不会说的孩子已经会用英语对话，还走起模特步展示民族服饰，陈开枝的热泪夺眶而出。晚会结束时，200多名孩子簇拥着陈开枝不愿离去，有的孩子紧紧攥住陈开枝的衣袖，哭在他怀里。

“要有一个长效的机制”

动员全社会助学，更需要有一个长效的机制来保障。

陈开枝说，百色是小平领导革命的老区。小平非常重视教育，对教育提出了“三个面向”。2002年就以一个老共产党员的名义带头捐款，支持百色的希望小学。我们一定要用好这笔宝贵的政治财富和精神财富，动员全社会来支持教育。

一滴水的力量是微弱的。只有将成上万滴水汇集成大河大江，才会有载动巨轮的力量。陈开枝在办学中有了更好的启示，这就是以社会基金的方式，动员全社会为百色教育出力。2012年，他有了设立教育基金会的想法和提议。很快，第一场基金会筹备晚会开始了。当年12月11日晚的“感动、感恩捐资助学文艺晚会”，是一个让广州人爱心洋溢的晚会，是一个让百色人感动不已的晚会。广东省百川慈善基金会、广州市政府、广州市发展集团等10多家单位纷纷捐款，当晚捐款1422.68万元，其中陈开枝个人带头捐款10万元。

2013年6月25日，百色教育基金会正式成立。作为全国扶贫基金会副会长，陈开枝亲自担任了百色教育基金会名誉主席。他第一个报名捐款，此后每年捐款3万元，至今已经捐款30多万元。要知道，这是一位只拿薪水的退休老人啊！有一次在机场，乘务员问他，你这样的领导为什么不坐商务舱，只坐经济舱。陈开枝说，我坐了经济舱，节约下来的钱就可以多资助一个学生。老人这样的回答，让乘务员一时语塞，感动不已。

陈开枝自己捐，更动员社会八方人士为基金会做贡献。香港企业家彭磷基先生一听说要成立百色基金会，马上捐款300多万元。

2016年12月11日，基金会会长石卫武给陈开枝汇报，隆林县还有435名“两特”学生（特殊群体子女指孤儿、严重残疾人家庭子女，特困家庭子女指因大病、大灾、大的意外事故而家庭特别困难子女）急需资助。陈开枝焦急地说：“中央调整了对口帮扶的城市，现在是深圳帮扶百色。明年全国‘两会’之后，我和你们一起去深圳发动一下。”

陈开枝从不食言。2017年上半年他四处奔波了7个月，在广州、深圳等地四处“化缘”，终于见到了成果：李伟波慈善基金会、大中华国际集团、鼎忆集团等企业和个人纷纷解囊，募捐到了1468万元。8月之后，陈开枝募捐的“胃口”更大了。他把触角延伸到了全广东甚至北京，振华盛世控股公司、北京食天来生态农业科技公司、清华大学五道口金融学院第二期博士班、刘军等香港籍政协委员、广州荣誉市民何欢潮等献出了爱心，捐助额达到了2080万元。

可以说，陈开枝就是一个募捐品牌！“陈开枝”三个字出去了，就有独特的爱心所引发的涟漪效应。这不是他有什么特殊的权力，他只是一个退休的老人。可这个老人，有磁石一样的魅力，可以吸引和感召更多的人——热爱百色、奉献百色的一群人。人们在陈开枝面前，看到了一个大写的“人”字，看到了人间大爱，人们要向他看齐，献出自己的爱心。

集腋成裘，垒土成山。有500多家爱心企业、3万多名爱心人士为基金会捐款，至今筹款超过1.9亿元。按陈开枝的提议，每年的百色起义纪念日，是基金会的捐款日。仅仅去年就得到捐款3353.8万元。

60多岁的石卫武，是最有发言权的。他也是一名扶贫义工，从百色人大常委会副主任退休后，担任了百色教育基金会会长。一说到陈开枝，他的目光是亮堂的，语调是深情的。“他真正是为人民服务的公仆，看不出是个高级干部。这些年，为了百色，经常是用节假日、双休日来服务的，他是用了别人打球、钓鱼的时间来帮助百色的。”

今年3月，有一对母女见到了陈开枝，给他看一份学费账单，上面详细记录了陈开枝支助她们的每一笔开支，总计9000元。母亲感动地说，孩子从小学开始，接受陈爷爷的资助，如今已经在农信社工作了。今天她们才有机会第一次见到陈开枝。像这样的事例太多太多，陈开枝已经记不清了。他的帮助，不是为了名，也不是为了利，而是为了百色孩子们的成长。

6年来，基金会帮助了300多所学校改善办学条件，资助了3.59万名困难学生。下一步，将重点资助全市的两特生，2018年资助达到4000人，2020年实现6000人的全覆盖。

石卫武说：“现在我们基金会已经转入良性循环，主体的捐款将作为本金，可以长期稳定地用于助学。百色教育基金会起了种子的作用、火苗的作用。”种子，撒在了百色大地，已经处处浓荫；火苗燃在百色的夜空，已经一片光明。

“共产党员，是没有退休期的”

路漫漫其修远兮

吾将上下而求索

——［楚］屈原

2012年12月8日，深圳的莲花山。党的十八大闭幕不久，习近平总书记就把地方考察的第一站选在了改革开放的先行地深圳。总书记在会见几位当年陪同小平视察南方的广东老同志时说：“你们做出了很大贡献，党和人民一定不会忘记老同志的。”总书记对陈开枝赞赏有加，他亲切地说：“听说你现在搞扶贫工作，也是卓有成效。”

陈开枝说：“习总书记的话对我是鼓励，我的愿望就是实现到百色100次，生命不息，扶贫不止。”他希望自己去世之后，一半骨灰安葬在百色，和百色的山山水水常伴！

“我是百色人民的义工”

“阿周古席，阿周古席！”（苗语：谢谢亲人！）

这是大山深处的苗族男女老少对陈开枝说得最多的一句话。

陈开枝受到百色人民的热爱。百色人民把自己的满心尊敬呈给了陈开枝。

1998年10月，陈开枝荣获全国“十大扶贫状元”称号，这是唯一一个受表彰的部级干部。陈开枝在100多个候选人中被匿名投票评为“全国扶贫状元”。评选颇具戏剧性，历年来，往往是各省份或部门全力推荐自己的人士，可这一次，广西壮族自治区政府和国务院扶贫办都不约而同地把自己的名额空了出来，留给了他们心目中无须推荐的人——陈开枝。

2001年10月，陈开枝被评为全国第七届“中华大地之光新闻人物”。2002年4月28日，新华社播发了报道他先进事迹的长篇通讯；第二天《人民日报》在发表长篇通讯《一个共产党员的“百姓情结”》的同时，配发了《心中装着老百姓》的短评。

2002年，百色市人大表决一致通过，授予陈开枝“百色市荣誉市民”称号。在百色，陈开枝还是“百色市人民政府顾问”“百色人民的义工”……

2005年，陈开枝从广州市政协主席一职退休。百色市委、市政府专程送了一块牌匾给他做纪念，上面写着“大好人陈开枝”。“好人”的称呼就这样流传开了。

陈开枝在副市长、政协主席的任上去了百色50次，在退休的10来年里，又整整去了50次。虽然不再是代表政府、政协的扶贫行动，但陈开枝依然热心不减，依然拼尽全力。他说：“前50次是组织安排，后50次我是义工。我既是广州人民的打工仔，也是百色人民的打工仔。”

下面是百色教育基金会会长石卫武亲历的陈开枝的工作日程表：

2017年8月19日，星期六，早上5点多起床，然后赶往广州机场；

乘坐7点40分的飞机，8点30分左右到田阳机场；

到田阳县城吃过早餐后，乘车直奔隆林，12点30分到达隆林县城；

下午参加上海奎照实业有限公司到隆林的捐资助学活动，并给党员上了一堂生动的党课；

晚上听取隆林县政府及教育局汇报中国扶贫基金会和隆林开展10所小学“加油计划”项目的汇报，10点钟结束会议，11点休息。这天连续工作18个小时。

8月20日，星期天，7点起床，8点开始到隆林“加油计划”项目办公室、新洲镇“加油计划”项目学校大树脚小学、天生桥一级水电站考察；

中午1点回到隆林县城，午饭后即去新洲镇“加油计划”项目学校弄桑小学、德峨苗族村寨张家寨（并个人捐款3000元）、德峨“加油计划”项目学校保上小学考察；

5点30分左右到达西林县城，考察西林民族高中、实验小学；

约7点30分吃晚饭时，还听取西林县领导的有关汇报，8点30分结束，10点休息。这天连续考察、工作时间为14个小时以上。

8月21日，星期一，7点起床，早餐后即回百色，途中考察了“宫保府”等地方，中午1点30分到达百色鑫鑫大酒店；

下午考察广东企业家在百色建设的夏威夷酒店，然后到百色中学参加拟办网络安全助学班的座谈会，6点多钟参加周异决市长及四家班子主席领导与他的见面会；

晚饭后又找我商量工作，10点休息。这天工作15个小时。

8月22日，星期二，早餐后，即赶往南宁机场，中午约1点30分飞北京。

石卫武感慨地说，以上密密麻麻的行程，即使是一个年富力强的汉子也难吃得消。这却是一个78岁老人的工作行程。这次是陈开枝第100次到百色帮扶。他的办公室里有一幅字：“永不言倦。”正是这种永不言倦的精神，促使他像56岁时第一次来到百色一样地奋力工作，精气神不减当年。

“共产党员，是没有退休期的”

那是2005年2月12日，65岁的陈开枝第50次到百色帮扶，也是他第9次到百色过春节。在当晚百色人民会堂举行的扶贫捐赠晚会上，他深情地说：

“我已到了国家规定的退休年龄，已向组织提出从现岗位退休的请求。但是，今后对百色的扶贫工作我将一如既往地关心、身体力行。我在工作岗位上来百色扶贫50次了，退休后，如果能活到85岁，我还要再来百色扶贫50次。”许多人闻之动容，那些和他接触过的人以及受过扶助的人，不禁潸然泪下。

2017年8月，百色教育基金会会长石卫武在他的长篇文章《我零距离接触的大好人陈开枝》里写道：

“今年8月19日，他第100次赴百色帮扶，提前实现了12年前的愿望。1996年至2017年，时间跨越了两个世纪，21年，一代人的时空，100次的真情帮扶，他让我这个在百色工作了近50年的百色人，万分感动，值得我学习！学习！再学习！”

100次踏入百色扶贫，用了21年时间，有了以下的数据：

帮助百色市引进扶贫项目197个，总投资额88亿元，新建了6个开发区；

助力易地搬迁，新建了6个易地安置点，圆了8000户4万多名深山农民的“安居梦”；

引进20多家企业投资12亿元在百色兴办企业，帮助4万多名群众实现“乐业梦”；

帮助380个村解决通电问题，兴建人畜饮水工程2.57万处（座），580个村修建公路5000多公里。

这些数字，并不是统计学意义上的数字。每一个数字就是一座工程，就是一座丰碑，就是一处心灵的驿站，就是一处爱的憩园。

陈开枝动情地说，最初到百色，每一个村庄看了以后都十分令人心酸。经过20年的努力，百色的地区生产总值已经达到1280亿元，财税收入从当年的2.67亿元，到现在超过110多亿元。当年没有招待所，现在已经有了五星级酒店、四星级酒店；当年村到县没有路走，现在有县级高速公路，高铁也到了百色，机场也开到了百色。所以每一年去都看到它的变化，都感到我们国家搞扶贫攻坚这个事业是多么伟大。

他的老伴邓妙珍说：“他去百色比走亲戚还勤，回老家都没有这么多。结婚30多年，老陈第一次带我外出‘旅游’，就是到百色扶贫。”1998年，做了大半辈子小学老师的邓老师正式退休了，从此成了陈开枝的专职“后勤司令”。一人扶贫，全家做义工。多年来，邓老师在背后默默地支持他，陈开枝去百色，每次都要坐早班飞机，邓老师每次在5点之前起床，给他做早餐，收拾行装。每次回广州，都是坐最晚一班机，回家已是半夜，邓老师要给他准备好泡脚水和晚饭。别人家其乐融融的团圆休息天，她很少享受过。后来，邓老师也自然成了“扶贫队的队员”，陈开枝去百色100多次，邓老师也去了近30次。

2017年10月，在北京召开的全国扶贫攻坚先进事迹报告会上，陈开枝作为5名获奖者代表之一，在会上做了先进事迹报告。陈开枝将这一荣誉视为动力，它将更加激励他为百色的扶贫事业贡献绵薄之力。随后的12月11日，在百色又一个捐资助学慈善晚会上，陈开枝热情洋溢的讲话里传达出壮心不已的豪情：

“百色革命老区永远是我的牵挂，来帮扶100次的愿望实现了，这次是第101次来百色帮扶，这将成为我帮扶百色的第二个100次再出发、新征途的起点，今后我还会来，不管多少次，我就是生命不息、扶贫不止、慈善不止。”

大家看到，陈开枝高大的身躯已经开始弯曲了，他的头发已经花白。可一个老共产党员的话语，如此地真挚、如此地滚烫、如此地深情，阵阵掌声里，许多人的眼眶里飘起了泪花。

陈开枝，已经是一个彻底的百色人！他的另一个100次百色行开始了！这是一个义工新的旅程，这是一个赤子新的出发。

“生命不息，扶贫不止”

中央电视台“CCTV年度慈善人物”评点词，是这样评说陈开枝的：“是怎样的贫瘠，竟让你丈量一百次；是怎样的土地，值得你奔走一辈子。悬车未停步，使命燃古稀，唤醒春来百色。”

陈开枝的晚年，本可以见好就收，本可以含饴弄孙、安享晚年，可他却偏偏选择老骥驰道、奔腾千里。

“扶贫工作是一项复杂的艰巨的长期的工作，我作为一名共产党员，生命不息，扶贫不止。”

20世纪90年代至21世纪初，在中国版图上开始的扶贫工作，是中国的一场伟大的革命与创造。陈开枝身处其中，奋斗其中，乐在其中。

这位扶贫战线上的老兵，对“扶贫”有着最精准的理解。他曾经说：“扶贫不是一种恩赐，更不是一种救济，一定要找对路子，扶真贫、真扶贫，从名利出发是做不来扶贫工作的。感情要深。不掉眼泪哪有感情，有的扶贫干部看到老百姓的困境都无动于衷。扶贫最怕有恩赐感，以为我来救你的，就高高在上，埋怨扶贫对象懒、不开化，这不对。”

他的心里，装着一份全国的扶贫地图。他说，现在到2020年解决7000万人口脱贫，千万不能理解为到了2020年中国就没有扶贫任务了。应该说，这7000多万人中，有2000万是必须由政府全部背下来的，他们根本没有自己生存的能力，对这部分人政府要兜底。剩下5000多万元通过产业扶贫、移民搬迁安置、教育扶贫等各种途径脱贫。

而且贫困问题是动态的。今年脱贫了，明年突然一场大病有可能返贫，还有原来不算很贫困的变成新的贫困人口。贫困标准也可以提高。国家第一次定脱贫攻坚标准时定的是200块钱，而现在定的是2300元（2010年不变价）。将来社会发展了，标准定为3000块、4000块。不是又有新的贫困人口吗？所以到2020年，我们整个国家的扶贫攻坚工作将会取得辉煌的成绩，全国人民同步进入小康，这是没问题的。但是绝不能认为2020年以后扶贫工作就一劳永逸了，这是不可能的，以后的扶贫形式可能要稍微改变。

正是从这个角度，陈开枝感受到扶贫工作者身上肩负的重大责任。从2005年起，陈开枝担任了中国扶贫基金会副会长，2013年起担任广东老区建设促进会会长。他肩上的担子不仅有百色，还有广东和全国。于是，“老少边山穷”地区，理所当然成了他经常奔波的地方。

百色以外，陈开枝到过很多贫困地区，从广西十万大山、云南玉龙雪山、四川大小凉山、青海巴颜喀拉山、甘肃祁连山、宁夏六盘山、山西河北太行山、安徽大别山，到大兴安岭、内蒙古牧区，都有他的扶贫对象。尽管已经70多岁了，他还3次到玉树灾区访贫问苦，3次深入汶川、北川、青川和雅安、鲁甸地区扶危济困。

2006年9月，陈开枝赴四川凉山州普格县扶贫考察。这里有70%的行政村不通公路。他们走了三个小时的山路，才来到最边远的果普村。进入彝民吉色日的茅草房，是一个人畜混居的屋子，借着打火机可以看见里面的情况：一个角落关猪牛，一个角落堆着马铃薯，一个角落是三块石头垒起的灶台，一个角落放着一张床，堆着破烂的衣物。

看到第三户，陈开枝受不住了，流着泪从屋里走出来。他说，“对不起彝族兄弟，当年红军长征，曾在彝区举行了永垂青史的彝海结盟，彝族同胞支持红军北上。如今解放几十年了，这里的群众生活还那么困难，我们更应该关心这个地方，应该帮助大家享受改革开放的成果。”接着拿起手机给广州的朋友打求助电话。在他与当地干部群众交谈之间，广州来电话了。陈开枝兴奋地告诉乡长：“没问题了，我的一位老朋友愿意捐资55万元帮助大家。”立时，院坝里响起了彝民们热烈的掌声。

这是一个共产党员的良心！中国扶贫基金会的工作人员说，募集扶贫资金，是陈开枝心中最神圣的事。为了一元钱的捐助，陈开枝也可以施展全身解数，他经常戏称自己是“丐帮副帮主”。大家则称他是“一元侠”“当代武训”。

陈开枝认为，之所以执着地选择中国扶贫基金会，是和自己的人生宗旨契合的，能继续全心全意地为人民服务；其次，很认可这个平台，能真正做事并实现梦想；第三，和个人经历有关，自己也是苦出身，也曾受他人帮助，所以更要尽自己所能回馈社会。

在陈开枝的引荐下，香港祈福集团董事长彭磷基先生向中国扶贫基金会捐款260万元，设立了“新长城·彭磷基助学金”；第二年，彭磷基先生又将“新长城·彭磷基助学金”规模扩大到2080万元，建立了长达10年的合作关系；2015年，彭磷基的夫人孟丽红女士又向基金会捐赠3000万元设立“新长城·孟丽红助学基金”。

2001年以来，“新长城特困大学生自强项目”已经资助了全国10万多名特困大学生。来自湖北襄樊的贵俊玲同学在写给陈开枝爷爷的感谢信里说，“陈主席，你知道吗？我在知道自己受到新长城资助时，心里暗暗流泪。这笔钱对一个农村女孩来说，是一个莫大的帮助，我不会放弃追求，命运掌握在自己手中，我会自立自强去追梦。”考入清华大学机械工程学院的胡聪香同学在他的信里写道：“敬爱的陈伯伯，我是新长城助学金的获得者。……我接到了清华大学的录取通知书，可父亲的眉头又悄悄地皱了起来，我知道父母为了我的高额学费和生活费发愁。我真是一个幸运儿，命运总是在我最不幸的时候来一个转折，这次我得到了新长城助学金。对我而言，你们对我的资助还远远不止物质，你们对我精神上的激励是巨大的。您的履历和事迹深深地感动了我，教育着我，解决了长期以来留在我心中的困惑，让我认识到‘贫穷不是罪过，贫穷没有什么可耻的’，解除了我的思想包袱。而您和郑伯伯的话激励了我，让我有了一种责任感和使命感，让我有了奋斗的方向和拼搏的动力。”

有人说陈开枝有“三寸不烂之舌”，其实不然。那些企业家之所以慷慨解囊，是为他的扶贫精神所感动，也完全信任他无私的行为。陈开枝深有感触地说，一定要让捐赠人拥有信任感和成就感，用成果打动对方，才是持之有效的筹款之道。

一些网友看了陈开枝的事迹后，是这样跟帖的：

墨汐说，“多做好事，力争一辈子做好事”，多么朴实的一句话，可他却用一生来实现这句话。向陈老学习，坚持做好事，尽己所能，生命不息，扶贫不止。

0_o 说，一生干一件利国利民的大事，酷！

赵阳说，陈会长戏称自己为非洲帅哥，他很亲切很幽默。

SY88777说，有幸聆听他的成名歌曲《小草》。祝陈会长身体健康，幸福安康。

“西江最是木棉多，夹岸珊瑚千万柯。”

“浓须大面好英雄，壮气高冠何落落。”

木棉，广东大革命的象征、广东改革开放的象征。木棉，广西壮族人始祖神布洛陀战士的化身、英雄凯旋的化身。

陈开枝喜欢高大的木棉。因为它年轻时一身青春有刺，越老花朵越是红硕，在春天里恣意绽放。当老战友们笑劝陈开枝“78岁的人了，悠着点”时，他爽朗地说：“我不是78岁，而是38岁，我感到自己充满青春活力。”

与陈开枝对话，你感受到他那种喷涌勃发的生活热情、生命豪情和人生激情。你全然忘记了他的年龄。

一个人应当拥有什么样的人生，一个人应当拥有什么样的精神？当你面对陈开枝时，你找到了答案。

百色有幸遇亲人！今天的百色，正是有了百色人民的自强不息、艰苦奋斗的精神与实践，正是有了像陈开枝这样千万个“广东兄弟”，百色才会加速崛起，加速告别贫困这一苍白的颜色。

那宽阔平坦的道路、拔地而起的楼宇，那美丽如诗的校园、生机蓬勃的开发区，那清澈的江水、美丽的山峦，都在勾勒着今天百色的万千景象。

今天的百色，正在创造也正在呈现一百种壮丽的颜色。

走在第二个100次帮扶路上，陈开枝笑了！“老夫喜作黄昏颂，满目青山夕照明。”

2018年8—9月

（注：到2018年10月11日，陈开枝已去百色105次）

南江骄子

叶旭明

花繁人众，花妍人丽。花在人潮里飘荡，人在花海里雀跃。

郁南县连滩镇一年一度的“南江文化艺术节”，正是油菜花盛开的季节。中国最美悠闲乡村——兰寨周边公路两旁的千亩油菜地里一片金黄，引来万人观赏。众多外地记者及摄影发烧友接踵而来，长枪短炮，荧光闪闪，拍摄下一个又一个美的镜头。

这人间仙境从何而来？

来自傅廷栋院士的倡议。原来，为了更好地发挥国家油菜研究中心转化示范基地，“中国杂交油菜之父”、中国工程院院士傅廷栋教授开始在家乡郁南县推广他研发的油菜三系杂种技术，通过应用油菜“一菜三用”（蔬菜、观赏、绿肥或饲料）新技术，转变农业发展方式，开拓农业生态旅游。

这只是一个例子。从2002年起，傅廷栋多次回母校连滩中学与师生一同欢度校庆，并受郁南县委、县政府邀请，多次回乡参加推广油菜种植及无核黄皮节、砂糖橘节等活动。

傅院士在为母校56周年校庆写的《母校校庆随想》中写道：

1948年，我考入连滩中学的前身——郁南县立第五初级中学，校址就在“三庙”的一座庙里，老师学生都住在庙中。那时上晚自习，每个同学都从家里带来一盏小煤油灯，一个班的教室就是“万家灯火”。自从1951年7月我初中毕业离开五中到今天，已有51年了。半个世纪，真是“弹指一挥间”啊！

几十年过去了，母校的一切，总是深深地印在我的脑海中。前不久，曾绍章副县长、县政协林秉德副主席和母校的许彬泉校长专程来武汉，把母校的巨大变化告诉我。看了母校新建校舍的图片十分兴奋，母校确有翻天覆地变化之感！

…………

2007年10月16日，“广东院士讲坛”首次走进连滩中学，笔者有幸聆听了傅院士做的报告《机遇，只给有准备的人》。他说——

最近在武汉举行第十二届国际油菜大会，国际油菜大会是四年举行一届，由国际油菜理事会主持。我们在武汉召开的第十二届国际油菜大会在亚洲是第一次。1992年就向国际上提出申请，当时我申请第十届，结果好像奥运会那样，没通过。2002年我再次申请，这就确定了。这样我们争取到了承办权。我们抓住了这个机遇。从申请到准备，到召开，十几年，做了艰苦的准备。我作为国际油菜大会的主席，同大家一起去办这个会，这会应该是非常成功的，一共有1000人左右参加，外国人也有五六百人，是历届最隆重、人数最多、交流论文最多的大会。

…………

我也很喜欢下棋，在下棋中可以学到点东西：

一是我们要学习“兵”的精神，奋勇前进；要学习“马”的精神，与日俱进；要学习“炮”的精神，敢于跳跃式发展。同学们应该从这些普通的事情里体会这些精神和实质。二是不满足，学习不满足，在成绩面前不满足，在赞扬声中不满足。我有这样一个体会，别人问我“傅老师，你两年三年得一个大奖，怎么还要工作呢?”我说，奖对于我来说是过去的事情，我从不会因为得过什么奖而满足。我记得我在国际上得过三个大奖：一个是刚才说过的1991年，获得国际油菜“杰出科学家奖”，是国际油菜的最高荣誉奖。第二个国际奖就是在意大利，第三世界科学院的农业科技奖，只有我一个人获奖。回来以后，教育部、农业部的领导都到机场接我。第三个奖，就是2007年，印度MRPC授我一个“油菜研究终身成就奖”。

…………

机会对每一个人都有，抓机遇对于大家来说都是平等的，问题就是你能不能抓住机遇。机遇到来时，准备好，你就抓住了机遇。所以我的体会就是：在中学就要做好抓机遇的准备。“千里之行，始于足下”，我希望同学们在德、智、体各个方面做好准备，到将来有机遇了，就可以抓得到，这是我讲话总的思想。

…………

聆听完傅院士精彩而富有哲理的讲话后，我抓住时间，采访了他。他告诉笔者——

傅廷栋，1938年9月9日出生于南江河边——郁南县连滩镇天花塘乡荡村。郁南县第五初级中学初中毕业后，报读了广东省喜泉农业职业学校，从此把学农务农定为终生职业。

1954年，他从喜泉农校（后改为西江农校）农艺科毕业，被分配到中山县农业局横栏区农业技术推广站工作。当时珠江三角洲发生了历史上罕见的螟虫大灾，稻田损失70%—80%。他和同事们通过查资料、技术，发动群众点灯下田灭蛾，取得显著效果。《南方日报》曾在头版头条以“万家灯火灭螟蛾”的长篇报道，生动真实地记载了当时的情景。横栏区农业技术推广站还因此被评为粤中地区先进农技站。

1956年，傅廷栋考取了中华农业学院（现华中农业大学）农业系。在4年的大学生活里，他非常珍惜来之不易的学习机会，总感到有一股力量推动自己，如饥似渴地刻苦学习，成绩优异。

1959年，傅廷栋加入中国共产党。1960年大学毕业后留校任教。1962年，他考取了著名油菜遗传育种家、该校刘后利教授的研究生，成为新中国第一位油菜遗传育种研究生。他系统进行了不同生育期甘蓝型油菜品种形态及生理特性的研究。1965年，他完成了研究生学业又被留校工作。几十年来，他一直从事油菜遗传育种科学研究和作物遗传育种教学工作。

1978年，全国科学大会召开后，由于他在国内首次育成甘蓝型油菜自交不亲和系其杂种等成果，被破格晋升为副教授。1981—1982年，又到联邦德国Gottinen大学做高级访问学者，合作油菜遗传育种研究。90年代以来，曾应邀到加拿大、瑞典、英国、日本、波兰等20多个国家进行访问和学术交流。1978—1987年，任华中农业大学作物育种教研室副主任，曾任农业系副主任，中华全国青年联合会第五届委员、常委等职。1987年，晋升教授；1993年为博士生导师；1995年当选为中国工程院院士；1997年当选为中共十五大代表，出席了党的十五大；2004年当选为第三世界国家科学院（TWAS.意大利）院士。

“油茶虽少，学问很大”。如何让油菜花充分杂交，提高油菜产量，一直是全世界油菜专家研究的课题。傅廷栋长期从事作物育种的教学和油菜遗传育种研究工作。1975年在国内首次育成甘蓝型油菜自交不亲和系杂种，并育成自交不亲和系的保持系、恢复系，实现自交不亲和系“三系化”制种，1978年获全国科学大会奖。1972年在国际上首次发现波里马油菜细胞质雄性不育(Polcms)，被认为“国际上第一个有实用价值的油菜雄性不育类型”，并被国内外广泛应用于育种实践。杂交油菜应用于生产的第一个十年（1985—1994），加拿大、澳大利亚等国家注册的22油菜三系杂种，其中有17个注明不育系来源中就有13个是利用他发现的波里马雄性不育系育成的；育成（审定）油菜低芥酸三系杂种“华杂2号”和低芥酸、低硫苷三系杂种“华杂3号”“华杂4号”“华杂62号”等15个杂交种中，累计推广面积近亿亩。

傅廷栋于1990年和1992年分别被农业部、人事部授予农业部和国家“有突出贡献中青年专家”等称号，两次被国家计委、科委、财政部联合表彰为国家“科技攻关中有突出贡献人员”。由于他发现油菜波里马雄性不育及对发展国际杂交油菜做出的卓越贡献，1991年被国际油菜研究咨询委员会授予国际油菜科学界的最高荣誉奖——GCIRC“杰出科学家奖章”，他是继1987年Stefansson教授之后国际上获此奖章的第二人。他也是该奖成立30余年来（每4年在世界范围内评选1—2人）获奖的11人中的唯一一个亚洲学者。他1991年和1993年分别获国家教委和湖北省科技进步一等奖、湖北省劳动模范，1996年获国家科技进步一等奖，亿利达基金科技奖和何梁利基金科技进步奖。1995年获教育部科技进步一等奖，国务院授予“全国先进工作者”等称号。2001年获湖北省最高科技奖，被评为“全国农业科技先进工作者”，参加会议并受到江泽民、朱镕基等国家领导接见。2002年由中宣部、人事部授予“全国优秀专业人才”称号。2004年获国家科技进步二等奖。2008年获农业部中华农业英才奖，并被评为“改革开放30年影响湖北30人”。2009年被农业部授予“新中国成立60周年，三农模范人物100人”称号。2014年与袁隆平当选“改革开放以来中国种业十大功勋人物”。

傅廷栋先后主编《杂交油菜的育种与应用》等专著，参编《油菜的遗传与育种》《实用油菜栽培学》《作物育种各论》等专著或教材。在国内外发表了论文100余篇，其中SCI论文30篇以上，他的论方被国外学者引用约6000次。他还出版了《西游记——漫谈农业》，集科普、杂文、神话于一体，寓知识、趣味、幽默于一书，使少儿读者获得科学知识的同时，又从中得到哲理、认知和思维的启迪，是科普读物表达形式的一种创新。

傅廷栋在教学上先后主讲作物育种学、油菜遗传育种学、作物杂种优势利用、作物品质育种等课程，培养了30余名博士、硕士研究生。有的已成为所在单位的学术骨干，他指导的博士研究生杨光圣，1995年获第四届中国青年科技奖，跻身全国100名青年科技精英行列。

新华通讯社、中央电视台、中央新闻电影制片厂、光明日报、科技日报、湖北日报、长江日报、湖北电视台、武汉电视台、《湖北画报》等国内20多家新闻单位及加拿大、印度的报纸杂志先后多次介绍傅廷栋的科研成果。他于1989年被收录进《湖北科技精英（第四集）》；1992年被英国剑桥人物传记中心编入“国际知识分子名人录”；1994年，被美国国际人物传记中心委员会编入“本世纪有影响的500名科学带头人”之一；被收录进1996年何梁利奖获得者传略。

傅廷栋院士是郁南人民的骄傲，为打响南江文化品牌，县委、县政府特别邀请傅院士在全县范围内大力推广油菜种植。

2010年，全县油菜种植面积1万亩（其中机械直播4000亩）。建立了以连滩镇为中心的南片种植区，范围包括连滩、东坝、宋桂、南江口、河口、大湾、千官等镇，面积6900亩；建立了广梧高速公路郁南段沿线种植区，范围包括历洞、宝珠、建城、桂圩、平台等镇，面积2100亩；建立了都城种植区，在广梧高速公路都城入口和封开连接线两旁、大王山国家森林公园周边、城区周边的空闲地种植了油菜，面积1000亩。

看着眼前的美景，我似乎看到了中国工程院院士傅廷栋的身影正在这花海人丛中挥手微笑。啊，这是人间创造的美!

色彩的美，是富有感染力的。在这绿叶黄花的海洋里，美得真有点儿令人陶醉，令人迷离。啊！油菜花的美，富于泥土气息的南江水乡之美。

2018 年 5 月

研究原子弹的人

陈锦栋

陈喜棠，一个具有传奇故事的人物。

1931年农历五月初九，陈喜棠出生于富林镇云利村。21岁时，他进入东北人民大学（现吉林大学）读书，从此成为一个神秘人物。很久之后，家乡的亲人才知道，他参与了国家“两弹一星”的研制工作。

1956年10月，陈喜棠在第二机械工业部（主管“两弹一星”部委）直属国营第774厂加入中国共产党。30年之后，他成为我国著名航天高科技专家、教授级高工，第四机械工业部直属第777厂总工程师、高可靠研究所所长，中国科学技术协会理事、国防科工委专家组成员、中国工程院候选院士。他主持建立的国家重点项目工程——中国军用线性电路高可靠实验线，生产的军工配套产品荣获电子工业科技一等奖。为我国“两弹一星”的发射成功呕心沥血，为我国国防工程建设做出了突出贡献。1984年，他与华罗庚、钱学森、邓稼先、李四光等一批著名科学家首批入选《中国专家人名辞典》。

一

据云利《陈氏族谱》、七世祖陈公月云墓志铭载：陈喜棠始祖陈材是武德将军，平定“罗旁”瑶乱起事，建置东安县时为富林千总，宗祠祖训“一品当朝”。排序到他是第十三代，出生在怀德堂的大户家庭。家学渊博，崇德重教。

第八代陈汝弼，按察司照磨，捐功名陈芬。第九代陈文谦，军功六品，堪舆先生。第十代曾祖父陈思培候选都阃府，曾祖叔父陈思槐庠生、陈思熊布政司经历。三兄弟都是读书人，人人有功名。陈思培是来往广州十三行至西江六都码头有“怀德堂”船号的富商。清光绪二十三年（1897年），陈思培率思槐、思熊两兄弟，前后用3年时间建造三间相连、两边炮楼互抱，取堂号为“怀德堂”的民宅——人文地标建筑现陈济坤故居，意为“缅怀先辈之德，劭子孙识德为荣”。在富林墟有“怀德堂”堂号，设粮仓收放太公祖偿。

100多年前，中国教育还停留在书塾的阶段，陈喜棠十一世祖父这一代，已开近代乡村文化教育风气之先。光绪十二年（1886年），清朝广西柳州府知府、陈思培长子陈济坤参与创建广州陈家祠。同治壬申年（1872年），陈思槐独子、富林首富陈济爱（博生），陈思熊长子、广西官班法政员翎同知衔、补用知事陈济茂，率领陈炳勋等乡绅以修建宗祠名义，捐长生禄神位（全县16个云利占3个），在县城捐资建学堂——重修太邱书院。民国元年（1912年），时任东安县第一位民选县长陈济坤倡导，乡绅陈济爱将计划供奉祖先的宗祠白马庙改建为“云峰书院”（俗称新书馆），并亲自担任校长，聘请肇庆师范毕业高才生练作廷任课，主教新书，传授新思想、新文化，号召女子入学。由于影响大，富林界石、黄龙坳、什屯、车田、南洋等周边村的富家子弟，都纷纷到云利就读，可谓名噪一时，桃李天下。

在旧中国，大多数女性还没有受教育的权利。陈喜棠堂姑陈伟华（杏姑），13岁时已送广州读书，考入南京首都女子政法大学，毕业后由校长王籍田介绍到于右任属下的国民政府审计部任职（丈夫为孙中山总统秘书金文龙）。陈喜棠堂叔陈伟雄，1950年毕业于中山大学商务财经专业，同年分配到中央商业部工作。好家风世代相传，陈喜棠在这样的环境熏陶下，自幼聪明，发愤读书，出类拔萃。在北京天安门金水桥，曾出现周末叔侄俩相约的趣事。

二

1946年夏天，陈喜棠在镇安超明小学毕业考入云浮中学，编入甲班读初中（时任校长朱廷材）。母亲卢氏十分高兴，她是一位知书识墨的大家闺秀，为鼓励孩子学习，卢氏亲自步行到新兴天堂买一个可装衣服和学习用品的真皮皮箱送给他。而这个皮箱也一直追随他读完中学和大学、工作直至退休后。

在云浮中学，陈喜棠思想进步，追求理想，一直担任云浮中学学生会主席、云浮学联会主席（云浮师范、蓉华中学、连滩中学）。初三第一学期，他光荣地加入了共青团（云浮中学首批入团共3人）。1950年春，在云浮中学读完高中一年级第一学期后，云浮中学、西江中学高中部合并到肇庆中学，陈喜棠又以优异成绩考入肇庆中学高中部。此时，他意气风发，品学兼优。

可就在读高二这一年冬，母亲卢氏奉媒妁之言，相中邻村雷氏之女与他成亲，并择黄道吉日农历十二月初七为正日，给亲朋好友的请帖已发出，新床酒席亦备好，万事俱备，只欠东风，就等富林籍同在肇庆中学读书的高三届学兄刘耀祺（考入河南大学）通知其回来。陈喜棠是个孝子，在家排行第五，但不幸三岁丧父，母亲卢氏含辛茹苦只养活他一人。一方面他十分明白母亲的用心良苦，另一方面又与他追求的事业理想十分矛盾。刘耀祺又力劝它如果不回去母亲可要生要死。自古忠孝两难全，陈喜棠左右为难，最终还是选择了以孝为先的路子，由学兄刘耀祺用自行车载他回家。洞房花烛之夜，陈喜棠洁身自好，表明自己追求的理想，又比长比短耐心细致地做雷氏的思想工作，第二天他又安慰开导母亲一番，答谢亲朋好友，踏上归校的路子。此后一直到读完高中，考上大学才回家。

1952年7月，陈喜棠肇庆中学毕业，他和所有新中国的学子一样，满怀豪情读书报国，高三下学期临近高考前两个月，他到广州住校备考，当他得知大表哥卢文志高中毕业没考上大学，就去花县小学教学当校长时，即与表哥取得联系，说服他一起到广州复习参加高考。表哥因为没有再考大学的心理准备而犹豫不决时，陈喜棠信心百倍地表示：“我不用复习了，就辅导你报考文科吧。”结果表哥考上河南大学中文系，对他感激一辈子。

陈喜棠是新中国成立后全国第一届高等院校统考高考生，在填写报考志愿选择学校时，他征询母亲的意见，母亲建议他报考中山大学，其实他要报考清华大学、北京大学也是轻而易举的事，他抱着学习理工以实业报国、科学报国的理想，就选择了当时工业基础发达的东北，认为报考东北人民大学物理系更适合自己的理想。结果他以物理满分、广东总分第一名被录取，成为肇庆高考状元（广东省高考状元）。喜讯传到肇庆中学，举校腾欢，云浮籍的学兄学妹连夜庆祝，为有这样一位有出息的乡亲感到自豪。

60年代初，母亲卢氏被接到北京居住，她心感歉意，曾向陈喜棠道歉："我一生最对你唔住的事就是迫你娶老婆。"然而，陈喜棠却认为：母亲卢氏是一位很善良的女性，是对自己一生影响最大的人，也是最值得自己感激的人。她不仅对自己有生养之恩，还教育自己做人的道理，希望自己能成才，做一个正直的人。所以他必须发愤读书，考上大学，才能不辜负母亲的期望。

三

1956年，研制原子弹和导弹列入我国12年科学技术发展远景规划，一大批优秀科技工作者包括许多在国外已经取得杰出成就的科学家，义无反顾地投身到这一伟大事业中。这年7月，陈喜棠东北人民大学物理系毕业，国家在全国重点大学抽调优秀的毕业生，陈喜棠幸运地被国家中央人事部和高等教育部分配到中华人民共和国第二机械工业部（主管"两弹一星"部委）直属第774厂。从实习技术员做起，先后担任试验室主任、31号车间主任。陈喜棠政治素质高、技术业务精，由他筹建的774厂计量室、例行试验室，对确保"两弹一星"系列军工产品质量起了重要作用。同年10月，陈喜棠被选派到东南大学（原南京大学）再度深造电子器件专业三年。清华大学、北京大学进修无线电技术专业五年，从师苏联专家马卡洛夫博士独立培训实习三个月。他一心读书报国，精通俄语、英语、德语，深造进修电子器件、无线电技术等五个专业。上级部门高度评价他：陈喜棠是一位知识面广、经验丰富、既懂生产经营又懂技术管理的兼容人才。

1979年5月，陈喜棠借调到中华人民共和国第四机械工业部电子质量司，分管全国半导体的质量工作。同年10月，又重新调回中华人民共和国第四机械工业部直属第777厂任副总工程师（教授级高工）。其间，陈喜棠率先建立了777厂04军工生产线、模拟电路高可靠试验线，成功研制生产出集成电路DF-3号、DF-4号、DF-5号、巨浪潜地导弹配套，模拟集成电路长征三号火箭、DF-5号火箭、风云-1号彗星、红箭-7号配套。陈喜棠在国防重点工程配套中做出显著成绩，荣获电子工业科技一等奖。

1981年3月，777厂原总工程师李贵鲜，调辽宁省任副省长（后任辽宁省委书记、中国人民银行行长、国务院副总理等职）。陈喜棠由原副总工程师升任为总工程师兼高可靠研究所所长。777厂是我国军工电子大型综合性骨干企业，有16个分工厂、8个研究所，为1949年钱学森研制“三弹”时筹建（第一代钱学森研制成功控制系统、超小型电子管；第二代邓稼先研制成功半导体分离器件；第三代李贵鲜研制成功集成电路，陈喜棠研制成功导弹控制系统器件）。由总工程师直接领导主管，生产与国防38项重点工程配套的电真空系列产品、半导体系列产品、工业电器应用整机系列产品共100多个品种。其技术水平民用产品执行IES标准，出口美国、日本、东南亚国家。军用产品执行“840615”技术条件和航天部五院两项1000H加严条件（$\lambda=1\times10^{-6}$/时），部分单项指标达到美国军标MIL标准。中华人民共和国第四机械工业部时任部长刘寅两次视察777厂时，充分肯定陈喜棠研发的新产品。其间陈喜棠先后发表了《电真空器件阴极的技术检测》《高可靠产品指标计算》《论高可靠模拟电路生产线》等论文十多篇。又与西北电讯工程学院教授合作编译，在电子工业出版社出版了《微电路美国军用标准汇编》等著作。陈喜棠荣获中华人民共和国电子工业部电子工业科技成果二等奖。

1984年是陈喜棠科技成果发明年，也是陈喜棠人生事业发展最高峰阶段。他肩负重任，直接主持解决国家重点项目建设工程——建成我国军用线性电路高可靠实验线［详见国防科工委（84）计计字第543号文］。过去我国的军用电子器件都是在“七专”生产线制造出来的，这种生产模式很难提高产品的固有可靠性。外国的军用电子器件是在高可靠生产线制造出来的，因此产品的固有可靠性较高。但怎样搞高可靠生产线？在我国前人没有搞过，找不到借鉴的模式，外国人也绝不会告诉我们，国防科工委和电子工业部决定在777厂试点，并指定由陈喜棠兼任高可靠研究所第一任所长。中华人民共和国电子工业部时任部长张挺、国防科工委军工办主任于嘉印亲自到777厂视察鼓励。在陈喜棠总工程师的率领下，经过五年多的艰苦拼搏（详见电子工业部《模拟电路高可靠实验线报告》），终于在1987年2月，经国家专家组验收，各项技术指标达到高可靠工程要求，模拟电路可控实验生产线正式建成投产。由电子工业部主持，国防科工委、国家计委、国家经委、航天部、中船总、北大、清华、哈工大以及全国军工重点企业代表参加验收会议，这标志着我国高可靠电子器件工程发展到一个崭新的历史阶段，对于探索适合中国国情的高可靠电子元器件的生产方式，对于贯彻国军标和MIL标准，对于提高我国军用电子元器件的固有可靠性，对于确保和提高我国新一代导弹、彗星、核潜艇、飞船系统的可靠性起了重要的作用。他研制发明的军用电子元器件高可靠“七专”成果，仅“一专”项目每年就为国家创造超亿元经济价值，第777厂在完成“七专”质量控制任务中，积极努力，为国防现代化做出了突出贡献，受到国防科工委、电子工业部嘉奖。他个人荣获国家电子工业部一等奖。受中共中央、中央军委、国务院、工业部贺信、贺电慰问及奖励。

然而，1968年“文化大革命”期间，陈喜棠也受到不公正的待遇，他戴着“钻入党内阶级的异己分子”“苏联特务”“反动学术权威”三顶帽子，被开除党籍厂籍，被遣送回老家劳动改造7个月。途中，差点被隐蔽在丛林里的激进分子谋害。当时负责接管他的云浮县武装部副部长杨树新，看见他的工资104元，比县长还要高，认为他是个不简单的大人物，便暗中派人保护起来，提出不准戴高帽、剃光头，只准文斗不准武斗。陈喜棠在乡村住了两个多月，晚上写检讨，白天扫扫禾地或去祖上曾经收过田租的邻村农户家认罪。后来又在县城武装部住了五个月，劳动任务则是帮助修理或改装收音机。

1972年，陈喜棠恢复了工作。他担任第四机械工业部直属第777厂总工程师期间，国家从人力、物力、财力，全力以赴支持满足他的工作需求。仅来自全国各地顶尖大学的优秀毕业生就有16万人，中高职称以上级别的技术骨干有8万人。陈喜棠介绍说，人的一生能有机会独当一面负责国家级重点项目工程不容易，国家培养一个技术全面的人才不简单，我们研制国防尖端武器的，要具有知识密集性、多科性的前沿科学，除了精通数理化外，还要具备哲学甚至文学知识。他披露，同一个单位就包含了80多个专业的顶尖人才，可谓人才济济。但是，由于那个年代所从事的专业保密性、警惕性极强，上第一课就规定，同一个工厂不识不问，违反了严肃处理（怕特务破坏，全世界一样），他的婚姻大事也由奉媒妁之言到组织安排（妻子金子蔚是浙江大学化学系毕业的卓有成就的高才生），对任何个人事迹进行报道更是绝对泄密的事件。

“热爱祖国，热爱科学”是陈喜棠一生恪守的座右铭。1984年，经国务院批准，陈喜棠受命担任中国电子专家小组代表团团长，经常带领科研人员奔赴美国、英国、法国、荷兰等世界高科技研究中心考察或参加国际大型研讨会。多少个国家曾经许以金钱、美女诱惑，甚至开出最优厚的待遇条件挽留他在国外工作生活，但都被他一一拒绝了。有一次，我国派出教授级高工陈喜棠代表国家到西方某发达国家进行学术交流活动，主要研讨有关火箭的微电子技术。本来，根据对等的原则，对方也应该派出同级别的专家进行交流，但该国瞧不起我国派出的专家，只派出一般的工程师进行交流。结果，双方一接触，对方马上显出知识水平的不足。无奈，他们又派出高级工程师与我方进行交流。但他们的高工同样回答不了我方提出的技术难题。最后，他们只好派出最高级别的专家与我方进行交流研讨。对方十分佩服陈喜棠渊博的知识，陈喜棠也为国家争了光。

四

1991年4月，陈喜棠退休，他想回广东，被东莞市常平镇人民政府聘任为顾问及属下经济发展总公司副总经理。镇政府为与已超前发展、高度繁荣、有“小香港”之称的樟木头镇竞争“京九第一镇”（火车站项目），委托某名牌大学专家组研究定位常平镇为旅游大镇，但上报材料到省级时，却迟迟通不过。其间有人提议不如请搞高科技的陈喜棠试试。陈喜棠接受任务后，通过调查思考，以专家严谨缜密的态度、科学精准的数据、深邃可持续发展的理念，将大交通枢纽“京九第一镇”常平镇定位为“交通枢纽、物流中心”，构成与虎门、莞城三足鼎立的支点城市，上报材料一次通过。在报告会上，陈喜棠直抒己见，某大学专家组随从不知他的级别，觉得对自己上师不恭，颇有微词，后来了解他的经历背景后又佩服得五体投地。镇政府为了表彰陈喜棠的突出贡献，奖励他小车、住房，甚至划出一块15亩的土地由他选择（后期快速升值），他几次推却，最终要了一套房子。现在陈老就像候鸟一样，夏天飞往东北避暑，冬天飞往南粤过冬。常平镇政府坚持要留住他的党籍，还号召退休干部以他的精神为学习榜样，给他荣誉和待遇。

1994年9月，已退休三年的陈喜棠还收到一个更大的礼包，被辽宁省人民政府推荐为中国工程院候选院士，单位资料已备好，就催他答复。当时，以他在国防科工委、国家电子质量司的经历及科技领域的贡献，入选不成问题，但陈喜棠是个老伯乐，他知道推荐后，主动让贤，放弃竞选。他说："我已经退休了，让在职的更有需要的年轻人上吧。"

2000年，家乡云利村外出乡贤捐资建设云安县第一条乡村水泥路，陈喜棠知道后高兴不已，又出钱又设计规划，还亲笔题字："爱乡路"。2015年，阔别家乡60多年、已84岁的陈喜棠第一次回云浮过春节，他嘱咐女儿备足100个利是，按乡村俗例，分派给乡亲、表亲晚辈，弥补几十年"六亲不探""人间蒸发"的遗憾。他十分重视学生时代的情怀，春节前回来第二天，即参观云浮中学母校。从年初三起，连续拜访中学三位同班同学，又打电话给远在他乡的同学拜年，探访介绍他当年入团的团委书记，他觉得母校十分重视知识、重视友情，但又感觉没有什么贡献给学校，便决定要把他编译的《微电路美国军用标准汇编》和一本即将出版的《中国现代工业企业生产管理》送给母校纪念。《中国现代工业企业生产管理》一书共80万字，伏案三年而成，具有全面性、先进性、实用性，填补了我国现代化工业高层企业管理空白，已于2017年1月由国家一级出版社西安交通大学出版社正式出版。他还希望在有生之年，写一本面向社会大众特别是青少年宣传科普知识的书，让"两弹一星"的科学创新精神发扬光大。

陈喜棠，每天都绽放人生的别样光彩。他热爱家乡，科学报国，是一位永远受人尊敬和爱戴的云浮人。

2018 年 5 月

“点石成金”的人

张　瑜

“云浮云浮，满山石头，若然调走，永不回头。”这句流传多年的顺口溜，道出了过去云浮人的困窘与无奈。而今，云浮依然满山石头，但顺口溜已经变成了：“云浮石头，买世界卖世界，有甜头有奔头。”

云浮，从一个广东最贫困落后的山区县发展成为中国石材三大基地之一、世界有名的“中国石都”，一位老人功不可没。他，就是当时云浮县经济改革发展的引领者，竭尽全力为云浮县寻找适合本土发展改革路子的先行者：已经年逾八旬的肇庆市人大常委会原主任、云浮县委原书记黄荣。

“再不改革，云浮只会越来越穷”

黄荣，1933年出生于郁南县东坝镇龙塘村一个贫苦的农民家庭，小时候就成了孤儿。1950年他参军，转业后参加工作，做过铁厂工人和厂领导、武装民兵连指导员、人民公社社长、镇委书记、云浮县计划经济委员会主任、县长，1984年至1988年间任云浮县委书记。

黄荣曾经分管过农业、工业，还做过计划经济委员会主任，就像一个“管家婆”。他任县计委主任十多年间，分管过东枫水库、朝阳水库建设。当时整个县的多个小型水库、所有的林场都留下了他的足迹。

在云浮工作的32年间，黄荣亲自参与和见证了云浮从贫穷落后到发展壮大的蜕变过程。他说：“我把自己的青春都奉献给了云浮。我爱云浮，对云浮这块土地的一山一水、一草一木都有着深厚的感情。”

云浮历史上在广东地区是最穷的一个县。虽然云浮有丰富的石头资源，但由于当时响应国家“以粮为纲”的号召，以农业为主，人们的思想十分禁锢，单一的小农经济使得云浮的经济发展处于滞后状态。1984年，全县的工业总产值才1.44亿元，财政收入才700万元。

“再不改革，云浮只会越来越穷。”20世纪80年代初，改革开放的春风吹遍中国大地，也吹到了云浮这个贫困、偏僻的小县城。黄荣还记得，当时云浮县委一份关于开办石材厂的文件规定，限制集体、个人开厂，只支持国营办厂。

改革开放后，黄荣及县委班子首先就清理了这份文件，当众把它烧毁。这一把火，烧掉了人们思想上的禁锢，让云浮人深切地感受到中国改革开放的总指挥邓小平那句“发展才是硬道理”的至理名言。

改革的闸门打开后，云浮的经济建设就如洪水破堤一般，一发不可收，形成了“全民搞经济、一股劲头搞经济、集中精力搞经济”的气势。

书写“点石成金”的神话

20世纪五六十年代初，云浮县一半地方是很穷的，老百姓在光秃秃的石山上种粮食，连基本的温饱都解决不了，只能吃统销粮。肇庆地区的“穷三洞”之一托洞镇，一年集体分配才36元，一个劳动日只有8分钱，是全国最穷的镇之一。很多老百姓一年到头没饭吃，只能靠木薯、红薯和稀饭度日，生活非常清苦。

面对这种状况，黄荣想得最多的，就是如何解放思想，从实际出发，大刀阔斧地搞改革，带领全县人民脱贫致富，彻底改变云浮县贫困落后的面貌。

黄荣说，当时中央提出了“思想再解放一点，胆子再大一点，办法再多一点，步子再快一点”，这“四个一点”在当时深入人心。当时我们最大的特点就是解放思想，克服小农经济，促进生产力的发展。

“改革开放，不能没有明确的方向。云浮要找到适合自己发展的路子。”考虑到云浮有丰富的石材资源，又有着近300年石材加工的历史。黄荣与当时的县领导班子给云浮的发展制订了适合自己走的路子，那就是利用云浮的石头资源，大力发展石材建材产业。

1986年，县委班子组织去温州、杭州、泉州考察，学习先进的经验和做法。考察回来后，把温州的家庭工业模式引进来，将石材作为云浮的支柱产业和拳头产品来抓，促进了云浮石材产业的迅速发展。

黄荣说，温州没有原材料，只是集中全国的塑胶来生产纽扣，但温州的商品经济却搞得红红火火。而我们把石头的原材料变成产品，把产品变成商品，比温州还有优势。云浮的石材资源品种不多，我们就把全国的石材集中起来，还可以进口石头，积蓄天下的大石为我所用。

黄荣的发展思路是“五个轮子一起上”，即国营、集体、个体、联户、股份制的石材、建材厂同时发展。发动千家万户，大办石材建材工业，让“点石成金”的神话在云浮这块贫穷荒芜的土地上成为现实。

在改革过程中，县领导班子统一思想、团结奋进，共同为实现改革的目标而努力。然而，最大的困难和阻力却是与上级领导的思想不统一。

当时云浮只是肇庆市管辖的一个县，肇庆市一些领导并不赞成云浮搞石材建材产业，还指着黄荣的鼻子批评他：“你只会搞石头，不会做其他。”黄荣答道：“我想搞原子弹，但我没技术，也没钱，云浮只有石料，就适合搞石材、搞建材！”

群众对改革开放也不理解。记得当时的牧羊路整条街都是水田，当政府上午开会宣布将这条街改成石材、建材街，晚上让他们回去拔掉水田里的禾苗搞厂房，群众在思想上并不认同。他们觉得，搞石材、建材厂，生产队没了，也不种田了，就怕辛辛苦苦几十年，一夜回到解放前。另外，他们认为搞石材产业就是搞资本主义。

针对这个情况，县委、县政府对群众进行大力宣传，让群众明白政府鼓励他们做石材，是一条让他们脱掉“贫穷”帽子，过上好日子的光明大道。最终，在黄荣及班子成员耐心诚恳的说服下，群众的思想有了转变，洗脚上田搞石材产业。

政府除了在政策上给予支持，帮助他们与部门协调，还在思想上加以引导，鼓励群众解放思想，大胆搞经济，并负责解决贷款问题，帮助群众创业起步。为了向外宣传推广云浮石材，县委、县政府还带供销队伍外出学习，并组织1500个供销员到全国各地采购石料，推销石材产品。同时，还举办石料展销会，吸引各地客商把目光聚焦到云浮的石材上。

那个时候，党委政府、部门单位和普通群众，都拧成一股绳，鼓着一股气，专心致志搞经济。

主管部门对每个厂的综合情况进行一周一次小评比，一月一次大评比，还对每个厂进行检查和督促。每个厂搞石材生产的积极性都很高，没有技术就自己学，没有材料就自己找，没有市场就自己开发，形成了一场空前绝后的群众性运动。

黄荣还记得，当时云浮磨石片的技术不行，他就带着一个团去与云浮有连带关系的上海石料厂参观。但那边只给他们看磨头的配方，但磨头的温度并不透露。石料加工得好不好，磨得光不光、滑不滑，关键看磨头。于是，他们就在饭后去车间与工人聊天，然后用手偷偷摸磨头，以此来判断磨头的温度。就这样“偷”回了这门技术。

黄荣欣慰地说，我们从1986年开始做石材、建材产业，仅一个星期，石材厂就从7家发展到150多家。随后，石材厂如雨后春笋般崛起，逐步形成了“百里石材走廊”。短短四年间，全县石料厂从1984年的7家发展到1988年的1600多家，从业人员达30万人。现在云浮成了世界有名的“石都”和全国四大石材基地之一。不仅发展了石材，云浮的石材配套行业也得到了发展，比如建材、五金、机械等等。

“现在，世界的石材看中国，中国的石材看云浮。事实证明，我们当初选择搞市场经济这条路是走对了！”黄荣自豪地说。

“五个轮子”一起上

云浮最可贵的，就是不畏落后，勇于改革，找到了适合本土发展改革的路子。这其中，不能不佩服当时的县委书记黄荣的政治智慧和经济头脑。

1980年，云浮确定了自己的发展方向，即以抓经济建设为主。

为了走好、走稳云浮的经济发展之路，黄荣和当时的县委班子从实际出发，提出了“为十几亿工业产值奋斗”的目标，口号是“大中小，五个轮子一起上”，大到国营，小到集体、个人，能者就上，遍地开花，形成了一股“全民搞经济”的热潮。四套班子、机关部门团结一致，下定决心，围绕中心服务大局搞经济，到1988年，全县的产值从1984年的1.44亿元发展到6.6亿元，增长了3倍多；财政收入也由1984年的750多万元，增加到1988年的2440万元，增长了2倍多。

云浮的优势就是山多石头多，以石灰石为主。云浮利用石头搞石材产业，当时，水磨砖比较受欢迎，但做水磨砖，一定要用到白水泥。而当时广东省只有广州一家建材厂的一个车间生产白水泥，产量很少，根本供不应求。1981年，黄荣就与县领导班子决定筹建白水泥厂。

为了取得建设批文，黄荣书记带着8个人去省某主管部门的生产处找一位主管的副处长。然而，去到那，这位副处长不仅不请坐，连一杯水也不给喝，与他们足足讲了48分钟，从1958年讲到“文化大革命”的教训，始终不同意云浮建白水泥厂。后来，该局局长知道他们是来申请建白水泥厂的，就让黄荣到他办公室与那位副处长详谈。副处长听完他的介绍后，觉得云浮建白水泥厂有理有据，便握着黄荣的手连声说，“对不起，对不起”，黄荣笑着说：“没关系，你批给我就行了。”

项目获批后，黄荣派副县长温应钿去全国最大的白水泥厂——苏州白水泥厂偷师学艺，想方设法把图纸弄回来，以他们的图纸为参考，在此基础上改进，仅用了一年零四个月就建成了白水泥厂。投产后，水泥的白度还不够，黄荣就让温应钿带人去苏州偷师学艺。“对方不让我们看怎么漂白的，我就在开会时假装上厕所，最后才发现，原来我们的漂白桶没有改进。他们的桶只有3米长，但我们的桶是7米长，大了一半，影响了漂白效果。回到云浮后，我们除了改漂白桶的长度，还改了材料，这样生产出来的白水泥的白度达到了93%。”温应钿说，这个白水泥厂生产并供应了大量的白水泥，也因此生产出了大量市场上需要的水磨砖。

随着云浮聚力发展石材产业，石材企业越来越多，整个城市的用电量不断增大。另外，又引进了一个年产150万吨的水泥厂，用电压力是摆在云浮眼前的一个大问题。面对这个压力，黄荣萌生出要建一个发电厂的念头。面对黄荣这个大胆的想法，有的党员认为云浮不适合搞电厂，劝黄荣三思而后行。但黄荣坚持认为，配套的电力上不去，经济就不可能搞上去。

最大的困难是，省电力部门的领导也不同意云浮建发电厂。当黄荣向他递交申请时，他说："云浮搞什么电厂？你有什么条件搞电厂？"然后就把黄荣晾在一边。第二次，黄荣趁着去省里开人大会议的机会，拿着省人大代表的挂牌找到了省纪委。一位科长听到他是人大代表，就质疑地问："你做什么电厂？"黄荣强硬地说："我们云浮石材厂多，现在又引进一个年产150万吨的水泥厂。我们现在用的电是从湛江输送过来的，不够用。如果启动不了，你负责还是我负责？"随后，这位科长带他去找局长，局长了解情况后，立即派人下云浮考察。而偏偏来云浮考察的人就是开始拒绝黄荣的那位领导，他见到黄荣，尴尬地说"冤家路窄"。黄荣对他说，我是有党性原则的，党委怎么办，我就怎么办，不会泄私愤。那位领导考察了之后，确定云浮具有建发电厂的条件，同意了云浮投建发电厂的请求。

省里批准之后，还得国家计委批准。黄荣派副县长何少乾上北京递交申请，并对她说："拿不到批文你就别回来，你住两个月、三个月、半年也好，一定要把批文拿到手。"在北京等了49天后，何少乾终于拿到了批文，回来主抓电厂的建设。现在，云浮发电厂已发展壮大，发电项目已到三期，年输送电从一期的25万千瓦发展到100万千瓦。

“我们在发展经济的路上遇到无数的困难和阻力，但令人欣慰的是，我们的班子团结一致、作风扎实、勇于担当、不怕困难，大家都秉持着坚定不移的信念，那就是一心一意坚持搞经济。”黄荣说，“华国锋主席到肇庆考察时指出：‘思想要解放一点，步子快一点，工作扎实一点。’我们就是本着实事求是、从实际出发、解放思想的原则，一心一意发展市场经济，才有了把云浮从一个穷县变成今天繁华如斯的喜人景象。这也算是我向云浮人民交出的一份满意答卷吧。”

为了云浮的碧水蓝天

春秋时期，管仲在《管子·立政》中说：“草木不植成，国之贫也。草木植成，国之富也。”“行其山泽，观其桑麻，计其六畜之产，而贫富之国可知也。”正如习近平总书记所说：生态兴则文明兴，生态衰则文明衰。一个地方富不富裕，就看它的生态环境和精神文明。

20世纪80年代以前，云浮有超过100万亩的荒山，山头上的树都被砍伐光了，从远处望去，整个山头光秃秃的。那时，群众是这样形容云浮的山的：“天晴的时候张牙舞爪，下雨的时候头破血流。”水土流失严重，令当地群众苦不堪言。

“人的命脉在于田，田的命脉在于水，水的命脉在于山，山的命脉在于泥，泥的命脉在于树。”黄荣与县领导班子深谙这个道理。为此，县委做了一个明智的决定——用5年的时间绿化云浮。

然而，由于历史的原因，云浮荒山较多，造林绿化的任务十分艰巨。

黄荣与当时的领导班子带领全县人民开展了大面积的造林绿化运动，用实际行动绿化云浮大地。

当时的副县长温应钿说，他们碰到的很大问题就是没有树种。黄荣书记就让他带着5个人到广西、江西、湖南等5个省找树种，经过20多天的努力，终于把树种弄回来了。

有了树种，云浮就以人工造林与飞机播种相结合来植树造林。经过5年的艰辛种植，云浮所有的山头基本绿化完成。“现在，有这么美丽的林相，是我们那时候下了很大功夫，受了很多委屈也不懈怠的结果。”温应钿说，为了绿化云浮，黄荣书记被上级领导批评了很多次，但尽管如此，黄书记下了决心，一定要把云浮的绿化造林做好。

“当时的省委书记林若多次来视察指导云浮的植树造林工作，在他的指导下，我们不断总结经验教训，一方面造林，一方面制止乱砍滥伐，很快就把100万亩荒山‘装点’得郁郁葱葱。”温应钿欣慰地说，黄荣书记团结当时的县委、县政府班子，干了很多实事。如果不是大面积地植树造林，云浮的山头就是光秃秃的。特别是罗定、镇安、白石等地，当地人天天砍树，哪怕只剩下一棵树都要砍。这正印证了那句话：“越砍越穷，越穷越砍。”现在，云浮有这么好的空气质量，有这么好的林相，黄荣书记植树造林功不可没。几年光景，云浮就成了全省的“绿化先进县”。

黄荣说，这几年，云浮的变化很大，在原有定下的方向继续发展，将经济发展与生态环境建设结合起来抓，建材产业发展壮大，绿化的优势越来越明显，环境卫生、空气质量越来越好，蓝天白云随处可见，云浮的绿化、环境、空气质量都排在全省前列。所以说，把打造生态环境当作重中之重的工作来做，把森林、绿地当作生态环境的重要产业来发展，才有了云浮今天如此澄明的蓝天和如此清新的空气。

对云浮今后的发展，黄荣充满期待：“选择道路很重要，继续坚持下去更重要。云浮要从实际出发，坚持以工业为重点，在巩固传统产业、工艺的基础上，调整产业结构，走多元化发展的道路，除了生产天然的石材产品、不锈钢，还可以做一些延伸的复合产品，如五金、装修配套、精细化工等，形成一条建材系列产品的产业链。同时要将目前家庭作坊的模式转化为集团式的发展。”

黄荣说，当前，云浮正在打造西江新城，发展壮大中心城区，希望能加快速度来推进。开发区要引进高新科技，注重环境保护，不能走过去那种先发展后治污的道路。城市要持续发展，除了发展工业，还要在生态环境上做一些努力，可利用大金山、云雾山、金鱼沙和几大水库等丰富的生态资源发展旅游业，让这个城市发展成为一个富裕、宜居、幸福的中型城市，吸引更多的人进来投资、置业、生活，让老百姓安居乐业。

“希望云浮的明天更加美好！”黄荣说。这是一位地地道道的云浮人、一位云浮改革的引领者、一位心系云浮的老者发自内心的祝愿。

2018年3月

点燃烛光　照亮明天

甘姮华

人们无法想象，黑夜之中的烛光，对于看不见未来的人是多么的重要。那可不是光亮这么简单的事物，而是生存的希望与前行的方向，能引领人走向光辉灿烂的明天。所以，世人又总以蜡烛比喻良师，淡泊名利、默默奉献、倾其所有，为了教育事业永不言累，永不言悔。这就是良师的风范、良师的情怀、良师的精神——烛光精神。

他把自己化作烛光，燃烧了自己，照亮了别人。他就是香港资深慈善教育家、可风中学原校长、中国烛光教育基金会创会主席陈昌立。

土生土长的香港人几乎都知道，作为香港首批指定英语教学中学之一的可风中学堪称名校。在香港入读可风中学几乎就等于在内地入读了重点中学。可风中学虽然是一所英文中学，绝大部分学科均以英语授课，对学生的英语水平要求非常严格，但该校同时对中国语文、普通话以及传统的中国历史文化亦十分重视，陈昌立就曾担任可风中学校长。他青年时期由香港名校毕业，一生从事教育工作，成长为香港资深教育家，中文、英文水平一流。他在国内外各种会议、庆典、交流活动中，出口成章、引经据典，完全脱稿的即兴演讲，总能吸引所有在场的师生、听众竖耳聆听，唯恐听漏一句而为之抱憾。

日常生活中，陈昌立与人交谈，总是轻声细语，如爱生心切的师长循循善诱，给人和风细雨、润物无声的感觉；与人相处之时，陈昌立又总是对事物观察入微，行事细致体贴……这位谈吐优雅、和蔼可亲的老校长，正是以其深厚的学识修养、诚信品格和独特的人格魅力，赢得了社会各阶层人士对他的尊重与敬佩，也使得他创立的中国烛光教育基金援助项目总是有求必应，他所倡导的众多慈善事业也总是响应者众。

笔者曾奇怪，为什么云浮市政协很多熟悉陈昌立的港澳委员都喜欢亲切地称呼陈昌立为陈校长？他明明已经退休了，而且还创办了香港烛光基金会，不是应该叫陈会长吗？有一年，陈校长为云浮中学募捐的一座教学楼挂牌，陈校长在庆典上致辞，他侃侃而谈，动之以情，晓之以理，轻松畅谈人生、学习的意义，字字珠玑，引人入胜，笔者虽然只是聆听了短短十几分钟时间，但竟然有上了人生一课的深刻感觉，于是也从心底由衷地想叫他一声“陈校长”，以表达心中对这位温文尔雅的老校长的喜爱之情。“校长”之名，或许就是人们想表达和送给他的尊称，是人们对陈昌立一辈子从事教育工作的感谢与敬重。

然而不说不知道，正是这位学贯中西、举手投足间无不透露着一股子文人气质的中学老校长，竟然还是一名太极拳高手。别看陈校长长得斯斯文文，身形瘦削，鼻梁上还架着一副细框的金边眼镜，但熟悉他的人都知道，平常三五个健壮的年轻人轻易不能近其身！不少人亲眼见证过身材比陈校长魁梧的人想攻击他，却在一招之内被甩在了地上。

2002年，陈昌立曾作为领队率领香港武术队到韩国参加釜山亚运会，当时他刚刚从校长之职退下来，就代表香港武术界披挂上阵了，其武术功底之深厚显而易见、无可置疑。这位自幼爱好武术的吴氏太极拳传人，不但是吴氏太极拳的入室弟子，而且将太极拳发扬光大，吸引了不少太极拳爱好者跟随他习武强身，而且数十年来经常一起互相切磋交流，为传承中国太极武术精髓做出了积极的贡献。

事实上，我们也知道，陈校长退休多年，早已不在乎什么荣誉与称号，甚至于2011年与陈慕华、成龙、李娜、杨澜等30位中外名人，一起当选“中国儿童慈善30年感动人物”之时，陈昌立依然故我，他选择奔走在山区学校与贫困孩子们的身边，却没有飞往北京参加“把爱心奉献给孩子们——中国儿童慈善30年感动人物颁奖晚会”，这可是由全国妇联、中国儿童少年基金会共同主办，并在全国政协礼堂隆重举行，备受社会和媒体关注的一场盛会。如今陈校长虽已年过80，却老当益壮，仍在以实际行动诠释着真诚助人、不求回报、爱心永恒的慈善真谛。

说起陈校长，云浮人可以不提他如何几十年如一日地教书育人，但却一定不能忘记祖籍云城的他，是如何创立香港烛光基金会、如何回乡支持教育事业建设发展的历程。且让我们细细说来：

早在1996年，陈昌立受香港另一位中学校长卢恩成启发，在单纯援助贫困地区校舍修建的基础上，萌生了让学生参与援建学校的活动，激发学生关心国情民生，拓展视野的念头。于是，身为香港可风中学校长，他在可风学校发动了非常成功的筹款援建贫困学校行动。回忆当时的情况，陈校长仍记得每逢周末，他就亲自驾车到韶关、贵州等地监工，有一次他和卢校长两人轮流驾车，从香港到一个较偏远的山区学校，竟然花了17个小时，须知当时从香港坐飞机到美国也只要十几个小时。

2000年陈昌立行将退休，想到可以全心全意为山区孩子多出一分力之时，刚好收到邹汉文先生捐出的一笔款项，于是陈校长就和好友卢恩成、王长如小姐一起商议，创立了中国烛光教育基金。随后，在施祖祥、伍步谦两位赞助人的支持下，基金会很快规划好基本架构和发展方向，成立了建校、助学、教师培训、文化交流等小组，并迅速做成了一系列慈善赞助项目。由于所有董事都是义工，在借用的写字楼里，以最节俭的方式展开基金运作事务，所以每年行政费只占捐款的3%—4%。至2001年陈昌立正式退休时，该基金已在国内考察援建了19所学校，让星星之烛光深深地温暖了山区无数的孩子。

“我们活着应该让别人因为你的活着而得到益处。”这是陈昌立应笔者之邀，亲笔写下的一句人生座右铭。他总结自己生平之志的字句虽然朴实无华，思考其内涵却是感人至深，让人联想起中国烛光教育基金十周年特刊《祝愿》上的烛光谱：“一根蜡烛，火光幽幽，半明半灭，掩映冷清；十数根蜡烛，虽是星星之火，却令满堂生辉，备感温暖。”

恰如当日，陈校长谈起自己退而不休，为中国教育事业奉献的心路历程，不论是从香港驱车十几个小时，沿途考察贫困学校的经历，还是冒雨在崎岖山路上行进，差点被山泥坍塌掩埋，险象环生的突发事件……他的言谈轻描淡写，表情温馨柔和，而人们却在胆战心惊中，领悟了一位资深教育工作者心中那份坚如磐石的献身精神。

陈校长自港大毕业之后，一直在香港从事与教育相关的工作，对教育工作深有体会，对如何启迪与提升内地与香港两地学生的水平做出过深入的思考。他说，中国要国富民强，就应该以教育为本，只有教育好下一代，我们的民族与国家才有前途。

对比着条件优越但视野狭窄、缺乏理想的香港学子，陈校长希望香港的学生不要被富庶生活所蒙蔽，要学会惜福和感恩，树立远大理想；面对贫困地区一些穷得没鞋子穿、光着脚丫在危旧校舍里上课的学生，他又如锥刺心，思绪万千，恨不得立马将自己瘦小的身躯，变幻成一根蜡烛，用烛光燃点希望，完成自己毕生献身教育事业之志向，为贫困山区的孩子照亮一条走向美好幸福的康庄大道。

烛愿十载，祝愿百年。

中国烛光教育基金自2000年成立以来，作为香港教育工作者及专业人士在香港注册的非营利慈善机构，以支持内地贫困地区教育发展及促进内地与香港两地学术文化交流为宗旨，已在偏远山区捐资援建了合共491个建校项目，遍及广东、广西、云南、贵州、湖南、湖北、江西、河南、安徽、山东、四川、陕西、甘肃、宁夏及青海共18个省、区，捐款超过人民币128,334,798元。援建项目主要是兴建新的教学楼及师生宿舍楼，以取代旧有的危房，让同学们能够在一个较安全、舒适的地方学习。另外，亦为受助学校添置主要教学设施，如运动场、计算机、图书、多媒体活动教材等现代化设备。发放助学金资助10,650名内地山区的中、小、大学及特殊学校的特困生，助学金额达人民币835.65万元，使他们能继续学业。帮助各地进行教师培训，举办十天山区教师暑期短训班，以鼓励教师提升教学素质。受训教师9814人，费用达人民币476.34万元。此外，亦与内地教育机构合办优质办学成果奖，以嘉奖办学成绩优秀的内地学校，奖金达人民币40万元。同时开展各类文化交流活动，资助及安排香港与内地学生及教育工作者的文化交流、青少年领袖培训及全国学术比赛等活动，参加人数达400,835人。

在这个董事成员及顾问皆为义务人员，一直以来基金的行政费用均低于捐款的5%的基金会网站上，每一项捐助、每一笔支出都有着细化到个位数的清楚详细数字记录。陈校长大公无私的烛光精神再一次从这微小的细节中，折射出让人赞叹不已的耀眼光芒。

作为云浮人，我们又很庆幸陈昌立虽然出生在香港，但祖籍云浮云城。他说，小时候香港沦陷时，是家乡的山水护荫了他三年，为此他对云浮的山山水水有了更深的情感，所以他又特别关注云浮的教育事业发展。透过一沓沓用超细的6号字体打印的受助学校名册，统计表上密密麻麻，学校名称、捐助总数深深地震撼着观看者的心灵……

烛光精神，爱火燎原，照亮明天。当香港城市大学传播与新媒体的硕士生为烛光基金设计第一代网页时，他们说："我们为烛光基金设计网站，本来只是毕业的习作，但在过程中，我们了解到山区的同学们在艰苦的条件下，没有向环境和命运屈服。我们设计的网站，将会成为山区同学的一点烛光。我们多么希望将来有一天山区小学都能接上互联网，有机会浏览这个网站，相信他们的笑脸，一定会很可爱。"

十多年来，中国烛光教育基金不仅在云浮市捐助了数千万元财物，更为重要的是陈校长为云浮这样的山区城市，带来了永无穷尽的烛光教育慈善精神力量，从此以星火燎原之势，掀起了云浮各地党政、企业、乡贤热心公益事业，成立各类基金会，共同为教育事业发展奉献力量的滔天热浪。

作为一名资深教育工作者和市政协常委，近年，陈昌立还曾认真撰写了一篇关于未来10年云浮教育应该怎样发展的提案，获得高度评价。他为支持云浮教育方面所投入的心血，也让云浮各级党政领导、学校师生记忆犹新，感动常在。

在云浮市各地乡村的132个中国烛光教育基金援建学校、项目，听受助学校校长、师生们的讲述，印象最深刻的就是关于"亿元"和"20元"这两个数字。

平凡的数字与不平凡的故事，让人感慨与感动。没错，筹措超过1亿元！这就是云城籍旅港同胞、云浮市政协原常委、荣誉委员陈昌立校长为中国教育事业发展而筹集的慈善援助金额！让人不禁对"富而不骄、富而好礼者"心生敬意，对"贫而不谄、贫而乐道者"感到尊重！

从香港可风中学创校校长之职退休后，陈昌立与友人一起创立中国烛光教育基金以来，他和众多捐助人十年如一日，以烛光燃点希望，为贫困山区的孩子撑起一片晴朗的天空。17年来，该基金不仅使云浮地区上百学校、数以千计师生受益，也使援助项目扩大到全国各地。

作为基金主席，陈昌立足迹遍布祖国大江南北，但他无暇欣赏大地山河的秀美风景，只一味地往最穷最苦最落后的山区里跑，将目光锁定在需要帮助的学校和学生上。他亲自考察大山深处的贫困学校，了解校舍状况，评估学校发展，细询学生之需求，拍图片、收集资料，然后千里迢迢回香港募捐。老校长以他的真心诚意，感动了一个又一个香港富豪、普通商人，一位又一位公职人员、老师、学生，源源不断地为中国教育事业发展捐赠物资。

滴水成河，聚沙成塔。陈昌立与众人携手，以身化烛，点燃自己，照亮他人，为贫困孩子们以知识改变命运搭桥修路，无私地奉献着自己的力量，也点燃了藏在人们心中的熊熊爱火。

亿元！对于某些亿万富豪和跨国公司、上市集团来说，或许只是九牛一毛！但走访中，笔者了解到一些山区贫困学生，因为家境贫困，为没有20元书钱、车费而困扰；看到孩子们获得援助后感恩的笑脸，瞬间对陈昌立的义举善行有了更深的感悟。

20元！我们无法想象，云安中学一名来自白石镇的高中生小张，曾因一本20多元的英汉字典而朝思暮想。因为家境贫寒，她和所有品学兼优的贫困学生一样，虽然有心刻苦用功学习，却苦于囊中羞涩，无钱购买一本常用字典。领到中国烛光助学金后，她马上去买了一本《英汉翻译字典》，不到一个学期，英语成绩从原来的60多分，提高到了80分。

同样的20元！家住腰古镇的高中学生覃氏姐妹，因为成绩优异双双考上位于市区的云浮中学，这一对姐妹花不像其他住校学生，每到周末就乘车回家去休假，而是要隔两个星期才回家一次。她们说，不是不想回家，只是想节省来回一次每人要20元钱的车费，减轻她们母亲靠卖菜，独自养家的辛劳，也减少同时供她们上学读书所带来的经济压力。因此，可以想象，当这些来自贫困家庭的孩子，从老师手中拿过烛光基金援助的每年1500元助学金时的惊喜与振奋！

只有真正了解山区学校办学条件的落后与贫困学生在学习、生活方面的窘境，才能明白中国烛光教育基金无偿捐款的意义与作用。而作为这一基金会的创立人之一，陈昌立委员为中国山区教育事业的发展付出了很多心血，赢得了人们的尊重与爱戴。

“偏远山区土地贫瘠，交通不便，经济有待发展。要脱贫，孩子们就要接受教育，以知识逐步改善生活，促进地方的发展，这是贫困山区明天的希望。”每当陈昌立向香港热心人士传扬烛光精神时，他不但会认真地介绍经自己亲自考察过的山区学校，还会派发一张张设计精美的中国烛光教育基金宣传卡，把烛光服务宗旨、工作特点、工作成果展示出来。他真诚的心、严谨负责的态度，深深地打动了心中有爱的人，甚至吸引了他们加入基金会，成为一名薪火相传的“烛光人”。

在云安县南盛横岗薛文熹小学、云城区腰古中学、云浮中学、云安中学、富林云利满明小学……从一位位校长、教师、学生的口中，听到不分国籍、不分男女老少，一个又一个中外“烛光人”的事迹；从一座座拔地而起的新校园、一幢幢修缮一新的教学楼中，感悟着更深层次的烛光精神的同时，只觉得“烛光精神”已被深深植根在人们心中，影响深远，意义非凡。

在由陈昌立校长引荐英国人士薛文熹援建的横岗小学，校长赵雄指着一幢新建的三层综合教学楼，深有感触地说：“这里以前只是一排600平方米砖木结构的瓦房，自从建好了新的教学楼，不但学生们的学习环境变好了，我们山区学校里的教师也有了自己两房一厅的宿舍，生活、工作环境都大为改善。‘烛光人’的行为还感染和影响了很多当地乡亲，大家从以前的漠不关心变得积极起来，但凡学校有什么需要都能有钱出钱、有力出力。”

说到中国烛光教育基金，赵校长还说起了两件事情：一是他还曾经办过由中国烛光教育基金援建的四坑小学，可见该基金会在云浮投入援建学校数量之多；二是赵校长曾在2008年获得由烛光基金颁发的“云浮市乡村小学优秀校长”称号，得到过1500元奖教金，这也是烛光基金为鼓舞山区教育做出的另一份特殊贡献。

如果说，陈昌立校长亲自考察山区学校的过程中亲力亲为、细致认真的教育家形象，有如春风化雨，滋润和感染了许多坚守在山区工作的云浮教育工作者，改变了一些山区学校的学风、教风，那么，中国烛光教育基金的情暖山区十数载，虽历经金融危机，却始终如一，其雪中送炭的烛光精神，亦将深深地被人们记在脑海里。

近年，受到中国烛光教育基金精神影响的不但是学校、教师、学生这些个体，从“烛光精神”中汲取营养，并茁壮成长着的还包括一些国家机构、民间组织、社会团体。目前中国烛光教育基金也与北英慈善基金会、百度云浮吧等12个慈善团体一样，享受着更细致、方便的各种服务，以更好地为有需要的人提供帮助。

星星之火，可以燎原。这个常年只有4个董事、义工在开展工作的基金会，在十多年间筹集了1亿多元，全部用于支持中国教育事业的建设发展。至今，仍有无数来自四面八方的善长仁翁，受到“烛光精神”的感召，透过一个又一个如陈昌立校长这样富有个人魅力的“烛光人”，引燃了灵魂深处的爱的火花，最终也秉承烛光思想，温暖了这个需要光和热的世界。

燃烧自己、温暖他人、传播爱心、照亮世界……这就是与陈昌立校长人生座右铭有着异曲同工之意的中国烛光教育基金精神。陈校长用自己的生命，点燃了一把温暖的爱火，照亮了天际云霞，让边远山区孩子们看见了希望。

2018 年 3 月

游子归来写故乡

甘姮华

“少小离家六十秋，老大回乡情依旧。故园美景常在目，莫让乡思白了头。”这是十多年前，著名书画家劳崇聘在一把中式传统折扇上的亲笔题诗，扇面另一边配的是一幅《崇聘画故乡》，画着老画家童年记忆里，乡村小孩子去山上放牧归来，傍晚路过山林下溪涧小桥的情景。

纸扇摇拨间，一缕缕芬芳渗心的故乡情若隐若现，被深刻地印在人们的记忆中，成为一段思乡情深的温馨记忆。

“昔我往矣，杨柳依依；今我来思，雨雪霏霏。”从13岁徒步走出南粤山区求学，青壮年时期在外面的世界游历，辛勤笔耕半生，到退休后回乡埋头创作，滋润劳崇聘艺术生命成长的始终是故土情长。

劳崇聘以画国外风光见长，作品独具风格，是少有的善画异域风情的画家，国外风情画稿盈千。他在北京工作、居住40多年，退休之后本可在首都享福，但不断被邀请参加各类会议、活动，无法专心搞自己喜欢的艺术创作，再加上因为长年远离故乡，总被淡淡的乡愁萦绕，于是从20世纪90年代开始，劳崇聘经常一有空闲就回肇庆、云浮、新兴探望亲友、同学。后来就被热情的乡亲、同学情感染，决定回乡定居，干脆就把新兴县城家中的客厅改作书画创作室，专心致志进行书画创作，不经意间又画了上千幅家乡的山水风景诗画。

树高千丈，叶落归根。透过劳崇聘的画作，人们可以感受到干净透彻的画风背后，一股深深的爱乡、恋乡之情满溢。

劳崇聘的家乡在云浮新兴县河头镇河宁村，后面的山660米高，村子不大，只有百户人家。但劳老至今仍然记得，小时候村里的叔伯兄弟都很纯朴，崇文重教，都希望子女读书成才。很多人家节衣缩食也要送子女去读书，从来不会因为家庭困难就不让孩子读书。因为有这样的风俗，所以村里培养了不少知识分子，有些人在工作上也有所成就。

劳崇聘不管离开家乡多远，心里始终记得家乡这种质朴、文明的环境氛围，一直对家乡深怀感情，就如他在《故乡抒怀》诗中写道：“石羊山峰似笔架，山间田垌有我家。清溪缓缓村前过，稻浪滚滚好年华……秀丽山川心灵醉，村后文笔尽挥洒。一片诗心情万缕，我为家乡作诗画。”

虽然离开家乡走过的路不止千万里，但从家乡二十四山弯弯曲曲的山路一步步走出去时的那种深刻印象，始终在他心头萦绕。

“很多回忆当时觉得不以为然，回头看时却觉得乡情特别深厚、浓重，所以有时也总是觉得画故乡是最容易、最有感情的，画外面的事物就显得生疏一点。”劳崇聘是这样说，也是这样做的，他把最深的情感都画在了他的作品里。他最喜欢画的牛，很多就来自小时候去看牛时的回忆，也就有了很多关于放牧和牛的画作。

从1992年开始，劳崇聘又走遍当时肇庆市的12个县（市、区），花了两年多时间创作完成“肇庆风光美”画展。为采风创作，他畅游西江之后，看到家乡在改革开放中的巨变，艺术家骨子里的创作激情再次被点燃，心中默默许愿：要用画笔描绘家乡的新景。此后十余年间，南粤人地上郁郁葱葱的青山绿水，不再是画家记忆里的模糊印象，而是直接落在了大大小小的宣纸之上，成了数以千计、浓妆淡抹总相宜的泼墨山水画，成了艺术大展中情真意切、让人们惊艳的诗书画佳作。

“岁老根弥壮，阳骄叶更阴。”在庆贺八十大寿之际，人们发现劳崇聘默默创作，诗书画艺术再度丰收，于是在云浮为他举办了“翰墨故乡情”八十诗书画大展。作品一经整理，竟发现市文化馆的展厅都不够位置摆了，还要加上市博物馆的场地。法国著名雕塑家罗丹曾说过：“生活中从来都不缺少美，只是缺少发现美的眼睛。”而劳老从小就是一个善于捕捉美的人。不论是小时候放牧时所见的田园风光，还是国外游历所捕捉的异域风情，均融入其潜心创作的山水诗书画卷，始终真实地反映了中外社会自然的美好景色，而且质朴自然、格调高雅、明丽清新，富有强烈的时代感和生活气息。

翻阅劳崇聘的艺术年表，人们惊讶地发现，至今他已出版《各国写生》《世界风光画辑》《国外风情速写集》《躬耕砚田五十年·劳崇聘及其艺术》《劳崇聘艺术馆藏品集》等，在世界各地举办作品展览百余次，还应邀参加中国著名书画家作品展、全国当代著名花鸟画家作品展、亚洲美展、中日国际书法作品展、亚洲水彩画展等国内外重要活动。他的作品广为国内外博物馆和中外各界人士收藏，艺术传略载入英、美、中等多个国家出版的《世界名人录》《中国历代书画家大辞典》等数十部典籍。

“老翁八十志不移，从艺半个多世纪。人生犹如调色板，七彩酸甜苦辣齐。周游列国寻佳景，走笔泼墨诗画题。醉墨丹青早忘年，老骥伏枥自奋蹄。——劳崇聘年方八十诗并书。”看着劳崇聘的诗文，您会忍不住赞叹，他用艺术才华与辛勤劳动，勾画了一幅人间最美好的画卷，也让人看到了一颗苍茫拙朴、浑厚华滋的赤子心。

劳崇聘说："八十大展我选了最好的精品，要让家乡的父老看最好的展览。"在云浮市文化馆和市博物馆，人们用发现美的眼睛，享受着由八十岁著名诗书画艺术家劳崇聘为家乡人创作的文化盛宴。对于一个画家来说，能够提笔挥毫在画上题诗，既要画画得好，还要诗写得妙，更要有精到的书法功底，三者皆能上乘，便会被人推崇为"诗书画三绝"。当"翰墨故乡情"劳崇聘八十诗书画大展在云浮举办，也让人们真正见识了劳老已达至"诗书画三绝"的人文学养。

劳老的诗书画作品情真意切，质朴自然，讲究书体和章法与画面和谐一致，而且书意合于诗意和画意，因而，他的题画诗，诗与画融为一体，情景交融，流畅自然，清新洒脱；赏其画，又如行云流水，气韵生动；再品赏书体，无比清疏空灵，超凡脱俗，让人观之如入浓郁的传统文化境界，有别具一格的感觉。

十多年后，在"翰墨故乡情"劳崇聘八十大展之上，欣赏承载着老画家对故乡深深眷恋之情的精美折扇，人们再次深深地被诗画中真挚的情感与内容打动。这把平常的金色折扇，因为保存着如此真情流露的书画佳作，已然变成让人爱不释手的珍贵艺术精品。

劳崇聘静下心来，一画就是十年。以至在筹备八十大展期间偶遇一位北京的老朋友，朋友十多年不见他，惊奇地问他这么多年到底在哪里，干什么去了。他笑着回答："我在家乡隐居，专心搞我的诗书画创作啊。"

是啊，家乡的青山绿水孕育了画家、诗人、书法家，也为劳老送上了如泉涌般的创作灵感。随着劳老的足迹，他的笔锋也落在了家乡的山水间，所著的《珠江万里图》经由广东人民出版社正式出版，被称为"史诗般的珠江全景壮丽画卷"。

这本16开正方形、足有4厘米厚的诗书画长卷式精装画册，是劳老花费十年时间采风创作，于2006年基本完成，如今又历经十年时间修改完善才正式出版付印，既难得一见又具有收藏价值的岭南书画经典著作。

《珠江万里图》无疑是劳崇聘自1994年完成《西江百里图》后的又一力作，透过这本精美画册，人们不但可以完整地欣赏长225米、宽1米的珠江沿岸山水、人文胜景巨作的印刷品，享受艺术的美感，还可以通过配画诗、采风经历简述、地理景观介绍，对珠江发源史、沿途社会经济发展历史有一个大致的了解，对中华江河文化有更进一步的深入认识，获得知识，启迪思维。

从巍巍云贵高原的马雄山源头，到千川东流归大海的八个出海口之一的虎门大桥，要画珠江，首先要了解珠江、认识珠江。

为此，已年过花甲的劳崇聘从1997年开始，背着画夹，离开北京，奔赴云南珠江源头进行珠江两岸万里行采风创作。

第一次现场采风就历时百天，从曲靖市马雄山东麓海拔2145米的石灰岩洞出水口开始，途经云南、贵州、广西、广东四省区40多个县市，跋山涉水，广泛搜集创作素材。1998年春节开始，劳崇聘回到北京并开始了《珠江万里图》漫长而艰苦的十年创作，因为没有专门的画室，从家中的小过厅到小区小学平房，其间几易创作地点，劳崇聘坚持十日一山五日一水，全心全意埋头创作，一画就是十年，以执着艺术的信念、持之以恒的心态、不急功近利的精神，终于在2007年完成《珠江万里图》长卷。

劳崇聘认为，作画不仅要表现自然景物，更要表达画家的情感，缺乏情感的人不仅不能成为诗人，同时也不会是称职的画家。所以，出版《珠江万里图》，他又将在采风中创作的众多寄情诗作，以山水自画自题诗的形式，编辑到画册中，使诗情画艺相得益彰，使《珠江万里图》集诗书画于一体，更富有艺术感染力。

八十回眸，成果丰硕。劳崇聘无比感叹自己的人生路，每步走来都是宽心惬意，每一次都无比坚定与无憾，他并不因已有的诗书画文艺术成就而故步自封，依然奔跑在积极前行的路上。他要在很短的时间里，尽量多做有益于社会的工作；他要在艺术方面孜孜不倦，一如少年时般，不断追求进步与发展；他还要集中精力，全力以赴，以情入画，用心诗文，汇编出版个人全集，把自己所见所知的云山秀水绘入生命的长卷里，以留后世子孙瞻仰。

2018 年 3 月

一个不应被遗忘的石艺人

李加宁

谭林海——他为什么非要把云浮工业研究所改名为云浮工艺美术研究所？其目的是什么？如果认为他是在为工艺美术而工艺美术，那就大错特错了。

他告诉我，他祖籍佛山，但他是云浮人

1951年，从就读的华南人民文学艺术学院以学生的身份到云浮县参加土改工作的那一天起，他就目睹了云浮当初的状况。他向我娓娓道来，回忆依然是那么的清晰、那么的激动、那么的沉重，不时地唏嘘不已。那年冬天的一个早晨，曙光微明，与亲人在寒风料峭中各道珍重后，他拿起背包行囊，汇入学院532人的师生员工队伍，齐聚广州的天字码头，准备登上

"花尾渡"出发去云浮参加土改——让农民分享革命胜利的果实。要知道，这些人中，光学生就482人，他们是天之骄子；而学院和各处室的领导以及老师就有数十人之多，其中陈残云、黄新波、关山月、杜埃、陈芦荻、徐坚白、李育中、杨匡民等人可都是后来岭南学派的著名代表人物、岭南文化名人或诗书画、音乐领域的重要代表人物。

"花尾渡"，一个多么漂亮的名词！他说，估计现在知道它的人已经少之又少了。

"花尾渡"，是当时人们对航行于珠江流域和西江流域，来往于广东与广西之间的主要水上交通工具的昵称。严格来说，它是自身没有动力的木船。因其头低尾高，尾部高出的数层外立面被漆成花花绿绿，故而得名。它要靠一艘燃烧油渣的轮船用一条长长的缆绳拖拉牵引才能前进。如果动力不足或失去动力，"花尾渡"庞大的船身借着江水顺流而下的惯性足以将拖轮往后拽，之后会发生什么事情可想而知。但是，他们谁也没空去想这件事情，凭着一往无前的革命雄心壮志一定会顺利抵达胜利的终点。

他们登上广州至梧州的"省梧渡"（"花尾渡"中的一种）完毕，汽笛一声长鸣，驶出白鹅潭向西溯江而上，经停过肇庆、禄步、悦城码头。沿途大家欣赏着一江两岸的山色风光、壮美江景，它因憧憬的革命浪漫主义情怀而变得更加美丽，更加热爱祖国的大好河山。经过一天一夜的航行才走完一百多海里，在天际初露晨曦的那一刻，航船在三声短鸣中终于到达目的港——云浮县六都码头。后来他们在无意间听到了一段趣闻，众人捧腹大笑。一个村民到西江边的都骑圩趁圩，回来后对村里的人讲："我睇到西江上的船，好大好大，大船追细船，追来追去追唔到，追得细船呱呱叫，屁股都出烟。"但他首先止住了自己的笑声，想到这固然是对"花尾渡"航行时的形象描述，知识、技能与土地对他们来说有着同等重要的意义，心情忽地沉重了起来。这为他日后主动兼职当扫盲教员，以及再后来在石材工艺美术上大展拳脚、传道授业埋下伏笔。

下船后，人声鼎沸，打破了这个小圩镇的宁静。大家背着大小不一的背包、挎包，有的手提网兜和乐器等宣传工具，领头的举着土改工作队的鲜红旗帜，几百人的队伍排成一条长长的巨龙，唱着土改队之歌“我们的任务多么光荣，为千万农民翻身而斗争，艰苦深入贫雇农，同食同住同劳动……”，精神抖擞地沿着山边的泥土路徒步向县城腹地进发。走过南乡圩前后一段平路，他和所有人一样，一路的艰辛才刚刚开始。进入新庙坳岭、尖底山等地时的山路虽然不是很陡，却也连绵十数里，不停地爬呀爬，上坡气喘，下坡腿抖，寒冬时节也汗流浃背，不时地在途中歇息。然而沿途或雄壮或秀美的山峰犹如人在诗画中的感觉，才抵消了不少心理和生理的劳累。最后越过乌石岭才到了一个名叫高峰的地界。

县城就在前方了，当他们放眼田园风光，绝大多数人醉心于数着眼前有多少座一字连线的山峰，是否像牧羊人赶着一群山羊时，也想象着县城必定是如诗如画般美不胜收的仙境……正所谓山不在高，有仙则灵，何况山间缥缈着白云——云浮这个名字亦足以让他们的想象力联想无限。事情往往与现实有着巨大的差距。他们怎么也想不到县城只有一条弯弯曲曲长约三公里左右的街道，它以马坪为中心，向东的那一段叫东街，向西的那一段叫西街；稀疏的人流，连城隍庙也香火不旺；街道两旁骑楼下的住户和商铺门前还算洁净。另一个万万想不到的是，只有大城市的有钱人家才买得起镶嵌了云石的八仙台、酸枝椅、酸枝床，而街道的路面却用大小不一、颜色各异、图案天然的云石来铺砌，长年在它上面行走和被雨水冲刷，其表面光滑如镜，在惊叹奢侈的同时，大呼浪费，极大的浪费！一路下来的第一观感，根深蒂固得再也无法从他的记忆中抹去。

他将自己视为有根之人，并对根有着与众不同的看法：扎根云浮，只是生活有了着落，入了党成了其中的一员，自己的人生才算真正有了根。

他后来所做的一切为自己的“根”找到了合理的诠释。

他告诉我，他要为石乡的发展创出一条新路

任谁也不相信，有着悠久历史的石乡——云浮，在20世纪80年代初以前，只有石片、石米和石粉三种产品，而且都是初级产品。他就亲眼看到石片的加工过程：两个人用无齿的钢片在一块大理石上来回地拉，远远地看去，只是不相信这个世界上居然有这么大的方形木头，否则，一定会认为他们是在锯木头，而不是在锯石片。不过，老祖宗传下来的拉锯时要加水加沙末，利用水和沙的摩擦力锯石的方法仍然没有过时，现在的机械化加工大理石也同样离不开在每条锯片上加水加沙末，不同的是锯片的数量多了，且整齐划一地大理石上做来回匀速运动，生产效率和加工精度更高。他利用这一成熟的经验制作石版画那是后话。

光阴似箭，时间到了1979年秋。县委书记兼县长高长祥认为云浮这个石乡，解放近30年了还是生产石片、石米、石粉三个老产品，这个现象必须改变。在当时极“左”的意识仍占主流的环境下，这一决定无疑具有极大的前瞻性，一石激起千层浪，值得我们铭记。是年9月，县委研究决定成立云浮县工业研究所，专门研究和开发云石新产品。而当时县政府能提供的条件，简言之，就是1、2、3，即1间40平方米的平房，2000元的启动资金，3个人：由县氮肥厂主管生产的程章华（任所长）、日杂公司负责人谭林海（任副所长）、体委干部陈统华三人组成研究所的班底。这就是他们全部的家当。虽然之后相继调入了专门搞机械设计、建筑设计的工程师数人，但由于他们设计的机械产品与县两家农机厂的产品雷同，不久，这

些人相继被调走。事实证明，尽管县委的决定是非常正确的，但如果在研究的方向和思路上出了偏差，就不能有预想的结果。研究工作一时陷入了死胡同，出路在哪里？如何才能达到改造一石片、二石米、三石粉这三个老产品？哪怕后来戏称“用1、2、3起步，改变一、二、三老产品”有点自我嘲讽的味道，却也逼出了一篇大文章。

1981年4月，程章华调走，研究所内部对石材的发展方向出现了分歧，虽然各自的本意是好的，但谁也说服不了谁。与其争论不休，不如说干就干。县政府狠下心来拨款5万元，由陈统华在云城竹园租用一间小厂房负责筹建建艺厂。半年后，眼见建艺厂已经支撑不下去，研究所也在名存实亡之际，谭林海做了深入、痛苦的思考。他认为研究所是自己可以用武的平台，现在却反被捆住了手脚；他也知道上下级的关系、同事之间的关系是一门大学问，如果处理不好，自己将一事无成，甚至有可能卷铺盖走人。怎么办？他失眠了。失眠的痛苦，只有失眠的人才领教过，那是一种生不如死的煎熬。数日后，他发现头上开始谢顶，轻轻一抹，掉下一把头发。摆脱这种煎熬最好的办法是在浩瀚的星空下独坐，人之于星际的渺小是因为肉体而不是精神……远处的蛙鸣声使人联想到婴儿的哭啼声，他的焦虑顿失，灵台一片清爽。尊重科学是唯一正确的选择，个人的得失不应妨碍自己做出这一选择，也应该相信组织会有一个正确的判断。在进行了大量调查研究的基础上，他认为开发新的石艺产品才是出路所在，而它推陈出新要与美术有机结合才能使石乡重获生机，才能让粗糙的石头实现华丽的蜕变，才能让冰冷的石头焕发出强大的生命力。失眠的代价让他顶住压力，毅然上书直陈己见，当面大声疾呼：建议把工业研究所改名为云浮工艺美术研究所。

建议被县委接纳。或者是因为财政真的拿不出钱来，根据市志的记载，按照财政收支平衡的原则，1950—1985年，各县财政每年平均支出

1900多万元；又或者有了上一次的财政拨款打了水漂的教训，批准成立工艺美术研究所的同时，县领导发话了：钱没有，研究不能停，所也必须办下去，事情你们还得干，而且必须干好；再或者是为了调动大家工作的积极性，明确了工艺美术研究所为县政府直接领导的单位，并与原县分管研究所业务的二轻局是同级单位。在谭林海的眼里，这些都不重要，重要的是组织给予了他政治上足够的信任：授权他去组织研究所的基本队伍。对于一个知识分子来说，那时候，有什么比政治上的信任更重要的事情？有什么比能一展所长更高兴的事情？一句话，没有。他有的是斗志和聪明才智。

在研究所成立的同时，与建艺厂合并，重新组建云浮工艺厂，县委的安排与他原定的思路不谋而合。一套人马：由商业局局长陈晚任厂长兼研究所所长，谭林海任副厂长兼副所长，负责研究所的日常具体工作，陈统华任副厂长；两块牌子：云浮工艺厂、云浮工艺美术研究所。的确，只有实施这样的策略，研究所才能在知识就是生产力、知识可以实现心愿的转换中获得前进动力的源泉，研究所的生存才有意义。我在这里不厌其烦地细说这些看似枝节的人事变迁，无非是想告诉大家一件事，云浮石材工艺美术的今天不是靠机缘巧合，而是事在人为。

目标明确了，人才是关键。谭林海首先想到的是在全县范围内招聘民间艺人，但从报名的100多人中，仅有托洞镇的温伯雄一人因为擅长木雕、竹雕基本符合要求。人才奇缺这个结果是他万万想不到的。怎么办？他再一次陷入困境。有一天，他垂头丧气地回到家里，茶饭不思的样子被女儿谭映虹看在眼里，她提议下午去文化馆参观本地书画爱好者的作品展览，或许会让他高兴起来。他一听，灵光一闪，大喊一声："我有办法了！"连午饭也不吃，迫不及待地跑到文化馆展厅，搜集有关书画专长的人员。后通过多方了解，最后在书法、美术爱好者和有一定美术基础的高中毕业生及民间艺人中吸收了区昌荣、欧章元、谭映虹、练小霞、黄奇文、黎新洲、梁瑶衡七人以及温伯雄。

同时，他又想到了在外地延揽人才的办法，在肇庆、广州等地也确实物色到了一些有真才实学的人才，他们当面答应到研究所来工作。过后不到48小时，他们又反悔了，说不来了。他就纳闷了，那时候找一个工作岗位多不容易呀，居然有工作单位要还不愿来！后经仔细打听，他才明白是怎么一回事，原来是嫌云浮这个地方穷。现在很多人恐怕都不知道当年有这样一句顺口溜：云浮云浮满山石头，一旦调走永不回头。在落实政策后，难怪女儿三番四次劝说自己去找老同学帮忙，越快离开云浮回佛山越好。越是这样规劝，他越想起当年组织对自己的嘱托：越是艰苦越是考验人，不要当逃兵，要当尖兵。他不甘心一事无成地离开已经称之为根的云浮，然后巧言令色地找各种理由搪塞两个女儿的要求。这期间，当年土改后与他一起留在云浮、罗定工作的同学有不少调走了，他再也不敢将这些事实真相告诉女儿们。后来费了不少的周折，通过各种渠道总算说服有艺术技能的廖钢初、李森才两人，他俩也被谭林海的诚意感动，愿意来云浮工作；哪怕当时的条件很艰苦，只能睡在办公桌上，夏天酷热难当，冬天缩成一团，也没有动摇他俩的信心。李森才后来成长为工艺总厂副厂长、云浮市石工艺美术家协会会长、非物质文化遗产石材工艺传承人，可惜的是他英年早逝。

上书疾呼之后，谭林海再度保持一贯沉默寡言的性格。研究所开始了白手起家、勤俭起家的艰难创业。他掏钱自费购买刻蜡版的针笔，以及锉刀、铁锤、凿子、铁锯、砂布等能用于雕刻的工具。这帮人肩负着历史使命，就是用这些在今天看来简直就是原始的工具，到县里唯一的一家石料厂捡一些石边角料，开始了石刻工艺产品的研发和探索实践。

这班年轻人用疑惑的眼光看着眼前简陋的工具和一堆堆废料，无不心存疑虑：“这样也可以搞研究？”艺术是需要想象力的。这里凿凿，那里雕雕，侧面刨少一点，钻一个小洞刚好……谁不会呀？大师不也是这样干的吗？没错，的确是这样！但大师作品的雕刻却是恰到好处，既不能增，也不能减；多则溢，少则损。他知道他们的思维仍停留在画纸上，研究就是先读书后著述。他们忽略了研究的另一条途径，那就是探索与实践。如果照书本按瓢画葫芦那还叫什么研究？抄得了！他对他们的成长做出了三步走的规划：现在的基本要求是先拿出有人愿意买的作品；然后才有能力制作出供人欣赏的作品；等审美观念和技艺都成熟了，自然就可以创作出供鉴赏的收藏品。他从一些最基本的动作做起了示范，如正确握刀具的姿势、哪一种工具适合雕刻作品的哪个部位、落刀的轻重与手法、刀具的使用和修复等等。他展示出几套原先想好的实用性方案供这些年轻人在实践中做比照，以此来激发他们丰富的想象力和创造力。在他的循循善诱中，他们都对他信服了。

经过一个多月的努力，他们在小黑石片上刻成了花鸟虫鱼、人物、风景等题材的石版画；用白石片凿成摆石盆景的托盘，再配上有一定造型的天然碎石料砌成盆景；用有花纹的边角石料切成石条，经手工打磨并刻上一些诗词、花鸟鱼虫制成石镇纸：第一代的产品就这样产生了。别小看了这些产品，它们虽然粗糙简单，却是对各自能力的认可，更重要的是得到了社会上的认可。当时，有港澳同胞到云浮观光，看到他们的石艺产品，感到非常新奇有趣，即抢购一空，仅半小时便售出价值800多元的产品。如按当时工人的工资每人每月30元计算，这笔收入已经相当可观。这次成功的实践，给了他们极大的鼓舞，大大增强了他们研发新产品的信心，他们为云浮石雕工艺发展迈出了坚实的步伐。

当地的石材已经不能满足石材工艺创新的要求。知识给了他宽阔的眼界。他与厂里的骨干覃七（覃建军）等人数度外出，寻找可以加工石材工艺的原石，不但足迹踏遍云浮境内，还西上云贵，北达湘鄂，东出福建，从根本上解决巧妇难为无米之炊的困扰。同时，也带来了另一个意想不到的效果，石材中的板材加工同样可以用这个办法解决品种、花色单一的问题，从此，全国各地乃至全世界的石材走进了云浮，加工好的石材也走出了云浮，走向了全世界。

为了加速研发新产品的步伐，他们群策群力，想方设法利用旧车床研制石台灯灯柱，组合成不同造型的落地灯、台灯，以及精致的石花瓶系列；利用牙车代替手工刻制石版画；利用金属切割机改成薄片切割机，研制出云浮第一批10厘米×20厘米的薄石片；利用玉雕机研制小型石雕工艺品。经过近一年的努力，他们站稳了脚跟，尤其是加工工具的改革，大大提高了生产效能：以台灯为例，过去一个8小时的工班只能生产0.4支石台灯，设备改革后，每个工班能生产4.7支，产量提高了10倍。随着研发新产品的增加，工艺厂生产、销售不断扩大，第一年产值达4.8万元，其后销售产值和利润平均每年翻一番以上，到1985年，研究所的石雕工艺水平也在不断提高，石工艺品种达80多个，工艺厂总产值已达200多万元。

1986年2月，时任中共中央总书记胡耀邦在云浮视察时，看到研制的石雕工艺品十分高兴，他说："这些东西好啊！几块石头就能搞出那么多的名堂。"1994年，石雕工艺品"云石吊链花瓶"荣获广东省旅游产品、内销工艺品优秀奖；1995年，石雕工艺品"龙车仕女"代表广东省参加了香港国际工艺品展览，为此，当时中央和广东省电视台分别报道了云浮工艺厂，石雕工艺被誉为"云石一枝花"。

他告诉我，为国争光是他最大的满足

1989年，我国援助建设的阿拉伯埃及共和国开罗国际会议中心竣工落成，时任国家主席的杨尚昆专程前往剪彩……其中有一段鲜为人知的往事。中埃自1956年5月30日建交以后，周恩来总理亲自签批援建的该中心既是该国最大的现代化建筑物，又是当时我国援建的最大建筑工程。由于受到“文化大革命”的冲击，该工程一拖再拖，几乎成为严重的事件。到了80年代中期，时任国家主席的李先念批准继续执行此援建项目。三任国家领导人共同接力对一个援建项目负责，这在我国外援历史上极为罕见。两大文明古国之间亦经历好事多磨，何况身处“文化大革命”中心的国人——谭林海，当他了解了中埃这段历史，心里的委屈也释然不少，然后内化成一股奋勇争先的动力。

当时，该中心室内需要制作大型的石雕壁画，承建的中国建筑工程总公司的代表和负责项目设计的湖北美术学院院长唐小禾及夫人程犁教授跑遍了全国，急于寻找有实力的石工艺生产厂家来制作。一个偶然的机会，他们在北京一个利用外资和引进新技术成果展览会上看到工艺厂展出的精品，慕名前来云浮考察。

他们来到工艺总厂看到琳琅满目的石雕工艺品和设备、优质的石材，实地考察培训班学员的素描、构思、雕塑等技能，以及工艺车间技术工人的现场操作，确认人员基本功扎实、制作技术高超，当即制作该石雕壁画的小样板带回北京，用无可辩驳的事实力排小山城不能制作石雕壁画的争议，说服有关领导，最终决定把这一堪称世界最大、取名为《地久天长》的石雕壁画交由云浮工艺总厂进行制作。此石雕壁画长154米，高2.8米，悬挂在该中心的走廊上。其设计理念是，借鉴古埃及壁画的形式，用现代审美意识加以变形，以一种崭新的艺术语言表现人类对和平、友谊、爱情、交流和发展的崇高理想的追求。该壁画分为起始、友谊、太阳、和平、河流（共3组，见文末【注释】）、对话、金字塔、交流、博爱、母子、月亮、艺术、终止共15个画组。可以这样说，此壁画涵盖了古埃及文明的精华所在。也正因为它别具一格的艺术表现力，才得到了埃及官方和美术家们的认可。

承接如此大型的石雕壁画制作，生意上门经济账可算，风险账就难以准确算清楚了，事关国家、民族的声誉，政治上的账却不得不算。旁边的人已经开始嘀咕起来了，值不值得冒险？就怕到时候竹篮打水一场空，甚至连老本都赔光，名声也臭了。这样的悲观情绪传染力极强，一时之间，都将矛头指向了谭林海。有的说他是在逞能，有的说他搞砸了可以拍拍屁股走人，有的说他是在捞取政治资本，反正多难听的话都有。

对这些闲言闲语乃至恶意中伤，他可以置之不理，但唐小禾对他说过的那段不久之前发生的往事让他敬佩不已，断断不能将其拒之门外。按道理，中国建筑工程总公司承建的外援项目，所有的工程都应由中方负责，但是，在由谁来提供石雕壁画时，演变成了双方创作权的争夺战。埃方美术界权威人士一再扬言此壁画工程非埃方承担建造不可，其理由是埃方的文明史比中国还长，他们熟悉埃及的历史文化和风土人情。艺术的特质决定了不是因为你熟悉就一定可以用艺术的审美形式进行恰当的表达。因中埃双方争论不下，会议上商定以半月为限，各自拿出稿件再做评判。最后埃方不得不承认我方的创作更佳，这才有了开头说的15个画组。

既然唐小禾院长指定由云浮工艺总厂制作，说明他不但有独到的艺术创作眼光，而且完全相信工艺厂的能工巧匠有智慧、有能力制作出符合审美要求的艺术品，这是一种莫大的信任。从艺术上的惺惺相惜到对国家荣誉的共同追求，他们两人因共同使命而联系在一起。谭林海暗下决心：

“我就是要逞这个能，也用事实来说话！”在厂务会议上，当讨论到这个项目时，顿时鸦雀无声，谁也不想先发言，更确切地说，都想等谭林海的表态。众人的眼光齐刷刷地盯着谭林海。他知道是时候表态了。他首先将这项工程的前因后果及壁画的来龙去脉述说一遍，讲到动情处不禁情绪激昂，边说边扫视参会者的表情，眼见他们也动容之后，继而提高声调说：“也许你们不知道有多少厂家都想争得这份荣耀，现在，国家将这个任务交给我们，这既是一份沉甸甸的责任，更是一份不能用金钱衡量的信任。我问大家，我们要不要为国争光？我们个人的命运是不是与国家的命运连在一起？”说完，他的眼睛闪着泪花。他无须得到肯定的回答：“今天，我也把话撂在这里，如果你们怕担责任，我一个人来负责。成功了，功劳是厂里的，是大家的；失败了，我就不要工资奖金，甚至可以处分我。”素来性格柔和内向、很少在会上发表意见的他，这番掷地有声的话，让众人对他刮目相看，领教了他的另一面——魄力和决断力，用他自己的话说，“当时顾不得那么多了”。士为知己者死，无非是因为有了信任二字。古人尚且如此，何况他是人生有了根的人，决不能做“花尾渡”。就这样，云浮工艺总厂的副厂长谭林海负起了制作的总责。

为了对整体艺术效果负责，对所用石料的红、白两种颜色的纯度要求很高，不能有瑕疵。数度外出到矿山上直接进行用材的筛选，直至找到满意的石材才罢手。尤其是要挑选905块88厘米×55厘米的洁白石片做底板，光耗费了的石料就达26吨之多；从近4000平方米的石片中才选出了400多平方米的红石片。此为一难。

为了体现艺术的精美，用作底板的各块白石片之间长、宽以及厚度误差不得超过0.5毫米，图案造型的边缘更不能有丝毫的缺损。就当时的加工工具而言，这是一个难度相当高的挑战，只能用勤修复、勤换刀具的笨办法来保证加工的器具处于最好的状态。拼接时达到了严丝合缝的极致，但他们一天干下来之后，吃饭时拿碗的手都是抖的。此为二难。

为了保证艺术质量的稳定性，不能使用时间久了之后容易自然脱落的胶粘剂，必须舍弃这种最简便的方法。全幅壁画中各式各样的人物、景物和具有象征意义的图案造型是用同一种红石切割、雕刻、打磨成的，其难度在于如何将这些图案造型镶嵌在底板上。谭林海与工友冯柏奇、林志奇等人反复试验、反复攻关，终于研制出了在红色造型石片和白石底板之间相对钻孔，用不锈钢螺丝固定作为支架的新工艺，同时满足了图案造型表面不留钻孔痕迹和可以悬挂的条件。此为三难。

当其时，《地久天长》的制作正处在最紧张的关头，谭林海与梁伟文、冯柏奇、林志奇等十多名工友日夜加班苦干，要攻克石材拼接的技术难关。恰逢其时，梁伟文的父亲去世，亲友托人到工艺总厂找梁奋勇报讯，可得到的答案是厂里无此人。原因在于梁奋勇进入工艺培训班学习及工作后用的是笔名梁伟文，大家只知道此名而不知他就是梁奋勇。几番周折找到梁伟文时，他已经错过了见父亲最后一面的机会。虽然是一段插曲，谭林海始终对日后成为云浮首届石材工艺美术大师、叫惯了的小梁怀有一份深深的歉意。

为了确保艺术创作的保真度，以当时的条件，没有一种设备可以将画册上的图形放大到2.5米以上。此为四难。面对这个拦路虎时，大家煞费了苦心也找不到一个好的解决办法。他们苦中不忘作乐，有人感叹地说了一句："如果今晚能看场电影就好了！"马上有人接过话头："只怕你刚坐下去就呼噜呼噜睡着了。"在众人的笑声中，谭林海马上从电影联想到了幻灯片，即刻将这一原理说了出来。经过集思广益，他们想出了一个绝妙的办法：用复写纸将画册上的图案描摹到玻璃板上，然后再用电筒投影到挂在墙上的大白纸里，按实际加工的尺寸一笔一笔地描下来。能想到这个办法，连院长唐小禾都佩服得很。

为了完成这个艰巨而光荣的任务，工艺总厂组织了最好的技术力量。唐小禾、程犁教授指定时任工艺美术培训班美术老师黎家淦、谭映虹负责艺术监制，工艺车间主任李森才担纲雕刻工艺，先后有培训班的学生及技术骨干李均洪、梁伟文、梁瑶珩、陈子平、叶均荣、刘欢声、孔献忠、欧伟祥、彭佐安、刘强、周文强、梁建坤、杨志荣等人参与雕刻，耗时一年才制作完成。正是他们夜以继日付出的汗水、辛劳和克服难以想象的困难，才换来了《地久天长》的丰硕成果。后由李森才协同唐小禾教授到开罗国际会议中心指导该壁画的安装。

该中心完美收官，受到世界各地艺术家和同行的好评、赞扬，埃及文化部长在验收上亲笔签名，对此艺术作品给予了高度的评价，见证了中埃两国的友谊。石雕壁画《地久天长》的展示使云浮石雕工艺走出了国门，固然是中华民族的骄傲，云浮的石艺人能参与其中，也为云浮人民争得了无上的荣光。据后来唐小禾教授讲述，1992年，埃及开罗发生了地震，毁坏了不少建筑物，而石雕壁画《地久天长》却没有一件石块脱落和破损，它经受住了严峻的考验。

他告诉我，藏富于民才是他树人育才的真正目的

参加土改是他一生用之不尽的精神财富。1953年夏，土改结束后，正在向党组织靠拢的他服从组织的安排，放弃回学院继续进行深造的机会，“扎根”云浮支持地方发展。或许冥冥之中，组织当年已经预感到了日后的云浮石材行业需要他这样的专业人才，或许他也从街道上色彩斑斓的石板中看到了自己不可磨灭的身影，从此他成了一个地地道道的云浮人。正当他这

个自幼被“石湾公仔”浸淫，又受教于学院黄新波、关山月、黎雄才、杨纳维、黄笃维等名师的高才生怀揣理想要大干一番的时候，一个运动接着一个运动铺天盖地而来，他不得不暂时放下心中的理想，接受运动的洗礼，以致后来被打倒到“五七干校”接受改造，理想成了泡影。虽然后来重新安排了工作，但最痛苦的是工作性质离自己原来所学的专业越来越远，眼看专业上将要荒废的时候，十一届三中全会让他看到了希望的曙光。

人，尤其是上了年纪的人都是喜欢回忆的，他也不例外。土改的经历令他的人生收获颇丰，其中最重要的一点是，让他深切认识到农村与农民的问题。农民因取得土地而生活安定与改善。土地是农民的命根子，却又因土地不堪重负；十一届三中全会后，农民的生活得到了较大的、暂时的改观，但大多数人仍然因为土地富不起来。他与农民对比起来，他的人生经历也如同当年徒步进入云浮县城一般，坎坷与起伏；社会属性虽不相同，命运却相差无两。正是这种类似的命运碰撞，激起了他挑战命运的火花——抛开杂念，尽自己的最大能力为云浮人做一些事是他最大的理想。工艺美术只是一个载体，更名的目的在于发展经济。在为当地财政创造财富的同时，一个不能诉之于口的想法成了他生活动力的一部分——如何才能藏富于民？在那个阴霾未除、心有余悸的年代，这一想法可以称为疯狂的举动，说不定哪一天政策变了，又有一顶不知道是什么罪名的帽子戴在头上。哪怕是这样，他意识到自己的艺术青春已经被耽误了，时不我待，不能再耽误下一代人了。

两人在街边拉锯的情景……如鲠在喉、历历在目，睡梦中数度真实重现。他一直在思考。那时候，不但国穷，民更穷，所以，才有改革开放和以经济建设为中心。一枝独秀不是春，百花争艳才是春。研究所需要培养精英人才，但更需要普及。既然办不了学校，那就办培训班，让更多的人参与进来，掌握更多的工艺技能。他也有自己的“私心”：一是要让自己的学识、一技之长有用武之地；二是让自己不能说只能干的想法变成现实，他必须找这样一个堂而皇之的理由。难道他错了吗？

从研究所成立之初，谭林海一直把培养石雕工艺技术人才放在首位。尤其在1985年至1989年间，先后办了三期培训班。有以师傅带徒弟、以老带新等形式进行的培训，有与省工艺美术研究所联合举办的学制两年的广东省工艺美术技术培训班，有与云浮中学合作的举办学制一年的石雕工艺培训班；共培训学员60多人。他利用既是同学又是名家的人脉资源，培训班聘请省内外、肇庆、云浮等多名专家、老师为学员上课。他们当中有广东省工艺美术研究所所长蔡本坤，湖南省醴陵陶瓷研究所创作室主任罗景炘，广州雕塑工作室曾肇权，佛山雕塑工作室罗志奇，以及时任云浮师范美术教师的原研究所成员，现为广东省美术家协会会员、肇庆市高要黎雄才艺术馆副馆长谭映虹，时为云浮中学美术教师，现为广东省美术家协会会员、肇庆画院、肇庆美协副秘书长黎家淦等老师，谭林海亦在百忙之中坚持为学员上思想品德课和工艺设计课。学员除学习素描、工艺美术、雕塑、设计创作等课程之外，还由本厂李森才等石雕师傅传授玉雕机操作、手工凿字、手工石板刻、石雕等技术，边学习边实践。后来这些学员除了部分留在工艺总厂以及研究所工作外，其余的大多成了我市石艺界的领军人物或有生力量。

学员们好奇地看到被尊称为谭叔的他，一有空闲时间就埋头对着从边角料中寻出的石材沉思，如痴如醉。作品一件件出来后，他们才明白原来工艺美术品可以这样寻求新奇巧妙，可以如此这般地因势利导、因材施艺来捕捉创作的灵感，而美术又催生了工艺机械的成熟和进步、工艺流程的优化和完善。如此的创作和制作理念深刻地影响了他们的成长，成了日后云浮石材工艺美术大师诞生的催化剂。正如已经是大师的梁伟文说：“正因为传承了谭叔变废为宝的精髓，才懂得利用被客商丢弃的白玉石边料创作出《佳偶天成》这件寓意深长的力作。”现时，类似这样的作品不胜枚举，它仅仅是一个缩影。

他的价值不在于他是不是大师，是不是有可以传世的作品，而是体现在他培育了一大批可造之才，培育了一大批能使石乡腾飞的实用性人才，而且呈现出江山代有才人出的蓬勃兴旺。他认为，师傅带徒弟虽然是笨招，但它的辐射面更广，徒子有了徒孙，徒孙又有了徒子徒孙，后浪推前浪，总能孕育出未来更多的石艺大师。时至今日，当年的初衷已变成现实。在传授技艺的同时，他以“石湾公仔”做比喻，逐渐培养学生的商品意识。这些年下来，云浮人让一块又一块石头带来美的享受的同时，产生了数十亿元的经济价值。

他有意无意之间鼓励学员们走出去创业，如果说是佛山“石湾公仔”的“钱”意识在起作用，倒不如光明正大地说是一名党员的责任和担当促使他“冒险”——不能忘记入党时的誓词：为了人民群众的利益牺牲自己的一切……而他的同班同学潘鹤、曹崇恩等已经成为享誉世界的雕塑大师。至今他也不因扎根云浮献出一己之力而后悔没能成为一个大师级的人物。他常将自己比喻为一个播种人，收获的是后人。感激他的石艺人则说，没有谭厂长当年的培养，就没有今天的成就。他退休定居佛山后，几乎每年都会回云浮走一走、看一看，每一次都会因为之奋斗的石材工艺美术的蓬勃发展而从内心欢欣鼓舞，他对数十载在邓发小学辛勤耕耘的园丁陈秀棉老伴说：“春风化雨，过去的一切苦难都值了！”在他扭转头目视更远的前方时，她看到了他眼中闪着晶莹的泪花。这就是一个不是云浮人的云浮人的宽厚情怀。

后记

今日的云浮市貌已非昔日的一字街。与当年石雕工艺只能在古建筑里寻觅到踪迹相比，今天的石材工艺美术水平已非昔日可比，令石材行业活色生香。单就石艺产品而言，已逾千种，可以毫不夸张地说，表现的内容几乎涵盖了常见的动植物界和人居环境。如果用石材工艺美术的内涵来为其分门别类的话，试举例如下：庄重之如石雕圆柱，辉煌之如石雕栏杆、门窗，威严之如石狮，尊贵之如石雕人像，典雅之如花饰和图饰浮雕，吉祥之如松鹤，风骨之如梅兰菊竹，深邃之如表现象征主义的生命之春，等等。人们都说石头是硬的，我却从这样的分类中仿佛看到了它们任凭风吹雨打的强盛的生命力和人格尊严。如果人们有兴趣的话，还可以从属性、特性、用途，或者从工艺的表现手法等等来进行分类，相信后人的著述定能将石艺的生命推向新的辉煌。从产品的销售来说，虽不至惊天动地，也越洋过海，遍布世界各地。

采访中，我忍不住想知道谭老当年的感受，匆忙中套用了一句时下年轻人的时髦问语："你OK它吗？"尽管他现时已经是83岁的老人了，思维依然是那么的敏捷，略微停顿了一下说："好一个OK！"我以为他会说NO。他却幽默地说："你想要什么样的答案？"我真的不知道什么才是正确的答案。"你要的答案酸甜苦辣都有，一句话，值得！"我收起我的好奇心，不敢再问下去。在全球精美的大理石、花岗石的工艺美术装饰中，我从他的身上看到了云浮人的奉献精神。作为师傅又超越师傅级的奠基者——集创始人、领路人、传承人于一身，他却低调得近乎有点谦卑。从云浮县政协成立之日起，他一连四届都是代表工艺美术界的政协委员。但他从来没有将云浮石材工艺美术过去、现在的辉煌记在自己的名下，甚至不愿意向人故意诉说。有人问起过他在云浮更多的经历时，他淡淡地说了一句：“我还在工艺厂干过。”正因为他这种默默奉献的精神，才让人们深切感受到在改革开放的浪潮中它的历史和现实的真正魅力。

【注释】三组河流指的是尼罗河上游、中游、下游三个河段，即青、白尼罗河汇合后始称尼罗河。尼罗河最上游叫卡格腊河，发源于东非高原上的布隆迪境内，北流经非洲最大的湖泊维多利亚湖，出维多利亚湖后称维多利亚尼罗河，出阿伯特湖（蒙博托湖）称阿伯特尼罗河，入苏丹尼穆莱为上游河段；从苏丹尼穆莱至喀土穆为中游河段，称白尼罗河。喀土穆以下为下游河段，与来自埃塞俄比亚高原的青尼罗河汇合后始称尼罗河。

2017 年 12 月

稻花香里颂故乡

廖荣波　梁子活

在云浮罗定，提起亚灿米，相信许多市民并不陌生。李柏思，就是将生态健生亚灿米引回家乡种植的知名乡贤。十多年来，他心系家乡，在大力支持家乡公益事业的同时，还立足家乡结合实际，艰辛培育亚灿米，用心打造农业生态化这个引擎，推动家乡农业工业化、旅游化发展，引导家乡农民走绿色、生态可持续发展之路。

一

笔者眼前的李柏思，身材并不“高大威猛”，但显得很壮实，全身充满力量。得知笔者同是罗定老乡，他感到很亲切。

李柏思出生于泗纶镇杨绿村的一个农民贫苦家庭，20世纪

80年代初外出香港、澳门艰苦创业。致富后不忘家乡发展，2000年至今的18年来，他先后在家乡创建丰智昌顺科技有限公司、东一动漫影视公司、丰智酒业有限公司。现任世界华人华商华侨联合总会名誉主席、澳门罗定世界商会创会主席。

李柏思是一位有着前瞻眼光而且家乡情结浓厚的成功人士。为了帮助和带领靠种植水稻为生的家乡农民致富，21世纪初，他瞄准了高端稻米市场的发展前景，毅然出资创立罗定市丰智昌顺科技有限公司。该公司是一家集科研、生产于一体的农业新技术推广企业，基地设在他的家乡泗纶镇，主要产品为“亚灿米”等系列有机食品。

公司聘请影视界被人笑称为“亚灿”的香港艺人廖伟雄任总经理，以“一样米养百样人，亚灿米养出健康人”作为经营理念，采用“丰智天然健生栽培法”严格标准种植，使亚灿米具有高钙、高膳食纤维，低脂、低糖的特点，先后通过中绿华夏及日本、欧盟等有机认证，并被评为广东省名牌产品。亚灿米基地被中国国家标准化管理委员会列为第八批“国家种植综合标准化示范区”，被农业部评定为“国家农业行业标准NY/T 2410—2013《有机水稻生产质量控制技术规范》应用推广示范基地”。作为云浮市首个品牌米，“亚灿米”及其系列产品远销中国香港、日本、欧盟，供不应求，为“罗定稻米”获国家地理标志做出积极贡献。

在销售亚灿米的同时，李柏思先生更注重引导农民敬畏大自然，尊重传统耕作，不做破坏农作物生存环境的傻事，把改良土壤、保护水源作为首要任务。李柏思认为，我们罗定地处西江流域内陆，应注重生态环境保护，农民致富应把眼光放长远些，不能急功近利，要将土壤、空气、地下水、环境保存完好，那么，我们的这份纯真必定有大回报。资本和资源是占领市场的两个关键因素，当我们罗定的土地保存了难得的原生态耕作环境资源时，资本自然而然向你靠拢，顺势而为发展非化工的生物科技产品，就一定大有前途。法国波尔多被称为世界葡萄酒中心，保留着优美的自然环境，生产出世界闻名的葡萄酒。他希望家乡罗定也能够打造出一个农业生态化引擎的火车头，一环连接一环发展非化工的生物科技产品，最终将罗定变成稻米、黄豆、花生等农产品种植和深加工的波尔多，吸引世界的眼光和资本，到时，罗定的农民才是真正走上了致富路。现在，李柏思先生正利用自己在香港、澳门等地及美国商界的影响力，积极推介云浮、罗定的投资环境，推介家乡的美丽田园风光，提高云浮、罗定的知名度和美誉度。

二

李柏思是一位热心家乡建设的知名乡贤，他通过自己的努力，在抓好亚灿米种植基地建设的同时，还注重将有机米产业创新升级，推动云浮现代特色农业产业发展，促进农业增效、农民增收。2013年，他为进一步延伸亚灿米产业链，投资建立丰智酒业有限公司，以亚灿米为原料，酿造出“定台玉液”酒。2015年1月，“定台玉液”酒通过了北京中绿华夏有机食品认证中心认证，成为安全、健康、环保的有机白酒。2015年5月，“定台玉液”荣获第九届中国国际有机食品博览会暨2015有机食品市场与发展国际研讨会组委会颁发的优秀产品奖。为适应市场需要，满足家乡人民对定台酒平民化的要求，公司正谋划推出“定台老实酒”系列与家乡人民一起分享耕耘成果。

为加快促进罗定市第一、二、三产业融合，李柏思于2014年投资1.8亿元，在罗定市现代农业产业园建设亚灿米有机系列研发中心。研发中心建设有机种植展示区、酒文化展示区、亚灿米加工厂、酒类酿造加工厂、无花果酱食品厂、调味食品厂、办公楼等，并推出亚灿米糕、亚灿米露、亚灿有机醋、亚灿有机豆豉等系列有机食品，实现企业规模化、集约化、多元化发展。预计该中心全部建成投产后，每年可产亚灿米5000吨、高中档优质有机白酒500吨，新增就业岗位148个。目前，公司正通过土地流转的方式加紧建设新的种植基地，现已在全市拥有3个亚灿米生产基地，总面积数千亩。下一步，李柏思还将开辟黄豆、花生等生态农作物种植基地，带动更多家乡农民奔康致富。

李柏思告诉我们，家乡罗定有着深厚的种植优质农作物基础，但在种植有机农产品方面的意识还有待提高，追求眼前利益的思维方式仍未有大的改观。他希望通过丰智公司的带动，在不牺牲农业生产环境的前提下做出远景规划，一方面能保障农民的收入，另一方面耕作出更多健康、绿色、环保的高品位农产品，抢占国外高端市场。李柏思常笑称自己是一个农民，没什么本事，不跟人家斗本事；自己不够人家“古惑”，更不跟人家斗“古惑”；自己是农民，就和别人斗老实，老老实实做农民，不做追求眼前利益而破坏农作物生存环境的蠢事。只要用心保护好山区的靓丽环境资源，老老实实耕种收获生态农产品，老老实实深加工非化工生物科技产品，必然有意想不到的丰厚回报，因为资本市场永远都只对有生命力、有可持续发展前景的项目感兴趣。李柏思说，看到现在泗纶亚灿米种植基地的上空已有白鹤飞来，田里有浮莲生长，地里有蚯蚓松土，空气里完全没有化肥农药的气味时，这是他最大的快乐，因为家乡的生态环境正逐步向好的方向转变。

李柏思先生认为，农业旅游化也将是带领山区农民致富的一个发展方向，农业旅游化并不是简单的农庄、山庄式娱乐吃喝拍照项目，农业旅游化目的是“让世界了解农村，让农村认识世界”。他希望通过农业旅游的方式，将文明带入农村，让农民更好地认识世界；同时，也让外界认识到生态农业对人类健康的重要性。

三

李柏思先生致富后不忘建设家乡，不忘为家乡培育人才，不忘尽企业家回馈社会的责任，十多年来，他努力为发展家乡的公益事业、教育事业尽心出力，先后捐助110万元修缮罗定学宫，出资500万元创立“泗纶镇庭英教育基金会”，捐资100万元给罗定泷州教育基金，捐款罗定中学10万元，泗纶中学20万元，并积极扶持困难学子完成学业，完善学校环境设施，为罗定市的教育创强工作和云浮地区的教育事业发展壮大做出较大贡献。李柏思先生说，他作为罗定泗纶镇杨绿村人，离开家乡近40年未曾回来过，在他脑海深处有着浓浓的爱乡情结，他希望家乡好，希望家乡靓，希望家乡农民打开视野，接纳先进的知识和思想，所以对于家乡教育事业的捐款他从来没有推诿过。

除教育事业捐资外，李柏思先生积极为修缮蔡廷锴将军故居捐资45万元，在罗定市大大小小各项慈善公益活动中，也总有丰智公司负责人的身影。勇救溺水儿童而牺牲的英雄郭美中事迹感动着全罗定人，为弘扬烈士精神，解决烈士家庭后顾之忧，罗定丰智昌顺科技公司负责起烈士母亲及儿女的生活费用；2009年为罗定船步镇“9·16特大洪灾”捐款50万元用于救灾；每年免费为家乡村民提供价值10万元的丰智益生酵素；捐资30万元给家乡扶贫济困项目，捐资支持杨绿村道硬底化工程建设；捐资200万元支持2014年国际女子沙滩排球精英赛（中国·罗定），提高了罗定的世界知名度，其种种善举在云浮、罗定传为佳话。据不完全统计，十多年来，李柏思先生为家乡公益事业捐款捐物价值已达3000多万元。

李柏思先生作为云浮市的杰出乡贤，不仅是一个优秀的企业家，更是反哺家乡建设、帮助乡亲父老脱贫致富的善长仁翁，多年来为家乡经济发展，为家乡的各项事业尽心尽力。正因为李柏思先生有着致富不忘回馈社会的责任感，有时刻想办法为家乡人民脱贫致富的桑梓之情，他被授予云浮市第二届道德模范“云浮勋章”荣誉称号。

2018 年 8 月

二 创业先锋·追梦篇

“牛司令”的情怀

甘姮华

年轻时，他曾在北京中南海工作，担任毛泽东警卫员长达19年，被叶选平称为“风云人物”；如今，他八十高龄，却从京城到遥远的云浮创建畜牧公司，并喜欢自称“牛司令”。这位独特的耄耋老人到底是怎样的人？为什么会从北京来到山区农村带领乡亲创业致富？为什么要立志为市场提供质量安全的牛肉，让老百姓吃上放心肉？

从云城驱车一个多小时，来到位于西江边的都杨镇珠川村，我们有缘见到了他：这位身材清瘦，神采奕奕，每天坚持做一百个俯卧撑，舞起双节棍和长棍来仍虎虎生威，谈笑风趣幽默，让人如沐春风的“牛司令”——总政广州联络局原副军职专职干部、大校李连庆。

都杨镇珠川村的一个山坡上，一排新建的简易平房外，头发花白的李连庆，轻松惬意地坐在荔枝树荫下的竹椅上，向围坐在他身边的年轻人侃侃而谈“当年事”……

1932年6月，李连庆出生在广东高要市禄步镇樟路村委会荷路村的一个农民家庭；1951年，已满18岁的李连庆入伍当兵，服役期间曾在肇庆江边当伙夫，养猪种菜；肇庆军区和韶关军区合并时，他在组织安排下调到韶关工作；让人意想不到的是，李连庆在即将退伍的时候被选拔到中央警卫团，成了在毛主席身边站岗放哨的警卫员，直至主席去世，时间长达19年。

李连庆说，因为是南方人，去到北方语言不通，所以到北京后，他和当时从全国各地招来的警卫员都要先参加学习，学讲普通话和文化知识。

“那时候，一边在毛主席身边站岗放哨，一边学习。平时每3个人1个岗，每天8小时轮岗，其他时候就学文化。当时从全国各地县级选调过去的约有180多人。这些人每年都会回乡探亲，顺便了解当地的民情民意，回去就汇报情况，但是也有规定，就是谁也不能回去透露自己在毛主席身边工作。”李连庆说，当年毛主席担任他们学习学校的名誉校长，为了教好这批从全国每个县招来的农村学员，学校还特别聘请了6名地方教员教大家文化，帮助这些农村孩子考初中、高中文凭。李连庆从学拼音开始，慢慢学会了讲普通话，还先后学习了高中语文、数理化、史地等课程，1963年获得了“中国人民解放军文化学习毕（结）业证书”。

根据李连庆的记忆和记者查询历史资料发现，当时，这批警卫员中有两个广东人，一个是李连庆，另一个名叫曾文。曾文个子比李连庆矮一点，年纪大李连庆一两岁，毛主席身边的工作人员称呼他们为“小广东”。1955年，在中南海的颐年堂前，毛主席亲自培养士兵，给警卫团一中队的干部战士开了一次全体大会，在会上向大家交代了三项任务。第一个是站哨，第二个是学习文化，第三个是搞农村调查。因为毛主席没有那么多时间到全国去调研，他想了解全国的情况，就想通过身边的战士来了解。

李连庆说，毛主席去世后，当时在中央工作的叶剑英元帅就把他带在身边，让他继续当警卫员。后来叶帅也去世了，他就被组织安排去了驻香港办事处工作，10年后才回广州，在总政广州对外联络局工作直至退休。

回忆在毛泽东和叶剑英身边的岁月，李连庆感叹："只要用心，每一个人都可以从伟人身上学到很多东西。我们现代的人有条件了，更要多学习，才能振兴中华。"他回忆说，外界总在猜测毛主席的生活是什么样的，其实毛主席的生活非常艰苦朴素。一块地瓜、一根玉米，毛主席用火烤一下就吃。毛主席处理事情也很有自己的原则，身边的服务员觉得主席生活太艰苦，悄悄为他添置新衣物、鞋子，但他总是坚持用旧的物品，可以用就绝对不换新的。他说，毛主席上天安门穿过的灰色大衣，洗洗又放在柜子里收好；每件衣物都是新三年旧三年，缝缝补补又三年；甚至连一双旧拖鞋，也是补无可补，连中南海外的修鞋师傅都说没法修了才换掉。

光阴荏苒，日月如梭，转眼间当年英姿飒爽的小警卫，已然是八十多岁的老人。听着李连庆回忆在毛泽东和叶剑英身边的岁月，再细看他身上朴素清爽的旧衣裤和旧解放鞋，只觉伟大人物艰苦朴素的生活作风和精神，早已在他的身上留下了永恒的烙印，并持续闪耀着无限光芒。

为什么年纪这么大了还要离开北京舒适优越的生活，来到南粤山区养牛？2014年初秋，这位出身农家的部队离休老干部，面向西江之畔千亩连片的青翠河滩，平静地讲述着老一辈深入人心、伟大而崇高的为人民服务的理想信念。

李连庆说，前几年有新闻报道，时任中共中央政治局委员、国务院副总理汪洋去新西兰考察后，提倡大力养羊、牛、鹅、兔。李连庆的家人以前养过牛、贩过牛，算是有点经验，所以李连庆觉得自己还可以为国家的养殖事业出一份力。于是，李连庆开始实践回乡养牛造福桑梓的梦想。

为此，李连庆回北京时，家里人笑他身上沾染着牛和泥土的气息，李连庆也不介意，反而教育家人说："人各有志，你们不喜欢没问题，你们做自己的事，我养我的牛，我就不怕臭不怕辛苦。人生在世，只要有一口气，就要做点事，为这个社会做贡献，不然时间就被白白浪费掉了，人也就白活了。”李连庆说现在习近平总书记非常关心退休老同志，专门成立部门关怀老同志的生活。李连庆现时所在的总政某干休所负责人，还多次到他北京的家邀请他当干休所的书记，可他只想回家乡做自己想做的事。

李连庆的家乡高要市荷路村与珠川村只有一江之隔，他自参军入伍后阔别家乡50多年，2007年第一次回乡看到乡亲们的生活水平低，感慨万分，于是从2008年开始陆续回乡支持家乡建设。他平常不抽烟不喝酒，把退休金都拿回家乡支持农村建设发展，捐资近百万元修路种树、发展村集体经济。2009年，他看到珠川村有10多平方公里的撂荒滩涂。他说，这片土地如果没有被利用起来就白白浪费了，如今附近的留守老人来帮忙看牛放牛，在自己的家门口就有工作，不用依赖年轻人给钱，有自己的收入，还可以为市场提供质量安全的牛肉，让老百姓吃上放心肉，一举多得，何乐而不为？

2010年，他觉得时机成熟，叫上同样不怕吃亏又能吃苦耐劳的创业青年何丙泉，一起租下心目中最理想的放牧地，在母亲河畔种草养牛。

2010年9月8日，云浮市星耀畜牧有限公司正式挂牌成立，是云浮市第一家以发展优质肉牛育种、扩繁、饲养与销售为主业的股份制节粮型畜牧企业。公司由李连庆担任董事长、何丙泉任总经理，以“放牧+圈养+精料”相结合，充分利用云浮气候温和、环境优美、沿江滩涂土壤肥沃、草料丰富等得天独厚的资源优势，走出一条利用当地山区丰富的草资源养殖肉牛的发展之路。

为了坚持让群众吃上“放心肉”，李连庆养牛特别注重选好牛的品种，要养得够时日，如此经营运作，不但前期投入大，而且收效低，回报时间长，耗费了数年时间，公司才刚刚实现收支平衡。

为了支持公司建设生产，李连庆拿出了毕生积蓄，始终坚持为人民服务的信念，他说：“钱财生不带来，死不带去，个人的力量很小，只希望为父老乡亲做点事。”

他说，现在这个世界都是一家人，这个社会就是人人为我和我为人人。他指着桌上的茶杯、茶壶说：“我们吃的、穿的、用的所有东西都是别人生产制造给我们的，这就是‘人人为我’。什么是‘我为人人’？就是我为大家养牛，也算是为大家做一点力所能及的事情。”

经过艰难的建设初期，如今李连庆的畜牧公司已初具规模，踏踏实实养大了一批又一批从来不吃任何添加剂，仅吃天然牧草长肉的健康有机牛和羊。

今后，李连庆的养牛场还想继续带动更多的农民发展山区畜牧业，李连庆的坚持让身边人动容，也让身边人敬佩。

在他的畜牧公司门前，最醒目的不是公司招牌，而是比公司招牌大几十倍的黄底红字“为人民服务”宣传画；公司办公室正面墙上挂着彩色的毛主席画像，旁边巨大的黑白照片是毛主席、叶剑英等人和李连庆的合影，还有近年李连庆与叶剑英元帅家庭联谊时的活动照片、“独臂将军”叶选宁赠给李老的书法作品。其中最显眼的一张是李连庆与毛泽东主席的合影，拍摄于1967年，地点是湖北武汉。李连庆说，那是毛主席横渡长江后，正在休息。另一张则是1986年，叶剑英元帅在北京和小儿子、警卫队的队长、李连庆四人的合照。

如今，连庆公已坚持在最辛劳的乡村务农多年，日出而作，日落而息，真正是老有所为、老有所乐。他一日三餐粗茶淡饭，每日煮红薯当早饭，平常只吃自种的菜蔬，不管何时去看望他老人家，他总能变戏法般拿出一盆红薯招呼我们。听说他还经常亲自动手包饺子给牛场的员工吃，干起活来老当益壮。

继《云浮日报》率先报道李连庆的感人事迹后，《南方日报》“行进中国·精彩故事”专栏采访报道了李连庆在云浮当“牛司令”的故事，从此引发社会各界强烈反响。李连庆同志老骥伏枥，壮心不已，身体力行践行毛泽东主席全心全意为人民服务的教导，成为新时代的楷模。近年来，李连庆先后获得“感动中国人物”“感动广东十大人物”等荣誉。但荣光，又何曾影响了这位坚毅的老人分毫？

耄耋之年，志气克壮。李连庆，这位已经80多岁的原毛泽东警卫员，一位让世人敬佩与感悟的老兵，依然在以实际行动，谱写大地上铿锵有力的新时代进行曲。

2017 年 5 月

鹏程万里在乡村

洪盘东

金秋时节，走进温氏，现代农业企业的光芒可感可触可见：温氏模式催生温氏成为全国农业产业化重点龙头企业，年经营总额突破480亿元；“实现千亿企业，打造百年温氏”12个金光闪闪的大字映入眼帘；“温氏股份”成为目前创业板市值最大的公司……人们强烈地感受到它为中国农业所注入的强劲活力。

于是，人们不得不正视这个事实：温氏模式，创造了中国农牧企业经济的奇迹。

人们惊叹之余，不禁要问，这个奇迹是怎样创造出来的？

让我们沿着温氏模式创建者之一、全国人大代表、全国劳动模范——温鹏程的人生轨迹，看看这位浑身上下带着大山般的伟岸，从“三农”的洗礼中走出来的温氏掌门人，是怎样创建温氏模式、创造中国农牧企业经济奇迹的。

石头冲村出人才

1962年10月的一个夜晚。

在广东省新兴县簕竹镇石头冲村的一间青砖瓦屋里，有位身材瘦弱、举止儒雅的青年焦躁不安，来回踱着步，不时伸长脖子，往内室窥望。

这位青年姓温名北英，年纪轻轻却已出人头地。

温北英十载寒窗，虽不能大魁天下，但也得了一个不算很差的职位——在四会县中学教书。然而，1957年春夏之交，不料却阴差阳错被错划成“右派分子”被遣回乡……

“哇——！”一声婴儿的啼哭，温鹏程呱呱坠地了。

温北英望着他这个宝贝儿子，心想，老天爷待我不薄，我温北英落难之时又添丁，实属不易。得起个好名字。“鹏程万里！就叫鹏程。”

小鹏程天赋聪颖，自小受父亲文化教育背景熏陶，幼年时就能背诵唐诗宋词三百首。知识是触类旁通的，小鹏程从小学到高中成绩在班里总是名列前三甲。同学不懂的题目往往不去问老师，而是去问他。

1981年，温鹏程以优异的成绩在新兴一中高中毕业了。在所有高中毕业的人都梦想着挤上大学的独木桥，毕业后在城里捧个“铁饭碗”安稳度日之时，他却做出了一个出乎老师和同学们意料的决定：不参加高考，回乡创业。

温鹏程放弃高考回乡创业绝不是轻率之举，而是经过深思熟虑而决定的。温鹏程的父亲是一位有远见卓识的知识分子，通情达理，很有思想深度。温北英曾一度语重心长地对温鹏程说：“农村是一个广阔的天地，最好的大学堂，民间藏能人，毕业后要回到农村闯闯。”这一席朴素的话，让温鹏程受用一生。

1978年，温北英的错案得到了纠正，被安排到县食品公司工作。正在念初中的温鹏程敏锐地察觉到我国农村一场伟大的变革将要来临，一颗立志回乡创业的种子开始生根发芽，直至破土而出。

矮棚里的奋斗者

时间定格在20世纪80年代。

当分田到户的欢悦还在村中父老乡亲的心中荡漾时，高中毕业回来的温鹏程却把目光投得很远：人民公社“一大二公”的模式再也不能走下去了，但从此各家单干，自己挣钱，如何才能走共同富裕的道路？温鹏程经过再三考虑，决定承包簕竹镇一个丢荒了的小农场，作为他为当地群众走共同富裕的切入点。

温鹏程在小农场用竹子、杉皮搭起了一间简易办公房，算是他的办公室兼卧室了。可怜的是那矮小的办公房，一站起来可以摸到棚顶，天热时，太阳一晒，这里就变成了红外线烘炉。温鹏程以这里作为大本营，并动员其父亲温北英回来挂帅，创一番事业。

温北英早就希望能有这么一块地方让他一展平生抱负，实现干一番事业的宏愿。1982年，温北英向人事部门提出申请，让大儿子温均生顶职，经批准后踏上了回乡创业之路。

温北英首先把场里丢荒之地挖成鱼塘，在塘面上建鸡舍，利用鸡粪养鱼，塘边种果树，形成一个鸡、鱼、果立体式的养殖系统。温北英仔细算了算，按这个规划实施，至少要8000元，但他父子能拿得出的全部现金仅有2000元。

向银行借贷，可是正碰上银根收缩、控制信贷的时候。幸亏温北英遇上了好形势，政策放宽了，他就有活路， 温北英决定合股经营，动员乡亲们投资入股。

1983年春天，温北英为中国农民创造了一个陌生而又最具活力的词——股份制。温北英父子联合七户八人（温北英、温鹏程、温木桓、温金长、温湛、梁洪初、严百草、温泽星），史称“七户八股”（温北英、温鹏程父子俩为一户二股），每股1000元，共集资8000元，创办起簕竹鸡场（簕竹畜牧联营公司），在温北英的带领下，走上了股份合作制养鸡之路。

办场伊始，温北英就制定了“造福员工、造福社会、科技兴场”的发展理念。这一理念使温氏在发展中不断完善并形成了现在的温氏精神——“精诚合作，各尽所能，齐创美满生活”。

办场初期，经费不足，房舍、设备简陋，当时搞商业都追求“朝种树，晚界板”的效果，要求见效快，收益大。而温北英父子的实业投资大，收益迟，风险大。他们联合的7户成员之中，就有4户意志动摇，说看不清前景而自动退出，并抽走了股金，这对温北英来说无疑是个沉重的打击。恰在此时，鸡场又发生了一场突如其来的疾病——肾变病，令温北英防不胜防。温北英虽然养鸡技术丰富，但面对这一新的课题，他却束手无策。

尽管温北英早已做足了创业失败等诸多的心理准备，但还是难以承受失败带来的孤独和伤痛。就在他的养鸡事业到了生死存亡的关头时，温鹏程等几经辗转，寻得名师——华南农业大学兽医系禽畜专家岑德光教授前来攻关，终于解决了这一难题。鸡场又重新萌发出生机和活力，年轻的温鹏程此时和饱经风霜的父亲一道流下了激动的泪水。

探索出温氏模式

1985年大年初一。

外面是鞭炮和烟花灿烂地燃放，而鸡场办公室里弥漫着淡淡的烟雾。温北英一边抽着烟，一边思索着，桌上的烟灰缸里，拧满了烟蒂。每一个烟蒂，留下的都是那长久的思索。

一小时，两小时……

最终确定了36条养鸡规则：

发展母鸡，走自繁自育自养自销的路子；

养鸡必须封闭消毒，要有严格的操作规程；

…………

在调整了公司种鸡的发展战略，制定和实施了一系列标准化养殖规则后，簕竹鸡场有了很大起色。但随着形势的发展，鸡场的原有设施、场地已不能适应生产的需要。温鹏程敏锐地意识到鸡场要进一步发展壮大，必须在经营模式上实现新的变革。

那时候，簕竹镇每家每户都有养鸡的传统，由于簕竹鸡场在当地还是第一个兴办起来的规模较大的养鸡场，在当地颇有名气，村民纷纷慕名前来购买鸡苗。

后来，村民们渐渐觉得自己去县城买饲料、卖鸡所付出的时间和成本高，不如委托簕竹鸡场代购饲料、代为卖鸡来得划算。

机遇往往钟情于善于思考的人。温鹏程认为，哪里有需要，哪里就有商机。

温鹏程以独到的眼光向父亲及股东们提出建议：采取“场户结合”“代购代销”的方法，与周边的农户进行合作。

温鹏程这个建议，直接催生了一个富有生命力的制度的诞生——“公司+农户”模式。后来这一模式被称为“温氏模式”。

“公司+农户”模式不但实现了把分散的农户组织起来，将大量低效率、小规模的农户由散兵游勇的状态变成一股合力，使农户真正参与产业化竞争，使新兴大地神奇般出现了大规模发展养鸡业的宏伟场面。簕竹鸡场以其独特的“公司+农户”的经营模式和强大的实力，为农民闯市场支撑起一把大“保护伞”。广大农民从温氏看到了致富希望，找到了致富门路，越来越多的农民加盟温氏挂钩养鸡，形成了一条犹如蚂蚁觅食一样，一个挨一个接踵而至颇为壮观的“蚂蚁之路”，使当地的养殖业迅速从农民家庭经营的副业式上升为进行规模化、集约化、基地化、现代化大生产的主导产业，在中国农业中率先奏响了“实行产业化经营”的雄浑乐章。簕竹鸡场的经营效益得到了明显提高。

1986年簕竹鸡场总产值为36万元，1987年上升为100万元，1988年再度飙升为235万元。

养鸡利润也由1986年的5万元上升到1988年的37万元。变革的推行，使股东们都成了“万元户”。那时农村还是“万元户”走红的时代，股东们成了万元户的消息不胫而走，很快传遍了县内外，这在当时来说有如“神话”。

日月轮回，斗转星移。

当1989年的春风以纵横捭阖的气势越过寒冬的疆域，早早地从南国这片热土上掠过，簕竹鸡场迎来了又一次历史性机遇，书写了非同寻常的精彩篇章：

1989年春夏之交，国内外肉鸡市场低迷，价格下跌。而簕竹鸡场也由于挂钩的农户增多，肉鸡的数量猛增……

如果按照“代购代销”的办法，虽然可以保住公司眼前的利益，但将使农户的利益蒙受损失，从而使农户对“公司+农户”的制度失去信心。

对此，温北英集结了所有股东，在簕竹鸡场一处并不豪华，但绝对引人关注的地方召开会议。

研究事项：有关温鹏程提出鸡场由“代购代销”变为“保价收购”的建议。

经过一番认真研讨后，会议决定把原来的“代购代销”变为“保价收购”。此举既保护了农户的利益，也保护了农户与公司合作的积极性。从此，“公司+农户”的模式更加稳固，企业与农户之间成了“皮之不存，毛将焉附”的专业化生产的利益共同体，这为日后鸡场的大规模、跨区域发展奠定了良好的制度基础。

温鹏程的一个建议，一个点子，催生了一个使整个农企生机盎然的模式，这个模式正式将簕竹鸡场带上了超常规、跨越式发展的“快车道”，闪耀着一名青年企业家的超人智慧和卓越才华。

…………

1992年春，新兴县温氏食品集团有限公司注册成立。接着，温氏集团办公大楼拔地而起……沉静了千年的小农场，扬起了它雄伟的龙头；伴随着改革开放的春风，新兴县温氏食品集团有限公司在这里起步腾飞了。

新兴县温氏食品集团有限公司成立后，养鸡的规模继续扩大，但农民的科技仍不足以使公司发展得更好更快更稳定。

养鸡是一门技术活，养鸡户最担心遇上鸡瘟，一旦遇上了，辛苦白干不说，还会“鸡飞蛋打”蚀老本。为了确保养鸡取得的经济效益，温北英与儿子温鹏程不谋而合，两人默契地意识到：企业要发展，必须科技先行。

然而，他们的想法并没有得到其他股东的认同。因为，引进科技意味着大成本的投入。这一次，又是温鹏程坚定地站在了父亲的背后，顶住一边倒的巨大压力，与反对派展开激烈的争论。在温北英父子俩的坚持下，温氏集团很快便在温氏集团办公大楼附近建起了漂亮的每个单位三房一厅的“专家楼”，准备筑巢引凤。

几经周折，温氏终于成功邀请华南农业大学动物科学系相关专家以技术入股的方式加盟集团。这一年，温氏父子毅然拿出公司10%的股份换取对方的技术支持。

无疑，此后公司的发展，证明了与高校科研机构合作，为公司的快速扩张提供了动力。专家的加盟使公司的发展如虎添翼：聘请专家前，公司年纯收入是120万元左右（1992年前），聘请专家后，年纯收入马上达到246万元以上（1992年后）。扣除30万元聘请专家费用外，净赚220多万元。这个成果，让原本认为自己太吃亏的股东反对派们心悦诚服。从此，温鹏程在集团内的威信日益高涨。

1994年，正当温氏集团发展初具规模，经省批准成立广东温氏食品集团有限公司时，董事长温北英因积劳成疾，与世长辞了。

鹏程飞翔万里

1994年，温鹏程全面主持集团工作。

这位年轻的董事长兼总经理没有辜负众人厚望。1994年，集团的销售额达到1亿元。这一年云浮市新兴县温氏食品集团有限公司升格为广东温氏食品集团有限公司。

窗外一弯家乡月，桌上一杯家乡茶。温鹏程怀着一种跃跃欲试把分公司开到全国各地去的心情，从北京、江苏等地调研回到家乡。在半个多月的市场调研中发现了一个令人深思的现象：1982年，在当时的副总理万里的倡导下，北京市畜牧局、中牧集团等共同投资兴建了北京华都肉鸡联营公司，由此拉开了中国肉鸡事业发展的序幕。本着在国内推广肉鸡生产，丰富市民菜篮子的初衷，北京市政府向华都肉鸡公司提出了“年屠宰加工肉鸡1000万只，让首都市民每人每年吃上一只鸡”的宏伟计划。但是，到1994年，这一宏伟计划还远远未能实现。

古人云，“无鸡不成宴”。这说明鸡肉自古就深受人们的喜爱，在食品业中有着举足轻重的地位。我国是世界第二大禽肉生产国，让首都市民每人每年才吃上一只鸡，这显然是远远不够的。在调研中，王玉华为北京市场送鲜鸡的事例坚定了他把分公司开到全国各地去的信心。

王玉华是北京市平谷县大兴庄乡鲁各庄村的一位普通农村妇女。1987年刚到而立之年的王玉华，看到北京市场肉鸡供不应求，便产生了为北京市场送鲜鸡的想法。她在自家院中支起了一个不足40平方米的简陋房子养鸡，这与他开始养鸡有着相似的经历。

很显然，一两个养鸡公司，一两个养鸡大户，是远远未能满足市民吃鸡需求的。

如何转型升级在全国区域打造一个良好的养鸡供应产业链？一个产业综合体的概念在温鹏程头脑里慢慢形成。

1995年盛夏，温氏集团董事长兼总经理温鹏程光荣当选为新兴县有史以来第一位全国劳动模范，赴京接受党和国家领导人的表彰。

从北京载誉归来，温鹏程开始着力调整产业结构，发展创新“温氏模式”，做大做强温氏。

温鹏程将调整产业结构模式概括为纵向和横向产业结构。纵向产业结构以养鸡为核心，建立一个产、供、销“一条龙”的纵向生产销售系统；横向产业结构以养鸡为主，建立包括饲料、动物保健品、屠宰加工、农牧设备等在内的配套产业，形成集科、工、农、贸于一体的横向产业结构。

集团内部结构调整完毕后，温鹏程开始酝酿着向省外扩张。温氏要来一场华丽转身，从单一行业到多元经营、从本地创业到跨地区合作的方向转变，要一步步跳出新兴，跨向广东，迈向全国……

如果用“超常规、跨越式”来比喻温氏的发展，似乎再恰当不过了。

1996年，温氏首先在河南省禹州市组建了“禹州市广东温氏中原家禽有限公司”，迈出了集团在省外扩展的第一步。

接着，温鹏程带领温氏抓住有利时机，运用温氏模式积极进行扩张发展。玉林公司、桂林公司、莆田公司、太仓公司、汉川公司、宁乡公司纷纷成立，开拓了华东、华中、西南三大区域市场，形成了环海（江苏、福建、广东、广西）和沿京广线（河南、湖北、湖南、广东）两大带状分布，一个超级农企航母在中华大地昂然崛起！

开启温氏新纪元

2015年11月2日，温氏集团发展史上一个闪闪发光的日子。

当日上午，深交所一片欢腾。当时针指向北京时间9时25分，在深交所举行的上市仪式上，广东温氏食品集团股份有限公司董事长温鹏程，副董事长、首席执行官温志芬，总裁严居然，副总裁、财务总监温小琼举锤敲响开市宝钟。

伴随着清脆的钟声，现场电子显示屏瞬时报出广东温氏集团成功在深交所创业板整体上市（证券简称“温氏股份”，代码：300498），开盘价71.98元。广东温氏食品集团股份有限公司登陆资本市场的精彩首秀由此开启。

温氏股份的挂牌，激活了沉寂已久的中国农业股，开启了温氏发展新纪元。在号称“世界工厂”的新兴市场经济大国里，中国的阿里巴巴、华为等，一直是人们关注的经济神话，却从来没有想到会诞生一个农业板块的温氏股份。

在这样一个闪闪发光的喜庆日子，作为温氏的掌门人温鹏程，在热烈掌声中泪光闪闪，激动自豪之情在胸中荡漾……

从他开“温氏模式”先河那一天起，“责任”这一关键词就一直伴随着他，让他率领温氏军团，攻坚克难，一步一步走向成功。

问心无愧是他的人生信条。要做到问心无愧，就要有强烈的责任心。做人做事不求轰轰烈烈，只求尽心尽力。当夜阑人静之时，每当回忆往事，都能问心无愧，他最怕的就是对不住他人，担心辜负他人的期望。

实行“温氏模式”养鸡之初，为了确保挂钩农户能养好鸡，有钱赚，他经常深入农户之中了解情况，并进行技术指导，言传身教，为接下来的大规模养鸡提供了有效的指引。就是这种责任意识，这种行动力让刚起步的簕竹鸡场能够顺利进一步发展壮大。

在着力调整产业结构，发展创新“温氏模式”中，他经常告诫自己：一个人的能力有大小，但一定要有责任心。有了责任心，有了思考，有了行动，就一定能做好事情。“态度决定高度”成了他开疆拓土的座右铭……

从地处深圳深南大道的深圳证券交易所出来，回到新兴已是傍晚，宽阔的新兴江沿江堤路上晚风习习，华灯初放。坐在轿车里的温鹏程，望着车窗外掠过的那一幢幢温氏为员工建造的洋楼和别墅，望着那幢灯火辉煌、以拔地通天之势耸立在苍茫天地之间的总部新大楼，他禁不住依然心潮澎湃，思绪难平。

时间如白驹过隙，32个春秋，在历史长河中不过是弹指一挥间。然而，温氏却创造了一个又一个奇迹。

从8000元资本起家，发展到拥有250多亿元资产；从年营业收入几万元，发展到年销售380多亿元；从创业微利，发展到年创纯利润近30亿元；从“七户八股”创业，发展到市值一度冲高超过2500亿元的上市公司；从带动几户农民增收，发展到带动5.3万多户农民致富；从一个默默无闻的养鸡场，发展到庞大的畜牧农企航母（拥有十大业务体系，以养鸡、养猪业为主，以养牛、养鸭为辅，以动物保健品、食品加工、有机肥业、粮食贸易、农牧设备为产业链配套的现代农牧企业集团，在全国23个省区市都有养殖基地，纵横大半个中国，是亚洲第一、全球第三大养殖企业）。

在中国经济转入新常态的大背景之下，他的航母又将驶向何方？

向世界级农牧企业迈进

时间定格在2016年早春时节。

3月5日—16日，十二届全国人大四次会议在北京召开。连续四届当选全国人大代表的温鹏程出席会议。听完李克强总理所做的《政府工作报告》，在参加广东代表团讨论时，他重点围绕今年《政府工作报告》提出的“十三五”规划如何破解中国农业发展难题发表意见，建议发展现代农业企业。

温鹏程结合发展现代农业企业实际，侃侃而谈。当他讲到很高兴温氏努力了33年，得到了政府的支持，包括深交所对他们工作的支持。在2015年11月份实现整体上市，变成深圳创业板第一大市值的公司时，与会者就开始对他另眼相看了，脸上惊讶的神色就好像在说：“怎么养鸡养成这个样子了？！”

面对这些惊讶带羡慕的眼神，他不由得想起以前参加一些重要会议，有时被安排坐在领导旁边，就有人问他是干什么的，他一说是养鸡的，就没人理他了的尴尬情景……

“在现实中，农业企业经常会被一些人看不起，认为农业企业是没有什么技术含量的低端产业。”温鹏程颇有感触地说完后，接着又说，“农业是很传统的，但是我绝对不会用传统的手段做农业。我是用最先进的理念和技术来做农业的。”

温鹏程介绍：“我从1993年开始就用386电脑做服务器，用286做过局域网，一直到今天的互联网、物联网。虽然温氏不是互联网企业，但是我们会用互联网技术去优化内部运营管理，提升集团化管控能力。我们2011年就在企业内部成立了物联网研究院，尝试用互联网技术将数万个家庭农场连接起来。”

温鹏程认为，农产品的生产靠家庭农场，农业经营靠专业公司，通过提高农业的组织化程度，将专业公司、龙头企业与适度规模的家庭农场紧密结合，形成社会专业分工合作、组织化程度大幅提高的现代大农业，可以有效地解决未来现代农业发展所需的资金、技术、市场等综合问题，提高农业生产经营效率，满足市场供给。

有的代表问：“十三五”规划提出农业现代化，温氏从原来的传统农业变成了真正的现代农业企业，对未来的发展有什么打算？

温鹏程回答：“我们将继续高举农业大旗，坚持以现代农业为发展主方向，把做成千亿级企业、百年温氏作为企业发展目标。温氏未来的发展就是要通过现代技术、现代手段来提高生产效率。去年我们重新启动了‘互联网+行动计划’的中长期规划，利用互联网的力量提升传统农业的效率。在产业升级过程当中，最基本的要实现机械化、自动化、智能化。中国农牧业产业集中度不够，需要出若干世界级企业，温氏正走在千亿级目标的路上。”

有的代表问：作为新一轮经济和科技发展的战略制高点之一，物联网在第二、三产业大显身手已不新鲜。将物联网与第一产业结合又会带来怎样的变化？”

温鹏程打开手提电脑说：“我想请大家观看一下这个视频，从中会看到物联网与第一产业结合带来的惊喜变化。”

从电脑视频中可以清晰地看到新兴县簕竹镇石头冲村一个普通农户的真实生活。44岁的温志开笑呵呵地告诉《中国经济周刊》：“我养鸡已经20多年，没有自动化的时候，一年只能养5000只鸡，还是夫妻两人一起养。现在可以养1.5万只鸡，我老婆一个人在手机上按按键就搞定了，我自己可以解放出来去垦山，搞搞林业种种树，又是一项收入。”有车有房的温志开指着他那辆车，觉得比城里人生活更幸福。

用手机“养”鸡，智能化踏进传统地盘。“现在用物联网管理鸡舍，我把手机带在身边，没时间回来时，用手机就能了解鸡舍情况，下雨了，一按键就可以把防雨窗帘降下来，用物联网技术还可以自动投料、调节风扇降温、晚上开灯……”温志开得意地介绍。

帮助温志开实现养鸡现代化管理的便是温鹏程掌舵下的温氏。

“养猪养鸡也需要物联网。”温鹏程说完后，指着屏幕告诉大家：像温志开这一户，我们不仅能够看到鸡舍最近1小时、12小时的温度变化情况，还可以知道这个农户“倍增计划”的收益情况，用了半年，这一户的经营利润就实现了从4万元到7万元的增长。我们拟打造500户现代农场示范户，带动其他合作农户参与升级，用大概10年时间完成全面升级。按照初步构想，一个现代家庭农场是以鸡猪养殖为主业、以其他种养为辅业的综合型农业基地，其中饲养肉鸡规模年出栏15万只或以上，家庭农场的综合效益达到20万元/年或以上的水平，生产管理使用机械自动化设备。

接着，温鹏程向与会者描绘心中未来中国式家庭农场的图景：要让中国农民成长为现代家庭农场主，可以一边开小车出外访亲探友、逛商场，一边通过物联网对饲养现场实现远程控制。

温鹏程的话音刚停，会场响起了热烈的掌声。

作为温氏模式的创建者之一、全国农业企业的领头军、全国人大代表温鹏程，将如何勇立潮头，把温氏实现互联网与传统农业的深度融合，如何利用“互联网+”这个新工具助力公司长远发展？

带着这些问题，温鹏程董事长领着我们来到石头冲村温志开的养殖场，眼前出现了令人难以置信的一幕：只见一个像厂房那样的养鸡大棚里，挤满了密密麻麻的肉鸡，这些鸡都围着自动化投料器觅食，随后又走到自动化饮水器喝水。而操作这一切的，都是温志开手中的手机遥控。

温志开告诉我们，这个大棚一共养了12,000只肉鸡，由于使用了自动化投料、自动化清粪等设备，仅喂料时间每天就比过去人工喂养节省了5小时，整个养殖场只需要一个人打理。以一年养3批鸡计算，一年就有9万元利润，收入倍增。更为神奇的是，他即使出差广州，也能操持这里的一切。

对此，温鹏程充满自信地说：“互联网+”对温氏来说，并不算是新词。早在2005年公司就引进EAS系统，2011年成立物联网研究院。目前，这些互联网工具在公司的财务、销售、生产、工程管理等环节发挥着重要作用。

如今，随着“互联网+”具体工作的推进，温氏的生产经营及管理领域都将发生新的变化。如养殖场的员工坐在办公室，就能完成喂料、清粪等工作；家庭农场主利用一台手机，就能随时随地掌握鸡舍、猪舍里的情况；管理层能“零时差”地掌握公司生产经营数据……

走进温氏集团的现代化办公室大楼，你可以看到这样可喜的一幕，怀抱梦想的温氏人已经踊跃投身于科技创新。不久的将来，温氏“互联网+农业”的完整蓝图将呈现在世人面前。

我们有理由相信：在中国经济转入新常态的大背景之下，作为温氏模式的创建者之一、全国人大代表温鹏程，定会带领温氏人“实现千亿级企业、打造百年温氏”的宏伟目标，创造出一个又一个动人而辉煌的传奇故事！

2016 年 12 月

从农民到党的十八大代表

胡 鸿

罗曼·罗兰说过："要撒播阳光到别人心中，总得自己心中有阳光。"

作为云城区基层杰出的党员代表，刘石明曾是安塘街红营村的一位青年农民，红营小学的一名下岗老师。但他下岗不"下志"，怀抱远大的理想，面对命运的抉择，他放弃了外出打工的念头，从基层做起，始终如一，不改为人民服务的初衷，从一名农村基层党员成长为一名十八大党代表。

一心做一名"村官"

古语云："人不率，则不从；身不先，则不信。"刘石明1993年参加工作，在红营小学教过五年小学，后来因没有全日制大专文凭而下岗。父母希望他外出打工挣钱，但他立志当一名“村官”，干一番自己的事业。红营村有7个自然村，四面环山，距安塘街十多公里，是安塘街最偏远的一个村，以前村集体经济年纯收入不足5000元，是市、区的贫困村委会之一。改革开放后，红营村与十多年前相比，人们生活水平虽然有所改善，但与外面的村子比，经济还是比较落后。和全国其他的乡村一样，为了挣钱养家，红营村许多的年轻人都纷纷外出打工，留守在村里生活的大多数是“386199部队”（即妇女、儿童和老人）。1999年，20岁出头的刘石明公开竞选成功，担任红营村党支部书记，成为全区最年轻的“村官”。新官上任三把火，他下决心要改变家乡贫穷落后的面貌，强烈的责任心、事业心和使命感，使这位年轻的村支书坐立不安。“那时候的红营村是出了名的落后。到处是烂尾工程，学校修缮没钱停工了，路修了一半就没钱修了。村委会办公用房也是危房，门口长满了比人还高的杂草，村干部也经常不上班，把印章带回家，群众要开证明就到村干部家里盖章。”红营村党员程国华回忆说。

建设美丽乡村应该从何入手呢？刘石明从群众最关心的热点难点问题中找到了突破口。“要改变红营村的落后状况，首先要改变党支部、村委会的落后面貌，切切实实为村民办实事，取得村民的信任。”刘石明上任后，带领村党支部班子从红营村村民最迫切的问题入手，着力修缮村里的几项烂尾工程。当刘石明了解到红营小学的升级改造项目由于缺少资金已经停工很长时间时，心里非常难受。为尽快解决村里孩子的上学难问题，刘石明自备干粮茶水，带着村干部步行到城区寻找外出乡贤募集资金，得到许多乡亲的大力支持。经过筹资，学校很快重新复工，并在开学前按时按质完成了改造任务，令群众刮目相看。小学改造工作刚刚完成，许多村民又反映，红营村通往安塘街道的村道破破烂烂，晴天一路尘，雨天一身泥，群众意见很大。要想富，先修路。刘石明看在眼里，急在心里。

“那时候，村委会没有钱，为了修路，我们挨家挨户拜访群众，到他们家里募捐。”刘石明说，他们到云浮市区向外出乡贤募款的时候，“为了避免村民误会我们用募来的钱搭摩托车，我们到市区之后步行去拜访市区的乡贤，乡贤请吃饭我们也不敢去。”

“带着感情做村民的工作，不要因为他们的不理解而失去耐心。这样，我们慢慢得到了村民的信任。”刘石明说，群众看到了村委会面貌的改变，纷纷开始支持村里的工作，有的村民没有钱，就捐出稻谷支持村里修路。在刘石明的带领下，通过争取上级支持一点、村民投工投劳一点、外出乡贤捐助一点等办法，完成了夏洞到红营公路硬底化的改造。这一条路被村民称为“致富路”，大大增强了村民脱贫致富的热情，深受群众的好评。

学校和路修好了，刘石明的能力有目共睹，他在村中的威信也开始建立起来。由于村干部待遇低，党员干部值班热情不高，为整顿组织涣散现象，加强作风建设，他提出，村委干部要轮流值班，不许把公章带回家。当时其他干部有较大意见，但刘石明以身作则，率先示范。经刘石明言传身教，大家达成协议值班，渐渐地，村委争取到群众更大信任。

红营村与全省知名的柑橘基地云安县南盛镇仅一山之隔，也就是这一山之隔，阻碍了同样以种植砂糖橘为主的红营村的经济发展。刘石明抓住“十百千万”干部下基层驻农村的有利时机，与驻村工作组的同志一起大力争取上级单位的支持，投入资金260万元开山辟路，又开通了红营村通南盛四坑长4.5公里、宽6米的四级沙土路。在公路建设过程中，刘石明做好了群众的思想工作，激发了农民群众的热情，群众主动迁移果树2000多株，拆除房屋4间，自发捐资12,000多元，无偿提供公路建设用地。村民说：“这是一条致富路，圆了我们几代人、几十年的公路梦。”

榜样的力量是无穷的。为了引导村民发展柑橘生产，刘石明决定召开村民动员大会，组织群众代表前往南盛镇大枧村参观学习，向村民推广砂糖橘种植技术。可是，由于砂糖橘的销路还没确定，许多群众还处于徘徊和观望之中，推广柑橘一时遇到了很大的阻力。为拓宽砂糖橘的销路渠道，解决群众的后顾之忧，坚定村民种果的信心和决心，2003年，刘石明自加压力，成立了红营村柑橘生产流通协会，并亲自担任会长，帮助村民做好柑橘生产的产前、产中、产后指导和服务。同时，为了激发群众种植砂糖橘的热情，刘石明还在村党支部里设立了农产品销售岗，制定了许多激励措施：在技术上，长年请农技站技术员指导，并邀请省农科院果树研究所专家前来讲课；在资金上，大力协调农村信用合作社，优先发放支农贷款，解决农户发展的起步资金。

此外，红营村筹资15万元新建了一幢两层半的村委办公大楼，解决了村委会办公难、党员活动难、群众增收难等问题。还建成了全市第一个村级山区信息化服务示范点，并将砂糖橘的销售放到网络上，使果农节约成本合计140多万元。他组织村委班子通过多渠道筹集帮扶资金4万多元，建成种植4万株砂糖橘种苗的苗圃场；投入33万元建造村级自来水工程等，为村集体经济带来3.8万元的纯收入，一举脱掉了贫困村的帽子。

以前村里的小伙子娶个老婆是件非常困难的事情，由于经济落后和交通不便利，有的人带着女朋友回家，过了一座又一座山，女朋友还没走到一半路就拜拜了，那时有很多娶不到老婆的单身汉。“一花独放不是春，百花齐放春满园。”在刘石明带动下，几年工夫，红营村成了远近闻名的富裕村。红营村种果致富的消息在群众中激起了千层浪，许多外出的乡亲纷纷放弃外面的打工和经营，回家投资办果场。据统计，全村外出乡亲如香港同胞、在外有固定单位的人士及外嫁女等20多人回到红营村发展砂糖橘。到2008年刘石明离开时，全村共发展砂糖橘6000多亩，砂糖橘已经发展成为红营村的支柱产业，成为云城区最大的砂糖橘种植基地，人均种植2亩以上，农民人均年收入由原来的2000元增加到7000多元。“一个砂糖橘顶一块红砖。”砂糖橘发展起来以后，村民都富了，家家户户靠发展砂糖橘建起了小洋楼，买了小汽车。以前买一台摩托车都不敢想，现在每到过年过节的时候村里面停车的地方都没有，所以很多外地的城里女孩都纷纷嫁到红营村了。

刘石明在任云城区安塘街红营村村支书期间，大力发展优质砂糖橘种植，积极带领村民脱贫致富，使红营村成功摘掉了“贫困村”的帽子。他先后被评为“云浮市优秀中共党员”“广东省十佳团支部书记”“广东省农村青年生产经营标兵”“全国农村青年创业致富带头人”。

把群众当亲人

“红营村因他而改变，外来人口因他更温暖。”这是人们对刘石明的评价。“带着感情开展工作，把群众当亲人。”这是刘石明20多年来基层工作的感触。

俗话说，“一个榜样胜过书上二十条教诲”。安塘街是云城区的石材专业镇，有大小石材企业近千家，过去对流动人口侧重管理而轻服务，致使许多外来人口对政府工作人员都产生了误会。2007年至今任安塘街流动人口管理协会会长、居委会主任的刘石明始终与群众打成一片，处处把群众放在心上。流动人口管理协会是个群团组织，主要是在政府部门与流动人口之间搭起一个沟通的桥梁。刘石明说，流动人口背井离乡，来到一个新的地方创业很不容易，他们肯定有很多的不适应，也很难融入当地的生活，所以流动人口管理协会最主要的就是为他们提供一个平台，一个为他们说话的地方，使他们苦有处诉、疑有处解、难有人帮。

刘石明刚上任会长时，他发现和一些民警走访流动人口时，许多外来人口以为是来查暂住证“找麻烦”的，看见他们好像老鼠见到猫，拔腿就走。刘石明认为，流动人口管理协会是为外来人口服务的部门，必须要自觉转变观念，注意服务态度，于是他通过自主设计和印发宣传资料，向流动人口解释自己的服务意图，并主动上门走访，为流动人口跑腿办事，帮助他们解决困难和问题，渐渐地获得他们的信任，许多外来人口也感受到协会的温暖。曾有一个叫伍永贵的外省人来到安塘投资石材厂，为了安心工作，他把全家人都接到了安塘，可是孩子接来后却遇到了上学难的问题。后来伍永贵抱着试试看的心态找到刘石明，刘石明了解情况后，经过沟通协调，及时帮助伍永贵的两个孩子解决了入学难的问题。

“以前，许多机构给外来工的感觉都是‘管理’，查计生证、暂住证等等。”广西籍务工人员钟泽湘说，刘石明上任后，安塘街流动人口管理协会给了他们“服务”的感觉，成了他们的“家”。钟泽湘说，2008年，他在安塘一家马赛克厂打工，后被解雇，但被欠工资一直未能支付给他。协会接到他的求助后，主动到该厂了解情况，组织双方当事人进行调解。最后，该厂老板黄某支付了所欠6名外来务工人员的工资。

来自四川的陈恒明更是对协会心存感激。2011年7月5日，他的孩子突然走失，他先后到安塘街流动人口管理协会以及安塘派出所报案。接报后，协会迅速将情况汇报给安塘街道党工委、办事处主要领导，上级公安机关、安塘街道、派出所马上组织街道办干部职工、村委会干部、公安干警、学校教职工以及群众进行搜寻。经过两天两夜搜寻，最终在15公里以外找到了包括陈恒明孩子在内的3名失踪儿童。

“无论是在红营村还是安塘街，刘石明都是带着感情开展群众工作。”2012年，一个四川籍的打工人员在安塘街一家石材厂工作，搬石板时不慎弄伤了脚，石材老板赔付了医药费，但是该打工人员认为是工伤，于是找到协会把情况告诉刘石明。刘石明了解情况后，主动为他联系到区劳动部门工作人员做工伤鉴定，最后该打工人员获得了相应赔偿，合法权益得到有效保护。解民困、服务群众的事不计其数，刘石明表示，做这样的工作，就要改变以往对待外来人口的管理态度，以服务的心态做好工作。经过刘石明的热情服务和主动服务，安塘街道流动人口管理工作得到较大的改善，有力地推动了当地的经济发展和社会和谐稳定，安塘街道流动人口管理成了云城区创新外来人口管理的一张亮丽名片。

“有事找党代表”

刘石明在自己平凡的岗位上做出了不平凡的成绩。2012年5月，刘石明光荣地当选党的十八大代表。“当选十八大代表，是一种很高的荣誉，但也有一种很重的压力和责任感。”刘石明说，他要更加珍惜这份荣誉，履行好党代表的职责，把基层农民的呼声，传递到党中央，让中央高层领导能够真正听到基层农民的声音，切实解决农村和农民的实际问题，不辜负大家的信任和期望。

刘石明是这样说的，也是这样做的。十八大后，在云城区委的关心支持下，2013年1月和2015年1月，刘石明分别在安塘街和云城街金龙社区组建了两个十八大代表工作室。工作室作为基层党建的一个品牌，成了党委政府沟通联系群众的桥梁与纽带。为了打造团队，扩大影响，经过云城区领导的统筹协调，从2015年1月开始，省党代表、云浮中学副校长练翠婷，市党代表、时任云城街党工委书记、现任云城区人民政府副区长黄国邦，市党代表、云城街金龙社区支书、主任杨杰贤以及市党代表、云城区人民医院医生刘志凤等先后加盟到云城街十八大代表刘石明工作室。

在安塘街刘石明工作室，“一周一接待，一月两走访，一季三服务，一年四提议”的“四个一”的工作法明显地悬挂在墙上，这既是一种工作制度，也是一种工作要求。刘石明介绍，驻室团队每周通过“四个一”工作法开展活动。事实上，自云城街金龙社区新增一个工作室后，驻室团队已变成“一周两接待，一月四走访，一季六服务，一年八提议”。刘石明说，这种方法是自己在工作中慢慢形成和总结出来的，这种工作方法切合实际，也很接地气，而且容易在广大党员干部群众中推广，形成一种良好的带动效应。

2014年1月29日，安塘街道办塱头村委会的干部温银芳向刘石明工作室反映，云城区至腰古的公共汽车由于路线经营困难已暂停营运，对村民出行造成困难和不便。刘石明了解情况后，迅速与交通部门联系，经过协调，2015年春节前一周营运的公交车又恢复了通车，群众出行问题得到了解决。2015年1月5日，有居民潘伟明反映城区兴云东路春岗山车站宿舍楼附近无路灯，居民夜间出行不便，且小偷盗窃情况不时发生。有关部门接到刘石明工作室反映的问题，立刻安装路灯，问题得到解决。

“有困难，找刘代表！”这是当前云城区基层群众最流行最朴实的语言。自十八大党代表刘石明两个工作室开设以来，共接待来访群众207人次，走访调研275次，服务群众38次，反映问题99个，收集意见226条，当场解答问题41个，转有关部门解决72个，已办结63个。刘石明从普通的农民到代课老师、村支书、街道办干部再到十八大代表，他是最贴近农民，也是最了解农民的人。十八大党代表刘石明工作室抒民情、解民困、化民忧，积极为群众办实事、做好事，在广大群众中树立了良好的口碑，有人把它比喻成沟通党群干群的“连心桥”“党员驿站”。

“刘石明工作室搭建了党群对话的社会平台，也创新了汇聚民意的新型载体，开辟了服务群众的新渠道。我们大力支持配合刘石明工作室工作的开展，针对提出的一些和学校有关或者需要学校解决的问题，我们会第一时间去解决。”提起刘石明，干部群众个个竖起大拇指；说起帮助群众解决的困难和问题，刘石明如数家珍。“金杯银杯不如老百姓的口碑，金奖银奖不如老百姓的夸奖。”

2017 年 6 月

情系石头三十年

郑　瑶

达者为先，师者之意。他，见证了云浮石文化发展历史，用一生创业历程推动云浮石材业发展，是广东省石雕艺术非物质文化遗产传承人，叫他一声“先生”，实不为过。耄耋之年，虽步履蹒跚，但英气依旧，坚定如松。

他就是区秀明。几十年的石艺生涯，他的身体里也融入了一股石头的硬气。退休十余载，区老先生早已不再过问生意场上的大事小事。在工作室的书桌旁，偶与故友小叙，谈书喝茶，或和草木相伴，坐看窗外“百里石材走廊”的变迁发展。

25年前，这里还是荒芜一片。25年后，这里楼房耸立、厂区成群。时间悄无声息地在每个人的生命里刻下深浅不一的痕迹。故人往事皆在目，只是渐行渐远渐无书。一壁画，一墙字，一屋花，一盏茶，一方抱朴，人世就是在这样的云水禅心里，变得安定。

区老先生浅咂一口茶，悠悠地长叹一声“老了”。于是，日子就在氤氲的茶气中变得漫长起来。

一

故事从云浮县文化馆开始。

那时候，18岁不到的区秀明在文化馆做着群众文艺辅导工作。也许是自身从事美术和文化方面的辅导，让他不由自主地对同属艺术范畴的石雕工艺产生了一种好奇；也许是云浮石雕文化的大范围扩散，让他在每日的忙碌中挤出时间琢磨买来的石艺书籍，研究工匠成型的石雕作品。

弱冠未及的年纪，还不懂得人世无常，只知道把喜欢的东西深埋心底，来换取眼前的安稳平淡，细水长流。如果不是被打成“右派”，这样循环往复的单调生活，或许会持续到区秀明退休的前一天。

那个全国“反右”运动兴起的年代，不满18岁的区秀明被扣上“右派分子”的帽子。

为了家人为了朋友，几多挣扎几多妥协，终究还是用声誉换来了苟且。但是，骨子里的那股倔劲儿却不愿意让区秀明接受这种不白之冤在文化馆继续工作。于是，他辞去了那份曾经以为可以安稳一生的工作，带着万千愁绪回到了家乡江门。

当过中学老师，也靠过画画度日，终于等到17年后为“右派摘帽”，已过不惑之年的区秀明又重新回到云浮县文化馆上班。只是，对于这份工作，他再没了年少时那种以为可以平淡一生的憧憬。又过几年，区秀明已经是好几个孩子的父亲了，家庭负担变得越来越重。为了给孩子们更好的生活，也为了给自己一次重新选择人生的机会，他毅然离开文化馆，来到云浮工艺厂当起了业务厂长，指导工人们的工艺雕刻。

虽然这些年在文化馆的工作经验给区秀明打下了深厚的美术基础和文化基础，但是面对工艺雕刻这一全新而又陌生的领域，他心里仍旧有一丝不安，这种不安是翻过一摞摞石雕书籍后仍感“纸上得来终觉浅”的虚空。于是，他经常驻扎在工厂一线，在指导工人们雕刻的同时，也对自己石雕领域的知识进行技术性补给，让头脑中的石雕作品变得丰满成熟。

白天在厂区指导工人雕刻，晚上在家里苦读专业书籍，得空时就外出四处寻找优秀的雕刻作品观摩鉴赏。日复一日，年复一年，天分加上勤奋，终于为区秀明的石雕生涯打开一扇敞亮的大门。如果说，在文化馆工作的那段日子，奠定了区秀明石雕工艺的理论基础，那么，在云浮工艺厂工作的那段日子，便是他理论知识的实际运用。

如今，82岁的区老先生已经记不得在文化馆前后工作过的确切年份，几十年的文化馆工作经历已经成为一段模糊的记忆，但是，他还是能清晰地想起那是一段喜欢石头却又没有时间去雕刻石头，只能靠着一摞石艺书籍探究石雕艺术的闪闪发光的日子。而在云浮工艺厂工作的那些年，却成了区老先生这一辈子也不能忘记的深重岁月。

二

1978年，党的十一届三中全会召开，把全党的工作重点转移到经济建设上来，改革国有企业，扩大其自主经营权，也使非公有制经济得到恢复和发展。1979年，中央正式批准广东、福建两省在对外经济活动中实行特殊政策、灵活措施，迈开了改革开放的历史性脚步。

改革开放初期，许多云浮人都选择“下海”创业这条路，也造就了一大批成功的石材企业家。想到四个儿子和自己一样走上了石雕工艺这条漫漫长路，想到孩子们今后的就业出路缥缈，想到自己也可以借助对外开放这一政策在石雕工艺上作为一番，区秀明带着机遇和技术毅然决然地提出申请“下海”创业。

1993年，区秀明来到荒芜空旷的河口，用了一年时间，建起了河口一带的第一栋楼房。受区秀明在云浮工艺厂工作多年的影响，那时候新生的山城石狮厂，产品主要是单一的石狮，如再有其他的工艺品，也是东方文化范畴的观音、如来等佛像雕刻。那时候的“山城石狮厂”，虽然生产规模不大，但是因为技术精湛，在南中国和港澳地区都为人熟知，后来也就慢慢变成了“山城石雕厂”。

直到一位老客户向区秀明提议：“你们要不要考虑出口国外？”

工厂的产品从来都局限在东方文化范畴，突然要打破东方雕刻技术的限制，生产西方文化范畴的产品，实在是一种大胆的尝试。但是既然客户提出了要求，山城石雕厂就一定要生产出来。区秀明身体里那股倔劲又涌了上来，买来西方工艺雕刻的相关书籍，观摩西方雕塑，和四个儿子一起分析研究西方人像的结构、样子、比例。

时至今日，区老先生谈起自家企业和别家企业的不同，都会慨叹：“我和我的孩子们关起门来的时候，也可以自己搞生产，不管是复杂的人像还是动物，我们都能靠自己做出来。”这也是山城石雕厂的企业优势，从经营者到生产者，从几十岁的老师傅到十几岁的小青年，每个人都是画画和雕刻的好手。

随着西方雕刻技术日趋成熟，出口数量越来越大，山城石雕厂的市场也就慢慢转向了西欧和美国，产品也从单调的石狮、佛像扩展到东西方人像、马赛克、壁炉、欧式喷泉、花盆和罗马柱以及花鸟动物的圆雕、浮雕、影雕、通雕等。

2004年，山城石雕厂专注研究外国古代马赛克壁画，在传统和现代的手法上，创出了一幅幅富有艺术价值的马赛克画。其中《达·芬奇自画像》的马赛克风格，获得了业界的一致好评。除此之外，其他的景物画、人物肖像等，也在同行中获得了极高的评价。产品多样，技艺精湛，老客户带来新客户，新客户发展成老客户，山城石雕厂不仅外国订单越来越多，闻名下单的散户也是逐年上升。

但是好景不长，伴随着欧洲各国经济的衰退，山城石雕厂的产品出口数量也在逐日减少，这对主要依靠国外市场发展壮大的山城石雕厂来说，无疑是巨大的冲击，工厂因此陷入了从未有过的经营困境之中。区秀明冷静分析客观局势，决定转战国内市场，除了生产价格昂贵的西方雕刻产品以外，也生产能满足普通老百姓消费的日常石雕产品，把环境雕塑纳入工厂生产的目标上来，将山城石雕厂所擅长的“欧陆风情”融入现代城镇、住宅小区以及企业单位的装饰内容中去，把西方的环境布局理念、装饰理念吸收和展现在老百姓的现实生活中。

“千淘万漉虽辛苦，吹尽黄沙始到金。”经过一番策略调整，山城石雕厂最终还是挺过来了，并且以更加高耸的身姿在众多石材企业中站稳脚跟。在区秀明手中，山城石雕厂从无到有，从弱到强，从原来的石雕厂到现在的艺术中心，从零零散散的几个工人到现在的七八十个工人，一路曲折，一路风霜，成为云城区数一数二的石材加工企业。

三

从落后到进步、繁荣，山城石雕厂，是整个云浮石材业中具有代表性的企业。山城石雕厂的企业发展历程也是石材行业这些年来的发展轨迹，石雕艺人们在产品变化的形态里倾注了不变的信念。

在把山城石雕厂交给四个儿子共同管理后，区老先生就退居二线，开始了自己真真正正的退休生活。练字翻书，绘画养花，等着老友前来喝茶谈心，苍翠欲滴的兰草，一枝一叶都是前半生的悠远。除了无论如何都解决不了的问题，老先生会亲自下工厂指导以外，所有工作都已不再过问，所有生意都已不再插手。

“我们现在正在研究中国山水画的拼图，用天然石头的颜色，雕刻中国山水文化，提倡‘东方风情’，让环境和家居装饰体现出中国传统的风格。”区老先生非常满意工厂现在的发展定位，心血来潮时也会在平常消磨时间的一大堆瓜果蔬菜图里画几幅中国水墨画。

这样的现状是令老先生欣慰的，孩子们从他的道路出发，走出了不一样的风景。

山城石雕厂是老厂，区老先生创业难，子孙后代守业亦难，企业需要一个标注来证明自己。区老先生时期的山城石雕厂标注是东西方人像，现在的山城石雕厂，同样也需要一个适应市场需要，符合社会要求的标注。这个时候，区小洪的心也越来越平静，在市面上被玉石工艺品充斥的年代，他剑走偏锋，专门在粗糙石头上做文章，把粗糙的石头再加工利用，产生了一种惊人的效果。于是他创立了“抱朴”，希望每个人都能从社会的枷锁中脱离出来，用心去感受自然，享受生活。

“抱朴”一词，原见于《老子》：“见素抱朴，少私寡欲。”“朴”

指平真、自然、不加任何修饰的原始。“抱朴”即道家思想中追求保守本真，怀抱纯朴，不萦于物欲，不受自然和社会因素干扰的思想。“抱朴”是一种“桃花源”思想，是许多身处市井却渴望宁静的现代人心目中的一份情怀。生命的得失与荣辱，尘世的喧嚣和浮躁，让人迫不及待地想要脱离现状，区小洪希望“抱朴”是一个桃花源，帮助世人摒除杂念，远离纷扰。

而这一点，也是区老先生所赞成的：“我们搞工艺的，就应该尽量沿着市场的需要生产。今年市场需要什么东西，我们就尽量生产什么东西，并在此基础上拓展和提升产品。”

区老先生认为，有终始的只是人的生命，石雕工艺这条路是没有起讫的。

事实也是如此，目前在自家经营的山城石雕厂担任总工艺师一职的区小洪，拥有云浮市优秀民间艺人与石材美术工艺大师的美誉，又是广东省岭南民间工艺研究院（云浮分院）的研究员。长期在工艺生产一线锻炼，坚持走原创的工艺路子，于2015年8月创立了“抱朴·粗品”独家石品牌，作品《春江花月夜》禅境茶盘获得2016中国（深圳）工艺美术展会百花奖（铜奖），2017年6月参加北京首届中国石艺博览会又获得中国轻工企业投资发展协会工艺美术研究会颁发的“中国大工匠”优秀奖。

薪火相传，生生不息，区老先生父子只是云浮石艺的一个缩影，还有更多的人在石雕工艺这条道路上坚守着。路漫漫其修远兮，石雕艺人会上下求索，把云浮石艺推到更高更远的地方。

2018 年 9 月

用艺术书写人生

陈锐兵

微卷的黑发、暖心的笑容、透亮的嗓音……叶仲桥给笔者的第一印象就是一个艺术家的形象。

走近叶仲桥，观其言访其事业，人们仿佛亲眼看见，一束丹青笔墨缓缓落入凡尘，在天地间徐徐成型，神采飞扬。

然而，叶仲桥现在的一切，都是用辛勤汗水换来的。笔者带着好奇的心情慢慢倾听他那艰难的成长之路。

…………

叶仲桥说，虽然年轻时条件艰苦，但是他始终怀着一颗追求艺术的赤诚之心。正是怀着这份赤诚之心，他30多年来，风雨兼程，一举完成了从学徒，到工艺大师，再到艺术家的“艺术人生”三部曲的转变，书写了一部颇具传奇色彩的人生篇章。

怀着初心，拜师学艺

叶仲桥性格豪爽、待人真诚，及肩的长发、光亮的前额透出洒脱和自信，常挂笑容的脸上，是满满的、藏不住的阳光。

1979年，叶仲桥高中毕业后，成了云浮县工艺厂第一批石工艺学员，师从堪称“云浮石艺第一人”的李森才。从此，他正式踏上了学艺之路。

当年，李森才组织创作了标志性的壁画《地久天长》。他珍藏着的一张泛黄的老照片，似在诉说着云浮石艺的辉煌往事：云浮走向世界源于壁画《地久天长》。壁画全长154米、高2.8米，由9幅人物画、6幅风景画组成。它是目前我国制作的最大的大理石壁画，制作中仅云石就用了26吨，并于1988年镶嵌在埃及开罗国际会议中心大厅。

在交谈中，笔者了解到，他在学艺期间参与制作过许多雕塑，如肇庆风景区七星岩牌坊前的一对石狮。他清楚地记得，整个制作过程耗时3个多月，石狮连基座高达2.8米，总重量逾2吨，用花岗岩制作而成。

艰难困苦，玉汝于成。叶仲桥学艺之心十分虔诚，他进入工艺行业后，立志要在这片天地闯出一番成就。他曾到肇庆地区参加工艺美术班，到广州雕塑学院、广东省群众艺术馆学习书画，寻找种种进修机会。

他说：“艺无止境，所以自勉为‘石牛’，用坚定和勤奋，立志在艺术的天地镂刻一道不灭之魂。”

叶仲桥自小爱好绘画，并于1986年在云浮开办了自己的画廊，第一次崭露头角。

他笑着说，虽然他已经50多岁，但心胸开阔，心态乐观，冲劲比年轻人还足。

笔者了解到，“两月识三丁”的故事便是他与艺术有缘的最好证明。

去年5月和6月两个月的时间里，他与艺术家那丁、石丁和一丁等大师相识。年过50岁的叶仲桥更是摆起拜师酒，拜那丁为师，成了一段佳话。叶仲桥在学艺的路上，还曾拜黎楚池、潘嘉俊、林丰俗、李醒韬等多名画家为师。

他说："在艺术上闭门造车是不可取的，获得众多名师指导是我的运气。"

随着技艺的日臻精湛，他创作的作品极具动感，如洒脱之风吹拂，一股灵动之韵让人回味。

汗水播撒喜悦

一颗坚定而细腻的学艺之心让叶仲桥快步跨过求学时期，他走进了人生的另一个阶段——创业。

从20世纪90年代开始，叶仲桥出师后先后承接了国内许多重大的工程项目。他介绍说，他先后参加了"锦绣中华民俗村"和"世界之窗"系列建设，承接了深圳"中国第一步行街"的安装工程。

甚至可以说，"锦绣中华民俗村"系列建设工程获得"鲁班奖"，叶仲桥功不可没。

"在外创业的确很艰难，人生路不熟，每天坐公交车到处宣传自己和寻找项目，还有长年累月在太阳底下工作……"叶仲桥回忆说。

1993年，叶仲桥承接了深圳中航公司"歼8"飞机雕塑项目。每天在烈日的暴晒下，叶仲桥攀爬在10多米高的雕塑上进行雕刻。一个月后，当项目完成时，他足足瘦了一圈，皮肤也被晒黑了。还有为客户制作假山，几百斤的石块，叶仲桥和搭档手抬肩扛，汗流浃背。种种回忆的片段，无不透出他创业时的艰苦。

…………

宝剑锋从磨砺出，梅花香自苦寒来。叶仲桥怀着千里走单骑的勇气，在创业之海搏浪前行，闯出了自己的名气和成就。

慢慢地，他的朋友遍天下，事业蒸蒸日上。1999年，叶仲桥创办了金达利石材厂，摇身一变成为一名石材老板……2011年，他荣获“首届云浮市石材工艺美术大师”称号。

对于叶仲桥来说，最珍贵的莫过于心中的艺术世界。他认为，艺术家需要有一个纯净的灵魂，艺术的发展更需要一个纯净的空间，经营企业需要针对市场生产受欢迎的产品，这对个人艺术提升来说是一种很大的限制。

他回忆说，几年前，当生意上了正轨，他便把苦心经营多年、已走上轨道的石材厂交给贤达的妻儿管理。

“以后我只画画算了，反正儿子已经成才，可以管理生意了。”从那一刻起，叶仲桥便卸去重负，全心全意开始自己新一段艺术之旅。

追求艺术，回馈家乡

作为优秀乡贤，叶仲桥致富不忘家乡发展。为改善九龙桥村村容村貌，提高村民生活水平，他累计投入50多万元用于村道建设，改善生活环境设施，在村里建起了文化画室等，积极投身九龙桥村建设。

“当时街道办和村里商量要把九龙桥村建成生态文明村，为全市带个头。”他回忆说，刚开始行动的时候，他们就遇到了很多困难。

首先是图纸的问题，村里的公共基础设施的建设需要规划，要预先设计好一张图纸，而图纸由叶仲桥一个人负责。“因为时间紧迫，图纸要在村民大会上让村民审阅提意见，我一天一夜不眠不休地把图纸赶了出来。”完成图纸后，他们又在拓宽村道中遇到了难题。当时九龙桥村的村道很狭窄，要把村道拓宽就必须把一些旧屋和猪舍拆掉。但村民对土地的归属意识比较强，不愿腾出空地。

于是，借助在村里的威望，叶仲桥召集村民召开大会，向部分村民介绍九龙桥村生态文明村建设工作，发动村民积极支持和参与村集体发展，并和一些村干部以身作则，带头让出了自家的一些土地，进而带动了全村村民，使得村道路拓宽工程顺利开工。

…………

在他和全体村民的努力下，九龙桥村成为我市首批生态文明示范村。

与此同时，作为一位有着强烈社会责任感的艺术家，叶仲桥还充分利用自己的艺术才华为社会做贡献。

在2008年汶川地震和2012年玉树地震期间，他组织了书画义卖活动为地震灾区筹集善款；每一年的春节，他会走上街头为广大市民免费书写春联。他还利用市政协委员的身份，组织部分市政协委员书画家到市戒毒所开展慰问活动。

“艺术能净化人心，我希望戒毒人员在观赏书画的同时能受到艺术的熏陶，让艺术安静他们的内心，尽快戒除毒瘾。”他说。

用艺术温暖人心

叶仲桥是艺术路上的追梦人，他希望通过自己的努力，筑起人生的彩虹桥。

在叶仲桥的家“桥苑”七楼，有他开辟的一个创作室，这里是他研究艺术的天地。近年来，叶仲桥借进口石材之机游历了意大利、法国、瑞士等欧洲、西亚众多国家，醉心观摩各地的雕塑、绘画等艺术。为了与艺术家交流，他努力学习各国语言，他博闻强识，学会了许多交际用语。“Ti Ringrazio是谢谢你的意思……”一个个各国日常用语，他如数家珍。

叶仲桥身兼市政协委员、民协主席、市党外知识分子联谊会副会长、美协副主席数职，他捐资助学，为群众写春联，这些慈善之举成了叶仲桥每年的“常规动作”。

在平时，他每个星期一都会在市戒毒所举办书画培训班，希望通过书画艺术净化戒毒人员的心灵。

他全力筹建广东云浮民间书画艺术馆，把家变成一个传承民间书画艺术的基地。叶仲桥把家里祖屋拆掉，兴建两层以作艺术馆，总建筑面积约600平方米。

他还计划把该馆建设成一个定期免费开放，让社会各界进行书画文化交流的场所，让书画艺术为群众服务，多创作一些群众看得懂、买得起的书画作品。

如今，艺术馆已经建成，该馆也成为我市首个乡村书画艺术馆。

他说：“文化能够温润心灵、涵养人生，可以丰富人们的心灵世界，融洽人际环境，有利于构建和谐社会。”

他一直主张开展“明心工程”，净化人的心灵，促进市民身心健康。

于是，他以传承和发展中华书画文化为己任，致力于推动社区文化发展，让年轻人少打麻将，不沉迷酒吧和网吧，身心发展会更健康。

他还计划将艺术馆功能向企业推广，让书画文化和企业文化融合发展，增强企业团结，提升凝聚力，企业的形象将随之提升。

在追梦的道路上，叶仲桥姿态奔逸绝尘。他以岁月为基石，用心血与汗水，磨出了一道道灿烂夺目的艺术光辉。

2018年8月

走进多彩的石艺世界

胡　鸿

处于经济调整期，许多石材企业正在新抉择中徘徊之际，云浮市石材工艺美术协会会长、高标石业的总经理潘斌强却非常忙碌，从春节开工到现在总是马不停蹄，生意红红火火，业绩逆势飘红。这是为什么呢？春夏之交的一个双休日，我敲开了潘斌强的办公室，走进他多彩的石艺世界。

成功来自执着追求

熟悉潘斌强的人都知道，他是土生土长的云浮人。潘斌强1968年出生于云安区六都镇南乡街书香门第，自幼酷爱书画艺术。南乡街其实是一个村圩，街道不算长，但两边骑楼街保存完好，很有岭南特色。行走在那熟悉的南乡街，我们常常被一种久远而古朴的氛围包围。据潘斌强介绍，潘屋村开村于明代万历年间，当时有六个大宅院，每个大院都有不同主题的设计，见证了曾经的辉煌与不凡。特别是保留着的大夫第、青砖地堂等多座古老建筑，镶嵌的各种灰雕、石雕、木雕和墙画都非常精美，虽然历经沧桑，但仍然保存得非常完好。据考证，南乡街清代时期曾出过布政司官员，可见这里是块人杰地灵、人才辈出的风水宝地。

从小时懂事开始，潘斌强耳濡目染，深受南乡深厚历史文化的熏陶。由于南乡街一直都有赶圩的习惯，南来北往经贸交流的人多，充满天赋与好奇的他喜欢坐在家门口观察外面的世界，喜欢把所见所闻勾画于纸上甚至地上。过往行人、街头杂耍、各行各业的表情动态，眼前大千世界里的每一个生活细节，都是他画画写生的对象，惹得左邻右里、亲朋好友都围观点赞，都说这个小朋友有绘画天赋，好好培养，必成大器，并亲切地夸赞他为“小画家”。1988年9月，潘斌强以优异成绩考取了肇庆师范美术系，天资聪颖的他一路享受着向梦想前进的快乐，甚至拒绝了父亲希望他子承父业，去湛江读医专的安排，始终坚持着自己的艺术追求。

进入大学后，热衷于写生、书画的潘斌强，视野更宽了，有更多的机会欣赏到名画名作，有更多的机遇与名家名师面对面，从“小画家”变成“天之骄子”，他先后师从陈湘波、侯以芳、郭爱好、林国全等名家大师，创作的灵感和激情倍增。从那时候起，潘斌强就开始学着在石板上刻画，他不断摸索着“正锋”“侧锋”“冲刀”“切刀”“涩刀”“舞刀”等自创用刀十三法。那时所创作的作品多送老师同学留念，得到了许多老师和同学的好评和鼓励。现在他还保留了一幅“得意之作”，那是1988年制作的《世有君子其犟若牛》。

对传统文化的喜爱，潘斌强沉浸在艺术殿堂里尽情地畅游，最让他引以为荣的是，自己多幅素描、国画作品被留校展示。特别是读大二时，学校还安排他为美术选修课的代课老师，正儿八经地为中文系、数学系的师弟、师妹们讲授美术课。在师专毕业前夕，潘斌强的国画老师陈湘波（现任深圳关山月艺术馆馆长）觉得他很有国画天赋，想推荐他到更高级的美院继续深造。然而，作为家中长子，潘斌强希望早一点参加工作，以减轻家庭负担。经过再三考虑，他放弃了恩师的推荐。1990年毕业后，潘斌强回到了家乡，成了南乡中学一名美术老师。刚刚步入社会，潘斌强感到工作和生活是那样的新鲜与好奇，但作为一名有理想有抱负的年轻人，年复一年重复着千篇一律的美术教学，久而久之，他又很快失去了工作的激情。

“辞职！就算找不到合适的工作，在家里做石雕我也心甘情愿。”1992年8月，潘斌强经过一番思想斗争，最终选择离开学校，创办了“阳光设计工作室”。随后，他先后到广州、东莞、深圳等地从事室内外装饰设计及施工。由于工作的平台大了，潘斌强接触的石材就更多了，室外用的花岗岩、大理石，室内用的板材、石线、圆柱、浮雕等,应有尽有。经过他施工的工程包括房地产、酒店、别墅、公园园林等，种类繁多。虽然工作繁忙，但工作与爱好、理想与现实总是相差甚远，潘斌强万万没想到，从1992年“下海”到2005年同朋友合伙创办一家以生产石线、圆柱、浮雕为主的“高标”石材工艺厂，时间竟然相差13年。就是因为有了这13年的磨砺，潘斌强积累了丰富的实践经验，才真正意味着他开始走上石艺创作之路。

逆水行舟，不进则退。潘斌强清醒地认识到，要发展云浮的石材工艺，就必须主动接受新生事物，努力探索走出去与引进来相结合的路子。工作之余，潘斌强每年都抽时间到福建惠安、河北曲阳等地观摩学习，通过与同行座谈交流，吸收新的知识、新的技术。每年他都乐此不疲地与一些志同道合的同行携带作品到全国各地参展参赛。同时，他博览群书，努力提升自己的文化修养和专业知识，经常走访老一辈雕刻大师和美术界大师，虚心向他们学习请教，感受着工艺美术的生态氛围。

寻找石艺创作突破口

潘斌强觉得，传统雕刻过于抽象化，与现代的审美观有一定的差异，于是他思索着寻求另一条艺术表现之路。他力求每件作品都具有文化底蕴，具有自我个性的表现手法。潘斌强把自己的绘画功底运用到雕刻上，打破传统的条条框框，试着生产偏向于现代西化的立体与写实石材工艺产品，没有想到效果很好，产品深受顾客的欢迎。经过反复实践，2008年，潘斌强发现淡雅柔和的人造莎安娜石材具有可塑性强、观赏性好、颜色易被接受等特点，于是他尝试使用人造莎安娜为材质，以牡丹为表现对象，借用工笔国画的表现手法，使用浮雕的三大技法——浅浮雕、深雕（半圆雕）、镂空雕，不但刀法灵动流畅，而且枝叶层次多变，疏密有致，牡丹花摇曳生姿，刻画细腻，意境幽深，经过精心创作，潘斌强的高浮雕作品《国色天香》在首届广东省（云浮）石艺创意大赛上一举夺得银奖。潘斌强开创了云浮人造石雕刻的先河，在云浮大地上一炮打响，高标石材工艺厂也在云浮站稳了脚跟。

2008年初春，一家全国很有名气的雕刻公司接到了一个要求用真石做雕刻的国外订单，于是前来云浮考察。但逛了两天却一直没找到合适的石材工艺厂。正当他们准备晚上到福建去寻找商机时，没想到最后一刻在潘斌强的门店里发现了需要的工艺产品。这一晚，潘斌强接到了雕刻门套的订单，客商要求雕刻厚度比平常石雕厚20厘米，而且浮雕要层次分明，造型要别致，艺术感要强。生产时，工匠们都无从下手，潘斌强亲自示范，现场指导，经过精心制作，终于按时完成了门套任务。让潘斌强意想不到的是，客商对产品非常满意，随后还带来了更多的订单。通过一系列出口订单，高标石材工艺厂的产品从此走出国门、走向世界，潘斌强积累了更多欧式石雕艺术制作经验，更加坚定了他开拓创新的信心与决心。

“一个作品的表现手法是次要的，石艺作品有思想才有生命力。”这是潘斌强对石材工艺的基本要求。

2008年我国承办了奥运会，那时全国人民热血沸腾，潘斌强从一个艺术家的角度得到灵感，创作了大型石雕作品《开创鼎盛》。《开创鼎盛》使用了天然花岗石为材质，巧妙地从巨大的质朴荒石中，雕刻了一只若隐若现、展现了半个身影的大鼎，而鼎身镂刻着精美古朴的纹理。“鼎”为大礼器，又从“荒芜”中走出来，潘斌强不但运用线雕、阴雕、阳雕、镂雕、圆雕的表现手法，粗打凿面，细磨面，通过阴纹、阳纹、透雕等技巧，充分展示了他超凡的技艺功底和艺术天赋，更突出表现了华夏文明“开创鼎盛”的深刻寓意。整个作品设计高雅，一气呵成，气势磅礴。作品竣工后一直摆放在云浮市南山公园的入口处，受到来自世界各地游人的欣赏与关注。

2008年5月12日，我国汶川发生8级大地震，当时残垣断壁，满目疮痍，作为一名石艺大师，潘斌强很快创作大型石雕作品《别怕，我们在你身边》，作品诉说了当时潘斌强内心渴望尽快援救受难同胞，并给予无尽关注关爱的心情。一只强有力的手紧紧握着从废墟中伸出的小手，自信坚定地说：“别怕，我们在你身边。”很多人面对着这个作品时都深感震撼，热血沸腾。

领悟禅石文化精髓

禅，是对生命的感悟，是人生的境界；禅，崇尚的是随顺自然、一切皆真的人格理想。“云浮是六祖惠能的出生地和圆寂地，是中国的‘禅都’，也是中国的‘石材之乡’，我作为云浮人，对六祖惠能的事迹耳濡目染，其事迹虽已过千年，却犹如发生在昨天，影响着我的学习、工作和生活。”潘斌强从小受到禅宗六祖文化的影响，感悟深刻，六祖一句话使世界因之而改变，从此世人得知有六祖，而禅宗文化得以弘扬。工作之余，潘斌强带着几个问题潜心研究《六祖坛经》。《六祖坛经》中惠能讲的第一句话是，“善知识，菩提自性，本来清净，但用此心，直了成佛”，之后惠能用了很多偈语说明如何“直了成佛”。潘斌强一直想为六祖造像，经过三年多的潜心研究和感悟，他脑海中逐渐形成了惠能的形象：“一个德高望重、有着大智慧的老者，历尽风雨，弘扬佛法，度人自度。”每每夜深人静了，潘斌强仍在思考如何运用雕塑语言去表达一个朴实无华的造像，兼工带写，粗中有细，要具象与印象结合、写实与写意融会；眼睛是心灵的窗口，要刻画细腻，汇聚着睿智、慈祥与亲和；嘴巴念动，传播着佛音，言简意深，娓娓动听，从“本来无一物，何处惹尘埃”中得到感悟，表现其身躯用写意、印象的手法……经过反复构思，2014年9月初，秋高气爽，阳光灿烂，饱满的情感井喷而出，灌注在雕刻刀具上，刀法凌厉，禅文化与石文化水乳交融，一气呵成，跃然而出，了然见性，栩栩如生。2014年11月，《了然见性》作品在广州琶洲中洲展览馆参加“广东省民间工艺精品展”荣获石雕类金奖。展后与新兴国恩寺达成捐赠协议，该作品将永久放置在国恩寺内让世人瞻仰。

感悟禅石文化，潘斌强又创作了玉雕作品《无禅》，用巧色取材，用大道至简的构图，用兼工带写的表现手法，把一只静伏在菩提树上正脱壳重生的蝉来表现主题。2014年玉雕作品《无禅》荣获第十六届中国工艺美术大师精品展金奖。2015年潘斌强又创作了《大觉者》石雕，作品造型悠然自在，表现出猴子聪明伶俐、好玩的天性，手持佛珠的手指做拟人化的处理，寓意顽皮的猴子顿悟后亦可以成佛，给观众留下深刻的禅意。该作品在2015年第十七届中国（国家级）工艺美术大师精品博览会中斩获金奖。

工匠精神成就工艺大师

2016年正月初八，市区领导来到牧羊路专门参观刚刚竣工的祥云小广场，对祥云小广场的建设水平和特色表示了充分肯定。祥云小广场位于牧羊路与金丰路交会处，总面积1200多平方米，是市委、市政府投资200多万元建设的一项市政工程。工程于2015年12月动工建设，要求在2016年春节前竣工并向市民开放。由于时间紧、任务重、压力大，潘斌强接受任务后，带领施工团队日夜奋战，加班加点，经过45天的紧张施工，终于按期按质完成了这项极具挑战性的工作任务，为市民提供了一个休闲娱乐的场所。祥云小广场以位于河堤边的水幕墙为核心，以周围小型绿化广场空间为衬托（主要以木棉、秋枫、香樟等乔木为主，配以时花），体现的是休闲、生态和石艺文化特色相结合的建筑理念。其设计突出体现了三个特点：一是结合欧洲考察成果，融汇了欧洲城市景观建设的先进设计理念。二是体现了云浮石艺特色，整个水幕广场所用的材料全部是云浮特有的花岗岩、富林凌红、云石401等。采用云石设计的水幕墙宽28米、高3.3米，9条“鲤鱼”和玉石人像栩栩如生。三是节约成本，整个设计方案在原有方案的基础上进一步细化、完善，融入了欧洲元素、本土特色，做到了花小钱、办大事的效果。

云浮是中国民间文化艺术（石雕）之乡，工艺美术行业单位过千家，从业人员数万人。“要把自己学到的知识技能传授给更多的年轻人，石材工艺雕刻的传承才更有希望。”为了担负起传承与发展云浮石材工艺的神圣使命，潘斌强从开始的师傅带徒弟到现在创办“高标石材工艺培训中心”，希望能培育更多的本地石材工艺专业人才。潘斌强认为，从事石艺雕刻的关键有两点：一是热爱，二是天赋。技艺学得再好，不热爱它，不肯去钻研它，那无非就是学了个吃饭挣钱的门道，不可能达到新的艺术高度。要做好石雕艺术，还需要绘画的功底，传统的画法，精读诗书典故，然后独创而成。可是现在的人极少具有绘画功底，更别说传统文化的修养了。潘斌强对云浮石艺人才的培养有些担忧。2015年7月26日，经过潘斌强多方努力，云浮市成立了工艺美术行业协会，他当选为工艺美术行业协会首任会长，这增添了他对云浮石材工艺美术未来的信心与决心。

2011年10月，潘斌强被云浮市人民政府授予“首届云浮市石材工艺美术大师”称号，2013年当选为“中国石材协会石雕石刻专业委员会常委”，2015年被选为“云浮市工艺美术行业协会会长”，同年被选为“全国工艺美术理事会常务理事”。

多年来，潘斌强在石艺创作方面也取得了丰硕的成果：2011年大型石雕（圆雕）《石破天惊》荣获第二届广东省（云浮）石艺创意大赛金奖；2013年玉雕《惠风和畅》荣获第四届云浮市石材文化节博览会金奖、第四届中国（云浮）石文化节中国玉石奇石观赏石展销会参展作品评选活动金奖；2014年石雕（圆雕）作品《了然见性》荣获广东省民间工艺精品展石雕类金奖、第三届中国（云浮）石文化节石艺创意大赛金奖，玉雕作品《无禅》荣获第十六届中国工艺美术大师精品展金奖，玉雕作品《顶天立地》荣获第十六届中国工艺美术大师精品展金奖；2015年石雕作品《喜气洋洋》荣获2015年中国工艺美术精品博览会金奖，石雕作品《大觉者》荣获第十七届中国（国家级）工艺美术大师精品博览会金奖；2016年5月石雕作品《盛世和鸣（组合）》在第十二届中国（深圳）国际文化产业博览会斩获中国工艺美术文化创意金奖。

当前，正是潘斌强工艺美术创作的黄金时期，他对云浮石艺创作的激情不减，热情倍增。新年刚过，他就马不停蹄地参加上海的工艺美术博览会、广州的经贸交流会、厦门的石材交易会、水头的石材科技博览会、深圳的文博会、意大利卡拉拉的国际石材展等等。2016年5月21日，第33届意大利卡拉拉国际石材展正式落下帷幕。潘斌强创作的玉雕作品《喜气洋洋》，作为云浮市政府唯一的礼品赠送给了意大利卡拉拉市。

当谈到云浮石材工艺的未来发展时，潘斌强谈了他的初步设想。他说，云浮石材工艺的出路，可从以下几方面进行探索：一是组建联合公司，抱团发展，打响云浮石艺品牌；二是加大云浮石艺人才的培养力度，做到后继有人；三是加大石艺销售队伍建设，做到生产企业与门面、实体店与电商线上线下同步发展。谈起个人的创作计划，潘斌强说：“希望能在生活体验中，不断挖掘内心的感悟，寻找更多的创作激情与灵感，每年设计制作一至两件满意的艺术作品，将来打造一个属于自己的石雕展示园，用作品说话，用作品圆梦。”

几个小时的采访转眼即逝，告别潘斌强时我们有些激动和兴奋。从他的谈吐中，我们看到了云浮石材的美好前景，憧憬着石材工艺创作的美好未来。

2016 年 12 月

探索石艺之路

盛道利

在云浮，流传着这样一句话：“做圆柱，找风帆。”这既是对工艺的自信，也是对企业的肯定。它说的正是云浮石艺大师、新风帆石材工艺有限公司董事长——梁奋勇。

年少不知苦，工艺闯天下

梁奋勇是云浮市云城区腰古镇人，1968年出生在腰古镇雄强村委塘村一个贫苦农民家庭。17岁时一个偶然的机会，在学校美术老师的推荐下，他考入云浮县工艺美术研究所工艺美术培训班，完成为期两年的培训学习，而后在云浮县工艺生产车间从事石材雕刻工作，其间曾参与出口埃及大型云石浮雕壁画《地久天长》全程制作。在车间工作的两年中，梁奋勇学到了扎实的工艺技术，拥有了苦中作乐的良好心态，这成为他一生受用不尽的法宝。

“那个时候做出一件作品就很有成就感，根本不觉得辛苦，满脑子想的就是如何把石材雕刻好，能够让客户和自己满意。带我的师傅一直在车间雕刻，满脸灰尘，衣服上、头发上也都是白色粉末，每天工作十几个小时，师傅孜孜以求的样子，对我来说就是最大的激励。”梁奋勇回忆道，“从做最简单的十二生肖开始，到如何把一块块质朴、粗糙的石头，设计、雕刻、制造成为工艺品，这其中的乐趣与成就感只有经历过才能懂，完完全全地忽略掉了辛苦，绝大部分时间都沉浸在雕刻的乐趣当中，我到现在也非常怀念那段学习的日子。”

1990年，学艺有成的梁奋勇离开云浮县工艺总厂自行创业，他收购了一家停产的石材加工厂，带着原有的一台玉雕机，加上小厂里转让的一台车床、一台切割机，以“三台机”开始自己的创业之路，创办了云浮县云城镇风帆石雕工艺厂。创业伊始，只招聘了一个工人，工人负责操作车床，制作花瓶、石台脚，梁奋勇专门负责用玉雕机做石材工艺雕刻部分的工序，两个人从接订单、设计、加工到成品事无巨细，从默默无闻到慢慢地做出名堂，其中甘苦可想而知。谈及创业目的，梁奋勇表示他想把兴趣和事业结合在一起。“三十年前在工厂做学徒的时候，凭自己的手艺一个月就可以拿3000块左右。创业更多的是兴趣使然，并非只有经济上的考量，我愿意把石材工艺当作自己的一个事业去追求、去创造。”

一个偶然的机会，广州的一家五金厂找到他，要求在门把手上做成石材小圆柱工艺代替金属部分。由于切割难度大、精密程度高，当时云浮很多石材加工厂都无法完成这个任务。梁奋勇凭借自身天赋和惊人的创造力，通过将切割技术创新的方法完成了这个艰巨的任务，同时开创了云浮生产石制门拉手石条先河。他把原有的车床进行改良，成功生产出了异常精美的石门拉手，创造了引起轰动的新工艺，也成为云浮地区在这个项目上“吃螃蟹”的第一人，并迅速赢得了人生的“第一桶金”。直到现在，梁奋勇也依然稳坐云浮石门拉手行业的头把交椅。

敏锐嗅市场，精益求创新

在石门拉手创新生产几年之后，梁奋勇敏锐地察觉到了市场的微妙变化，如果只生产石门拉手是维持不了多久的，他又适时寻思着设计生产的新路子、新产品，最终在圆柱加工生产市场特殊需求的启发下，创造了二拼组合长柱加工新技术，生产出了至今仍是新风帆主导产品的二拼、三拼以上圆柱。

“企业的发展如果一味地墨守成规，就很有可能被市场淘汰，一定要有创新意识，尤其是石材行业，投入大、竞争大，只有不断开发新产品、新技术，才能占领市场，也只有不断创新才能持续引领市场，带动行业的创新发展，形成良好的行业效益。”梁奋勇说。

从30年前石门拉手的改良创新到现在圆柱加工的引领技术，新风帆所拥有的机械设备，绝大多数都是他自己设计改良，专门定做的机器，其中也包括目前云浮最大的卧式车床，可生产直径1.5米、长度8米的罗马柱，可以在圆柱上拉出整齐划一的线坑。“以前没想过要申请专利，总想着自己是凭真本事吃饭，要是以前想到了，毫不夸张地说，现在市面上好多石艺加工技术都不能流通了。”梁奋勇自信地说。

一直以来，梁奋勇对石材工艺都坚持精益求精的态度，不断改革创新。21世纪初，神州深化改革风起，他抓住机遇，毅然在行业低迷中加速扩张，于2007年成立了云浮市新风帆石材工艺有限公司，专注生产大型圆柱、罗马柱、弧形板、异型石线、水刀拼花、浮雕、玉石工艺精品。凭借其成熟的工艺生产经验和专业的生产技术，成功承接了国内外众多石材工艺装饰工程项目，良好的信誉和优质的工艺深受客户的赞扬。2013年，他又创办了云浮市风尚石材工艺有限公司。至此，他的石材工艺生产经营如日中天，从当年400平方米的破旧厂房到如今的云浮地区高端的15,000平方米的专业石材工艺大厂，这一步梁奋勇走了30年。

俗话说“艺术源于生活，又高于生活”，梁奋勇一直深谙此道，因而他的创作始终和生活息息相关，却不失艺术韵味和人文关怀。像2008年创作的作品《孩子，别怕》是以汶川地震中一位解放军战士抱着一个父母双亡的婴儿为原型，作品中身穿军装的解放军侧着身子，紧紧抱着刚刚睡醒的孩子，孩子头戴一顶婴儿帽，眯着眼睛凝望着这个陌生的面孔，解放军的侧脸上露出了一丝微笑。这个作品没有华丽的线条，没有明亮的色彩，但却生动地描绘了灾难面前军人的力量和伟大。像《千里之堤　溃于蚁穴》是以廉政建设为主题，用一块斑驳的棕色玉石雕刻着上千个大小不一的孔，将玉石上面晶莹透亮的部分雕刻成40个大小不一、形状各异的蝼蚁，每只蝼蚁的腹部都完全鼓起，六条腿用尽全力爬向玉石的深处去侵蚀那些没有被吞噬过的剩余部分。这个作品的冲击力和震撼力不言而喻，给人们深刻的反思和警示，他特意把蝼蚁雕刻得很大，目的在于展示腐败犹如蝼蚁一般，会一步一步地侵蚀国家的廉政建设，这种别具匠心的雕刻不仅具有独特的艺术性，更蕴含着深刻的社会意义。作品《依石无忧》是用一块汉白玉，经过设计，精心雕琢、打磨，雕刻成一件女士连衣裙，腰间和裙子下摆的褶皱栩栩如生，再配上真实的木头衣架搭配，勾勒出女士完美的身材曲线，远看有以假乱真的感觉。这幅作品看似简单，实则是梁奋勇在回答朋友询问的有关云浮石材人的生存状况，他要表达的即是云浮人依靠石材行业揾食无须太过担心，生意时高时低纯属正常，因为石材人依石无忧。当你看了这个作品，听了这个创作故事，便会不自觉地赞叹这位石材人的趣味与自信。

这些年来，梁奋勇创作加工了大批融艺术性和实用性于一体的石材工艺品，不仅得到了客商的青睐，也具有很大的社会意义。

从2013年开始，梁奋勇的创作风格由热衷于西方的罗马柱转向中国传统文化，风格的改变源于自己创作理念的变化和市场的需求。“传统文化越来越彰显自身独特的魅力，尤其是将传统文化的各种符号雕刻在石柱产品上就更显韵味，这也是对传统文化的一种保护和传承。”梁奋勇说，“现在的人没有以前那么热衷西方的工艺设计了，很多工装和家装也都要求表现传统的特色和文化，市场上需要它，我也乐于传承它。现在也希望能够更好地传授这种石材工艺，身上也多了一份责任。”从2017年8月，他带领着市工美协的会员，开始组织筹办云浮石艺传承培训班（长期班），邀请云浮市工艺大师授课，不断为云浮本土输送石艺人才。

对于企业未来的发展，梁奋勇表示要致力于产品和工艺的创新，除了手工产品，也要引入新的科技元素和文化元素，用独特的设计理念和设计风格持续引领市场。

“垃圾”视珍宝，雕琢显神通

出于对天然石材的由衷喜爱，梁奋勇不屑于一些石材加工企业热衷于抄袭、模仿生产的陋习，当看到一些很好的石料被粗制滥造，他恨不得把石材买回来再加工一番，免得白白浪费一块好石料。很多企业把加工完剩余的边角料直接当作垃圾处理，梁奋勇专门收集了一堆堆的边角料进行二次加工，经他的手，它们从一文不值的垃圾变成了价格不菲的工艺品。在思劳镇的石材加工厂中，有很多形态各异的边角料，梁奋勇对它们都如数家珍。

“你看这个废料可以做什么？好好想想，看他像什么？”梁奋勇经常会这么问身边的人，当没人能答出来的时候，他便咧咧嘴笑笑，“这个可以做某某某，从这个角度看像不像？好的雕刻作品是要多发挥想象力的，多看多想才能激发创作灵感。”身边的工作人员知道他爱收集边角料，也都默契地把加工过后的废料给他留下来。

梁奋勇擅长于石材工艺各种形态雕刻设计及制作，利用天然石材不同色彩的部分，制作不同的异形雕刻。客人丢弃的白玉石边皮，被雕成了寓意甜美的作品《佳偶天成，百子千孙》，一枝洁白如玉的完整圆润莲藕，节长、多须象征着婚姻长久圆满，旁边点缀着三两只全身自然通透、长脚纤细的玉虾，象征多子多福，构图美观雅致，效果奇佳，观之妙趣横生。

近年来，他每年都会拿自己设计的石艺精品参加石艺创意大赛，很多石艺精品都是由当时的边角料雕铸而成。

2012年参加由云浮市人民政府、广东省文化厅和广东省版权局主办的第三届中国（云浮）石文化节石艺创意大赛，凭其作品《大赢家》荣获大赛优秀奖，《大地回春》《代代平安》分别荣获铜奖；2013年参加第四届中国（云浮）石文化节中国玉石奇石观赏石展销会，作品《放眼未来》荣获大赛金奖；作品《依石无忧》荣获2014年第五届中国（云浮）石文化节石艺创意大赛金奖、2015年中国（广东）民间工艺博览会金奖、第十七届中国工艺美术大师精品博览会银奖；作品《心满意足》荣获2016年第七届中国（云浮）石文化节第四届广东石艺创意大赛银奖、第十二届冬季文博会中国工艺美术百花奖铜奖；作品《撸起袖子一起干》在2017年“金凤凰”创新产品设计大奖赛中荣获银奖；作品《居安思危》在第十三届中国

（深圳）国际文化产业博览交易会中国工艺美术文化创意奖中荣获银奖，《春兰》在中国（广东）民间工艺博览会暨第十届广东省民间工艺精品展中荣获博览会铜奖。

2008年梁奋勇荣获“云浮市优秀民间艺人”称号，2011年被评为“首届云浮市石材工艺美术大师”，2018年荣获“云浮工匠”称号。此外，由他制作的《目标》《云浮石材》《千里之堤　溃于蚁穴》《绿道》《彩色花瓶》和《千秋江山万里松》等工艺品被云浮市博物馆永久收藏，由他重新参与制作的被永久镶嵌在埃及开罗国际会议中心的壁画《地久天长》的精缩版已于2018年10月代表云浮市送往深圳博物馆展览，并由深圳博物馆永久收藏。

作为云浮市工艺美术行业协会会长、云浮市石材商会常务副会长，梁奋勇一直致力于云浮市石材行业的资源整合，努力打造云浮首家整合灰石资源，凝聚灰石亮点的大型专业卖场，为设计师、装饰工程公司及终端客商提供一站式采购服务，通过给予企业租金全免、统一管理、统一销售、统一装卸等优惠，不断打造云浮市石板材市场的标杆。“云浮的石博中心是一个好的平台，通过聚合石材企业的方式，把最精致的石材产品呈现给顾客，让国内外的供应商、采购商甚至是游客都能感受到云浮石材的工艺和精美，更好地彰显云浮的石展会和石文化节的独特魅力，使它成为云浮产业转型升级的亮丽风景线。”梁奋勇说。

在石材圈浸染近30年，梁奋勇在石艺加工方面始终孜孜不倦，对艺术的追求也越来越高，他声称自己是个完美主义者，但凡能做到更好，就一定按照更好的标准做下去。他坚信雕刻是艺术天分、想象力和动手能力三者的结合，碰巧这三者在他身上都体现得淋漓尽致，因此他更愿意把自己形容成“一半石艺大师，一半商人”。

2018 年 12 月

讲好石头上的故事

杨　丽

在石材工艺这一行行走摸索了30年，从最开始的一个爱好，变成如今生命之中不可分割的一部分。

初遇梁建坤，是在他位于云浮市高级技工学校里面的工作室里。由于正值暑假，学生们都放假了，偌大的校园里显得十分安静。从高级技工学校正大门径直走进去，到图书馆沿着左边一条路走上去，看到校园大道边上有一栋名叫“汽车实训楼”的大楼，他的工作室就位于这栋楼的一楼。

下巴的些许胡子给他增添了几分阅历，一双炯炯有神的眼睛，辨识和认证过无数件“化腐朽为神奇”的精美绝伦的经典作品，仿佛一下子就能将眼前的人看穿，浑身上下无不透露着一种坚定与自信，爽朗的笑容又会让人觉得眼前的这个人十分平易近人。第一眼看到他，很难将他与“广东省非物质文化遗产传承人”“省优秀民间文艺家”“云浮市工艺美术大师”“2017年度南粤工匠”等等称号联系在一起。在交谈的过程中。他通过讲解自己的亲身经历为我们揭开这一层层面纱。

初遇

“很多东西也许是冥冥之中注定的吧，看似不经意却又有着千丝万缕的联系，一不小心，就和一生挂上了钩。”

孔子说：“知之者不如好之者，好之者不如乐知者。”梁建坤从小就对书法和画画有着很大的兴趣，经常一有时间就自己练习，而他的父母将他的这些兴趣都看在眼里，并没有多加阻拦，而是选择开明地支持他。他说，他还在念初中的时候，他们以前的专业班其实也还不是很专业，上的课主要是学学素描什么的，都是一些很基础的东西。后来，学校从外地招了一位师傅过来，并安排了一间教室为高中部的学生上课。本来这是高中部的同学才能学习的课程，由于他被老师特批，其余时间可以直接到工艺班去跟那些大哥哥大姐姐一起学习和画画。

第一次看到那位师傅在一块石头上画来画去的时候，梁建坤觉得很惊讶，心想着，这个人在做什么？为了一探究竟，等到放学后他跑过去看，那位师傅把石头做成了一只小狮子的雏形；第二天再去看，好像比昨天更像了；等到第三天去看，就做成了一只很精美的小石狮。他当时看了都忍不住惊叹，哇，好厉害！那时候他心里就只有一个想法，这个师傅是他的偶像。后来，他参加了培训班，与那位师傅刚好分在一个组，就这样，他跟那位师傅不仅成了很好的朋友，同时也是同事。一眼，一个机遇，一次缘分，他，进入了这个行业。

摸索

“冰冻三尺，非一日之寒；滴水穿石，非一日之功。”

梁建坤参加过云浮县工艺美术研究所举办的石雕培训班学习，后来又到广东省工艺美术研究所和广州美术学院学习。在校期间，他系统学习了有关石文化的知识，为以后个人的成长打下了良好的基础。结业后由于成绩突出，他成为工艺美术研究所唯一被吸收的职工。从此他便专心从事石雕工作，认真学习和认识石材的种类，掌握各种雕刻工具的使用，摸索各种雕刻手法的综合运用，以及学习构图、设计等。那个时期，他积蓄力量，广种博采，执着而热情地追求艺术的进步。每当他看到凝聚了自己心血、经过自己艰辛努力创作成功的石艺作品时，内心就充满了喜悦，感觉创作过程所付出的辛劳也就有了价值。特别让他感到满足和自豪的，是自己能以手中的刻刀去表达自己对艺术的情感。所以，他历来对石艺术创作非常珍惜，痴心一片。

经过多年的努力，在有一定的创作基础后，他便开始专注于各种题材作品的雕刻。摸索和实践的过程中，他还创出了一些属于自己独有的雕刻技法，并将这些技法融入石材雕刻中，使雕刻出来的作品题材新颖、构思独特巧妙，既有传统韵味，又有创新和时代气息，能够很好地诠释他对艺术的见解和追求。尤其是在云浮首创了巧色玉石雕刻工艺，大部分作品及表现手法成为同行业模仿的对象，时下巧色工艺品已经成为本地工艺市场的主流，这种技法的广泛应用使云浮全市雕刻工艺整体水平跃上了一个新台阶。

他的创作十分讲究大自然之间的相互融合，大量作品都将植物与动物雕刻在一起，石头经他的手这么一雕刻，仿佛被赋予了生命，不仅形似，神更似，且极富灵性。植物动物两者各自衬托，不可分割。他善于在日常生活中捕捉创作灵感和提取创作素材，更重要的是他会把生活的真实以细腻的情感融入其中，往往能够创作出富有生活气息、带有浓郁的感情色彩和个性风格，同时又充满奇思妙想的石艺作品。他的创作是基于生活中的场景与得到的原石材质存在某种契合而迸发出的灵感。

对于石艺工作者而言，虽拥有一身技艺，但一块契合主题的石头往往可遇不可求；然而，对于一块石头来说，遇到一个识石、懂石、惜石、精石之人，同样需要缘分。

“利用原石固有的色泽、纹理进行创作，巧雕技法可以给工艺师更宽广的构思空间。这样一来，雕刻作品题材更加新颖多样，既有传统的韵味，又有创新的新意，把瑕疵利用好，就能变废为宝，这也是人们口中常常说到的‘点石成金’。”这是梁建坤对“点石成金”的理解。

多年以来，梁建坤既继承传统技法，又不断创新。他知道，实践对于石艺创作是最重要的，经过30年的艰辛实践，他对石艺的理解也在日益加深。他认为，一件好的石艺作品，不仅要看雕功如何，而且还应与该作品石质、纹理、颜色等多种因素和创作外观结合。最为重要的，就是作品表现的内涵，只有深刻的内涵，作品才可以给人们以视角和直观上的美感，强化和凸显作品的生命力和灵魂。因此，他30年如一日，潜心于石艺研究，致力于创作精品，在探索石文化中不断提升个人的综合素养，努力实现个人的理想和价值。在具体的创作实践中，他从不盲目模仿，对作品创作往往都有自己独到的见解，通过深入生活，从自然万物中摄取无穷的创作灵感。由于广泛摄取各种创作题材，灵活运用各种艺术形式，他创作的作品做到了无论是在选材、立意、构图，还是设计、造型等方面都别出心裁。

此外，一直以来，他还十分热爱中国书画、篆刻艺术，在书画方面都颇有心得，能把书画艺术巧妙地融入石艺，因而，他创作的石艺作品具有一种清远的风雅和艺术的灵气。无论是大型雕塑、巨幅拼图，还是实用工艺品、玉雕精品，都能体现材尽其用，构思精妙，内涵深刻，可谓匠心独运、独树一帜，让人过目不忘，印象深刻。

石“情”

“融生活于笔端，化深情于刻刀。”这句话用来描述梁建坤的创作，最适合不过。

在云浮市石材工艺美术大师工作室，陈列着梁建坤的玉雕作品《步步高》。说到《步步高》，就不得不提它身上具有的重大意义。这件作品第一眼看去，是两根破土而出的春笋，上面蠕行着两只栗色的东风螺。这是梁建坤创作的第一件巧雕作品，也是云浮市第一件巧雕作品。就一块玉石而言，除了玉的部分，其他的杂色瑕疵称为石皮。玉的皮色形成是玉石天然次生色，黑、红、黄、栗等，种类繁多。在云浮传统的玉石雕刻理念中，人们往往习惯追求纯玉的效果，石皮被视为不得不除的“瑕疵”。而在《步步高》中，他却以石皮为主，玉料为辅进行雕刻，反其道而行之，把“瑕疵”雕刻成东风螺、泥土成为作品的一部分，让人耳目一新。梁建坤2007年便已创作完成这件作品，直到2009年，他才拿这个作品参加了云浮石博会，引得云浮石艺同行争相模仿巧雕技法，逐渐改变了云浮“去皮留玉”的雕刻习惯，成为云浮石雕发展史上的一个转折。时至今日，巧色工艺品已成为云浮工艺产品的主流。

用刻刀“煮”出来的“食物”《老高猪杂粉》，是他的经典作品之一，既见其色，又似闻其香。他说这件作品来源于生活中的一件小事。梁建坤有一个开猪杂粉店的小学同学，同学们都称他为老高，30多年来，一帮同学经常会在老高的小店相聚，聊聊天，了解各自的近况，同时吃一碗可口的猪杂粉。可以说，一碗小小的猪杂粉承载着他们很多珍贵的记忆。有一次，梁建坤突然萌生出用刻刀“煮”出一碗“老高猪杂粉”的想法，在几番努力下，他终于等到了一块适合的石材。那是一块带有杂色石皮的白玉，经巧妙布局雕琢，白色的做碗和粉、黑褐色的做猪杂、透明的做汤、黄白相间的做煎蛋，煎蛋的蛋白和蛋黄分明，蛋白部分带有丝丝黄的像平常的煎蛋一样有一点点焦，看着作品似乎都能感觉到食物的香味扑鼻而来，令人垂涎不已。《老高猪杂粉》曾荣获广东省工艺美术精品展金奖。

“有时候是石材在等待一个故事，有时候是一个故事在寻找合适的石材。”梁建坤曾经想做一个以红红火火为主题的作品，这个想法在他脑海中反复出现过很多次，为这个主题，他足足等了三年，才遇到合适的石材。浅黄色的石皮背景，绿色的玉石茎叶，红色的火龙果果实，三种颜色层次分明，就连趴在茎叶上的蜗牛也鲜活灵动，轻而易举就能吸引所有人的目光。

让生命以另一种方式得以延续，变成永恒。梁建坤家里阳台上，种有两棵芦荟，已经陪他走过十多年的岁月，因为他们一家的精心照顾，芦荟一直生长得很好。有一天在给芦荟浇水的时候，他突然萌生要照着这两棵芦荟的模样创作一件玉雕作品的想法，于是便有了《荟翠一螳》。让人意想不到的是，这个作品完成十多天后，家中其中一棵芦荟枯萎了，似乎他在玉石上的雕琢是在转移芦荟的生命，变得很有灵性。“陪伴了我那么多年的芦荟枯萎了，我当时挺难过的，后来转念一想，总觉得那颗芦荟的生命在玉雕里得到了延续，变成了永恒。”梁建坤说，在他眼中，连草木都是“有情”的。

十年

“不忘初心，方得始终。”

十年对于很多人而言，只是一个时间节点。十年沉寂，十年爆发，是他。

“其实中间有将近十年的时间，我并不从事这一行，但是一直都在默默关注着咱们云浮的石艺发展。那时候是因为改革，工艺厂被私人承包了，中间因为各种原因，我去了云安做了其他的工作。其实我很清楚，我已经浪费了十年的时间，我没有再一个十年可以去浪费了，因为再过十年，我就老了。有时候感觉，好像十年时间一下子就过去了。”这段时光，梁建坤几句话就带过了，没有过多地去谈论。但从他若有所思的表情中，却透露了些许遗憾。

沉寂十年后，重新面对曾经热爱的石艺时，梁建坤心里是百感交集的。他看到当时的工艺水平还很低，觉得这需要一次大的改变。沉寂的十年中，其实他脑海里有很多想法，也有很多东西想做，但是在原来工作的单位里没办法做。所以一出来，他就创作了几件作品，第一件就是上文介绍的《步步高》，这件作品在当时引起了不少的轰动，着实为云浮的石艺发展带来了一场变革。

然后，他开始带着他的作品，参加比赛和展览，从地方到省级到国家级，并屡次获奖。

在接下来的十年中，梁建坤用自己的作品，重新找回了自己的初心，让石艺更上了一个新台阶，也让人们记住了他。

传承

2016年，梁建坤与云浮市高级技工学校联合创建梁建坤技能大师工作室（云浮市石材工艺美术大师工作室），通过推行“师带徒制”，形成了工艺大师对石艺专业学生手把手教的教学常态，招收了一批学生，绝大部分为本地人。他还根据石材工艺的特点编写一套系统性的教材，以大师工作室为平台，每年举办500多课时的授课活动，面对面互动教学，让更多的技能人才能够得到更为专业的学习，不断地快速成长。在培训方面，他手把手教学，全方位地为学生释疑解难，倾囊以授，毫无保留。在教育模式上，他有别于一般意义上的石艺匠人，不只是教学生们雕刻技术，而是从石材工艺的选料，到作品的构思、雕刻、创作等一系列，学习过程系统而完整。此外，他还特别注重从思想、知识、情感、艺术等方面对学生进行艺术修养的培育。

短短几年的时间，在梁建坤的带领下，这些学生通过自身的努力逐渐学有所成，开始在各大比赛中获得关注，用优异的表现逐渐为众人所熟知，可以说，工作室培养的一批能工巧匠为整个石艺行业注入了“新鲜血液”。现如今，他累计授徒近百人，其中有两名荣获工艺大师称号、三名获高级技师称号以及多名获工艺美术师称号等，有的成了内行能手，多名学生的作品在参加全国、省和市级的各类工艺比赛中获得金奖、银奖和铜奖，不仅为本地培养了一批具有较高创作水平的石艺专业人才，也为国家和社会输送了更多优秀技能人才。

“任何一项技艺的传承都离不开人才的培养。”梁建坤说，“我最大的心愿就是希望云浮能够涌现出一批高水平的石艺专业人才，使云浮石艺能够立足全国，走向世界。”这是他内心最深处的期盼。他认为，一个人再优秀，取得的成就再大，可是毕竟是自己的。且个人能力是有限的，如果不跟随时代的发展变更寻求更好的发展机会，也不会走得远。但是，通过培养人才的方式，不断创新发展，使优秀的作品不仅得以保存，还能使这门艺术得以延续，这才是最重要的。

梁建坤作为广东省非物质文化遗产传承人，他的企业还是广东省级非物质文化遗产（云浮石艺）项目保护单位，这些都促使他在保护、传承和发展云浮工艺美术，培养和推动当地传统工艺优秀人才方面做了大量工作，并取得了良好的效果。

“现在我们培养的，是有独立创作能力的人，也就是以后的大师。”为推动石材工艺发展，他始终乐此不疲，一直在路上。

2018 年 11 月

追梦人

尹伯权　陈大益

我们只是沧海一粟的凡夫俗子，但有一颗不甘命运安排的追梦心，在大同思想的感召下，跃跃欲试，跨出穷山村……三十年来，我们坚守科学是第一生产力的理念，用科学，办实事，创造出累累硕果，成为行业当之无愧的翘楚……

——广东大华农《追梦人》

陈瑞爱，一个面容清秀、生活简朴、气质干练的女子，一个温氏集团、广东大华农中千百个追梦人中的代表。凭着服务家乡的热情，抱着在农牧行业干一番事业的决心，怀揣科研创业和成就科研人生的梦想，用200%的付出去做好每一件事，将平凡事情做得不同凡响，全力以赴打赢畜牧行业内的每一场攻坚战，从奔走在农村的一名鸡场技术员，到大学教授、公司总裁、全国人大代表，从背靠温氏模式由一业发展到多业，由陆地拓展到海上，形成“自主育种→药物研制→饲料生产→合作养殖→成品加工→销售贸易”的一体化产业体系，从主持国家火炬计划、国家农转资金项目、863计划项目，到荣获“广东省科学技术奖一等奖”和“全国优秀科技工作者”，享受国务院特殊津贴。

在20多年的潜心铸造中，她专注事业，锐意前行，攻坚克难，为填补温氏集团动物疾病防控领域技术空白，确保养殖安全和食品安全，推动我国畜牧兽医行业的现代化发展做出了贡献，也引领大华农翻越一个又一个高峰。

一

20世纪90年代初，大专院校毕业生以计划分配为主。因此，考上大专院校并获得毕业，拿到一个“红簿仔”（非农户口簿），被安排上一份事业或机关工作，仍然是农村孩子孜孜以求的目标和跳出“农”门的唯一途径。陈瑞爱却选择了一条返乡之路。

1992年8月，毕业于华南农业大学动物医学系兽医专业的陈瑞爱，曾经有留校任教和进入机关单位工作的机会，却决意“用自己所学的知识为家乡农民做点实事”，毅然返回粤西山区老家新兴县，在离县城十多公里远的簕竹镇的一个小型养鸡场当起了兽医，从而成为温氏食品有限公司的第一个技术人员，也是加盟温氏的第一个大学生。从那时起，她便爱上了畜牧兽医行业。

刚到温氏，由于公司地处偏僻山区，高素质人才奇缺，科研团队尚未成型，科技含量不高，陈瑞爱的兽医工作举步维艰。就在这百废待兴的时刻，她遇到了第一个技术难题：冬天里的鸡常常出现眼睛红肿、食欲下降的现象。而传统的判断为支气管炎，但诊治效果不佳。她没有盲目照抄照搬，而是通过细心观察、多方了解，以及联系自己在大学时所学的专业知识，找到了真正病因——传染性鼻炎，并对症下药地解决了这个顽疾，从而促进了养鸡产值的大幅提升，同时也赢得公司和合作养殖户的一致好评和充分信任。有了这个成绩，第二年，公司对她委以重任，把筹建实验室的重担压到了她的肩上，让她全面主持兽医技术工作，负责公司禽畜疫病的防疫检测、养鸡技术传授、疫病防治、养鸡户饲养管理等技术服务工作。

为了公司的重托，为了养鸡户的期待，为了有效地解决养殖过程中遇到的疫病防控问题，积累更多的兽医实践案例，不论刮风下雨，不论严寒酷暑，陈瑞爱有时骑自行车翻山越岭，有时驾摩托车穿村过寨，遇到泥泞道路还得徒步进村，然后挨家挨户进行调查研究，回答养殖户的咨询，与养殖户一同探讨养殖和治病问题，到农户鸡场给鸡诊病，开出药方，提出意见建议。面对不少养殖户文化水平低的状况，陈瑞爱运用通俗的语言向他们解释鸡病发生的机理，努力说服农民兄弟用新理念新技术开展养殖工作。回来后，她还到实验室把从鸡场里带回来的病死鸡进行临床解剖和诊断，做好分析总结和归档工作。

在跟踪和指导合作养殖户养殖及疫病防控工作一段时间后，陈瑞爱针对当时养殖模式中存在的“点多分散”和“各自为政”的现象，大胆地提出建立一套家禽养殖生物安全体系，以期通过精细化、规模化、标准化的管理模式，提升畜禽规模化养殖及疫病防控能力。为此，在长长的六年时间里，她把全副身心投入创新养殖管理模式研究中，吃住都在鸡场，长期蹲点观察，认真记录分析，细心查阅资料，请教当地行家，联络高校专家，及时引进最新的实用技术成果。她常常废寝忘食，夜以继日地工作，往往忘记了周末，甚至搭上了节日。功夫不负有心人，一整套崭新、科学、标准的家禽管理模式正式诞生：《养户管理手册》《肉鸡饲养管理手册》和《家禽疫病防治手册》。这些管理制度和技术措施的实施，提高了温氏家禽的规模化生产水平，解决了养殖户在养殖生产中的困惑和难题，也坚定了养殖户的信心。

陈瑞爱不断追求技术创新。终于在2001年，依托温氏食品有限公司“公司+农户”的一体化养殖模式，率先在国内提出了《家禽安全生物系统的建立与推广应用》的动物疫病防疫技术模式，成功化解了在大规模、高密度的养殖环境下活鸡养殖疾病防控的重点难题，有效地预防和控制了常见家禽传染病。该模式荣获“‘九五’国家重点科技攻关计划优秀科技成果奖”，并作为一项综合性畜禽疾病防疫体系技术在全国推广应用，促进了养殖业的可持续健康发展。

陈瑞爱还积极争取和华南农业大学进行合作，创造性地探索出“公司+基地+高校（研究所）”的产学研科技创新模式，促进企业“人员、基地、资金”与科研院所“人才、信息、技术”等资源的有效整合，形成了优势互补、风险共担、利益共享的产学研联合长效机制。这种把技术成果与产业化相结合的模式为我国解决“三农”问题做了开创性的探索。

二

正是“十年磨一剑”，有了前十年的探索、积累和磨砺，陈瑞爱在动物疾病防控领域有了长足的长进，达到了“博观而约取，厚积而薄发”的境界，从而为她日后面临的一次次挑战具备了挥斩“乱麻”的“快刀”。

2002年，因应畜牧业的发展壮大，业界对动物疫病防控技术的要求越来越高，而进口疫苗满足不了需求，国家农业部因而正式批准民营企业进入兽用生物制品行业。陈瑞爱紧紧地抓住这一契机，积极牵头在肇庆大旺高新区组建“肇庆大华农生物药品有限公司”，并亲自担任公司技术总监，带领年轻的研发团队，坚定信心，鼓足勇气，屡败屡战，克服初创时期力量薄弱、车间配套资源极度匮乏、园区初建阶段基础设施空白等重重困难，积极争取科研院所的技术支持，不断摸索、完善和创新生产技术工艺，终于建成了公司的第一个灭活疫苗车间，大华农也成了我国第一个成功研制禽流感疫苗的民营企业，并顺利地通过了农业部的GMP验收。

2003年，就在公司对禽流感疫苗开始批量生产之时，禽流感在亚洲大爆发，疫情迅速蔓延至中国内地、香港及越南等周边国家和地区，有的地方还出现了人禽交叉感染致人死亡的个案，造成了市场的极度恐慌，消费者“闻禽色变”，家禽交易一落千丈，业界陷入一片愁云惨雾之中。肇庆大华农临危受命，被农业部指定为高致病性禽流感疫苗的定点生产企业，助力国家的禽类疫情防控工作。陈瑞爱敏锐地觉察到这既是一个挑战更是一个机遇，她和团队本着“责任高于一切，忠诚重于能力”的宗旨，用最短的时间为国家提供了优质禽流感疫苗近60亿羽份，使多个省份存栏鸡群的免疫覆盖率达至100%，为全国抗击禽流感疫情的战役打了一支强心针。她本人因此获得“广东省防治高致病性禽流感工作先进工作者”的光荣称号，公司也受到社会好评，从而一炮打响了大华农的品牌。

2006年，猪高致病性蓝耳病席卷全国，生猪存栏量和养殖量急剧回落，纷纷出现空栏现象，导致猪肉紧缺、价格飙升，农户的养殖积极性受到极大的损害，全国养猪业遭受重创。农业部又指定广东大华农为蓝耳病疫苗定点生产企业之一，负责疫苗的研制和生产。临危受命后，陈瑞爱又带领团队迅速投入紧张的工作中，只用了80天的时间就完成了种毒引进、疫苗研制和成品出厂等全部流程，为国家农业部提供优质蓝耳病疫苗8000万头份，疫苗供应至全国15个省份，为全国控制猪高致病性蓝耳病疫情和恢复养猪生产做出了巨大贡献。

这两场战“疫”，使陈瑞爱和大华农成为我国动物疾病防控领域的中坚力量，至此，大华农进入新的发展里程碑。

三

陈瑞爱和大华农没有满足于在陆地上已有的业务和取得的成就，而是用战略眼光谋划企业定位，善于结合中国经济新常态的大背景，抓住“一带一路”的发展机遇，利用南海连接东南亚16个国家，而广东有4800公里的海岸线以及在南海具有独特优势和重要发展战略位置，审时度势做出了一个拓宽战略发展空间的美丽转身，把目光从绿地投向了茫茫的大海，抢占深海渔业的新阵地，奋力一搏开辟新的“蓝色粮仓”。

2011年，国内水产动物疾病横行，海水鱼病害泛滥，尤其是罗非鱼和南美白对虾等品种的病毒病和链球菌病频频爆发，严峻的形势引起了陈瑞爱的关注。她意识到大华农的传统行业是从事生物产业，尤其是动物的疫病防控，动物包括陆生和水生。她坚决地认定大华农在水产疾病防控这一块有很大的施展空间。于是，她又积极牵头，组织大华农和南海水产研究所共同申请了“863计划”项目，开展研究水产疫病防控工作，正式开启了大华农进军水产药业和海洋渔业产业的序幕。

为了充分了解海洋生物产业的真实情况，以便做出正确的决策和部署，陈瑞爱用了两年的时间，率领调查组到全国各地展开调研。通过调查他们发现：我国海洋生物产业仍然处于传统的生产状态，分散，规模小，管理乱；饲养和捕捞的水产品产值数量惊人，年产达2.2万亿元；水产品消费在广东是日常饮食消费的20%。调查组最终的一致意见是：水产动物疾病防控这一块大华农会大有作为，市场前景乐观，适宜拓展。陈瑞爱和调查组把这些信息整理出来，写成了调查报告，并进行了可行性分析，从而更加坚定了大华农进军水产养殖的信心和决心。

有了前期的深入调研、集思广益和缜密分析，陈瑞爱开始大刀阔斧实施战略布局。一是积极打造“两地一园一销”，即珠海和海南两个核心生产基地、海上科技园和一个销售系统。二是大力推动海洋生物苗种的“南繁”工程建设。大华农联合农业部、黄海所和中山大学，以“两地”为基地，采用基因和分子育种，筹建南海鱼类精子库，实行苗种繁殖南方化。三是稳步推进多方合作发展格局。积极与高校、科研机构所或者地方政府展开相关合作。例如，大华农与珠江水产研究所合作开发研制草鱼出血病活疫苗，与中山大学在珠海合作成立了广东大麟洋海洋生物有限公司，与渔机所等三个单位合作筹建一艘10万吨级的海上养殖工船。

“如今，广东人吃鸡肉、猪肉，会想到‘温氏集团’，” 陈瑞爱憧憬着，“再过5年到10年，广东人要吃高档海鲜，会找到大华农的产品，自然会想到‘海上温氏’。”

四

一路走来，陈瑞爱春风得意、功成名就，广东大华农也高奏凯歌，辉煌不断，可是，内情人都熟知，她和公司成功的秘诀是一步一个脚印，稳打稳扎，开拓创新，不断飞跃。

陈瑞爱带领大华农走向成功的法宝之一是构建产学研一体化模式。她注重结合实际，坚持“技术是第一生产力”的思想，以解决动物规模化养殖疫病防控技术难题为突破口，努力推进企业、高校、科研机构的相互配合，发挥各方优势，形成强大的“研究、开发、生产”的产学研一体化模式，并将科研成果迅速转化为生产力。这对夯实基层科研，打造“温氏航母”坚实的根基，促进企业的快速成长和健康发展起到了奠基作用。

陈瑞爱带领大华农走向成功的法宝之二是实现农牧业产业化。她把实现产业化作为公司战略发展的步骤和目标，重视自主研发，坚定不移走自我强化核心技术之路，积极投入人员和资金攻克关键技术工艺，加速新技术、新成果实现产业化的有效转化，促进产品升级优化和产业转型升级。

陈瑞爱带领大华农走向成功的法宝之三是打造新型绿色高端品牌。为满足行业发展需求，她积极调整发展战略，在主攻禽药等传统业务技术优势的基础上，不断加大科研投入力度，注重贴近市场，从技术、服务和品质上不断升级改造，形成了重点突出、品类齐全、特色鲜明的特色产品，增强了产品市场竞争力，提升了公司的经济、社会效益和社会印象。

陈瑞爱带领大华农走向成功的法宝之四是构筑科研平台打造科研团队。她积极构建高端人才科研团队，实施高端人才课题制度，送给高端人才政策性大礼包，对于成功进行成果转化的团队，给予200万—400万元的奖励，从而让每个人都有发展的空间，都能把自身的价值和企业的价值融合起来，实现人生价值。这样做，为发挥各人所长打造了人才高地，实现了人尽其才，增强了公司的凝聚力。

陈瑞爱就是这样不断引领大华农积聚能量，实现了一次又一次质的飞跃。2011年3月8日，大华农在深圳证券交易所上市，股票号为300186，发行价为22元/股，对应市盈率51.16倍。2015年1—9月，实现销售收入9.8亿元，比上年同期增长41.60%。2016年头两个季度的平均市盈率居创业板前茅。上市后，创业的机会更多了，发展空间更大了，这将助推大华农从容地走出去，走得更远，也助推陈瑞爱攀上人生的又一个高度。

2016 年 10 月

机械制造在这里扬帆

何映晖

初见刘建强，根本看不出他是个玩机械的人。

在我们以前的印象里，机械类的专业人士应该是个三大五粗的壮汉，身上不多不少都得有点机油味儿，长期在噪声里作业，还得练就一副粗粗的大嗓门。

眼前这位，个儿不高，一脸淳朴，鼻梁上一副眼镜，身上是干干净净的白衬衣，说起话来慢条斯理的，沉默少言得像个书生。

可这位其貌不扬的“书生”却有着一张耀眼的名片：中兴液力传动有限公司董事、总工程师，广东省液力传动工程技术研究开发中心主任，广东省机械工程学会第六、七届理事，中南大学机械专业硕士研究生兼职导师，高级工程师。2013年入选广东省“扬帆计划”培养高层次人才。

平凡的外表下有着一颗不平凡的心，扎根山区数十载，他给冰冷的机械输入绵绵血液，造就顽强的生命力，走出了山区小县城，在浩瀚的工业科技海洋里扬帆起航。

刘建强出生于山清水秀的粤西山区郁南建城镇。小时候踏着坑坑洼洼的新建河堤路去上学，听着老师讲的故事长大，向往着有朝一日，能像故事里的学生那样，考上大学，离开农村。

他的学习成绩一直很好，早早就表现出理科偏好，时常思考数学原理与实际的应用，数学与物理成绩最好。高中毕业后，他如愿考取了昆明工学院，就读机械制造工艺与设备专业。

从老昆工红砖绿树下走出来的刘建强依然清瘦、沉默，别人对他的评价是：话不多，但头脑灵活，属于办事可靠的人。

谈及十几年寒窗苦读，他只用了一句话做总结：中国工人素有“艰苦奋斗，求真务实”的优良传统，吾辈不敢有忘。

此后，他投身于基础工业建设中，他的青春都奉献给了液力传动事业。

1992年，刘建强来到了中兴液力传动有限公司，公司的前身是“郁南县地方国营中兴机器厂”，当时公司开始研制制液力传动产品，他从事技术开发工作。当时也没想太多，与众多的大学生一样，怀着梦想，找个饭碗。

只是没想到，这一扎根便是数十年。

1994年，公司与具有“世界液力之王”称誉的德国福伊特（VOITH）公司合资，成立广东福伊特中兴液力传动有限公司。2001年5月，转制成立广东中兴液力传动有限公司。现在公司产品有限矩型液力耦合器、调速型液力耦合器、液力耦合器传动装置等产品，主要以国内销售为主，部分产品出口到亚、非、欧、美、澳等国家和地区。该公司生产的液力耦合器产品在生产规模、规格、品种、质量等方面整体水平较高，综合实力在全国同行业排名前茅。

公司不断发展，刘建强也在孜孜求索，“艰苦奋斗”的精神从不曾忘记，“求真务实”的态度更是牢牢秉持。

其间他担任过设计员、产品技术主管、技术科科长、技术质量部经理、技术部经理等职，一路走来，都是关乎技术攻关的活计，丝毫马虎不得。可以说，他工作的态度和专业的能力，都与公司的发展息息相关。

公司的每个车间，每个角落，都有他兢兢业业的身影，2001年担任技术质量部经理，全面主持公司技术和质量管理工作，负责制订技术研究和产品开发计划和策略，质量管理的任务与目标。

辛勤付出总会有回报。经年科技攻关，带动公司的研发能力、产品技术水平始终处于国内领先水平，企业为国内液力行业的龙头企业。

公司发展也一步步走向巅峰：公司液力耦合器年销售额由2001年的3000多万元，从2004年开始超过1亿元，2006年后一直稳定在15,000万元；年利税由400多万元提高到1800多万元；资产总额由5000多万元提高到15,000万元；产品规格由100多种提高到300多种，产品适应能力更广泛。公司生产能力、经济效益、资产综合利用率大幅提高。

二

搞工业科技可不能纸上谈兵，意味着必须要长时间在车间摸爬滚打，实验再试验，积累再创新。

20世纪90年代初，国家经济并不发达，“艰苦奋斗”固然重要，“求真务实”却是要实打实，一步一个脚印走出来。

1992年初到公司，当时中兴是一家国有企业，工厂生产的限矩型液力耦合器已经在国内外具有一定声誉，工厂正加大力度在调速型产品方面的投入，急需技术人员。当时接到了当时全国最大规格的调速型液力耦合器YOTcs1250供货合同，但相关技术工作进展缓慢，重要的加工要到梧州和广州进行，交通不便。

在车间实习了三个月，掌握一定的实践经验的刘建强被调到技术科工作。面对着技术高端的合同产品，他与同事们一起，开始了艰苦的科技探索之路。

当时他负责生产工艺指导、分析，设计工艺等环节。经过一番攻关，YOTcs1250终于出厂，可在试验时却发现油泵吸不上油，这可把大家急坏了！

后来大家一合计，试着把油泵拿出单独试机，结果油泵吸油畅顺，由此判定油泵没有问题。当时用户马鞍山钢铁公司催货很急，不允许进行太多的检查和改动，于是再深入研究，提出了采用离心泵加油后开机的办法，先往管路注油后开机，经多次试机，油泵吸油畅顺。产品交付用户使用，一次试机成功。

1993年底，工厂开始开发用煤炭行业带式输送机驱动装置用的矿用调速型液力耦合器，主要提供给神华集团东胜煤矿使用，后与沈阳矿山机械厂、西北煤机二厂、淮南煤矿机械厂等主要带式输送机生产厂家的产品配套使用，证明产品设计合理，性能优良，完全满足需要。产品在市场占有率极高，达到60%以上。

中兴从此走向了快速发展。1994年9月，工厂与德国福伊特公司（VOITH）合资，成立广东福伊特中兴液力传动有限公司。中兴公司开始尝试借鉴国外技术，对国外产品进行技术改造，使之变成“中国造”。

1996年6月，公司开始对上海宝钢水处理车间的进口VOITH公司调速型液力耦合器和进口日本产品750HCL进行国产化改造。

当时的刘建强多次到宝钢现场进行技术交流，安装调试指导。

偌大的宝钢，交通不便，时常要走路两个多小时才能到车间现场，这当然阻挡不了求知的脚步。最终产品经过技术转化、工艺国产化后进行生产，成功打入宝钢，并应用成功。

产品打入全国钢铁行业，开了个好头，也尝到了科技攻关的甜头。作为公司的技术带头人、技术团队的领导人，他更加坚定了一个信念：科技创造生产力。

1998年，公司开始研究开发YOTcp580、YOTcp620等产品，对液力耦合器供油系统进行研究与测试，改进了供油系统，开发出大规格调速型液力耦合器的工作油路系统。本次技术改造使产品接近德国VOITH公司水平，在江阴苏龙电厂、湖北化肥厂、攀枝花煤矸石发电厂、黄河水利委员会供水工程、武汉钢铁厂、湘潭钢铁厂、唐山钢铁厂等应用。

在20世纪末，中兴公司的产品已出口到孟加拉、韩国、巴西等国家。直到现在，公司仍然以国内销售为主，可产品早已出口远销至亚、非、欧、美、澳等先进发达国家和地区。

三

说起过往，刘建强说得最多的一句就是：任何科研成果的取得，都离不开团队的协作努力。

发展关键要依靠人才。道理很多人都会，但要实施起来太不容易。在粤西北山区，不仅人才引进困难，那些费了好大功夫培养出来的人才更是流失严重。

要怎么才能从根本上解决问题？经过一番思索，中兴采取了“内部造血”与“外部借力”相结合的方式，培养内部人才，借鉴外来力量。

毕竟山区经济条件的确比不上发达城市，与其光靠引进，不如侧重于内部培养，支持和发展企业内部人才。

刚到公司时，刘建强主要负责产品的试制、设计修改，工艺装备设计，现场技术工作服务指导等工作。随着需要负责的工作越来越多，他发现技术和研发人员比较缺乏，许多东西需要自己参与，十分辛苦，所以必须想办法培养人才。

作为技术带头人，他发挥自己是本地人的优势，沟通方便，团结集体，拧成一股绳。

功夫不负有心人。经过一番精心培养，企业的研发队伍不断壮大，经培养和指导过的专业技术人员，获高级工程师、工程师资格的共20多人，不仅减轻了工作压力，研发能力也大大提高。

这还不够，要使科研力量不断加大，还得“外部借力”。这外面的力量要怎么才能“借”来呢？得靠学习和交流。

2003年11月，刘建强参加筹备组建广东省液力传动工程技术研究开发中心，担任该中心副主任并主持日常工作。他经常到各地进行技术推广、技术交流、新产品介绍；参加重大工程项目的投标，为国家重点项目及企业技改项目提供液力耦合器产品与技术方案；与同行业厂家进行技术交流，共同促进液力耦合器技术进步，使液力耦合器的应用越来越广。

他积极参与并完满完成技术研究和产品开发任务，然后指导技术人员高效地开展技术研究和产品开发工作，同步制订技术管理制度和奖励政策，提高技术人员的创新能力和积极性。在研发团队共同的努力下，该中心获得2007—2009年广东省优秀工程技术研究开发中心称号。

学艺不藏私，把学到的本领及时分享，能使新技术发挥数倍效应。2006年，刘建强带领团队为中兴公司组建企业技术中心，2010年通过广东省省级企业技术中心认定；该公司的液力传动工程技术公共服务平台在2011年认定为广东省中小企业公共（技术）服务示范平台。

多年来，刘建强带着公司的研发团队承担或参与的省级项目13项，对外合作开发项目6项，全部项目成果（产品）转化并得到应用，研发出的多种产品获得国家实用新型专利8项，发明专利1项；获省级科学技术奖1项，行业技术进步奖5项，市级科学技术奖10项，广东省高新技术产品9项，行业优秀新产品5项。县级科技进步奖更是年年获奖，杠上开花。

四

紧张严谨的工作之余，刘建强有两大爱好，一是踢足球，二是下围棋。这是他放松精神的最好方式。

踢足球，除了锻炼身体，更让他感受到团队合作的重要性，增进彼此了解。下围棋则能锻炼对全局的了解和判断，局部围棋定式与实战技巧的运用，锻炼和培养思考能力和良好的思维习惯。

市场需求是创新的动力。科研人员必须与时代接轨，使产品不断更新换代，与时俱进，才能不断发展，走得更远。平日里，刘建强还喜欢上网，新浪网是他每日必看的，了解国内外重要新闻，既可以放松神经，又可以保持敏锐的嗅觉。

工业科技的创新是一条漫长的求索之路，有多少艰苦煎熬，就有多少满足与骄傲。

近年来，公司研发团队协作交出了一张张喜人的成绩单：

2001年主持研究开发的一种调速型液力耦合器荣获液气密行业优秀新

产品，2004年获国家实用新型专利授权，2006年获广东省科学技术进步奖三等奖，2007年获中国机械工业科学技术奖三等奖。

2003年主持研究开发的YOTchj系列后置齿轮减速式液力调速液力传动装置，获中国液压气动密封行业优秀新产品奖。

2008年参与指导研究开发YOXSQ750双腔液力耦合器，产品领先国内同行业5年，获2010年中国液压气动密封行业技术进步奖三等奖，2010年获国家实用新型专利授权。

2011年主持新型双控液力耦合器研究及产业化，被列入2011年广东省高新区技术产业区发展引导专项资金计划项目，其间获得发明专利1项。

现正进行液力传动装置变频驱动技术的研究，主要进行液力传动装置在变速输入状态下，液力耦合器的工作变化研究及如何维持液力耦合器工作的安全可靠，为变频改造提供技术支持和服务。

…………

说起未来，刘建强一脸向往，如今已50岁的他，最大的心愿就是能继续带领团队，不断融入创新驱动战略，加快创新的步伐，走得更高更远，让机械制造在粤西山区里扬帆起航！

2016 年 12 月

三 行业精英·卓越篇

独腿拼搏创奇迹

黄美莲

2012年8月30日，伦敦残奥会场地自行车女子C1-2-3个人追逐赛的现场：一个戴着黑色手套的身形瘦小的中国姑娘在教练的帮助下骑上自行车。她挺直身板深吸一口气，然后俯身紧抓车把，双眼紧盯前方，左脚踏好脚踏。

她的右裤管在大腿根部被扎紧，显示这是一名右下肢截肢残疾女孩。随着发令枪响，自行车箭一般地冲了出去……

这个中国姑娘就是曾思妮，来自广东省云浮市云安区一户普通农民家庭。

厄运突袭，她从战胜自己开始

曾思妮是家中的长女，她的童年是欢乐而幸福的。和村里的其他小姑娘一样，曾思妮天真活泼，性格开朗，是父母的掌上明珠。

然而，欢乐的童年却在曾思妮10岁时戛然而止：那天，曾思妮跟随村中的小孩上山打柴草，遇到一个手持菜刀的醉汉。醉汉追上逃跑的小孩子们，在曾思妮的大腿插了两刀。曾思妮的右大腿动脉被刺破了，被大家送到医院时已经失血过多。为保全生命，医生不得不为她做了右下肢截肢手术，曾思妮从此成了残疾人。

截肢后出院的第一天，幼小的曾思妮读懂了妈妈怜惜而又忧伤的神情。当天下午，曾思妮在母亲的搀扶下第一次走进了教室。望着母亲的背影，曾思妮感慨万千。母亲每天都要背着曾思妮去学校，无论刮风下雨，人们总能看到两个瘦弱的身影来往于那条通往学校的道路。

同村的球苹表姑比曾思妮大不了几岁，她每天都会骑自行车上下学。有一天，她推开曾思妮的房门，说道："从明天起我们一道去学校吧！"

从那天以后，曾思妮便坐在表姑的自行车后座来往于学校与家中。从学校集中停放自行车的地方到教室有一段很长的楼梯，表姑每天都要把曾思妮背上去，放学以后再背下来。

表姑也只是一个六年级的小女孩而已啊！她到底背着曾思妮走过了多少步阶梯，曾思妮已经记不得了。

人的一生有很多东西不得不去学习，表姑升上了初中要去县城里读书了，曾思妮必须学习拄着拐杖走路。

曾思妮心想：我一定要学会拄着拐杖走路，哪怕走得慢一点也好。那颗幼小却又强大的内心坚信自己能够靠一副拐杖一步步走到学校而不会摔倒。

从健全人到残疾人，小小的曾思妮经历了陌生人的异样目光，也经历了同村表姑的关心和友爱。意外的挫折、两种截然不同的态度使她更加早熟，幼小的身躯拥有了一颗强大的内心。

曾思妮努力地适应着单腿生活，每天都准时来到教室，她使用拐杖越来越熟练，几乎可以和同学并肩行走。这一切的改变并没有让曾思妮完全放下心理包袱：曾思妮经常冲着学校的运动场发呆，她看着那些欢快嬉戏玩耍的同学，羡慕他们四肢健全、能跑能跳。

在梦中，曾思妮长出了健全的右腿；梦醒以后，她依旧不得不面对无情的现实，泪水打湿了枕头。直到很多年以后，曾思妮方才完全接受了独腿的事实。

在家庭、学校、社会的关怀下，曾思妮终于从迷茫中走了出来。她鼓起勇气，面对人生，也想明白了一个道理：只有努力地让自己看上去坚强，才能不成为家里的负担。曾思妮告诉自己："我一定不能被打倒，我一定要活得精彩。"

2004年7月的一天，年仅16岁的曾思妮迎来了人生的转折点：市残联来到曾思妮就读的学校挑选运动员，性格坚强的曾思妮进入了教练的视野。

很快，曾思妮加入云浮市残疾人田径队。经过三个月的紧张训练，曾思妮代表云浮市参加了广东省残疾人田径锦标赛，获得了女子跳远比赛的第四名。随后，曾思妮被广东省残疾人自行车队看中。

进了省队后，曾思妮的压力骤然增大：相比于其他队友，她的身体条件并不出色，16岁的她特别地瘦小，肌肉力量较弱，这让她在训练中很难跟上教练的进度，当时很多教练都对她没信心。

不仅仅是肌肉力量的问题，曾思妮刚开始学习自行车的时候很难掌握身体平衡，她常常从自行车上摔下来，摔得血肉模糊。她经常打电话回家给妈妈，哭着诉说训练的艰苦。自卑、内向加上离家的不适应使曾思妮一度放弃了。

领队找她谈话，希望她能坚持下去，但曾思妮还是选择回去读书。

梦想的种子已经种下了，曾思妮在教室里坐着，心却早已飞到了训练场。她打电话给领导，主动要求回去训练。曾思妮知道：这次回来，只有坚持下去，不能再离开了。

在以后的日子里，曾思妮自己都数不清楚摔过多少次，流过多少血汗和眼泪，现在手上和脚上都还有很多当时摔跤留下的疤痕。倔强的曾思妮更加努力地投入训练，训练自己的耐力和增强自己的肌肉力量。

曾思妮的努力引起了领导的重视，为了针对她的个人特点更好地做到因材施教，领导特别将她调整到了李鹏教练麾下。

曾思妮的爆发力不是很好，但她耐力非常出色。李鹏教练认真分析了曾思妮的先天不足和身体优势，为她制订了一套新的训练计划，并鼓励她迅速调整心态，强化训练，坚持一种能战胜困难，最终取得胜利的信念。

自此，曾思妮取消了自己的节假日，别的队友都休息了，她却在坚持训练。耐力的提升使曾思妮重新找回了自信，她能在后来的奥运会决赛中战胜对手，耐力起了很关键的作用。

“我可是中长距离的选手呢！”现在的曾思妮不无骄傲地说。但谁又能知道，这个瘦弱的女孩子是如何挺过艰难的低谷，独自去增加训练量，只是为了一个不成为负担的愿望呢？

一年年的坚持，让曾思妮的成绩逐步提高。在2005年全国残疾人自行车锦标赛上，曾思妮在女子LC3级20公里计时赛上获第四名；2011年全国第八届残疾人运动会上，她拿到了女子3公里个人追逐赛冠军、女子个人计时赛10公里冠军。

同年9月，曾思妮凭借自己的努力，通过层层选拔，进入了国家队。坚持终于让曾思妮走向了世界的舞台，2012年2月在美国洛杉矶举行的自行车世锦赛上，她勇夺女子C2级3公里个人追逐赛冠军，拿到了通往伦敦的入场券。

通往世界冠军的路，曾思妮足足走了七年，这个倔强的女孩用大器晚成来证明了自己的实力。她说：“现在我很幸福，因为我走在通往梦想的道路上，原来我只想着，自己不要成为家里的负担就好了，现在我不仅不是家里的负担，还可以通过自己的努力来改变命运。虽然训练很苦很累，但是自行车给了我成就梦想的机会。”

艰苦拼搏，为祖国争得更多荣誉

在教练的眼里，曾思妮最大的一个优点是刻苦、努力、积极、向上。她用单脚丈量着自己与梦想的距离，一步一步，从广东省队一个不起眼的瘦弱女孩，成长为今日的奥运冠军。

曾思妮的成绩来之不易，她从2004年就开始接受自行车训练，直到2012年才有机会代表中国征战残奥会，成为一名奥运冠军。然而，谁又能知道这一切成绩的取得，背后有多少让人心酸的故事。

对于运动员来说，高强度超负荷的训练是必不可少的。曾思妮有时候训练要骑150多公里，相当于深圳到广州的距离。曾思妮无数次地摔倒，又爬了起来，在她的身上，共有大小伤痕几十处。2011年6月，曾思妮遭遇了运动生涯中最严重的一次伤病：在一次常规训练中，曾思妮突然失去平衡，一下子重重地摔倒在地上。她的身体左侧从脸部到膝盖都严重擦伤，膝盖摔破缝了六针。

当时离全运会只有不到一个月的时间了，为了避免兴奋剂检测不合格，医生缝针的时候并没有打麻醉药，那种钻心的疼痛不是一般人可以想象和忍受的。为了不耽误全运会的比赛，曾思妮带伤继续参加训练，还没愈合的伤口在训练时的拉伸中再次撕裂。时值6月，正是羊城的酷暑时节，伤口在炎热的高温下“滋滋”地往外冒油，汗水和血水交织在一起，曾思妮奇痛无比，每天晚上都会痛醒好几次。

曾思妮怕影响队友休息而不敢叫喊，只能咬牙忍住，忍不住的时候也只是默默地流泪。一个月后，她所有的坚忍和付出终于得到了回报：全运会上，曾思妮在人们的欢呼声中一举夺得两金，初露峥嵘。

长期的超负荷训练使曾思妮身心疲惫，最低潮的时候她也曾想过放弃这项运动，不是因为她怕苦，而是因为有段时间成绩一直提不上去，她很沮丧。

困难来临，曾思妮最终没有低头。她从来没有怀疑过自己的选择，每次遇到困难，曾思妮都会对自己说："别人能做到的为何我就不能做到？再坚持一会，难关就过了。"

被队友称为魔鬼训练的骑行课程是残酷的，3小时骑行100公里左右，曾思妮必须在训练中跟上男运动员的速度，从而达到锻炼肌肉力量的目的。

曾思妮在这种长距离的训练中显得特别吃力，除了年纪小，肌肉力量偏弱外，还因为其他队友双腿齐全（其他方面的残疾），能够比她骑得更快。尤其是在上坡时，曾思妮需要比其他队友消耗更多的体力，她经常掉队。

面对前所未有的困难，曾思妮加倍努力，几周时间的高强度训练之后，她终于跟上队伍。长距离的训练为曾思妮日后参加残奥会取得骄人成绩奠定了坚实的基础。

训练力量时，曾思妮在坚持：左腿无数次磨出血泡她也没有哭出一滴眼泪，紧紧地跟上了教练的摩托车。训练完公路后训练场馆，曾思妮仍然坚持：坡道训练场地一般是43至45度之间，弯道比直道更陡，曾思妮刚开始训练时平衡能力不好，总是摔下来，她有一些心理阴影，也只能靠坚持一点点去克服。

“中国队，加油！”

苦心人，天不负。曾思妮的艰苦努力，终于获得了丰厚的回报。2012年，她站到了伦敦残奥会的比赛现场，她在实力雄厚的欧美选手面前，以超越身体极限的飞驰，夺得了两枚金牌。

曾思妮自豪地告诉笔者：“我到现在对自己夺冠还有点不敢相信。赛前我没有大赛经验，很紧张，好在很快调整好了心态，比赛中也比较顺利，爱拼才会赢。”

曾思妮参加残奥会比赛尚属首次，之前几乎没有国际大赛经验，只是在2012年2月参加了在美国洛杉矶举办的残疾人世界锦标赛3公里场地自行车C2级个人追逐赛。

“2012年8月25日，雨。来到伦敦好几天了，伦敦的气候和场地都让我很不适应，我觉得自己都快不会骑车了。”曾思妮在日记中写道。她有点担心自己的状态，知道情况的教练和队友都在给她打气，思妮一定可以的，加油！

终于到了比赛的日子，场地自行车女子个人C1-2-3级3公里追逐赛决赛进入了最后两圈，曾思妮已经有点体力不支，她的大腿肌肉酸痛无比。来自澳大利亚的对手肯尼迪是世锦赛冠军，双腿健全，在她的身后紧追不舍、不断加速。

眼看就要被超越的紧要关头，曾思妮听到观众席上传来的呐喊声：“中国队，加油！”她咬紧牙关，奋力完成了最后500米的冲刺，最终战胜了肯尼迪，一举夺得金牌，以4分19秒的成绩刷新了世界纪录。

9月6日，在公路自行车女子个人C1-3级比赛中，面对赛道急转弯和陡坡较多的情况，她一直咬牙跟着前面的美国、捷克和德国的选手，并不断进行技术调整。在进入最后一圈竞争的时候，她突然加速将三名外国选手抛在后面。曾思妮以1小时29分02秒的成绩，夺得了公路自行车女子个人C1-3级冠军。值得一提的是，这枚公路自行车金牌，也是中国体育代表团在残奥会历史上的首枚公路自行车赛金牌。

天道酬勤，坚持梦想的倔强女孩终于用两块奥运金牌破一项世界纪录的优异成绩，为自己第一次参加的残奥会画上圆满句号。

“我很激动，因为我的梦想，在我的努力下实现了，我特别感谢自行车，这项运动让我变得自信，让我有可以改变命运的机会，我特别感谢我的领导和教练，他们一直都帮助我，没有在我低谷的时候放弃我；我特别感谢我的队友们，在训练和生活上对我的帮助，我要感谢许多人，甚至那些曾经嘲笑我的人，是他们的嘲笑，让我变得坚强，也是这份坚持成就了今天的我！”夺冠的曾思妮言语激动，一度哽咽，“残疾人是弱势群体，但我们不是社会的负担，我们可以通过努力，为社会为国家创造价值，争得荣誉！”

百尺竿头，更进一步！回国后，曾思妮以饱满的热情继续投入训练中，但苦难再一次降临到这个坚强的女孩身上。

2013年5月开始，曾思妮的体重就开始下降了，有时候刚吃了饭，没多久又饿了。刚开始这并没有引起曾思妮的重视，后来她的成绩不断下滑，教练甚至放了她的长假，她才抽时间去医院做了检查。

检查结果出来了，曾思妮得了甲亢。医生对她说：“你这个病要长期吃药控制病情，平时要多休息，别太劳累。”曾思妮问道：“我是一名运动员，这个病会对我的成绩有影响吗？”医生说：“肯定会有很大影响的。”当时曾思妮的脑海里一片空白，仿佛晴天霹雳！

从那以后，曾思妮每个月都要到医院检查身体、抽血化验，直到2014年荷兰世锦赛，她一直都在调养，病情时好时坏，导致训练一直不够系统，成绩也不理想。曾经有很多次，一个声音在她的脑海里徘徊："别练了，回家养病吧！"也有人对曾思妮说："你病成这样子，哪里还能参加训练和比赛，就算去了你也拿不到第一了。退了吧，反正你已经是奥运冠军了。"曾思妮甚至写好了退役的报告。教练知道了她的情况后，并没有放弃自己的得意门生；领导也多次找曾思妮谈话，和她说了很多道理，一度激励她重新站起来。就这样，曾思妮放下了心理包袱，踏实地投入训练中。曾思妮给自己打气："虽然我生病了，但我要证明给大家看，我依然是最棒的！"

由于基础好，她的成绩提高得很快。在2015年场地自行车世锦赛上，曾思妮获得了女子C2级场地500米个人计时赛第四名和场地3公里个人追逐赛第二名；2015年8月，在瑞士公路自行车世锦赛上，曾思妮再次站上了世界之巅，获得了女子C2级公路个人15公里计赛第一名，公路大组赛第一名；在2015年日本杯邀请赛上，她又获得了女子C2级场地3公里个人追逐赛第三名，女子C2级公路个人10公里计赛第一名。曾思妮曾经一度放弃自己的运动生涯，但如今，那个自信满满的女孩又回来了。她战胜病魔，超越自我，突破了2012年残奥会上的最好成绩。

曾思妮说："在我运动生涯的低谷，我曾经一度怀疑自己。那时，很多人帮助了我：感谢领导和教练多年以来的鼓励，感谢家人和队友一如既往地支持。我找回了曾经的自己，他们激励我坚持不懈地训练，最终超越了自我。"

2016年3月意大利残疾人场地自行车世锦赛上，曾思妮获得了场地3公里个人追逐赛和捕捉赛两枚金牌，5月份比利时残疾人公路自行车世界杯比赛上，她获得了16.7公里个人计时第三名，50.8公里大组赛金牌。

在残酷的命运面前，有人选择逃避，有人选择放弃。曾思妮用自己的故事告诉人们，还有一种选择，叫作坚强。

2013年，曾思妮入选“感动广东2012年度十大人物”。她也是云浮市首届道德模范云浮勋章唯一获得者。

2016年12月

挺起民族的脊梁

张振金

当人们谈起第一届女子举重世界锦标赛的时候，都会情不自禁地谈起两位被誉为双子星座的冠军。

更为神奇的是，她们都是云浮人。她们同属郁南县都城镇承平村，同读承平小学和附城中学，同上一座山砍柴割草，同在一口水井挑水，同在一年被选入郁南县举重班，又同时获得广东省和全国女子举重冠军，接着是一同进入广东省体育训练中心，更为重要的是，一同获得在美国举行的女子举重世界锦标赛抓举、挺举和总成绩三项冠军，成为体坛的一件盛事。

她们是严章群、陈爱珍。

2016年10月的一天，我来到风光秀丽的广东省二沙体育训练中心，恰遇训练中心举行成立60周年庆典。我在训练中心大门两侧的玻璃橱窗里，在训练中心的林荫道旁，在各个训练场馆的宣传栏上，到处看到一幅幅朝气蓬勃、光彩照人的相片，相片下面是他们的名字和文字简介。所有的相片和文字都以

“二沙英雄”作为总揽。是的，他们都是从二沙岛培训出来，在各个不同的体育竞赛项目，创造世界奇迹、夺取世界冠军的英雄。

在举重这个专栏里，我首先看到的是陈镜开，大名鼎鼎，功勋卓著，他是新中国第一个世界纪录创造者，再往下看，就见到严章群、陈爱珍的名字。名字下面的介绍是四个字：世界冠军。我从相片上，看不出她们有半点飞扬的神采，依旧是乡村姑娘的朴实素雅，喜悦中还有几分羞涩。我虽然未见过她们，但对她们这种神态并不陌生。因为当年在世界锦标赛冠军颁奖台上，随着雄壮的国歌，五星红旗徐徐升起的那一刻，我看见她们闪光的泪水，但神情还是那样朴实，那样素雅，那样在喜悦中带着几分羞涩。就在那一刻，她们的名字连同她们这种神情，就这样深深刻在我的记忆深处了。

一

记忆回到1985年，严章群、陈爱珍在郁南县都城镇附城中学读初中一年级。一天，县体育学校来招收学员，说是要成立女子举重班。“什么叫作举重？”严章群、陈爱珍都不知道。虽然她们都爱好体育运动，严章群还是学校800米赛跑的冠军，但学校没有举重的器材，也就没有举重的活动。学校把40多位体育运动爱好者送到县体育学校，严章群、陈爱珍被选中，作为女子举重班的学员。

后来，我问过当时的县体育办公室主任何绍权：“你们当时为什么选中严章群、陈爱珍作为女子举重班的学员？”何绍权回答：“因为她们都出生在农村贫困的家庭，从小参加体力劳动，能够刻苦耐劳，做得挨得，有力有气，有顽强的意志毅力，有良好的身体素质。”何绍权又说：“在某种意义上，一个孩子出身太高贵，太娇气，不一定是好事情。多难兴邦，逆境励志，能够做成大事业的往往出身贫寒家庭。”

何绍权的一番话，引起我极大的兴趣。在这次采访写作中，我特意请何绍权陪我访问这两位世界冠军的家乡。如今家乡变了，田地荒芜，野草丛生，昔日她们上小学时，就在这片田野上给生产队积肥放牛挣工分，课余和农忙时节，在田里插秧、割禾、担谷，什么农活都干，但家中每年都是超支户，吃不饱饭。严章群家在塘角村的一座山坡上，每天要到山下很远的水井挑水，还常常到10多里外的山上砍柴。每次挑水挑柴回来，要绕过一个很大的水塘，还要爬上一个相当陡峭的山坡。陈爱珍家在更远的一个山坡之上，如今虽然家屋倒塌了，但家人已在山下建了新房，只是在密林之中露出断墙的一角，仍可以想见昔日生活如何艰辛，如何在这种环境下为生存而挣扎。贫穷给人许多痛苦，但也锻炼人，磨炼人。

那次从承平回到广州，我把这些告诉严章群，她笑笑说：“是这样，我那时除了没给人家扛棺材，什么农活都做过。”接着，她给我补充一个细节：村中那口水井很大，直径有2米以上，但水位很低，有两三米深，她每次挑水，站在井台，蹲下去，压紧扁担，把一只水桶放进水井，注满水，然后一只手压住扁担的一头，另一只手提起井中注满了水的水桶，用力一提，挺起腰，那桶水就上来了。又用同一种方法，把另一桶水打上来，然后挑回家中。天天如此。她们就这样锻炼了体力、耐力和毅力，特别是关键时刻的爆发力。这些都是一个举重运动员所必备的。严章群又强调说：“在农村的贫穷孩子，不但有吃苦耐劳的精神，还有强健的身体素质。”

虽然她们在开始的时候，连什么是举重运动都不知道，但在郁南县体校经过八个月的启蒙培训，1985年7月，参加在肇庆市举行的广东省体育运动会，严章群夺得女子举重52公斤级亚军，陈爱珍夺得44公斤级冠军。就在此次省运会上，她们被举重教练江涛发现，选入广东省二沙体育训练中心女子举重队。

二

风景秀丽的二沙岛，地处珠江岸边，浪花环抱，绿树葱茏，是广州市一个美丽幽静的地方。广东省二沙体育训练中心就在这个小岛上。实际上，它也是全国训练体育精英的地方。

女子举重运动是20世纪70年代在欧美兴起并迅速在全世界开展的一项竞技运动，我国的山东、辽宁、河南、江苏在20世纪80年代初相继开展，广东则是在1985年8月才开始组成。严章群、陈爱珍算是广东省第一批女子举重队队员，也是全国第一批女子举重队队员。

在二沙体育训练中心，因为训练的项目很多，包括跳水、游泳、乒乓球、羽毛球、田径、射击、篮球、排球……共有好几十个项目。又因为在改革开放之初，百废待兴，风鹏正举，各方面的条件都很差。刚刚成立的女子举重队，七八个人挤在不足14平方米的房间里，这还不算奇怪，奇就奇在连个训练场地都没有，每天要等到男子举重队训练结束之后，到了傍晚才轮到女子举重队。白天是男队的，晚上才是女队的。那时候，广州市电力不足，经常停电，她们常常点起蜡烛，在半明半暗中进行举重训练。深夜，当整个广州市都静然睡去的时候，二沙岛的烛光还在亮着。

“条件怎样艰苦，也必须上阵。”这是严章群、陈爱珍经常听到江涛教练说的一句话。其实，这正是我的写作初衷。我不是带着颂歌英雄踏上二沙岛的，我是看看这两位粤西山村的女孩子是怎样搏击时代的风浪，走上世界冠军之路的。

也许生活条件之差，并不算什么，训练的严格才是最大的考验。二沙体育训练中心成立的那一年，当时负责全国体育工作的贺龙元帅，先后三次来到二沙岛检查视察体育教学与训练工作，提出“三从一大”的要求，也就是从高、从严、从难出发，进行大运动量的训练。1972年，周恩来总理又亲自来二沙岛，提出“狠抓训练，严格训练”的指示。

开始的时候，江涛教练给陈爱珍举35公斤，说先试一试水再说。陈爱珍心里想，这35公斤，还比不上我在家挑一担水或一担柴的分量重，她轻轻一举就举起来了。可是江涛教练不断给她加铁饼，一公斤、一公斤地往上加，到40公斤已感到吃力，再到45公斤就举不过头顶了。

江涛教练说：“举不上去就再举，无论如何也得举上去。一次举不上去，两次、三次也要举上去；今天举不上去，明天、后天也一定要举上去！”

江涛教练也是广东省郁南县人，1973年进入郁南县体校举重班，1975年进入广东省训练中心男子举重队，1977年参加在菲律宾举行的世界青少年举重锦标赛，获得60公斤级抓举、挺举、总成绩三项冠军，成为郁南县第一位走出国门在国际大赛上夺得冠军的运动员。如今，他是广东省女子举重队主教练。平时，他对队员很和气，很亲切，也很耐心地教你一个个微小的技术，一次次矫正你不正确的动作。但是，他决不容许你马虎，不容许你懒散。每当遇到马虎和懒散的情况，他就很严肃、很严厉地批评你、教训你，没有情面可讲，连乡亲也不认。

有一次，陈爱珍实在举不起来了，当她蹲下来把杠铃放到地上，就再也站不起来。她太累了。江涛叫她站起来，继续练。他说：“在这里不像你在体校那样，想举就举，不想举就回家；举得起来就举，举不起来就拉倒。当你踏入二沙训练中心那一刻起，你就要想着祖国的荣誉，想到为祖国争光。”

陈爱珍看到他那严肃的神情、教训的口气，心中也有点火，说：“我再也不练了！”江涛教练也不让步：“不练就给我走人，这里不是耍小孩子脾气的地方！”“走就走，我不求你什么！”陈爱珍说着收拾东西，转身就往宿舍走。

训练场的气氛骤然紧张起来。

三

二沙岛的夜静悄悄的，白天的游人散去了，树林里显得安静而神秘。每当遇到不开心的事情，严章群和陈爱珍这两位小同乡，都会在树林里漫步。有时在江边眺望来往的船只，有时在木棉树下静坐聊天。自由自在，无拘无束。只有十五六岁的女孩子，正是花样年华，能有什么烦恼呢？80年代的中国，改革开放蓬蓬勃勃地开展，每天都有激动人心的事情，每一件都显示着祖国美好的未来，同时又与每一个人息息相关。她们天南地北地谈着，忽然谈到今天在训练中，陈爱珍悻然而去的事情。

“江教练说话的口气是重了些，但我也不该生他的气，更不应该离场而走。”陈爱珍忽然自言自语。严章群比陈爱珍大一岁，似乎显得成熟一些，理性一些，凡事爱冷静思考，然后做出自己的行动。“是啊，江教练的心是好的，他亲自组建这个女子举重队，就是希望我们进步成才，创造成绩。你想想，明年就要参加全国运动会，接着要到美国参加世锦赛，时间只有一年左右，他能不急吗？”严章群接着陈爱珍的话题，好像是体谅江涛教练，其实是给她们自己鼓劲。

女孩子天真烂漫，心地纯洁，对未来充满了幻想。她们为今天训练中遇到的不愉快事情，感到内心不安和愧疚，谈到不要辜负江涛教练的一番好意，要加倍努力，创造良好的成绩。谈着、谈着，她们谈到在家乡读小学时的愉快生活。学校旁边是一片稻田，稻田对面有一座低山，山上长满了松树、杉树、竹子和各种杂树，苍苍翠翠，密密实实。每天傍晚，她们放学之后，在操场锻炼一会儿，然后回家。这时候就会有一群群萤火虫从密林中飞出来，飞过田野，飞到学校的操场，又一路伴随她们回家。天慢慢暗下来，路上没有电灯，只有萤火虫一闪一闪地照耀着她们。萤火虫的光亮很小，但许许多多的萤火虫集合起来，就会照亮一片地方。每当这个时候，她们就会朦朦胧胧地想到，一个人也应该把自己的一点亮光发挥出来，能够发挥到极致，就是给祖国，给自己所处的时代增添一点亮光。至于创造了什么，开拓了什么，就由别人去述说，去评价了。忽然，她们哼起了一首记不起是谁创作的流行歌曲：

短暂的生命，
努力地发亮，
让黑暗的世界充满希望。
…………

四

经过一些日子的训练，严章群和陈爱珍都有了很大的进步。江涛教练对她们说，你们两个女孩子都是轻量级的，身高都不超过160厘米，体重不超过50公斤，不是身高体重的重量级那一种，这样就可以从轻量级方面创造奇迹。1987年10月，将在美国举行女子举重第一届世界锦标赛。“你们一定要像陈镜开在男子举重这个项目实现零的突破那样，在女子举重方面实现零的突破。这是中国的，也是世界的。”江涛教练的这番话，说得斩钉截铁，不容置疑。

对于两个只有十五六岁的女孩子，要担负这么繁重的责任是不是太沉重了呢？“是沉重了点。”严章群也承认。但她又想，问题是自己有没有这个可能，只要有七八成的可能就不会觉得沉重，就像在家乡把100多斤重的一担水和柴火挑上塘角村的山坡一样，不是咬咬牙一鼓作气冲上去了吗？所以最重要的是决心，是勇气，是毅力，是对祖国的责任感。

她们都知道，1932年，中国派李长春参加第25届奥运会，空手而归，而且饱受凌辱，外国人称中国人为“东亚病夫”。那是在旧中国，现在是新中国，是在改革开放年代的新中国，我们应该改写历史，创造奇迹。

江涛教练也不止一次同她们讲过，在陈镜开打破世界纪录之前，中国体育一直陷于寻求零的突破的苦闷之中。1952年赫尔辛基奥运会，中国虽然经历了诸多坎坷获得了邀请，却是赶上了奥运会的尾巴，成绩不是预料之中，中国更多是把它当作一个外交场所，以求在政治上有所收获。

当时中国经济还很薄弱，想在体育上百花齐放不太现实，加上有些项目如大球类与国外差距大，于是突破的重点放在差距小的举重上。1956年6月7日，在上海卢湾体育馆，身穿蓝色举重服的年仅21岁的陈镜开，沉重地举起133公斤的杠铃，打破了美国运动员保持的56公斤级挺举纪录。

但是，西方发达国家认为这一纪录“是用笔写出来的”。因为这个世界纪录是在中国创造的，他们不服气，不承认。陈镜开对此十分气愤，期待着有一天在国际赛场上再次刷新这个纪录，以证明中国选手的实力。机会终于来了，1957年8月，第6届世界青年联欢会暨第3届世界青年运动会上，陈镜开成为世界关注的焦点，再一次打破了世界纪录，使那些原先认为陈镜开这个纪录“是用笔写出来”的人，不得不承认“是用脊梁挺起来的”。

每当想起1932年一个人奥运会的耻辱，想起陈镜开进行零的突破的奇迹，她们肩上便多了一份责任感。不管怎样艰苦，怎样困难，都必须坚持、拼搏，要把脊梁挺起来。

五

一个运动员，最可怕的事情，就是在训练中受伤。这好比雄鹰折翅，纵有多大的能耐再也不能飞翔了。

1987年9月，严章群在训练中腰部受伤，得了腰椎间盘突出症。这是因为在举重中过度的腰部负荷，特别是长久进行弯腰、扭转，使得下腰部发生急性损伤。在这种情况下，严章群下蹲都会感到剧疼，就连洗完澡后穿裤子也得女队友帮忙才行，更谈不上举重训练了。

“不管怎样疼痛，训练是不能停止的。”严章群说，“举重运动不同于别的运动，举重运动员只要停止48小时的训练，成绩就会下降，举不起原先的重量。许多举重运动员就是这样败下阵来的。”

“伤痛要治好，成绩要上去。”这是江涛教练斩钉截铁的一句话。军令如山，在这个关键时刻是不能含糊的。这时，离参加在美国举行的第一届女子举重世界锦标赛还有两个月，无论如何是不能退下来的。

江涛教练心中有数，他知道严章群的伤是可以治愈的。江涛不仅是一位富有举重经验的世界冠军，而且是懂得运动医学的出色教练。他曾在医科大学研读，结合自己举重的经验，拥有体育训练专业和运动医学专业的“双学历”，创造性地打破传统的举重训练模式，把运动医学及相关学科理论、知识运用到训练实践中，开创出“运动医学训练结合”的全新竞技体育训练模式，是一位“训、科、医”一体化的成功创造者和实践者。他针对严章群的伤势，一边药疗、按摩、针灸，一边调整运动训练，改进运动技术，做到伤痛一天天地治好，成绩一分分地上去。

“人生能有几回搏”——这是镌刻在运动场旁边照壁上的一句警语。它像是一束火炬，时刻燃起每一个运动员的激情。它曾给每一个运动员多少鼓舞，多少力量，创造出多少奇迹啊！严章群、陈爱珍这一代运动员，早在上小学的时候，就在电视上看到中国女排勇敢夺冠的奇迹，感受到中国人为此而骄傲自豪的氛围，敬佩那位被誉为“铁榔头”的中国女排队长郎平，以及整个女排那种为国争光的顽强拼搏精神。如今，严章群是实实在在地受到了感染，形成超越自我、超越别人的一种信念力量。

六

1987年10月30日，世界女子举重锦标赛在美国佛罗里达州举行。

当时，女子举重运动还没有列入奥运会的比赛项目，这次世锦赛就相当于奥运会的女子举重项目了。因此，一切都按照奥运会的规则进行。

陈爱珍最先出场。她个子比较小，是44公斤级的轻量级运动员。举重运动从外表看来是比较简单的，它没有足球那扣人心弦的临门一脚，没有体操那变化多端的优美动作，没有乒乓球那眼花缭乱的攻防搏杀。举重运动员只要把杠铃上的负重举过头顶，稍定片刻，这就是你的成绩了。裁判员也少有误判与错判，一切都摆在你的面前，明明白白。

其实，举重运动在简单的背后隐藏着复杂。这不仅是体力的较量，更是智力的考验。现在，陈爱珍站在杠铃前面，静静地观看着，似乎要看出杠铃有什么秘密。内行人稍稍注意一下，就会知道她在思考如何用力。用力不到位，稍有一点儿疏忽，就会败下阵来。她知道这是一场体力与智力的较量，陈爱珍是一位自信果断的运动员，当她把一招一式都思考清楚之后，十分干净利索地把挺举75公斤高举过头，压倒了所有的对手，获得抓举、挺举和总成绩三项冠军。

比起陈爱珍，严章群就不那么洒脱了。因为她的腰椎间盘突出症还未全好，这样要考虑得更加周到缜密，在某一个环节上稍有用力不当，稍有一点偏差，杠铃就会滑下地来，前功尽弃。昨天晚上，严章群把自己内心的恐惧向江涛教练透露出来。她以为江涛一定会像平日训练那样严肃地敲她，训她。相反，倒是微笑着十分平和地对她说："不要紧张，不要心慌，像平日训练那样，放松心态，顺其自然，举出平时训练那样的成绩就得了。"教练江涛的鼓励，增强了她的信心和勇气。是的，在比赛的关键时刻，沉着、信心、勇气是最重要的，来不得半点心浮气躁。"一定要挺起自己的脊梁，挺起民族的脊梁！"严章群先是抓举，她把67.5公斤举起来，接着是挺举，这是关键的一举了，前面的外国运动员已经举过94公斤，她只要在杠铃两头各加半公斤，就可以夺冠，就可以创造世界纪录。此时她更加冷静沉着，也更加坚定自信，站在杠铃前面，深吸一口气，弯下腰来，抓起杠铃，一鼓作气，把95公斤的重量举起来了，比前面成绩最好的外国运动员多了1公斤。最后她获得了抓举、挺举和总成绩三项冠军。

五星红旗随着雄浑的国歌，又一次在大洋彼岸升起。

2017年12月

头雁引来群雁飞

胡　鸿

竹外桃花三两枝，春江水暖鸭先知。阳春三月，当我们踏着春天的脚步来到双上村参观时，你一定会被那里的美丽风景吸引：

一座“革命老区双上村”的石碑和用花岗岩装饰一新的双上村牌坊别具一格地坚守在村口，三五棵娇艳的桃花红彤彤地开得热烈灿烂，清澈的小溪唱着欢快的歌曲哗啦啦地流淌，一幢幢三层、四层装修别致的小洋楼错落有致地点缀在一河两岸的青山绿水之中，干净整洁的村道如一条玉带绕村而过，两边花团锦簇、绿树成荫，田园村舍、小桥流水，别有韵味，桃花烟雨，香雾袅绕，如诗如画……这既不是江苏的周庄、角直、同里，也不是浙江的西塘、乌镇、南浔，如果不是听到他们说的是一口地道的白话，我们还以为来到了江南水乡。其实，这里是云浮市生态文明宜居示范村，荣获全国文明村镇的云城区河口街双上村。

一

双上村位于河口街东北角，河杨公路边，交通十分便利，是广东省著名的革命老区，是粤中纵队第四支队的根据地。全村面积2.8平方公里，有103户500多人，常住人口390人。近年来，双上村紧紧围绕“产业带动、土地流转、金融支撑、协同共治、生态文明”的要求，强力推进生态文明村建设，积极构建“五位一体”的农村改革新模式，实现了农村发展、农业增效、农民增收、社会和谐的良好环境，村民过着富足安康、幸福美满的生活，村里没有出现一宗黄赌毒和违法犯罪的案件。到目前为止，村民实现人均年纯收入1.2万元，村集体年收入达15万元。

双上村青山绿水，四季花开，空气清新，交通发达，有线电视、自来水、网络等生产生活设施完善，形成了村在景中、景在村中的独特风貌，村民们生活在双上村，犹如生活在一个风景如画的森林公园里，过着令城里人都羡慕的生活。

是谁创造了双上村这么优美的生活环境？村民个个都说，这里还得感谢他们的老村长陈金龙同志，是他带领群众改天换地，建设了美丽幸福的双上村。陈金龙出生于1953年8月，今年六十有三，他是一名地地道道的双上村农民。自从2003年村民公开推荐他做村长以来，他已经连续做了13年的老村长。陈金龙中等身材，黝黑的皮肤，给人一种朴实的沧桑感，如一本厚重的书。他性格开朗，说话声如洪钟。熟悉他的人说，陈金龙为人忠厚老实，是个性情中人。相处的时间久了，村民们总是这样评价他们的老村长：他是一个搞经济的高手，他是一个干事创业的能人，他是一个作风务实正派的好人，他是一个红色革命传统文化的传播者。正因为双上村有陈金龙这样的老村长，双上村的生态文明村建设才有今天有目共睹的好成绩。

二

陈金龙是个搞经济的高手。说起曾经的创业史，他总是那样的腼腆和低调，连连摇头说："那都是过去的事情了，自己也没做出什么成绩来，做点小本经营何足挂齿呢？"他说，以前要做点生意什么的真的不容易，我们这辈人是吃苦长大的，习惯了吃苦耐劳，要干好一件事情的确非常艰难。陈金龙履历丰富，年轻时走南闯北，见多识广，做过多种多样的工作，但他诚信为本，务实创新，广交朋友，得到了广大群众的好评和尊重。

陈金龙告诉我们，1968年他小学刚刚毕业就因为家里困难去大队的林场种树，那时才13岁。1972年7月，经人介绍，他去云浮铁矿做工，从打炮眼、采矿等最底层工种做起，后来做到破碎工、调度员等。他在铁矿整整工作了10年。由于他工作积极努力，舍得吃苦，年年被矿上评为先进工作者。1983年，他从矿上出来自主创业，做了一两年的南北药材生意，后来又在河口开了两年的石材厂。从1986年开始，陈金龙在河口创办了全区第一个民营加油站，从事了五年的加油站后，1991年，他又在河口经营了五年的酒店生意。陈金龙头脑特别精明，有胆有识，敢于创新，敢于拼搏，是云浮改革开放时敢于吃螃蟹的少数人之一。发展才是硬道理，那时候为了养家糊口，只要不是违法犯罪的事情，什么好挣钱他就干什么。他一路风风雨雨地走来，也积攒了不少家业。直到2004年，村民们公开推选他担任村长后，他才放下手中忙碌的生意，全心全意地把心思和精力投身到家乡的生态文明建设上来。他说，村长其实就是小生产队长，这个位置无职无权，连芝麻官都不是。说它重要吧，但平台太小，也干不出什么大事来；说它不重要吧，但一头联系上级党委政府，一头情系千家万户，计划生育、征地搬迁、社会稳定、群众工作等大小事务非常烦琐，牵一发动全身，使命光荣，责任重大。

双上村属经济欠发达的村委，以前，由于村民生活水平低下，小农意识较强，缺乏发展经济的意识，没有充分发挥优势。为了发展经济，提高村民的收入，改善群众生活，陈金龙不遗余力，也想了很多办法。他充分利用自身的优势，靠山吃山，成立了檀香经济合作社，与楠楠植物种植有限公司合作，将1000多亩山地承包给楠楠植物种植有限公司，让其经营种植檀香，并在原有种植面积的基础上新增300亩，共1300亩的檀香基地，形成檀香茶、檀香药品、檀香名贵木制品等产品；成立砂糖橘专业合作社，形成砂糖橘专业化种植、批量化销售、网络化产品信息交流；利用离市区近、环境好的地理优势，积极开展无公害蔬菜种植，形成河口白菜心品牌，从而大大拓宽了村民的收入渠道，每年人均增加收入2500元。同时，充分利用村庄近河杨公路的地理优势，通过出租公路边的土地，与广告公司合作设立广告牌出租，为村集体经济增加纯收入10万元。此外，还与星耀环保污水处理厂合作，与南海人开办的河砂厂合作，每年增加集体经济收入5万多元。

三

陈金龙是个干事创业的能人。陈金龙通过艰苦创业实现了财富积累，成了当地首先富起来的人。当他回到家乡，看见村容村貌落后，垃圾遍地，管理混乱，心中很不是滋味。特别是他当上村长后，为了不辜负村民的期望，他从不计较个人得失，经与家人商量，决定把自己从事的个体生意转租给他人经营，自己则放开手脚一门心思扑在家乡生态文明村的建设上。

在一个贫困落后的乡村，要想建设生态文明村谈何容易？改革开放以来，虽然农民的思想观念和生活方式发生了较大的变化，但农民素质参差不齐，部分农民对生态文明村建设认识不足，存在“等、靠、要、观、望”等思想，一定程度上制约了生态文明村的建设和推广。陈金龙看在眼里，急在心里，经过多方面的思考，他终于找到了说服群众的突破口。他通过走家串户宣传，通过召开村民代表大会发动，把自己在发达地区所见所闻生态文明村建设的情况讲给村民听，把国家支持鼓励新农村建设的政策解释给大家听。经过他的说服教育，慢慢地，村民们的生态文明村建设的思想意识才慢慢形成。

近年来，随着全国各地掀起建设生态文明村的热潮，陈金龙认真学习领会中央关于生态文明村“生产发展、生活宽裕、乡风文明、村容整洁、管理民主”的总要求，把握其精神实质和政策要求，坚持以人为本、科学规划、因地制宜的原则，结合双上村依山傍水的特点，他描绘了建设家乡的伟大构想：抬头便是蓝天白云，低头四处芳草青青，小溪流水清澈见底，村容整洁错落有致。陈金龙带领群众积极开展生态文明村建设的活动，得到了云浮市委、市政府，云城区委、区政府以及河口街道的大力支持，市委和区委主要领导亲自到双上村挂钩示范点建设，对陈金龙建设美丽乡村的计划给予充分肯定和大力支持。

从2013年开始，双上村紧紧围绕“产业带动、土地流转、金融支撑、协同共治、生态文明”的思路，多方筹集资金共397万元，拉开了双上村建设生态文明村十件民生实事的序幕：一是投资27万元，完成全长1500米环村绿道、路面硬化工程；二是投资12万元，建设污水池及其他设施，改造禽畜圈养点，实现人畜分离；三是投资30万元，实施总长150米“一河两岸”改造工程，包括公厕、垃圾屋和挡墙等建设项目；四是投资65万元，新建约400平方米的文化综合楼；五是投资18万元，完成总长700米的自来水改造工程；六是投资60万元，建设双上村健身娱乐工程，建设600平方米文体广场；七是投资20多万元，兴建森林公园的绿道及休闲场所；八是投资75万元，发展檀香茶1300亩，新种300亩；九是投资30多万元，在粤中纵队旧址重建约150平方米的粤中纵队第四支队纪念馆；十是节约集约农村闲置土地，农民自发集资建设一幢7层，每层4套，建筑面积达3000多平方米的农民公寓，切实帮助外出乡贤解决想回家乡定居而又没有房子的问题。

经过两年多的建设，如今的双上村村容村貌发生了翻天覆地的变化，“一河两岸”绿树成荫，小桥流水，环境整洁优美，呈现出一派乡村别墅群与田园风光和谐结合的美丽风景。双上村成了远近闻名的生态文明示范村。

四

陈金龙是个作风务实正派的好人。由于他从事多年个体经营，经验丰富，见多识广，有责任敢担当，所以，村民都乐意推荐他为村长。陈金龙说，他当村长既不是为了钱，也不是为了利，如果说是为了钱的话，他肯定不会干，因为村长的收入太少了，他只希望利用这个平台真正为家乡干点实实在在的事情，改变家乡贫穷落后和脏乱差的现状。陈金龙说，2004—2013年期间，做村长的补贴是每年300元，2013年后，村长每年的补贴才涨到1000元，加上区里每年2000元的以奖代补，全部加起来每年也只有3400元左右，而现在的农民工打个散工每天都有200元左右的收入，所以说，村长是没有多少人想做的，也没有什么吸引力。当然，陈金龙不是为了钱，2013年以前，村里每年给他的300元补贴他一分都未领过，全部贡献给村里了。他需要的是把建设生态文明村的理念传导给村民，然后带领大家把家乡建设成一个美丽富饶的新农村，让村民过上幸福美满的新生活。

在双上村创建美丽乡村之前，村里垃圾乱堆乱放，禽畜在村道上随意排便，河道淤塞，整个双上村好像一个大垃圾场。陈金龙看到这一切，下定决心改善村容村貌，于是他全心全意投入生态和谐宜居名村建设中，走家串户，不遗余力地向村民宣传和谐宜居名村建设的好处，使村民对和谐宜居名村建设由“观望”态度变成“主动参与”。由于“一河两岸”种有很多果树和蔬菜，大部分村民都不愿牺牲个人的小利益，宜居村建设无法推进。面对这种困境，为了破解这道难题，陈金龙把村中有威望的人集中开会研究解决。陈金龙还率先垂范，带头把自己的菜地让出来，把自己的果树砍掉，然后逐一做群众思想工作。遇到“钉子户”时，他尽量做通思想教育工作，对少数做不通工作的村民，能够用钱解决的问题，他就自己出钱解决，宁愿自己吃点亏，也不想让集体和村民吃亏。

在环村道项目建设中，陈金龙率先清拆自己的旧屋、猪舍，并对群众动之以情，晓之以理，使得村民主动出让土地。在生态文明村建设中，陈金龙发动村民，特别是外出乡贤捐资捐物。在每次筹资中，陈金龙都起模范带头作用。在他的感染下，村民踊跃捐款捐物。在遇到资金短缺时，陈金龙为保证工程的顺利进行，自己垫支购买工程所需要的水泥、钢筋等建筑材料。在建设美丽乡村中，陈金龙事事亲力亲为，每天都与群众一起顶着烈日、冒着风雨，在施工现场做力所能及的工作。如今的双上村已实现了雨污分离、人畜分离，垃圾污水处理无害化、绿化美化等“两分两化”，村容村貌焕然一新。

五

陈金龙是红色革命传统文化的传播者。乡韵乡愁是割不断的情感纽带，是抹不去的成长记忆。建设美丽乡村，要留得住乡韵、记得住乡愁，保留文化形态、保存文化基因，守护住我们的文化根脉，不能名为搞现代化，实际上把老祖宗的好东西弄丢了。双上村是云城区著名的革命老区，是粤中纵队第四支队的根据地。革命战争时期，驻扎双上村的游击队员最多时接近200人。为了弘扬老一辈革命家的传统和作风，教育子孙后代珍惜今天来之不易的幸福生活，陈金龙重建了粤中纵队第四支队旧址，恢复了原貌，并且陈列展出当年革命的历史资料，使之成了云城区新时期爱国主义、红色文化的教育基地。在2016年开展“两学一做”学习教育中，云浮市和云城区的机关党员干部成千上万专程到双上村粤中纵队第四支队纪念馆参观学习，重温粤中纵队的革命历史，接受红色革命传统教育的正能量。

但是，又有谁能知道，改造纪念馆时的艰辛与付出呢？为了全面真实反映粤中纵队第四支队在双上革命老区的历史，陈金龙在整理粤中纵队的历史资料期间，多方打听有关粤中纵队的人和事，多次走访老游击队员，上门向老一辈请教。当打听到高明有粤中纵队的历史博物馆时，陈金龙组织有关人员专门到高明了解情况。在他的努力下，终于把粤中纵队在双上活动的革命历史收集整理好。

解放初期，双上村有多位老游击队员为新中国的解放事业抛头颅洒热血，贡献了青春与热血，吴桐就是当时在双上村进行革命活动的著名人士。

为了纪念粤中纵队第四支队为革命事业浴血奋战的光荣事迹，弘扬红色革命精神，更好地推动双上生态文明村建设，双上村投入资金30万元，重新修缮了双上村革命老区粤中纵队第四支队办公旧址。通过征求健在的老游击队员意见，在修缮过程中力求做到还原旧貌，采用外墙砌青砖，屋顶盖瓦片，屋内划分三间房，一个天井，建设面积约150平方米，该工程已于2013年9月底完工。

六

经过生态文明村建设，双上村不仅有了好的经济环境、生活环境，还有和谐宜居的安全保障。陈金龙把村中有威望、有能力的党员、老村干、村民代表、经济能人等组成乡贤理事会，以“共谋、共建、共管、共享”为原则，按照“自我教育、自我管理、自我监督、自我服务”的要求，积极调解邻里小纠纷，兴办农村小公益，纠正群众小陋习，提出工作小建议，履行自治小职能，组织发动群众参与“以奖代补”“一事一议”等项目的建设，参与基层的民主管理。为了稳定社会治安大局，让群众更加安居乐业，2013年，双上村在河口街道办的协调下，投入3万元安装了一套治安监控系统，保障环村周边24小时实时监控，切实维护村里的治安。双上村民还自发组织护村队，并制订了一套相对完善的护村队出勤、值班、休息、奖罚制度，使护村队工作有章可循、有文可依，提高办事效率。至今未发现群体性事件和社会治安恶性事件，村内治安环境持续稳定。

要想火车跑得快，全靠车头带。陈金龙自从担任村长以来，他那务实创新的作风，探寻了一条符合双上村发展的路子，使家乡的旧貌变新颜，赢得了广大群众的拥护，得到了上级党委政府的充分肯定。双上村也取得了来之不易的成绩，先后被评为市、区生态示范村，2014年6月，被评为广东省文明村，2015年2月，获得第四届全国文明村镇称号；2015年4月，陈金龙被评为全国劳动模范。

2016年12月

田头上的农民女作家

曾沛才

农民创作长篇小说者甚少，山区农妇创作长篇小说则更为罕见。然而，不久前由中国戏剧出版社出版的长篇小说《泷江情结》，它的作者就是粤西山区罗定市的一名普普通通的农村妇女，她姓李，名勇坚。白天干农活，晚上写小说，使她不仅成为一名在当地家喻户晓的农民女作家，而且还被评为全国劳动模范。

一手拿锄头，一手拿笔头

眼前这位农村女人，中等身材，脸庞黑黝黝的，腼腆害羞，穿着朴素，既没有风趣的谈吐，也没有幽默的举止，和她握过手的领导、记者，都感觉到她的手掌很粗糙。她像作家吗？熟悉她的人都说，她是一位典型的农村妇女，一点作家的模样都不像。

作为一名农民，李勇坚白天的体力劳动是高强度的，而晚上呢，她的精神世界也是丰富的。长期以来，她有一个梦想，这个梦想就是当一名作家。在读中学的时候，她就爱上了文学。她读高中二年级时的语文老师叫辛凤鸣。因为李勇坚的作文、周记写得好，辛老师拿来当作范文读给全班同学听，这使一位正在读高中的女孩子，得到了强大的精神鼓励。她更加热爱写作了，也更喜欢阅读课外书和文学作品了。毕业后，她白天拿锄头在田地里干活，晚上，总是忘不了拿起笔头写写画画。

李勇坚于1962年2月出生于罗定市泗纶镇双龙村，1979年高中毕业，因为没有考上大学，只好回到农村种田。她于1988年嫁到黎少镇田心村高车寨。丈夫黄兴华原是广州驳运公司职工，1997年下岗之后长期外出打工，一个月收入才几百块钱。他们夫妻养育两个孩子，家庭经济拮据，那座一层的钢筋水泥楼是2005年建起的，家里只有电视机、电风扇等两三件家用电器，这就是李勇坚的家境状况。

李勇坚一家有责任田1.5亩，还有责任地1亩，加上代耕邻居1.1亩责任田，一个农村妇女，要耕耘好3.6亩田地，她需要付出的艰辛可想而知。由于家里没养耕牛，平时翻田翻地只靠双手挥舞锄头，她身体结实而健康，每天日出而作，日落而归，双手长满了厚茧。

李勇坚常想，改革开放后家乡发生了翻天覆地的变化，这是党的好政策带来的结果，她要用笔把它记录下来。仅读过四五年书的丈夫，对妻子如痴如醉的写作，既不赞成，也不反对。

李勇坚为人沉实，不喜欢张扬，她极少跟别人谈自己的事情。但是，熟悉她的人，却大都知道她因为写作闹出了许多“趣闻”。一天，天蒙蒙亮，她起床煮早餐了。农村的早餐，清一色是米粥。早餐煮好了，她按往常一样，赶紧叫两个孩子起来吃早餐上学去。两个孩子都很乖，从不赖床，他们起来，刷了牙，洗过脸，打开锅盖一看，锅里面哪有什么早餐，锅里只有半锅开水！原来，昨晚李勇坚又是爬格子熬到大半夜，因为睡眠时间少，脑子里迷糊糊的，加上脑中依然不停地盘旋着昨晚作品里的人物和故事，竟然忘了往锅里放米。

李勇坚热爱家庭，关爱孩子，但因为写作，也常常会引来孩子的不满。一次，儿子想买一本数学练习册，问妈妈要5元钱。妈妈说："下午我到镇上买农药，顺便到书店给你买吧。"孩子听母亲说亲自给自己买书，很是高兴。孩子上学出门时还叮咛："妈，别忘了给我买书啊，老师说，那本数学练习册，一定要快点买，等着用。"李勇坚赶到镇上，她记着孩子的叮咛，买了农药，就立刻往新华书店走去。谁知到了书店，像往常一样，看见书架上琳琅满目的书籍，她的心就立刻被那些书吸引住了。书架上有一本文学名著俄国作家果戈里的代表作《死魂灵》，这是她很久以来一直渴望拜读而未能读到的，她从书架上取下那本书，躲到一个角落，看了一页又一页，竟然把书外的一切都忘却了。不知什么时候，她好像听到一种异样的声音，一看才知道书店的工作人员正在关门下班呢。李勇坚急忙说："同志，我还在这儿，我要买这本书，还要买一本小学五年级的数学练习册。"工作人员笑笑说："嫂子，你明天再来吧，我们这店是专人收款的，收款的同志刚出门，已经开摩托车回家了。"李勇坚呆呆地站了一会儿，在工作人员按时下班目光的催促下，不得不走出书店的大门。回到家，孩子已经放学在家里等着他的练习册了，一看妈妈手里空空的，一急，竟然哭了："妈妈，你不关心我，你心里就只想着你自己的事儿。"

一边写短篇，一边写长篇

李勇坚对打扑克、打麻将从来没有兴趣，只对文学情有独钟。工作之余，她不是读书，就是练习写作。她既看中国小说，也看外国小说。《水浒传》《红楼梦》《青春之歌》《红岩》《暴风骤雨》《创业史》《高老头》《母亲》《巴黎圣母院》《钢铁是怎样炼成的》《红与黑》《牛虻》等书中的故事情节和人物形象打动了她的心。她想，人家名作家写得多好啊！我有时间，也学着写写呀！于是，她便开始进行文学创作来了。开始，写得不好，写多了，水平便渐渐提高，后来，她对长篇小说创作也产生了强烈的兴趣。

长篇小说篇幅长、容量大、人物多，所反映的社会生活比较丰富、广阔，写作要求更高一些。因此，不是每个人想写长篇小说就可以写得出来。

但李勇坚想，写！一定要写！李勇坚写作，十分艰苦，那种艰苦，是一般人难以想象的。常常，她白天在田里劳动，晚上在灯光下写到深夜，有时候，就连白天的点滴空闲也不放过。有一年夏天，她想写一篇短篇小说，腹稿打了一遍又一遍，觉得不写出来心里就不安稳了。这天中午，烈日当空，她从田里回到家中，屋子里尽管没有了野外那火辣辣的感觉，但却依然闷热得使人大汗淋漓。她决心把腹稿中的人物和故事搬到纸上。吃过午饭，一身汗水，她顾不得休息，就在收拾过的饭桌上展纸提笔，为了避免手腕的汗水把稿纸弄湿，她找来一片手帕，让手腕枕着，一写就是一个多小时。结果，枕着的手帕让汗水湿透了，写过的稿也汗迹斑斑。连女儿看着也怪心疼的，说：“妈妈，下午还要挖地呢，你就别再写了，歇一会儿吧！”

她个性执着，高中毕业后，一直在农村干活。市、镇、村干部下乡搞什么活动，村中发生什么事，她都记在心里，她生在农村，长在农村，对改革开放后农村的变化和村中各式各样的人物，早已熟稔胸中。有了生活体验，有了一定的文化素养和文字表达能力，李勇坚觉得，她完全可以创作出一些反映农村生活的长篇小说。

1983年3月，李勇坚写成了一部30多万字的以中学生走出校门参加工作为题材的长篇小说。这是她第一次创作长篇小说。这部小说写了一年多，写成后寄给广东人民出版社，广东人民出版社转给花城出版社。后来，花城出版社来信给李勇坚，讲明小说有一定的故事情节，但还未达到出版水平，希望她今后继续努力。

失败没有冷却李勇坚的心，相反，更加坚定了她执着的追求。她写小说从来不写提纲，只是心中构思，想好了就写。白天做工时，常常是她构思小说故事情节的好时光，而晚上就在昏黄的电灯下伏案写作。她熟悉农村，熟悉农业，熟悉农民。正是对生活的熟悉，激发了她不可遏止的激情，使她文思泉涌。她写作无拘无束，一个晚上一般写一两个小时，写最多的一个晚上，竟然把300格的稿纸写了23页。农闲多写，农忙少写，有时相隔1个多月才继续写，从来没有因为写作而误了农时。

1984年，她写的《我爱家乡》一文获肇庆地区青年农民征文大赛三等奖。之后，她创作的短篇小说《爱的毁灭》《一张带血的遗书》《屋檐下的女人》等先后在由罗定市文联主办的《泷江文艺》杂志发表。

1994年，她以大搞水利建设、发展三高农业为题材创作了一本长篇小说《泷江早晨》。这部小说近20万字，小说的手稿，至今还保存在家里。1995年，李勇坚以水库、水利、电站建设为题材写了半部长篇小说。这小说只写了15万多字，还未完稿。她既是这半部小说的作者，也是唯一的读者。

由于长篇创作只开花，不结果，对于她是否具备了创作长篇小说的条件和她究竟有多大的创作能力，很多人都表示怀疑。甚至连她的母亲都说："勇坚，你读书时有现在这么勤力，大学也考上了，得闲还是多休息一下，养养身体吧。"

李勇坚对未来充满自信，她没有停步不前。

20世纪70年代，当时的县委曾派出路线教育工作队到生产队挂点，到90年代初，县委又派出社会主义思想教育工作队驻村，都是与群众同食同住同劳动。工作队员的精神和作风都先后深深地打动了李勇坚，使她产生了强烈的创作冲动。1995年，她决心用手中的笔，为这些深入基层作风过硬的好干部立传。

从1995年下半年起写了一年，到1996年下半年，一本取名《康庄大道》的长篇小说脱稿了，共11万多字。这就是现在由中国戏剧出版社出版的《泷江情结》。小说以市委组织部干部刘伟成新婚后第二天下村参加社教活动，带领山区群众致富为题材，反映粤西山区农村风貌，描写刘伟成、林晓红、黎静、叶玲、小李、张景生等人物的工作、恋爱、婚姻、家庭，作品刻画了一系列的人物形象。

作家的基本能力是观察能力、想象能力和表现能力。李勇坚是如何提高这些能力的呢？她长期生活在山区里，对城里人的生活不太了解，她在作品中描写城里人的很多细节是靠看电视和看书知道的。她不会跳舞，就从电视和小说里去观察别人这些细节，看别人是怎样跳舞的，琢磨他们的心理。她曾经在县城住过一个多星期，那是参加文学创作培训班才住的。有时遇到领导之间对话，她就留心观察他们的表情。此外，别的书中描写领导的语言她也借鉴一下。很多情景都是靠自己去合理想象。她生长在农村，最关注农民的生活，于是把写作的重点放在反映农村生活和变化上。李勇坚在小说《泷江情结》中有一段主人公叶玲拜祭死去丈夫在墓前烧"纸元宝"的情节，但叶玲当时没有钱买，只好用孩子写过字的作业本代替纸钱。这样的情景是李勇坚亲眼见过的，有一次，她从村外回家的路上，看见一座坟前有人用孩子的作业本当纸钱烧，当时心里酸酸的。记忆很深，到写小说时，自然就写到这个场景。还有，李勇坚笔下有很多粤西山区的民风民俗，如“炸油卜”、“豆豉姜”、种植玉桂等细节，都是她身边常见的情景，读者一看就知道她写的都是农村的事情，她对农村的生活细节有体验，因而写起来就很顺手。

一路作家梦，一朝梦成真

《康庄大道》写出来了，370多页，但距出版成书不知还有多远。如果不能出版成书，那就意味着作者的心血成果只不过永远是一堆写了字的稿纸。

在市场经济时代，一般作者出书必须自付经费。出版1000册书，作者就要拿出近2万元。这对于生活在农村的李勇坚，难度可想而知。

在1998年11月，李勇坚带着她的长篇小说手稿来到罗定市文联，罗定市文联的同志粗略地看了一下，认为她写作的技巧、修辞、语法等方面都没达到出版水平，就把她的手稿放在箱子里，一放就是三年。

刚开始信心十足的李勇坚，满怀希望地等待了三年，最后还是得知自己的小说不能出版。作家梦落空了，她的心里该是怎样的失落呢？后来，李勇坚来到罗定市文联，要回了她小说的手稿。

李勇坚觉得，自己所写的题材那么好，即使是写作基础不好，别人也可以帮助她，她认为还有机会。李勇坚就如她的名字一样，勇敢、坚强、乐观。她吸取经验，不断进步着，她也从中获得了更多的信心。

2003年4月，李勇坚创作的短篇小说《鸳鸯失伴》获得了“龙岗杯”2002年罗定人小说创作大奖赛三等奖。获奖事小，鼓励事大。时刻惦念着出书的李勇坚再次鼓起勇气，又一次跑到罗定市文联办公室。看过李勇坚的书稿，大家觉得她作为一名农村妇女，在艰苦的环境当中能够长期坚持写作，这种精神相当可嘉。她的书稿是反映农业、农村、农民问题的，内容健康，主题突出。

大家打算帮助李勇坚出版这部长篇小说，鼓励她把书稿送到云浮市文联，争取上一级文联的支持。2003年5月20日，李勇坚果然捧着她的手稿，来到了云浮市文联办公室。云浮市文联的同志热情接待了她，并把此事告诉了云浮市人大常委会副主任、云浮市作家协会主席叶沃森。叶沃森听了汇报，非常感动，当场拍板："要大力支持李勇坚出书，圆她作家梦。如原作还未达到出版水平，要找专人修改达到出版水平，出版经费由我联系落实。"

两个月后，李勇坚对原作进行了一次修改。可是，由她本人写，本人修改的书稿，经行家一看，还是有许多不足之处。怎么办呢？罗定市文联专门请了一位本地作家何先生直接协助作者对作品进行修改、润色。之后，云浮市作家协会也安排一名云浮的作家陈先生对书稿再修改、再润色。时间到了2004年3月底，书稿终于改完了，字数已由15万字变成20多万字，书名定为《泷江情结》。最后，由云浮市文联把书稿寄给中国戏剧出版社出版。

中国戏剧出版社女编辑李宝云看了书稿后，对《泷江情结》下了这样的评语："这是一部不错的长篇小说，它真实生动地反映了粤西山区在改革开放的大好形势下，贫穷落后的山区农民在基层政府部门和干部的带领下，走奔康致富的道路，终于改变了家乡的面貌，迎来了丰收的喜悦。该书文笔流畅，情节描写细腻，人物性格也较鲜明。本书作者是一位农村中年妇女，她凭着自幼对文学创作的执着，对生活丰厚的积累，用数年时间完成了她第一部长篇著作，这种精神和毅力都令我感动和钦佩。祝她有更多更好的作品问世。”

李勇坚创作的长篇小说《泷江情结》出版了。她笑了，关心她的有关领导笑了，关心她文学创作的同志和朋友也笑了。她十分感谢所有关心她的各级领导和同志们，那种感激之情，是无法用语言来形容的。李勇坚说：“听说上级帮我出版小说，我好几天都高兴得睡不着觉。特别是出版后政府还专门为我这本书举行首发式，这更是我没有想到的。我想多写几部小说，当一名农民作家，把身边的农村发展情况写出来。我对农村了解，我只打算写农村的事情。我的生活在农村里属于一般化，困难一点，可我都习惯了，没有什么影响，我晚上写作都不计较电费。一个农村妇女能做什么贡献？我认为把身边有价值的东西写出来，送给别人看总是有意义的。”

长篇小说《欧阳海之歌》的作者、著名作家金敬迈说：“就是一个要为一日三餐，要为一年的温饱，要在地里干活，是面朝黄土背朝天的这么一个劳动者写出的一本书，我认为这是‘了不起’的，这也是一种奉献精神，她牺牲她的休息、睡眠、娱乐时间。有一点空，她就趴在桌上写几个字。李勇坚这种精神实在是值得发扬，值得表彰，值得宣传。”

李勇坚被吸收为罗定市作家协会会员、云浮市作家协会会员和广东省作家协会会员。

为推动文学创作，中共罗定市委、罗定市人民政府在2004年12月16日专门举行了“农民女作家李勇坚《泷江情结》首发式”“罗定市文学爱好者座谈会”和“文学之夜大型文艺晚会”。一夜之间，李勇坚的名字被传开了。紧接着，《南方日报》、《羊城晚报》、《广州日报》、香港《大公报》、《美国侨报》、南方网、金羊网等国内外新闻媒体对李勇坚的事迹分别做了详细的报道。她作为一名农民，白天干农活，晚上写小说，被评为全国劳动模范，于2005年4月30日到北京人民大会堂光荣领奖，并与胡锦涛和温家宝等中央领导合影留念。在中国文学史上，李勇坚是第一位农民靠写长篇小说获得全国劳动模范的人。

李勇坚被省妇联授予“广东省三八红旗手”称号。她还被选举为云浮市人大代表和推选为云浮市政协委员。李勇坚突然之间成了“名人”，村里村外的人都知道了这位农民女作家。《南方日报》和广东电视台等媒体的记者都来采访她，问她今后有什么打算。李勇坚说：“我不追求什么名利，不追求什么富贵的物质生活，能够生活下去就行了。我好开心，在写作方面会继续追求的。”

《泷江情结》的出版，使李勇坚激动得热泪盈眶，这是激励她前进的动力，她决心在今后创作的道路上取得更大的收获。2004年2月，李勇坚所在的家乡田心村高车村民小组是禽流感疫区，她目睹上级领导带领群众战胜疫魔的一幕幕情景，决心用手中之笔，把党和政府的关怀写成小说。到2009年3月，她又创作出16.5万字的长篇小说《温暖》。

勇闯文坛，日农事，夜笔耕，专心著述牵情结；
坚持理念，苦不惊，难无畏，矢志振兴话泷江。

这就是对李勇坚的写照。

20多年来，李勇坚写了四部半长篇小说，已经出版了一部。她农民的身份不改，她创作的热情不减。人们对她寄予厚望，祝愿她有更多的好作品与读者见面。李勇坚的成功不仅对她影响至深，还辐射到了他们村，甚至全镇。在李勇坚的带动下，黎少镇这几年“冒出”了十多位“作家”，使这个地处粤西山区的小镇声誉鹊起，“李勇坚”式的农民作家在这里生根开花结果。黎少镇结合实际，还率先成立了全省首个农民文学创作协会——黎少镇农民文学创作协会，农民们爱好文学的氛围更浓厚了。黎少镇被评为全省文学创作先进单位，获得了广东省作家协会的表彰奖励。

李勇坚的家乡，四面环山，树木葱茏，溪水清澈。人们说，这青山，这秀水，都是出人才的地方。也许，真的正是这青山绿水，滋养了李勇坚的灵性，滋养了她的坚韧与执着，使她勇往直前，坚持到底，冲破命运的束缚，为自己，为社会唱出了一首自强不息的赞歌。要不，一位普普通通的农民，一位普普通通的农村妇女，何以有那么高扬的心智？有那样不屈不挠令人惊羡的毅力？

人，只要不是傻瓜，不是白痴，总会有梦想，总会有追求。有的人追求金钱富贵，有的人追求名誉地位，这些，都没有错。然而，李勇坚，她不稀罕金钱富贵，不稀罕名誉地位。作为一位农村妇女，一位日出而作，日落而归的农妇，什么金钱富贵、名誉地位之类，几十年来，她连想都没有想过。她追求的，只有一个农民女作家的梦。其实，在商品经济、物欲横流的年代，不是名作家靠写作是很难致富的，有的甚至亏本出书。写作的人，必须守得住清贫，耐得住寂寞，李勇坚令人钦佩之处恰恰就在于此。尽管世事变幻，她渴望当作家的初衷，她渴望当作家的梦想始终如一。人们敬重她的追求，敬重她那勇往直前，坚持不懈，不屈不挠，不达目的誓不罢休的精神！

2017 年 12 月

一片丹心系民生

王　辉

转眼间，广东省云浮市人社局劳动监察支队（科）支队长、科长黄爱群已经在劳动监察岗位上坚守了13年。

13年，她不知道进过多少工地车间，只记得路走了一条又一条，脚肿了一回又一回；

13年，她记不清调解了多少劳动争议案件，只记得喉咙一次次沙哑疼痛，眼睛一次次发涩变红；

13年，她算不出帮农民工讨要到过多少工资，只记得少则三五百，多则上千万。

夜深人静，她常常追昔抚今。累吗？累！近3万家企业劳动关系维护、数十万名劳动者权益保障的担子，压在一个重不过百斤的女子肩上，怎可能不累不难？甜吗？甜！看到争议因自己的调解而消弭，看到农民工追回工资后的笑脸，看到获得的全国先进工作者荣誉，总有一股暖流激荡在心间。后悔吗？却无言。想到近在耳畔的劳动者发自肺腑的感激，她欣喜、满足；想想远在千里很少得到母爱的女儿，她愧疚、遗憾。

东方破晓，当那身蓝色制服再次穿在身上，种种情绪全都烟消云散。此时的黄爱群，满脑子想的只有工作、工作、再工作：审合同、查档案、去工地、下车间……就这样，她过了一天，一天，又一天。

一

2002年，带着一纸调令，24岁的黄爱群推开云浮市劳动保障局劳动监察科的大门，成为这里的一名工作人员。

学习废寝忘食、奔波从不言苦、加班任劳任怨……八年后，工作表现有口皆碑的黄爱群被任命为劳动监察科科长，也是当时广东省唯一一名女监察科科长。

一个女孩子家，干得了这活吗？望着黄爱群娇小的身影，一个问号在众人心中升起。

问号的背后，是严峻的现实。彼时的云浮，不少企业管理水平偏低，用工制度不甚规范，导致侵害职工合法权益现象频频发生。与此同时，劳动者维权意识虽有所增强，却也存在着维权方式不科学、不理性等问题，一遇争议，就采用爬高楼、堵马路、围政府等极端手段。承担着督查全市劳动法规执行情况任务的劳动监察科处于矛盾冲突的最前沿，监察工作急、难、险。

“既然干了，就一定要干出个样！”面对质疑，黄爱群默不作声地下定决心。

2010年农历腊月廿五，急促的电话铃声在黄爱群办公室响起，有人反映，市区一处建筑工地拖欠80多名农民工工资约60万元，农民工们正在聚众讨薪。她撂下电话就直奔工地。

“啊？怎么下来个孕妇呀！”车门打开，正吵吵嚷嚷的农民工愣住了。此时，黄爱群已怀孕8个多月，虽然需要用手撑住腰杆才能站稳，虽然腹中的孩子不时踢打，但黄爱群仍一步一挪来到农民工身边：“兄弟们，大家不要吵、不要急，你们的工资我肯定帮你们拿到，请你们放心！”

待大伙情绪有所稳定，黄爱群要求工人派出5位代表与开发商谈判，自己则坐在中间充当调解员。在她的耐心调解下，协议很快达成。

“黄科长，问题解决得差不多了，你早点回家吧，我在这盯着就行。”同行的同事提议。

“那咋行，我要看着他们拿到钱，不然回去心里也不踏实。”黄爱群坚定回应。

等待、排队、发钱……直到亲眼看到80多名工人将58.6万元工资一分不少地拿到手中，黄爱群才放心离开。此时，已是深夜11点。

第二天一早，腹部剧痛的她就住进了医院。中午12点，她的女儿出生了。

“爱群，你之前干活太拼，这次一定要好好歇歇。”“黄科，一定要好好照顾好闺女，这可是你的小棉袄。”前来探望的亲戚同事，你一言我一语地劝导。

谁知刚过一个月，得知云浮市即将开始维稳工作检查的黄爱群又出现在了办公室。大伙先是一愣：你不要命了！再是惊叹：你这精气神，不服不行！

“爱群，你这样干太辛苦，有些事完全可以让手下的人先往前冲。再说你一个女孩子，老是去这种场合也不合适啊。”常和她搭档执法的“战友”、云浮市住建局副局长吴建华好心提醒。

但在黄爱群看来，领导不只是指挥家、发令枪，还应是实干家、大脚掌："那种只会喊给我上，自己却坐在办公室听汇报的领导，我看不上，也做不到！"

2014年，得知云浮市臻汇园建筑工地农民工工资被拖欠，黄爱群照例第一时间赶到现场，刚一进屋，就被农民工围得里外三层。有的话说得含蓄："黄科长，您是我们的主心骨，得和我们一起并肩战斗。"有的话说得直接："我们不拿到钱，你就别想走。"

黄爱群回答得毫不含糊："我就是来解决问题的。事情不解决，即便你们赶，我也不会走。"

20多平方米的简易工棚内，黄爱群忙着和包工头确认工人名单、出勤量，催促承包商尽快筹措资金，饿了就拿碗泡面打发肚子。一直到凌晨4点，农民工带着满意的结果离开后，两眼发涩、头脑发蒙的黄爱群才驱车回家。

二

出身农家，经历过土里刨食、山中拾柴艰辛生活的黄爱群，对普通劳动者始终怀有一份特殊的感情。"一份工资或是一份社保几乎是他们全部的经济来源。如果连这些权益都维护不了，我们对不起自己的职责。"

2003年，一个口音浓重的妇女推开了黄爱群办公室的门："你今天要不把问题解决了，我说啥也不走。"

"大娘，有啥事您尽管说，别着急。"黄爱群一边起身给老人倒水，一边柔声询问。

“社保费我缴了好几年，现在退休了凭啥领不到养老金？”老人愤愤不平。

原来，老人社保缴费未满10年，按照当时政策规定，无法领取养老金。但老人听不进黄爱群的解释，情绪还突然激动起来：“没有养老金我靠什么活？你们这是把我往死路上逼，我现在就死给你们看！”说罢起身就朝窗户方向冲去。

黄爱群急忙拉住老人做起了思想工作：“大妈，您要真缺钱，我先垫给您。我们真的想帮您，但政策不允许……”

甜甜的笑、真心的话、耐心的劝，逐渐温暖了老人的心：“行，闺女，我就信你这一回！”

老人走了，黄爱群却没有停歇。她立即赶到老人所在的单位，查清问题根源，核实老人所述。

一年多后，允许补缴的政策出台。黄爱群立即电话通知老人。电话那端，老人声音颤抖：“闺女，你是真上心啊，谢谢！谢谢！”

类似的事情不胜枚举。

面对因劳动争议而到接待大厅“静坐”的农民工，她总是微笑着聆听他们介绍情况。

面对身无分文前来求援的农民工，她一边“霸气”承诺：“你放心，你的事我们一定管，一定管到底！”一边从兜里掏出几十块钱，硬塞到他们手中：“拿去，买张车票，吃顿饭。”

面对因工资被拖欠，情急之下爬上楼顶的工人，她在楼下拿着扩音器扯着嗓子劝：“老婆孩子还在家里等着你呢！你咋这样对他们不负责？”“我是人社局的黄爱群，有我在，你的事就一定能解决！”

劳动者是最朴实的，谁把他们记在心上，他们就给谁最真的感谢。

过年了，一条条短信从天南海北飞到黄爱群手中：黄科长，我们已经平安到家了，谢谢您；黄科长，您是我们的大恩人，我们一辈子都记着您。矛盾解决后，农民工把一面面锦旗送到她手上，“秉公执法，为民解难”“依法保障人民权益”的遒劲大字，表达着他们的爱，倾诉着他们的情。

工作稍有闲暇，黄爱群总是往企业里扎：“连企业的情况都不明白，怎么预防矛盾？怎么调解争议？”

辖区内企业众多，但黄爱群从不走马观花。看到不规范的劳动合同，她手把手指导：“这几项规定不科学，工人很难落实。”发现有些工地考勤制度不严，她建议老板制作考勤卡，详细准确记录员工每天出勤情况，避免日后出现争端。

次数多了，日子久了，企业老板和人力资源负责人都跟她熟络起来，有事没事总往监察科跑，甚至对劳动合同中拿不准的地方，也会第一时间拿给黄爱群看过才签署。

“你这不是给自己找事吗，图啥？”旁人不解。

“帮着看几眼合同能耽误啥。再说，合同规范了，劳动关系也可能更和谐，咱以后的工作也少些麻烦不是？”黄爱群说。

三

做好劳动监察工作，不仅需要强健的体魄，娴熟掌握业务知识，更需要坚守原则。

为逃避处罚，一些企业常将礼品甚至现金往黄爱群手中塞，她总毫不犹豫拒绝；有企业请她吃顿饭，她同样婉言谢绝。她也要求同事不仅要管住手，还要管住嘴：“吃人嘴短，它会让你的心往企业倾斜，甚至站在劳动者的对立面。”

2014年，云浮市开展社保扩面征缴工作，几个迟迟不缴的“钉子户”让工作人员犯了难。

求援的电话打到黄爱群办公室。她放下电话，带上监察员就直奔规模最大的一家。

看着身着制服的黄爱群从执法车上走下，自恃见过大世面的老板却不慌不忙：“吓唬谁啊？你们破坏招商引资的环境，看我不告你去。”

“随便！这样的违法企业，哪儿也不欢迎！”

“一个小科长口气还那么大，小心你的乌纱帽！”

“我要是怕这个，今天就不来了。”

见黄爱群寸步不让，老板不死心，竟说服所在地政府设宴款待黄爱群及云浮市人社局领导，但黄爱群的态度同样坚决——饭一口都不会吃，钱一分都不能少。

老板不得不一次性补缴了587名劳动者的社保费，并整改了超时加班的违法行为。云浮市社保扩面工作自此开始畅通。

2010年以来，黄爱群带领的劳动监察执法团队妥善处理监察、信访案件6715宗，群体性突发性事件226宗，为25,196名劳动者追回劳动报酬等待遇1.86亿元，结案率达100%。

女儿7个月大时，看到黄爱群实在忙碌，公婆提出将孩子带回湖南老家抚养。

看着刚刚会爬的女儿，黄爱群万般不舍。但想想自己和丈夫整日奔波在外，公婆又难以适应云浮生活，她又只得狠心接受。

从此，7、8两月就成了黄爱群和女儿每年一次的固定见面时间。已经4岁半的女儿在她身边的时间共计不到一年半。

但融于血脉的亲情并不会因为距离的拉长而有丝毫的改变。

女儿会叫妈妈了，电话那端一声声稚嫩的呼喊让她心里又甜又酸；女儿会唱歌了，跑调又忘词的哼唱能让她笑上好几天；女儿要上幼儿园了，她邮去书包文具，想象着女儿上学路上的欢快，担心着女儿在新的环境是否会哭闹……

每当黄爱群拖着疲惫的身体回到冷清的家中，对女儿的思念就会愈发强烈，一个问号也在她心上盘旋——这样的付出是否值得?

想到5年来云浮市重大劳动纠纷群体性事件和越级上访等集体性事件“零”的纪录，以及和谐劳动关系在云浮市一家家企业的出现，这个问号就会消失不见。

她知道，这是自己多年付出的价值和意义所在；她相信，等女儿长大看到这些，也会对她多一分理解和赞同。

于是，当太阳再次升起，黄爱群又会精神抖擞，学习废寝忘食、奔波从不言苦、加班任劳任怨……

就像13年前，她推开劳动监察科大门的第一天。

2016 年 12 月

她“炫”亮了云浮文化

刘江波

点一把火，“烧”旺广场文化；

助一臂力，“炫”亮民俗文化。

在粤西山区云浮市群艺界，胡锡娟可谓是一个家喻户晓、德高望重的名人。在过去的10多年间，她用自己的澎湃激情，带动了山区群众文化零星泛光、蓬勃发展；她用自己的无私执着，使独具云浮特色的民俗文化吐故纳新、走向全国……当时作为云浮市群众艺术馆（文化馆）馆长、非物质文化遗产保护中心主任的她，先后获得了全国文化系统先进工作者、全国劳动模范和先进工作者等殊荣。

2002年，时年45岁的胡锡娟身为群众艺术类拔尖人才，从韶关市被引进担任云浮市群众艺术馆（后更名为“文化馆”）馆长。从此，她便在粤西山区这块群众文化的荒芜之地“点火”，并将之越烧越旺，以不可阻挡之势在全市迅速蔓延开来，使这块曾经的“荒漠”变成了群众文化的“热土”。上任伊始，胡锡娟看到云浮的群众文化活动比较冷清，便陷入了深深的思考："群艺馆包含'艺'字，它的根基是群众。我这个文化管理行业的新兵，是来为云浮的群众文化做实事的，我希望能将这里的群众文化带起来。"干事雷厉风行的她说干就干，当时群艺馆还没建馆，她就紧抓广场文化不放。没有场地和音响设备，她就争取政府的支持，为每个露天舞场配备音响设备；没有经费购买道具，她就用绿豆填充的易拉罐，让群众用它来打节奏跳新秧歌舞；到广场跳舞的人少，她就和馆员每晚到广场带着群众一起跳；为了吸引更多的群众走进广场，她争取企业赞助服装，购置了近千套演出服装，免费赠送给参与广场文化的群众……在胡锡娟的积极组织推动下，云浮市的广场舞由点到面，逐步全面铺开，活动点从1个发展到28个，参与者从几十人发展到后来的上万人。舞种由简单的健身舞、交谊舞发展到国标舞、集体舞、迪斯科、肚皮舞、街舞等10多种，还组建了群众腰鼓舞队、秧歌舞队、健身舞队、广场舞队、国标舞队、交谊舞队、街舞队等。由胡锡娟策划、创编，连续举办了10多年的"正月十五闹元宵万众同乐贺新春大型广场舞会"，已成为云浮市特色文化活动品牌。胡锡娟说，广场文化是一个没有时间和场地限制的大舞台，只要你能跳会唱，无论是3岁还是70岁，无论是领导还是平民百姓，或者是前来观光旅游的朋友，都可以加入其中。

胡锡娟对云浮群众文化有着火一样的热情。每天早上6点半，天还没亮，她就出现在广场上，与晨练的群众一起跳舞，并不停地鼓励他们："跳得不错，你们学得真快！"还没到8点，胡锡娟第一个回到文化馆，便开始马不停蹄地工作：打电话、接电话、处理馆内事务、安排工作、开会、与上级领导沟通工作、联系演出……忙得不亦乐乎。中午，在市府食堂吃完饭后，胡锡娟又急忙赶回办公室。晚上，从乡镇送戏下乡演出回来，尽管已经很累，胡锡娟还是要到广场上看一看。十一二点回到家时，女儿已经睡了。她忙完家务后，疲惫地躺在床上时，已经是凌晨一两点。

第二天早上，太阳照常升起，胡锡娟又开始忙碌的一天……像一只不知疲惫的陀螺，累并快乐地旋转不停，这就是胡锡娟的快意生活。

2010年，时任云浮市委书记、现任国家住建部部长的王蒙徽认为，广东大西关——山区城市云浮要实现跨越式发展，不能迫于地区生产总值等经济指标而急功近利、盲目发展，必须发挥云浮的优势，走出一条不同于珠三角“熟路”“套路”的科学发展之路。决策者们从当地的优势出发，从云浮人民的愿望出发，逐步凝聚成了“美好环境与和谐社会共同缔造”的发展理念，提出要“把我们好的做得更好，以我们的更好去吸引别人的更好，特别是吸引高附加值的人”，因此，云浮特别注重生态保护与宜居城市的建设。随后，以对市人民广场及周边市民活动场所的升级改造为主要内容的宜居城市一期工程正式动工。工程对南山森林公园绿化、亮化，对配套设施进行修缮，建起了极富云浮特色的“石材展示大道”，对人民广场、一河两岸、博物馆等建筑及附近的市民活动场所进行改善。包括步行系统及环城自选车道的城市慢行系统的建成，不仅为市民提供了健康、环保、安全的出行方式，而且成为云浮最为独特的城市标志。

抚今追昔，胡锡娟感触颇深。云浮人民广场扩建后可容纳千人唱歌跳舞，从人民广场到市府前的草地，从露天电影放映场到南山森林公园，这一整片区域成为市民晚上最喜爱的活动场所。云浮的夜晚是既欢乐又祥和的。吃过晚饭，三三两两的市民开始向城中的各处休闲场所汇聚。在人民广场，上千人在音乐的伴奏下翩翩起舞，场面壮观。市民们对刚刚升级完善的城市休闲健身场所是如此满意，跑步、跳舞、登山等已经成为不少云浮市民生活中不可或缺的部分。数据显示，每天早晚到市内主要活动场所休闲健身的市民达到1.5万人次，而云浮的市区总人口也不过20多万人。

宜居城市的硬件建设改变了云浮人的生活方式。打麻将的少了，泡网吧的少了，有的人跳舞上瘾，有的人跑步带劲。时任云浮市文化馆馆长的胡锡娟讲述了一个让人感动的故事：一名智障的男孩儿坚持数年到人民广场跳舞，学会了40多种广场舞，后来更成为领舞。他跳舞的时候谁也看不出这是一个智力不健全的孩子，他最发愁的事儿是下雨跳不了舞。这个在跳舞中找到了人生意义的男孩被周围的人称为“舟舟”，意指他和那个指挥乐队的智障孩子舟舟一样有着独特的才能。

2014年10月25日，广东省“新农村舞蹈教室”在云浮市云城区安塘中心小学挂牌。在授牌仪式上，安塘中心小学校长温达千感慨万端：省舞蹈家协会为该校提供了这样一个高规格的艺术教育平台，提升了农村学校的艺术教育水平。作为市舞蹈家协会主席的胡锡娟殷切寄语农村学校加强艺术类别培养，提升艺术教育水平。师生们聆听后备受鼓舞，对提高农村少年儿童艺术素质，推动城乡教育均等化增强了信心。

据初步统计，胡锡娟带领文艺团队和志愿者投入大量精力，先后培训文艺骨干2600多人次，社会文艺爱好者8000多人次；创立了8个群众文化艺术培训基地，培训了合唱、舞蹈、书法、美术、钢琴、健身操等近20个项目。另外，特色鲜明的露天电影、“红色经典歌曲”也深受群众欢迎。胡锡娟的这把火，为云浮市的群众文化“烧”出了三个国家级的奖项：“群星巾帼文明健身队”被授予“全国亿万妇女健身活动——巾帼文明健身队”称号、市人民广场荣获“全国特色文化广场”称号、“正月十五闹元宵万众同乐贺新春大型广场舞会”被评为“全国特色广场文化活动”。

胡锡娟拥有很多崇拜她、爱戴她的“粉丝”。每天晚上，只要她出现在广场上，群众都热情地和她打招呼；几天没见她，群众就会给她打电话问行踪；有的人将自己亲手做的小礼物送给她；有的人看到她早出晚归辅导群众跳舞，人都被晒黑了，便特意给她送来了珍珠粉和洗面奶。捧着这些小礼物，胡锡娟的心里甜丝丝的，她说：“这些礼物饱含了群众的一份深情。”

云浮是禅宗六祖惠能的故乡、南江文化的发祥地，禅宗六祖文化、石艺文化、南江文化文脉深厚，丰富的非物质文化遗产遍布城乡。保护和利用好非物质文化遗产，显得尤为重要。2010年4月29日，由云浮市文化广电新闻出版局主办的“云浮市民俗文化学术研讨会”在市文化馆二楼会议室举行。云浮市直单位、各县（市、区）近60位专家学者聚集一堂，共同研讨民俗文化资源现状，内容涵盖云浮历史文化、民俗艺术，特别是云浮地区独特的民俗节庆、文化产业、民俗旅游业与可持续发展等内容，专家学者们形成共识：要在保护中继承，在继承中发展，在发展中创新，充分发掘民俗文化，大力弘扬中国传统节庆文化。

借此东风，兼职云浮市非物质文化遗产保护中心主任的胡锡娟主动作为、广泛发动，在全市范围内掀起了一股对民俗文化发掘整理、继承创新、包装打造、推陈出新的热潮。不论是当选政协委员还是人大代表，她都不遗余力鼓与呼，深入农村实地调研，积极撰写建议、提案等可行性报告，由她与13位政协委员联名提交的优秀提案《关于创建云浮石文化主题公园或“云浮石艺主题公园”》，获得市政协重点督办，将云浮400多年的加工石板材和雕刻云石工艺历史结合起来综合考虑，形成了酝酿多年的云浮石文化爆发点。

在胡锡娟以及一帮同事的努力筹备后，当年6月18日上午，云浮市启动非物质文化遗产活动周活动，并为第一、二批市级非物质文化遗产名录项目颁发牌匾。本次系列活动为期7天，内容包括主题晚会、实物展示、民间技艺展演等，面向全体市民开放。活动主要展出云浮市的非物质文化遗产和保护成果，包括各种民间美术、石材雕刻、根雕、扎作、编织等民间艺术，浓缩了云浮的多元化基因和艺术精品。此外，还邀请了全省各地有高超技艺的民间艺人现场表演，其中佛山、江门等地的民间艺人进行的提线木偶、木板年画、剪纸等高超技艺表演获得了观众的高度赞赏。近年来，胡锡娟还不断通过专题汇报、沟通协调，促使云浮市文化职能部门把非物质文化遗产保护工作作为当前重要的文化建设工程来抓，非物质文化遗产保护工作取得了显著成绩。“禾楼舞”被列入国家级保护名录，“云浮石艺”等9个项目被列入省级保护名录，“横经席制作技艺”等20个项目被列入市级保护名录。

素有民族舞蹈“活化石”美誉的广东南江文化“禾楼舞”入选上海世博会后，郁南县文化部门表示，集体“禾楼舞”热在发源地悄然流行。在上海世博会上，广东馆在地域特色、国际视野的布展中被世人称道，而“禾楼舞”以典型的古老广东文化，展现富有地方风味的舞蹈。

郁南“禾楼舞”是秦代南江流域（现广东云浮郁南县连滩镇）乌浒人在庆丰收、祭祀神灵时跳的一种舞蹈，至今已有2000多年历史，以国内民族舞蹈“活化石”的声誉入选国家级非物质文化遗产保护名录。学者考证，禾楼舞起源于汉代居住在南江流域的越族乌浒人，是原始巫文化流变与傩文化结合的产物。

随后，“禾楼舞”故乡郁南县制订系列“禾楼舞”的培训方案，安排“禾楼舞”传承人为主要教练，不定期实地培训达5000多人次，是目前熟悉跳“禾楼舞”的人数之最。许多古稀的民间老艺人表示，禾楼舞后继有人。据介绍，每年的正月十五元宵节，郁南连滩镇都要举办禾楼舞，舞者戴面罩，头顶蓑帽，足蹬麻鞋，身穿黑衣，晚间手持火把围绕火堆亦歌亦舞，村民在河滩竹林边围着火堆观赏。除此之外，“禾楼舞”还在“第十届中国民间艺术节”精彩亮相，参演这些活动的筹划准备、全程保障，都凝聚着胡锡娟和“非遗”保护工作者的热情和心血。

文化馆工作人员除了日常的工作外，还肩负很多的重任：创办广场文化活动、承办文艺演出、举办展览、培训群众、送戏下乡、组建民间文艺团体、出外演出比赛……繁重的任务，令他们常常加班加点，但大家都毫无怨言。因为胡锡娟的以身作则为他们树立了榜样。云浮市文化馆副馆长陈焕说："胡馆长不仅负责馆内的日常管理工作，还负责舞蹈家协会、非物质文化遗产保护等方面的工作。这么多的工作都需要考虑如何做好，也只有她才有这么好的精力，换成另一个人，肯定做不来。"性格开朗的胡锡娟能文能武，能唱能跳。她经常走到群众中，与群众同跳同唱同乐。在教群众唱爱国歌曲时，她会将一个笑话、一件小趣事或者一个小游戏贯穿于教学中，让群众在玩中学、在学中唱、在唱中乐。在群众眼中，她不是一名高高在上的文化馆馆长，而是他们中的一员，因为她的心已经深深地根植在群众中了。

前几年，韶关市想把胡锡娟调回去。为弥补对家庭和女儿的愧疚，她曾经动过回去的念头，但最后还是选择留下。她说："人都有一个寄托。我的感情寄托就是云浮的群众文化。这里的人民很和善，我越来越喜欢云浮了，我愿意做一棵扎根山区的小草，为云浮的群众文化事业默默奉献。"胡锡娟在人民大会堂接受"全国文化系统先进工作者"的荣誉时，心情非常激动："云浮的群众文化之所以能发展到今天的规模和水平，离不开市委、市政府的格外重视，离不开文广新局的正确领导，离不开文化工作者的辛勤耕耘，离不开社会各界的鼎力支持，更离不开文化志愿者的无私奉献，离不开群众的积极参与。现在，大家将荣誉给了我，也给了我继续前行的动力。"近年来，胡锡娟一直担任云浮市文化广电新闻出版局副调研员，兼任云浮画院院长。"音乐有休止符，但我对群众艺术、民俗文化的追求是永无休止的。"胡锡娟深情地说，"群众艺术、民俗文化，是我生命中割舍不了的一份情。就算我以后退休了，也还会用不同的方式继续我的群艺民俗文化事业。"目前，胡锡娟已办理好退休手续，正式离岗去职。但是，我们有理由相信，一个对群众艺术时刻充满激情，对民俗文化无私执着追求的人，不管在任何舞台，都能散发出令人炫目的光和热。

2017 年 3 月

心灯照亮另一片天空

洪盘东　梁炜江

一

争当“人民满意的公务员”，是千千万万公务员的美好心愿和共同追求。2004年，在全国评选中，广东有两人获此荣誉。

2004年8月31日，全国第六届“人民满意的公务员”表彰大会在京隆重举行。新兴县看守所女民警李冠芬被国务院授予全国“人民满意的公务员”荣誉称号。

李冠芬站在领奖台上，受到了党和国家领导人的亲切接见。一种激动、幸福、喜悦的心情涌上了心头。她的眼睛湿润了……是啊，在人生走过了51个春秋的今天，她做梦也不会想到，党和国家给予她这个殊荣，这既是她18年来把爱洒向监所的印证和回报，也是为广东警队增添了光彩。

在京期间，李冠芬受到了公安部主要领导的接见。

9月2日，李冠芬载誉归来。当有人问她这次被评为全国“人民满意的公务员”，赴京参加表彰大会有什么感受时，她不假思考地说：“要加倍努力工作，来报答党和人民给予的荣誉，让人民更加满意。”

李冠芬自1987年从警在新兴县看守所工作18年来，曾23次被评为先进工作者，6度被评为优秀公务员，近年来先后被评为“全国优秀人民警察”、首届广东省“十佳”看守民警、广东省优秀共产党员，当选为广东省第九届党代会代表。

一串串的奖项，折射出李冠芬从警18年来的一个个动人故事，书写了她情系监所、让人民满意的动人篇章。

二

人，都是从历史走过来的。

1953年，李冠芬出生在禅宗六祖故乡一户李姓的普通家庭。新兴县是禅宗六祖的故乡，李冠芬出生在这片土地上，自小受到禅宗六祖文化的熏陶，养成了吃苦耐劳、慈悲为怀、充满爱心的品质。

提起她所从事的这份工作，与其说，是组织的安排，倒不如说，是她主动的选择，并义无反顾、无怨无悔地付出了青春热血，洒下了辛勤的汗水和心血。

李冠芬之所以主动选择这份工作，与她平时受到丈夫的影响不无关系。

1986年，疼她、爱她、与她相依为命的丈夫被病魔无情地夺去了生命，永远离开了她和亲人，离开了他热爱的工作岗位。看着年迈的婆婆，搂着两个尚未懂事的孩子，李冠芬泪如雨下。当时，她正值一个女人如鲜花灿烂般的年龄，却要承受这样的生离死别。今后的生活怎么过？年迈的老人和年幼的孩子怎么办？李冠芬悲痛欲绝。

但是，李冠芬知道，自己不能倒下。丈夫离去了，她就是家中的顶梁柱。丈夫未能完成的责任，她得接过来独力承担；丈夫未能实现的愿望，她要尽最大的努力去实现。她不能就此倒下，她要坚强地站立起来。

李冠芬的丈夫生前是新兴县公安局的法医，从丈夫的身上，李冠芬学到了不少医学知识，也了解到从警的艰辛。出于对丈夫深沉的爱，也出于对公安工作的热爱和追求，李冠芬决定继承丈夫的遗志，当上了一名人民警察。

1987年9月一个阳光灿烂的早上，当李冠芬将要离开乡村医疗所时，当地的群众闻讯纷纷赶来相送。

李冠芬依依不舍与群众惜别，乘着公共汽车，从新兴东成大地出发，伴随着一路滚滚的沙尘，开始奔赴新的人生征程。

时值金秋，第一次离开她洒满青春汗水的乡村医疗所，离开亲爱的父老乡亲的李冠芬，携着简单的行李，坐在汽车的硬座上，望着窗外飞速掠过的山山水水，田园连片，阡陌纵横，江河交错……古老而新兴的大地，许多地方还是一片郁郁葱葱的绿色，间杂着点点黄金。人们开始了秋天的收获。

嵌镶在汽车车厢顶部的扬声器正在播放着时下青年们最喜欢唱的世界名曲《共青团员之歌》：

听吧！战斗的号角发出警报，
穿好军装，拿起武器，
共青团员们集合起来踏上征途……

听着这首充满豪情壮志的“离歌”，一股豪情夹杂着难舍难分的离别之情似潮水般冲击着李冠芬的心扉，热血在她浑身贲张奔腾。

啊，自己从此就要走向新的人生了。

三

秋日的阳光，照耀在看守所医务室门前那株树姿优美的紫薇上，一簇簇紫红色的紫薇花，心有灵犀通人心，开得那么迎时，开得那么热情奔放，好像在热烈欢迎新来的主人。

新的工作环境、新的工作岗位、新的服务对象，李冠芬怀着满腔热情走上了新的工作岗位。上班伊始，工作不顺利。

新兴县看守所集看守、行政拘留和强制戒毒于一体，工作条件艰苦，任务繁重。由于仓容长期满负，监所的防病治病任务特别繁重。李冠芬作为这里唯一一名“所医”，承担的工作压力之大可想而知。

第一天上班，李冠芬提着药箱来到仓室，语气平和地做了一番自我介绍后便开始工作。仓室里的人犯，不约而同地怀着异样的眼光向李冠芬扫了过来。望着那些仇视、凶狠、阴森的目光，李冠芬不由得打了一个冷战。

关押在监所里的除了杀人、放火、抢劫、盗窃等刑事犯外，还有吸毒者，个个都是不好惹的家伙。对李冠芬这样一个身体瘦弱、面慈目善的女人，他们根本不放在眼里。特别是那些已经被魔鬼占据了灵魂，只剩下行尸走肉躯壳的家伙，非但不配合，反而对她一阵粗言秽语的辱骂。其中，一个目光凶狠的人犯大骂李冠芬：“死差婆，假慈悲，装好人！”这无疑给她的满腔热情当头一泼冷水，一个下马威。

第一天下班回到家里，已是傍晚时分，李冠芬刚要吃晚饭，上天突然电闪雷鸣，下起暴雨来。恰在此时，李冠芬接到监管人员报告：一个吸毒者毒瘾发作。她冒着狂风暴雨，立即赶去仓里，只见那个吸毒者毒瘾发作，痛苦地爬在床上滚来滚去，还用头撞墙……面对这种情况，李冠芬立刻做出决定：必须对毒瘾发作者打针，否则会有生命危险。但该吸毒者已丧失理智，一见到李冠芬拿着针靠近身边，发出一阵歇斯底里的狂叫，接着对她一阵拳打脚踢，在干警的配合下，好不容易才将该吸毒者制服。打了针后，这个吸毒者才安定下来。

回到家里，李冠芬在睡房里脱下工装，用药油擦拭身上青一块、紫一块的伤口，感到十分委屈和难过。她躺在床上，辗转反侧，静思在新的工作岗位开展工作，出于职责所在，自己满腔热情为他们治病，却受到这样的对待……想到这里，李冠芬忍不住哀叹起来，眼泪止不住地往下淌……

一个人在受到委屈痛苦或难过之时，往往会想到自己至亲至爱的人。此时，李冠芬想到了她的丈夫，想起了在乡村时度过的那些快乐时光。

1973年，李冠芬高中毕业后，与“医”结下了不解之缘。一次偶然的机会，她被大队派去县农村医疗培训班学习，回来后，就留在大队卫生站工作。李冠芬不仅是一名卫生员，而且还是一名文艺青年。当时，她是东成公社（今镇）文艺宣传队队员，声、色、艺俱全；她的丈夫是东成卫生院一名医生，后来调到县公安局当法医；而她虽然不是科班出身，但对医学有极高悟性，平时又虚心好学，刻苦钻研，熟练地掌握了医学上的“十八般武艺”，加上她心地善良，人缘好，对待前来看病的病人，做到热情有礼，细心把脉，对症下药，一般的伤风感冒、呕吐肚痛之类的常见病，可谓药到病除，因此，当地群众生病都找她诊治，在当地享有较好的口碑。

在乡村从医的十多年，夫妻恩爱，家庭生活融洽，一对儿子也逐渐成长，谁料丈夫却突然患了不治之症，英年早逝，这不啻晴天响了个霹雳，对从没受过生活挫折的李冠芬来说更是几乎绝望了……

夜色深沉，李冠芬披衣独坐床头，面对着室内昏黄的灯光，看着墙上丈夫的遗照，想到家里上有70多岁的家婆，下有一对年仅十岁的儿子，想到工作开展之难，忍不住大声抽泣起来。

李冠芬的家婆听到媳妇房里传出来的阵阵哀叹声，忍不住在床上静听起来。她发觉媳妇自调出县城上班后，总是早出晚归，有时回来，脸上还带有伤痕，便关心地问她。李冠芬怕家婆担心，总是借故说是自己不小心弄的。

此时，李冠芬的家婆猛然听到媳妇房里传来的抽泣声，不知发生了什么事，连忙起床过去，发现李冠芬身上那一块块淤黑的伤口，心痛地一再追问。李冠芬见实在瞒不下去了，只好如实相告。

李冠芬的婆婆得知实情后，态度十分坚决地说："家嫂，这份工不要再干了，找领导转过另一份工，实在不行，咱们就回老家种地！"

婆婆的一席话，李冠芬的内心好似十五个吊桶打水——七上八下，对所医工作产生了犹豫和彷徨。

人生的路啊，有时宽广得就像一马平川，可以任人恣意驰骋；有时又那么狭窄而险峻，猝不及防地出现在你的面前，使你只能在后退或前进这两条出路上，做出一种选择。

第二天早上，李冠芬心事重重回到单位上班，被眼前发生的一幕震动：原来，这一天，是一个刚关进来不久的人犯获准与家人见面的日子，他的父母亲一大清早就来到看守所，等候着和儿子见面。探监的时间刚到，监仓的铁门打开，犯人刚迈出大门，只见那对五十开外的夫妇对着儿子流出了眼泪，特别是那个干部模样的男人，更是老泪纵横，李冠芬少有地看到一个大男人伤心流泪成这样。

通过这件事，李冠芬似乎明白了，在所里，自己从事的工作，不但对犯人有很大的影响，而且对他们的亲人至关重要。当他们的亲人前来探监，看到在所里接受改造教育的亲人身体健康，自然就少了一些担忧，对社会的安定也起到了积极的作用。

通过这件事，李冠芬打消了“打退堂鼓”的念头。她没有退却气馁，而是如一位敢于搏击风浪的水手，面对恶劣的环境，她始终冷静地把持着自己的航向，向着既定的目标前进。

四

六月飞火，赤日炎炎，监仓里要求看病的人犯突然增多，李冠芬一时忙不过来。燥热加烦躁，未轮到看病的一些人犯又开始骂她：“寡妇，不得好死！”

而这一次，李冠芬听到这些辱骂声，却出奇地平和，以一颗平常心、慈母心去对待，泰然处之。后来，骂她的人犯了解到李冠芬的苦楚后，主动向她低头认错。

李冠芬微微一笑，说：“其实，你们就像小孩一样，我好心背着你，你反而在我的背上咬我一口。”说得他们几个深感愧疚。其中严×康，听了不动声色，而他那双凶狠的目光却引起了李冠芬的注意。

李冠芬凭着自己的直觉，严×康肯定有隐情。她坚信真诚能感化人、改造人的信念。当天晚上，李冠芬提着一袋水果，来到了严×康的家。原来，严父因儿子违法犯罪后，在乡亲面前抬不起头，发誓要与这逆子断绝父子关系……

过了几天，在李冠芬的安排下，严×康见到了前来探望他的父亲和妻子、女儿。妻子告诉他，这几天来，李冠芬亲自来家里开导他们，关心他们，要不，怎会有今天的见面呢……

严×康听着、听着，几次嘴唇微启，眼含泪花，欲言又止。

谁说“男儿有泪不轻弹”？此时的严×康，心里像打翻了五味瓶，另有一番滋味涌上了心头，两行强忍的泪水潸然而下。他后悔自己不该犯罪，后悔自己不该仇恨李冠芬。两天后，严×康感恩李冠芬，以看病为借口，来到了医疗室，向李冠芬提供了监仓中的重要线索多条，防止了人犯逃狱事件1起，破刑事案件2宗，摧毁贩毒犯罪团伙1个。

这一天，医院里来了一位特殊的病人，一位未婚先孕准备实行引产手术的冯姓女子。护士见这名女子穿的是看守所的号服，陪同的是警察，心里就明白了几分，看女子的眼神也变得怪怪的。她们可能在猜想，这女子犯的什么罪？偷盗抢劫还是吸毒卖淫？总之，进了看守所就不是什么好人。故此，从这名女子进手术室到引产手术结束，护士的脸色就不太好看，话语中也缺乏热情。

从医院转回到仓里，姓冯的女子身体不住地发抖。正值寒冬，北风呼啸，在医院里实行了引产手术，经受了肉体的强烈阵痛后，又面对北风呼啸的寒冬，她的心灵深处伤得很痛。身在异地的她，第一次后悔自己的失足，第一次如此强烈地想念亲人。

此时，她多么渴望，有一个亲人能在身边，哪怕是问候一声，端一杯热水。孤独无助的她失神地看着仓外的走廊，希望有熟悉的身影突然出现。然而，她失望了，眼泪悄然滚落脸颊，伤心地在仓里哭泣起来。

就在这时，她万万想不到，监仓的铁门轻轻地被拉开了。她见是李冠芬进来，本能的反应以为是她例行查仓什么的。可是，只见李冠芬的手里却提着一只保温瓶，她愕然。李冠芬径直来到她的床前，摸摸她的额头，安慰她说："你不要想那么多了，首先要保重身子。"说着，李冠芬打开瓶盖，一阵香喷喷的鸡味扑鼻而来。她刚想说什么，却被李冠分先说了："来，你的身子太虚弱了，喝点鸡汤吧，先补补身子。"

其实，这名姓冯的女子哪里知道，就在她从医院出来住仓后，李冠芬已看在眼里想在心中，一下班，她马上赶到市场去买了一只鸡和药材，回到家里顾不上休息，立即把鸡汤炖好送来。

姓冯的女子一口一口喝着鸡汤，眼泪却止不住地流淌。这是百感交集的眼泪，感激的眼泪。她哽咽着对李冠芬说："李姨，您对我实在太好了！你虽然不是我的妈妈，却像妈妈一样亲。"

这一天，李冠芬强忍着异常难闻的恶臭，为严某治疗脚伤。严某进看守所前，因为脚面受伤没有得到有效的治疗，造成腐烂恶化，多次求医问药都不奏效。进所后，严重化脓的脚伤恶臭阵阵，令人作呕。同仓室的人避之唯恐不及，见了严某赶紧掩鼻转身。这已经影响到仓室其他人员的生活和健康，也为安全埋下了隐患。

李冠芬开始对严某进行治疗时，被那臭气熏得差点晕了过去，但她强忍住了。突然，一股脓血从严某的脚伤喷射出来，溅到李冠芬的手上、身上，严某非常过意不去，连连自责。再看李冠芬，根本不当回事，依旧镇静地进行治疗，清洗伤口，剔剪腐肉，打针敷药，认真细致，一丝不苟。接下来的两个月，李冠芬用自己掌握的医学知识，又搜罗民间秘方，加以精心治疗，终于，严某顽固的脚伤痊愈了。严某的家人对李冠芬感激不尽，交口称赞李冠芬"妙手回春"，严某更是感动得热泪盈眶。

有个别好心的干警见李冠芬对这些人犯如此关心，便悄悄劝她："对待这样的罪犯，能够给药治疗，让她自己搞掂已经尽到责任了，你这样尽心，外人还以为你得了人家什么好处呢？"

对这些好心人的忠告，李冠芬只是平静地说："我问心无愧，只是想做好本职的工作，从来没有想过要得到什么好处。况且罪犯也是人，有了病痛当然要给他们疗理，难道不是这样吗？”

这一天，李冠芬发现，她分管的仓室一位姓温的男子情绪很低落。李冠芬有个习惯，利用与犯人接触的机会，随时观察他们的情绪变化。李冠芬是所医，按理说，防病治病工作是她的主要任务，这个任务非常艰巨，独力承担的她能顺利完成已经相当不容易。至于监管教育工作，在一般人看来，就是额外的差事了。

李冠芬不这么看。多年来，李冠芬不但包揽女仓室的管理，还负责男仓室的监管教育工作。平常，她还主动请缨，接管一些责任大、管理难的仓室。和其他同志一样，管理仓室，轮流值班，李冠芬满腔热情，尽忠职守。在她看来，医务和监管教育工作有机地结合起来，往往能收到意想不到的效果。她所分管的责任仓，多次被评为“文明监室”。

难道李冠芬有什么超人的本领吗？没有。她靠的是爱心、细心、耐心和恒心。

有个姓张的年轻人，因为参与犯罪活动在新婚第四天被抓获，后来被判刑留所改造。一天，李冠芬给他看病，他却突然哭了。这样的情况，李冠芬经历过不少。相处中，李冠芬的平和与宽厚、关心与爱护深深打动着他们的心灵，不知不觉，他们就把李冠芬当成亲人，有什么苦恼，有什么心里话，都愿意跟李冠芬诉说。

果然，小张哭诉了自己的苦恼。新婚妻子不愿意来见他，并且传出话来，打算跟他离婚。李冠芬马上写信约见张妻，与她促膝谈心。李冠芬说：“人都有错，他现在犯了错，而且知错了，正在努力改造。我看他本质不坏，就是一时糊涂，做了错事。你就给他一次机会，给他一点时间，相信他会变好的。”

张妻问：“如果不变好呢？”李冠芬有些为难。世上的事情，很多可以拍胸口信誓旦旦，而一个犯人，谁能担保他一定能变好呢？李冠芬诚恳地说：“你们能结婚，说明你们是有情感基础的。可是，刚结婚就离婚，太可惜了。这样吧，你给他一次机会，如果他实在不能学好，那也是他活该，到时你们再离婚不迟。你知道吗？你现在要是提出离婚，极有可能导致他不能改造成一个好人，你对他的影响非常大啊！”

李冠芬动之以情，晓之以理的话，打消了张妻离婚的念头。此后，张妻定期前往探望丈夫，夫妻关系恢复正常。由于张某表现积极，被提前释放。后来，张某成了遵纪守法的种养专业户，靠劳动致富，还专程偕妻儿去拜访李冠芬。

一见面，张某就动情地说：“李医生，是您让我明白了怎样做人，是您给了我今生的幸福，让我叫您一声大姐吧！”

一声“大姐”，叫得亲切极了，李冠芬也非常激动，为一个曾经的失足青年重走正路而激动，为自己付出的一番心血没有白费而高兴。

有个死囚叫黄×强，生性残暴，为存心考验警察的破案能力而故意杀人，思想之偏激，行为之极端，可谓是穷凶极恶。在收押期间，李冠芬并没歧视他，一样给他治病，使他在行刑前还能感受到人间的温暖。对此，他在被处决前，却突然提出了一个强烈要求：给李冠芬写封信。

信的开头，是一首小诗——

用教化、感化、挽救，
医好了迷途的羔羊。
无悔奉献青春，
为的是，
无愧穿在身上的橄榄绿，
把一生都奉献给党；

无情的岁月，

在你头上、面上染了白霜，刻上皱纹，

你依然，

不向岁月低头……

最后，这名死囚写道：李医生，请您接受，您是我最尊敬的管教，我是一名死囚，什么权利都无，是您，依然给我母亲般的关怀，不厌其烦地帮我治病，令我太感动了！我愿您好人一生平安。

是什么样的人格魅力，令一个穷凶极恶的死囚，在即将告别这个世界之前被点化了呢？

黄×强被关进所之初，例行要进行体检。但他一口拒绝，恶狠狠地说：“我是个死囚，快要被处决，还检查个×！”

几天后，李冠芬查仓时，看到他脸色发红，呼吸喘气，不停咳嗽流鼻水，得知他患重感冒了。李冠芬特意把他叫到卫生室，说给他看病，他一听转身就走。前脚踏出卫生室门口时，猛地转过头来看了李冠芬一眼。就是这一眼，让细心的李冠芬敏锐地捕捉住了，这种表面凶残的目光背后似乎隐藏着一种对生存的留恋。

李冠芬立即厉声喝道：“你给我站住！”

黄×强一愣，压根想不到这个瘦弱的所医会向他发出这么尖厉的声音。就在他停脚的一刻，李冠芬继续说：“你虽然是个判了极刑的人，但在未执行前你还有生存的权利。现在你感冒很重，如果治好了病，能舒服地享受完法律允许你生存的日子，为什么不好好珍惜呢？”

面对眼前这个严厉却又慈爱得像母亲教训儿子的所医，黄×强似乎有所感动了。当李冠芬再一次向他劝说时，他终于回转身来接受医治了。就这样，李冠芬以出于人道的真诚，把黄×强给点化了。

从仇视到感恩，从敌对到赞美，短暂的过程，奇迹的诞生却意味深长。

这一天，李冠芬在各仓室之间来回忙碌，消毒、检查、量体温、发药品，严格严厉，不放过任何一个死角。这是“非典”猖獗时期，人人谈“非”色变，李冠芬深深知道，落实每一项防范措施，都至关重要。在她的努力下，“非典”过去了，新兴看守所安然无恙。而李冠芬，眼睛深陷，整整瘦了一大圈。

这一天，这一天……许许多多的“这一天”，就是李冠芬平凡工作的这一天。

都说，看守所是公务员工作最脏的单位，所医，又是这个最脏的单位里最脏的岗位。李冠芬接触的病人，有可能是肝病、性病、肺结核，也有可能，一不小心就被感染。李冠芬也是血肉之躯，难道她不忌讳不担忧吗？

李冠芬没直接回答这个问题，而是这样对我们说：“进了这里的人，精神压力都很大。如果身体又有病，那么就得承受精神和肉体双重的痛苦。我想的，就是尽量多做一点，尽量减轻和解除他们的痛苦。”

生命其实很脆弱，当肉体的痛苦压倒一切，人有时甚至可以放弃生命。李冠芬是个医生，“医者父母心”；李冠芬又是一名公务员，她时刻牢记自己的职责。对那些被玷污的心灵，感化和挽救不是一句口号，更需要温暖和关怀。

1998年夏天，忙得晕头转向的李冠芬生了一场大病。病情稍微好转，她就躺不住了。同事很奇怪，李医生不是在住院吗，怎么总是看见她出现在单位？今天给这个打针，明天给那位开药。同事间说起，一致以为她痊愈出院了。然而，事实是，李冠芬的病没好，医生要她继续住院治疗，而且叮嘱她静心休养，不能太劳神。

李冠芬哪里躺得安稳？她要操心的事情太多，人在医院，心早就回到了看守所。医生拗不过她，还是让她提前出院了。几天后的一个深夜，李冠芬躺在床上准备歇息，电话来了。干警告诉她，有病号和戒毒人员需要紧急治疗。李冠芬二话没说，放下电话就心急火燎地赶往单位。当瘦弱的李冠芬拖着疲惫的双腿回家，晨曦已经在东方闪亮。

随叫随到，有求必应，这是李冠芬一贯的作风。1999年年初的一天凌晨，刑警队的梁队长他们在审讯一个吸贩毒团伙时，有两名嫌疑人突然毒瘾发作，审讯根本无法进行。刑警们束手无策之时，想起了李冠芬。

“请李姨来，她有办法。”大家异口同声地说。

电话打过去，白天忙碌了一天正在沉睡中的李冠芬简短地说了句：“我就来。”李冠芬急匆匆赶回所里，带上针械药物，赶到审讯的地方。这样的情况李冠芬见得多了，所以不用多问，就麻利地为两位嫌疑人打针用药。待他们情绪稳定，李冠芬才收拾停当，回家歇息。

刚躺下，急促的敲门声又响起。一看，还是梁队长，李冠芬有些意外。梁队长很不好意思地说：“李姨，刚才打完针的一个人又晕倒了，还得麻烦您再跑一趟。”李冠芬也不多说，重新穿着整齐，跟着梁队长回到刑警队。

五

漫长的18年，李冠芬也曾经动过调换岗位的念头。可是，她始终没有向组织开口，而是坚强地挺了过来。从一名普通的群众到光荣的共产党员，从一名普通的乡村卫生员到工作出色的所医，从一名普通的民警成长为副指导员，李冠芬一步一个脚印，走得踏实、从容；

18年来，多少个不眠之夜，动心忍性，多少个挨骂受打的白天，“苦其心志，劳其筋骨”，李冠芬始终以坚强的毅力、意志和饱满的热情去做好这份工作，爱岗敬业，在特殊的工作环境中以人间的真情、人间的大爱去感化一个个被魔鬼占据了灵魂，只剩下行尸走肉躯壳的人犯。

18年来，李冠芬始终用一颗慈母般的爱心，一份温馨的情怀去教育、感化、改造监所里的囚徒，使一个又一个灰色带伤的心灵燃烧起新的光亮，让他们走上新的人生道路，走向社会。

18年，在历史的长河里，只是匆匆的一瞬间；18年，在一个人的生命中，又是多么的漫长！18年如一日，年复一年，日复一日，在同一个环境里，做着同样的、单调的、枯燥乏味的工作，这需要怎样的耐心和恒心。

18年来，李冠芬付出的是千般爱，换来的也是千般情。她把爱全部倾注给监所，她与监所结下了千丝万缕的情缘！

当我们试图问她当时是怎么想的，她沉默了一会，似乎不知道怎样组织语言，完整地表达。她说：“就这样一天天过来了，也没感觉到特别。在做的时候，从来没想过，以后有一天要讲述这些。我真的觉得，我所做的，太平常了。干我们这行的，有许多的人，都是这样过来的。”

李冠芬的脸上，恬淡如常。她觉得，她并没做什么惊天动地的事情，只是在尽自己的职责，在做自己分内的事。

话不铿锵，却落地有声。从她的身上，我们看到了理想的崇高、品德的可贵；从她的身上，我们懂得了，和平年代的英雄，并非都是流血牺牲！走过季节的李冠芬，更像是秋天里的一片红叶，献出了生命饱满的汁液，依然在秋天明丽的阳光下微笑。

2017 年 12 月

38岁与38年之生命与忠诚

李加宁

1979年，一个当过知青的、英俊的小伙子怀揣理想走进了新兴县公安局的大门，他立志要成为一名出色的刑警。时至今日，38个年头过去了，他不但兑现了当初的誓言，而且还将自己锻造成一名“铁汉神探”，他就是本文的主人公——云浮市公安局刑警支队梁瑞伟同志，钦佩他的人都尊称他为伟哥。在云浮市公安局民警的心目中，梁瑞伟是一个能破案、敢付出、有担当、做榜样的好民警、好战友、好兄弟。

在他2013年被评选为“云浮市十佳卫士”后的第二年，广东省开始评选南粤十佳卫士，新浪网和公安网对包括梁瑞伟在内的24名候选人进行网上投票，两个不同的网络系统分别代表着社会公众和公安同行对候选人的认可，实时变化着的数字每天都在刷新着点击量，投票结束了，结果令人很振奋……

在小范围内流传着一个不是秘密的秘密，组织部门已经来考察梁瑞伟了，听说是要让他到云城公安分局当主要领导。虽然最后未经证实，但无风不起浪……与此同时，伴随着另一个惊雷在他的头顶响起——他得了舌癌，而且到了晚期。福祸不期而至，这一年是1996年。与当年的帅小伙子相比，今天用“面目全非”来形容他一点也不为过。他可以抛开职级、舍弃名与利，但他对刑警事业的忠诚却因生命在不断延伸，生命亦因忠诚得到不断延长。

习惯是一种无声的语言，是一种常态，它不可能没有意义。请看他是如何演绎的：

有一种习惯叫平凡

——信念坚定，无怨无悔。38个寒暑过去了，他是全省唯一一个38年来从没有离开过刑侦一线的老刑警。“要干就干到底！”这是他加入警队时为自己定下的目标。当刑警被他视为生命的重要部分，病魔摧不垮他对刑警事业的忠诚，是战友们伸手托举他——一个从事38个春秋刑侦工作的老刑警的荣光。

——人生不能被命运摆布。他一直奉行着这样一种信念，挺一挺就过去了。自己不能把自己当成病人，也不让同事们将自己看成是需要被照顾的病人。他不能让同事们看出他的头在痛、腰在痛，不想让自己的小病小灾被放大后成为照顾的对象。哪怕是病魔缠身，仍坚持工作，与命运进行不屈不挠的抗争。他们评价他正气、踏实、本分，不向组织伸手，所说的都对，因为他具备了忠诚的本质。

——在自觉中坚持，在思考中修为。思想上、工作上的高度自觉最难能可贵。他的办公室，完整地保存着从1997年到现在的28本岗位责任制工作日志和5本学习笔记。封面上，“云浮市公安局岗位责任制工作日志”几个鲜红大字上方的警徽显赫耀眼，象征着公平、正义的力量。封二、封三上的《宪法》第27条、《中共中央关于加强公安工作的决定》、《公安人员八大纪律十项注意》、《人民警察职业道德规范》，庄严地宣示着人民警察的行为准则和任务、使命。翻开这个白里泛黄的64开小本子，里边记录着每一天工作的重点内容，透过工整的字迹，他可以说出工作和曾经侦办案件的点点滴滴，这些无一不印证着从警的血汗、艰辛与喜悦、自豪。每天写工作日志，看似小事，严谨的工作作风体现在把工作安排得井井有条、满满当当，“大人不华，君子务实”。

有些年头的5个笔记本记录了这些年他的学习、思考和修为。远的不说，就拿近几年来开展落实党的八项规定、解决“四风”问题，开展党的群众路线教育实践活动，开展践行“三严三实”等活动来说，他写下了数万字的学习、自学笔记，并且与局里组织观看的《红包之祸》《底线失守的代价》《忠诚与信仰》《欲望的黑洞》《必然的选择》等纪律教育专题片结合起来思考。尽管观后感只有短短的数句话，却可以把这些内容归结为三个字：铸警魂。

学习《习近平总书记在中央政法工作会议上的重要讲话》精神后，他在自学笔记中虔诚地写下了：国旗在上，一言一行决不玷污金色的盾牌；宪法在上，一思一念决不触犯法律的尊严；人民在上，决不辜负人民的期望。从警一天，清廉终生。

在自勉中以诗言志：志在顶峰者，不会半坡退却；信念迷失者，常有歧路彷徨。

他曾经是市公安局刑警支队二大队的政治教导员，如何带好队伍是他经常思考的一件大事。他认为，提高队伍执行力有两条主线：培养公平正义的思想品德，培养维护大局的觉悟，培养敢于担当的作风，培养与人为善的道德；打造信念坚定、忠诚可靠的公安队伍。

——清清白白，一身正气。是不是交友就一定会掉入贪腐的陷阱？有人把警察中出现的个别败类归入这个原因当中。他就不信这个邪。他知道交友的红线在哪里，更知道权力的底线在哪里。他不但有很多的知心朋友，而且被朋友们公认为是一个正直的好人。为了办案的需要，他还与被查案件中有可能涉案的外围人员交朋友，掏钱请他们晚上到大排档喝啤酒，目的是要从中筛查出一大批有价值的侦查线索，为日后侦破一系列涉黑犯罪案件找到重要的突破口。

正因为有了许多的知心朋友，在他及他的妻子都身患癌症的时候，他们仍然相信他并愿意借钱给他们治病。让他最感动的是一个朋友带着6万元现金飞赴上海，结清了他住院的治疗费用。为此，他欠下了14.15万元债务，直到2010年的12年之后才全部还清借款。而这些年下来，他为救灾、扶贫、帮助同事的捐资却超过3000元。

——面对诱惑，岿然不动。在一起涉黑的犯罪案件中，为了保住主犯不被判死刑有人找到了他，承诺只要满足这个条件，200万元现金马上奉上，并当即打开小车放满现金的后备箱的盖子。此人赌的就是没几个人见过如此多的现金，他也是其中的一个。满眼都是红彤彤的百元大钞。他心里很清楚，此案的主犯不会被判死刑，但他更清醒，一念之差，贪欲的闸门一旦打开，有了第一次就会有以后的无数次，从此将会陷入万劫不复的境地。转念之间，他当即严词拒绝了来人。

来人悻悻地甩出了一句话：“不可理喻！”

“人做事，天在看。这才是至理名言！”他的话说得机智、果敢。

有些犯罪分子曾口出狂言说看不起警察，却不知道我们的民警更瞧不起他们，用实际行动回击了他们的狂妄。

再后来，罪犯的亲属为了其能逃避法律的制裁，数次用重金贿赂他，亦被他拒之门外。他的记忆力远没有自制力好，粗略统计了一下，拒贿的金额大约为350万元。他的朋友之所以称他为正直之人，是因为逢年过节人情往来的礼金也被他拒收。

——不因事小而不为。“他从来都是第一个来办公室、下班走得最迟的人。”他的同事赞赏他几十年如一日的坚持，“他到办公室的第一件事就是给所有的同事擦桌子、扫地、拖地、搞卫生，时间充裕时，还为隔壁办公室搞一遍清洁。”他们嘴上不说感谢，心里是很感动的。慢慢地同事们也形成了提前上班的习惯，哪一天他因工作没回办公室，清洁的事情也有人接着干。

在他的办公座位旁边摆着一张长沙发和茶几，那是为了方便商谈工作。茶几上只摆着一块破旧的抹布，显得那么突兀。恐怕连他自己都不知道这是第几块抹布了。一旦有茶水溢出，他用抹布一擦，茶几还是干干净净的。

自从他病后，他的主要工作是审核所有大案和恶性案件的证据材料，所做的阅卷笔录几乎都统一使用A4纸，正反两面都用工整的小字体写得非常紧凑而将行距留到最小。按一张A4纸写1000字左右来算，粗略估算，写下了不少于200万字的阅卷笔录。而他的战友们正是根据他的阅卷笔录，严格按照法律将案件侦查终结，罪犯得到了应有的惩罚，没有出现一宗冤假错案。

他仅仅是因为抠门而省下几卷卷纸和几张白纸吗？同事、朋友之所以尊敬他，背后折射出的是他的人品。

——任劳任怨，忘我工作。一直以来，除了完成侦办重特大案件繁重的任务外，还协助局机关有关科室做好工作，在侦查一线、在基层、在1998年的六都抗洪抢险中、在市“创卫”活动中都有他的身影与足迹：与法制科的同志一起进行刑侦信息化考核、历次执法质量考评、普查立案执行情况；参与“十佳派出所”执法考评；参加执法专责小组到各县市区检查办案质量，参加派出所等级评定检查；协助搞好“三基”（抓基层、打基础、苦练基本功）建设；整理刑事档案卷宗，整理信访案的有关材料；撰写刑侦支队规范化建议、严格公正执法等有关材料19份，拟写刑侦支队“战训合一”工作方案；对涉案财物进行汇总，草拟扣押财物管理制度；对2010年以来全市的507宗取保候审进行逐人逐案核对的评议审查，仅用了不到3个月的时间就完成了此项工作；他还是执法基本级考试的监考官，等等。分外的事情分内做，分内的事情拼命做。不知道内情的人，还以为他已经不是“神探”了呢！他还是神探，在利用一切可以利用的时间间隙穿插办理了十数起涉外的刑事案件。这些仅仅是从工作日志上摘录下来的部分，但它们不是一份清单，而是浓缩在一个与病魔决斗的躯体里坚守信仰、笃定忠诚的热血提纲。

——他的内心因为变故而变得更加强大。刚开始，朝夕与共的战友也没将他认出来。这不奇怪，他术后在镜子里的第一眼也不相信那个人就是自己。不仅如此，还发生了一件让他心酸的事情。他出院时，医生给了他三个月的假期，但他只休息了一个月就感觉在家待不住，认为自己该上班了。那天，他才走进大门，门卫马上拦住了他，哪怕是明明看到他的胸前挂着工作证。“你是谁？”这一问表现出高度的警惕性。

“我是梁瑞伟。”边说边往办公楼里走去。

也许因为那个瑞字的卷舌音说得不好，门卫听不清：“你站住！”一个不认识的人却戴着公安局的工作证，且说话的声音也不对，门卫在尽到他的责任。

“你没听到吗？我是梁瑞伟。”

门卫来到他的跟前拿起工作证看了一眼，指着工作证说：“那是你吗？”

“当然是我！”

“你也不看看自己是什么猫样，居然敢冒充我们的大神探！”

这时他仿佛想起了什么，从门卫的手里将工作证夺了回来，看着照片上的自己，不再与门卫辩驳，一副沉思的样子：想起以前的自己，一头浓密的黑发，英俊健硕，堪称帅哥。术后的他头发变得稀疏，腮帮子深陷进去，颧骨凸显，体型干瘦，除了炯炯有神的双眼没变以外，外貌全变了。他的样貌的巨变犹如脱胎换骨一般，令人难以置信：不是判若两人，根本就是不同的两个人。他内心受到的打击不亚于失去了自尊。

门卫误以为骗子被自己抓住了，叫住此时路过的一位警察：“警察同志快过来，此人冒充梁瑞伟被我发现了，你来处理。”等梁瑞伟转身与来人四目相对时，那人惊喜地喊道：“梁教，你怎么来上班了？”如果他不是在数日前刚好去慰问过梁瑞伟，他也不可能一眼就认出来。梁瑞伟一时无语。来人对门卫说：“你搞错了，搞错了，他就是货真价实的梁教导员。”门卫一听，目瞪口呆了。

事后，他偶尔在与同事所开的玩笑中，会这样安慰自己：“以后侦查案件不用化妆了。”这不是黑色幽默。大家要知道的是，面子与自尊有关，但自尊绝不能等同于面子。他不因容貌的改变而自卑，亦不因荣誉的取得而虚荣。他上述表现出来的良好习惯和工作、生活的一系列优秀表现都是他内心强大的最好证明。

有一种习惯叫忠诚

在人民警察的字典里，忠诚，不仅仅是举起右手的宣誓；忠诚，也不仅仅是言行一致、表里如一；忠诚，亦不仅仅是责任、使命；忠诚，昭示着要付出更多、更多……汗水、鲜血，甚至是生命。

忠诚是智慧的化身——在不动声色中与罪犯斗智斗勇，他将刑侦事业演绎得有声有色。

当其时，新兴县刑警队大队长梁瑞伟与云浮市（县级）刑警队大队长周石窝、罗定市刑警队大队长梁朝中、郁南县刑警队大队长王维杰并称为“四大神探”，他们可不是浪得虚名的。

1993年，新兴县天堂镇清水村发生了一宗故意杀人案，警民100余人上山围捕嫌疑人至深夜未果。正当大家都焦虑万分之际，梁瑞伟献出一计，巧妙地用一个欲擒故纵的办法引诱犯罪嫌疑人下山，不怕其不中计。明面上是大张旗鼓从山上撤回围捕的警民，暗地里却在回撤途中相关的路口埋下伏兵，专等嫌疑人自投罗网。不出所料，当晚深夜时分，犯罪嫌疑人就束手被擒。他和所有参战人员一样，长长地舒了一口气……在新兴县刑警队工作的15个年头里，他参与了所有命案的侦破，因此，当时新兴县公安局一直保持着“命案全破”的骄人纪录。再后来，他不顾病痛与市刑侦支队的战友们一起，抱着敢打必胜的信念，在全省统一部署的“3+2”专项行动中，取得了打黑除恶全省第1名的战绩，受到省公安厅的通报表扬。

在另一起重大刑事案件中，嫌疑人怕作案时被人发现，拧下了房间现场亮着的灯泡。现场勘查时，灯泡上的这枚指纹就成为案件侦破的重大线索和证据。意想不到的是，这枚唯一的指纹的提取却成了案件侦破的拦路虎。由于当时的刑事侦查技术还没有从一般性的刑事侦查中独立出来，刑侦人员被锤炼成现场勘查、绘图、制作笔录、拍摄冲洗、固定证据等等的多面手。他就是属于一专多能、智慧型的侦查人员。按常规来说，在玻璃上提取指纹是一件很简单的技术活，但扫粉拍摄容易破坏指纹的特征，毕竟只有这一枚指纹呀！而在自然光下拍摄到的指纹因反光而不清晰，基本上起不到鉴定的作用。他甚至想到了敲碎灯泡避免反光的拍摄方法，又因会破坏证据的完整性被他弃之不用。此时，比较落后的侦查设备和技术手段在考验着他除掉拦路虎的智慧。

“既然犯罪分子可以在晚上作案，我为何不能一反常规，选择在晚上用强光聚焦的方法拍摄指纹呢？”他马上想到了照相冲洗的暗房，此处，从来都是一个刑侦人充满自信的地方。一切准备就绪。他支好三脚架固定海鸥135照相机，将焦距调至最佳，将换上全新1号电池的三节手电筒的光束聚焦至最小，手拿电筒弯下腰或蹲下，对着灯泡反复寻找、比对拍摄指纹的最佳角度，咔嚓、咔嚓、咔嚓，不时按下相机的快门。他觉得还是不满意，再来一次，应该还有最好的角度……功夫不负有韧性的智者。当他想伸直腰站起来时，腰间传来一阵刺痛，眼冒金星，不得不双手撑着桌子，将重心落在双手上并闭上双眼。他试着松开一只手叉着腰缓慢地将腰伸直，感觉还是痛，他告诉自己要挺起来，还有很多的事情没干完，挺一挺就过去了。向后伸直，向前弯一下，再向后伸直，再向前弯一下，重复再重复，疼痛开始缓解，双手叉腰将腰完全伸直，额头渗出了汗珠。必须马上将胶卷冲印出来！他一个人在暗房里笑得很开心。这枚指纹的成功提取，铁定为侦破案件起到了至关重要的作用，他能不开心吗？

此外，梁瑞伟还突破了全国首宗计算机网络淫秽案件“709A”专案，开拓性地提出“恢复已删除电子数据并拷贝成光盘”和“将电子证据送治安部门进行鉴定”两条思路，得到公安部、省公安厅的高度肯定。

忠诚是超常付出的力量源泉——经年累月的高强度付出，摧残的是他的身体，却不能把他的意志摧垮，衬托出的是他忠诚的力量。

1994年，云浮才挂牌成立地级市，梁瑞伟就被调入市公安局组建刑侦支队并任职二大队教导员，尽管队里初期只有四人，但他们不怕艰辛，没日没夜地玩命工作，与各市县区刑侦大队的同志一道，顶住人手少、案件多的工作压力，用超乎想象的、超强度的付出，担负起全市所有大要案的侦破任务，取得了不负众望的战绩。

云浮设市前后，伦柱南、卢运力两个黑社会组织团伙在中心城区横行乡里、无恶不作、无法无天：非法持有枪支，持枪伤人杀人致枪声四起、祸及无辜，敲诈勒索、毁坏财物致黑恶横行、人心惶惶，为争夺地盘、非法利益而寻衅滋事、聚众斗殴致医院刀伤患者人满为患，严重扰乱了正常的社会、生活、工作秩序，成为社会的一大公害。

面对如此严峻的治安局面，在市委、市政府组织的历时一年多的“一打三扫”专项行动中，梁瑞伟凭着丰富的办案经验、疾恶如仇的良知和对刑侦事业的忠贞不贰，主动请缨担任侦查破案组的组长。他与40余名精干的刑警一道展开犯罪线索的深入排查，披星戴月、废寝忘食不在话下，呕心沥血更是家常便饭。经过数月的艰苦侦查，摸清了这两个黑恶势力的组织结构和组织成员等违法犯罪情况，为日后的全案收网做足了最充分的准备。鉴于该黑社会组织团伙案中案、案套案的犯罪特点，从个案入手侦破了持枪杀人案、故意伤害案、敲诈勒索案、聚众斗殴案、寻衅滋事案、毁坏财物案、非法持有枪支案等重特大刑事案件一大批，收缴各类猎枪、火药枪及军用枪支近1000支，为最后快速审讯突破主犯伦柱南、卢运力的心理防线，提供了大量的事实、证据。经过一番正义与邪恶、法律与犯罪的较量，伦犯、卢犯不得不如实供认所有的犯罪事实，从而圆满完成全案的最终侦办。最后，两犯被依法判处死刑，其他的罪犯亦得到了法律应有的惩罚。从此，中心城区的社会治安秩序逐渐明显好转，人们的安全感增强，安居乐业。据此，广东电视珠江台及香港翡翠台做了较为客观、全面的长篇报道，反映了人民群众的心声和愿望。

然而，在这次专项行动近400个日夜里，梁瑞伟的一天里常常只能睡两三个小时，经常连续几天不能睡上一觉。他们工作起来，忙得脚不沾地，光收集的证据材料叠起来就有数米之高，可见时间之紧迫、工作强度之大难以想象。他作为组长，既是统揽侦查全局的指挥员，又是亲临侦查、预审一线的战斗员，每每在关键的地点、时间、环节出现，身先士卒，做出榜样；既要审核个案的证据材料，对全案的事实和适用法律进行把关，又要拟写侦察终结等法律文书，头不沾枕就可想而知了。要睡上一个安稳觉竟然是那么的奢侈。

一开始，正值青春焕发的他，一些小病小痛简直可以忽略不计，怎么能让它阻挡住风华正茂的步伐。他认为只是睡眠严重不足而已，多抽几根烟就可以挺过去。如果事情仅仅是这么简单就好了！

熟悉侦查办案的人都知道，审讯是一场高智商的心理较量。嫌疑人先是负隅顽抗，拒不认罪，及至明知道自己已经罪行败露，但仍然存在着侥幸心理，哪怕是在确凿的事实面前，对主要责任能推的则推给别人，能不承认的犯罪事实则拒不交代，躲不过的也专挑小的、轻的、没关联的犯罪情节交代，一句话，就是避重就轻，有些甚至是反审讯的高手。伦犯和卢犯就是这样的犯罪嫌疑人。梁瑞伟与他们的较量注定是一场艰苦而耗时的审讯。

“你的姓名？”

“我叫伦柱南。”

…………

梁瑞伟问完了第一次按审讯程序该问的话后，就止住不说了。他用严厉的眼神扫视了一遍伦犯，与伦犯的目光刚一接触，伦犯立即将头扭开，震慑的目的达到了。他从裤兜里掏出香烟，点着了，烟雾悠闲地从他的鼻里、嘴里飘出来。伦犯或低头或左顾右盼，就是不敢直视梁瑞伟。而他却一直在观察着伦犯每一个细微的表情、动作的变化，心中酝酿着最佳的出击时机。时间在寂静中一分一秒地过去。当梁瑞伟点燃第10根烟时，伦犯开始烦躁了，双手比画着不停地变换姿势，双脚或伸或屈或摆，喉结上下挪动在咽唾液。他非常清楚，这是无形的压力施加给嫌犯后应有的生理、心理变化，只有继续施压才能让嫌犯的心理彻底崩溃。他拿起烟盒一看，烟抽没了。正当坐在他旁边的那个同事站起来想去替他买烟时，被他一把拉住，用手示意他坐下来，并在白纸上写下这样一行字：别动，发短信让他们送烟进来。然后在桌面上平移给那个搭档看。他庆幸没有被伦犯看到这一举动，否则，先前所营造的压力将会被化解于无形。他发现伦犯的注意力开始集中在自己的身上，眼里满是焦虑的神色，不一会就又抠起了指甲。他知道这是嫌犯心理崩溃前的故作镇定。

他灵机一动转身问送烟进来的人："卢运力怎么样了？"然后眨了眨眼，那人马上心领神会，大声说："他招了！"因为这一默契的配合，伦犯的双肩抖动了一下，他的心理崩溃又出现了一次大塌方。可是，疲劳也不断地向梁瑞伟袭来，已经三天三夜没合眼的他也只能靠吸烟来支撑这场心理战、来维持思维的敏锐。对峙中，一包烟又不见了1/4。他的搭档瞄了一眼堆满烟蒂的烟灰缸，心里想着："梁教抽烟太凶了，一根接一根，还好，没有疲态。"

"你们怎么不问我话呀？"伦犯终于撑不住开口说话了。此时距开始审讯仅过了不到90分钟。

"你自己做的那些伤天害理的事情还用我来问吗？"他用急促的厉声堵住嫌犯避重就轻的退路。

伦犯脸部的肌肉在抽搐，眼珠一动不动地看着梁瑞伟，他知道这是嫌犯绝望时应有的应激反应。这个时候，梁瑞伟非常清醒，他不能将嫌犯的绝望推向极点，否则，很容易造成嫌犯的心理对抗而拒不交代，就是通常所说的死不开口。

他来到嫌犯跟前，"你抽支烟再说"。说着，从烟盒里抽出一支烟递给伦犯。

伦犯的眼里露出一丝喜色："你会给我烟抽？"

"你拿着。"他再把自己抽着的烟蒂递给伦犯。

伦犯接过烟蒂没点烟，马上就将那半截烟蒂塞进嘴里，狠命地大口吸了起来。一看他这副模样，梁瑞伟什么话也不用说了，可能会出现的对抗危机解除了。回到座位上的那一刻，梁瑞伟看见伦犯正在用烟屁股点烟，才感到心里那块大石头落地的那种踏实。这一刻他才没有抽烟。

不超过2分钟，伦犯就将一支烟抽没了。他把烟头一扔："我早就知道会有今天，好汉做事好汉当！"梁瑞伟知道他是在做外强中干的挣扎，看着他却故意不接他的话。"你们让我从哪里开始说起？"

梁瑞伟并没有放松丝毫的警惕，更没有因为那一阵子以为大功告成的踏实而掉以轻心，不能让嫌犯有任何反审讯的机会，所以，他很策略地回答："你想到哪里就从哪里开始交代。"

伦犯开始交代自己所犯的罪行……他边听边抽烟，边印证之前所掌握的证据、事实……他抽烟就变成了一个重复的机械性动作。只有在搭档的记录速度跟不上时，他才让伦犯放慢交代的语速。

他也知道这样不间断地抽烟不好，口变得越来越苦，舌头有点麻木的感觉，咽唾液时有点疼，却又不敢喝太多的茶水，为了尽可能少去洗手间。尽管是责任在支撑着他的意志，但真的太需要烟来对抗疲劳，尤其是在伦犯主动要烟抽之后。不要少看了给嫌犯这一支烟的作用，让其配合审讯的效果则是极佳的。在两人烟雾缭绕之中，伦犯像是遇到久别重逢的朋友要将自己的"往事"一吐为快一般……他时刻没有忘记自己肩上的责任，这里还有一个很重要的原因，作为一个出色的刑侦人员更明白不能中断审讯的意义。一看，烟快没了。他将原先白纸上写下的那行字改成：发短信让他们再送2包烟进来……他终于扛过了这个疲劳周期的极点，变得兴奋起来。在连续15个小时的审讯中，伦犯交代了主要的犯罪事实，成功突破了全案的关键人物。

此后，他又进入了下一个疲劳周期的循环，且疲劳周期间隔的时间越来越短，毫无规律可言的作息时间，饱一顿饥一顿的饮食习惯，一桩接一桩的破案压力，烟越抽越凶……他为什么就不能省下一点烟钱来爱惜自己的身体呢？为什么就是不知道身体是革命的本钱？

忠诚是生命之花的完美绽放——他把与病魔的决斗诠释为对所热爱的刑侦事业的坚守。

彼时，他觉得自己神疲倦怠，气短乏力，轻度头痛，只要睡上一觉，这些症状全消。没过多久，形体开始消瘦，但精神尚好。他曾对着镜子进行自我查看，舌质暗淡，舌苔黄糙，后来舌苔慢慢变厚并数处出现溃疡，他以为是民间所说的“口腔上火”或“口疮”，喝几杯凉茶就没事了，根本就没想过要去医院检查。而舌癌早期浸润型的表现最易延误病情，患者常不能早期发现。病情的所有先兆都被他忽略了。当舌麻木、涎液增多外溢及舌运动障碍，出现说话、进食及吞咽轻度困难时，家人和同事们都多次劝他到医院检查，却因数起案件正处于侦查的关键时刻而被他婉拒，一再表示等忙过“严打”这阵子再说。由于长期过度抽烟与长期疲劳造成免疫力低下的同时，病情被一拖再拖，最后，舌运动严重受限，固定而不能自控，进食、吞咽、言语均感非常困难；剧烈的疼痛反射至半侧头部，实在无法再坚持下去。他在迫不得已的情况下才去医院做检查，他怎么也不敢相信自己竟然会患上舌癌，而且是晚期。这一年，他才38岁。

他无法面对这一残酷的事实，但必须接受这个现实。他第一时间想到的是：“我会倒下去吗？”已经有好几位战友在他之前病倒在岗位上，他们像是刹那间涌现在他的眼前：“我会跟随他们也永远地离去吗？”

他的战友也几乎同时在想：“他还会回到我们的身边吗？”

他有了一个斩钉截铁的答案："我不能在家里坐等病魔发报到通知书，我只有在我热爱的岗位上活着才有意义。"

求生的本能，所有的潜能，促使他……

有一种习惯叫榜样

"一刻也不能再耽误，必须马上手术！"医生的话就是命令。

服从命令是一个警察的天职。

采访中，再次揭开采访对象的伤痛是件很残酷的事情，但为了求证支撑的精神力量而不得不狠下心来。他女儿说起当年的往事仍热泪盈眶："我紧紧地抱着母亲不放，几乎是在绝望中等待我父亲从手术室里出来。""我爸爸醒来之后，我抱着他说：'爸爸，你不能离开我们，我们不能没有你！'"

她沉默了一会后，反问我："我当年才13岁，你能理解吗？"我点了点头，表示理解。

她接着说："你恐怕还是不能完全理解，你知道我当时有多害怕吗？我爸爸抚摸着我的头、看着我的时候竟然不会用语言安慰我。"她还对我说，当时医生说了很多，她只记住了手术很成功和五年潜伏期这两句话，以后的几年里，五年潜伏期就像噩梦一样缠绕着她。

梁瑞伟对当时的情形是这样诉说的："当如花似玉的女儿哭着让我说话时，我心如刀绞。语言是人类感情沟通最主要的手段，任凭她哭着、喊着，我却不能对自己的女儿说出一个字来阻挡她的恐惧，还有比这更残忍的事情吗？我用战栗的手替她抹眼泪、擤鼻涕，在她的衣服上拭干净手后再一次次替她抹泪和擤鼻，不停的肢体动作才令她的情绪平静。”

梁瑞伟从心底里感激，是医术高明的医生把他从死亡的边缘拉了回来。由于一般舌癌不能及时发现，一经发现则是中晚期。尽管术后三五年生存率一般在60％以上，但也意味着在3—5年内癌症随时都在威胁着他的生命。他当然希望再也不会与癌症“碰面”……

谁能想到6年后，癌症会降临在他妻子身上？梁瑞伟应该是第一个知道病情的人，可是谁通知他的，忘了，因为当时大脑只有一片空白。妻子得癌症比他自己患癌症还要痛苦百倍、千倍。

他深深知道是妻子撑起了这个家。

1983年，女儿刚出生几个月，他要到乡下办案，这一走就去了近一个月，本来产后就有点抑郁的妻子更是满腹怨气。好在她的姐夫也在公安局工作，替他当起了调解人，一番开导后，她终于明白了丈夫所肩负的责任和使命的光荣，夫妻俩的矛盾才得以化解。自此之后，只要是说起他工作上的事情，她就会在玩笑中略带自豪地说：“嫁给他就好像没嫁人一样。”

别说照顾妻子了，女儿从小学到中学毕业，他哪一天、哪一次接送过、去开过家长会？没有！女儿身体不舒服、头痛发热，他哪一次去医院看过？也没有！要么在外出差，要么早出晚归，与女儿一周不见面是常事，与妻子分居两地后更是习惯了。

在老家的双亲也都是妻子在尽心尽力照看。说起他还健在的两位高堂，父亲93岁，母亲92岁，两老的心思很明确，就是不想白发人送黑发人。他们劝儿子梁瑞伟提早办理退休手续都被他拒绝了。难怪自古都有定论，忠孝不能两全。

他对家人亏欠、愧疚的事情太多了，他不敢再回忆、再细细品味下去。幸运的是妻子的病情发现得早，生存率也比较高，才让他有了一丝丝的自我安慰。

这一次，女儿是这样说的："妈妈，爸爸需要你！爸爸已经挺过去了，你也一定能迈过这个坎。"这是一个女儿深情的呼唤。他面对欲哭无泪的女儿："老伴，我们一起撑起这个家！谁都不能倒下去！"这是一个多么沉重的希冀呀！

妻子需要到广州住院，他已经请好了假，只待了一天就被妻子"撵"了回来："我是护士，在医院能照顾好自己。"这是她下的又一道命令。相比于妻子的痛苦，受害人的伤痛让他更揪心……他刚性里缺少的不是柔情，而是忠诚。

她可以回家了。对于她来说，没什么比这更好的了，又可以为他尽到妻子的责任。她强撑着虚弱的身子为他煮好了早餐，看着他去洗漱后，又泡好茶，满意地看着他在餐后喝起了几十年如一日的一杯好茶，然后转身下楼去开门，用一个眼神、一个微笑相送……

"他太不懂得爱惜自己了。"妻子的怜惜之情油然而生。

我问她："你为何几十年可以重复做同一件事？"

她沉吟良久才说："我喜欢他！一半是为了支持他的事业，家里的事情他可以放心；一半是为了爱，他平安地走出这个家门，就希望他能平安地回家。"稍微停顿了一下，她继续说："我也有怕的时候，就是最怕晚上12点以后听到电话响——大的案情又来了，这一去，又不知道什么时候他才能回家。"对此，梁瑞伟却是这样理解妻子的：她一听到电话响，会第一时间将我拍醒让我去接电话，从来不抖搂半点怨言，为的是可以让我一心扑在工作上。

她还继续说："当警察的都这样，舍小家顾大家。只要他愿意干下去，我就支持他。"

她的病痊愈了。她身为一名老资格的护士，懂得生与死在一线之间，并不是因为她见惯了生与死才不在乎，可以置生死于不顾，而是真正懂得生命中、生活中还有一种更珍贵的东西叫热爱，妻子把自身重新健康的希望留给自己所爱的人所钟爱的刑警事业，所以，上天眷顾她，还她一个好身体。有时候不得不让人相信，好人终会有好报。

“你为什么提前内退？”我再问。

“他是不可能放弃的，身边太需要有人来照顾，只能由我来放弃了。”她如是说。

他感激妻子孜孜不倦的关爱和支持。没有妻子全身心的关爱和全力支持，他也走不到今天。正所谓是“军功章里有她的一半”。他俩是青梅竹马，却不离不弃。他夫妻俩何尝不是一对恩爱且忠诚的伴侣。

最后，他女儿还这样对我说：“说实话，当时我也不理解我爸爸为什么还要这样搏命，埋怨他没花时间好好照顾自己、好好照顾妈妈。后来我为人妻、为人母之后才慢慢想明白，有了工作就有了一份社会责任，何况我爸并非仅仅是个普通人，他还是个‘警察叔叔’呀！”父亲的形象在女儿的心里渐渐高大起来。

我想，一个家在社会上，有时候就是一种榜样！

你能想象一个癌症病人的痛苦，但你能想象得到一个曾身患舌癌、没有了舌头的刑警仍然与犯罪分子持续较量了20年吗？

术后，梁瑞伟已“面目全非”：体重从150斤骤减至110斤，魁梧的体型变得瘦削，干黑的皮肤代替了亮白的肌肤，原先合身得体的警服变得“阔绰”了起来；牙齿被全拔掉，只能装上假牙，脸颊凹陷，舌头也被切除了大部分，说话和吞咽也都受影响。他从喉咙发出的声音有些模糊，有时一个词要重复几遍才能听清，就连吃饭、吃东西也只能咽下半流质的食物、软绵之类的水果。他的这副模样让人看了莫不心酸……

医生对梁瑞伟说，我们救得了你的命，却保不住你的舌头，以后你说话会很难。言下之意就是说，他有严重的语言障碍。虽然舌是重要的发音、咀嚼等功能器官，应该在尽可能减少病人功能障碍的基础上治愈病人，但他们已经尽力了。

他不是没有眼泪，而是不能流眼泪。

他为自己定下目标，必须发出最强音！他就没想过要放弃。舌头不那么灵光，还有脑和手。病魔，你不怕它，它就怕你。

他可以下地走动了，一刻也不能再等，要做的第一件事就是到户外练习发音。他需要明晰的言语，不仅仅是弥补对女儿的爱，不仅仅是与战友们交谈工作的需要，更重要的是，语言是审讯时投向犯罪嫌疑人的一颗颗重磅“炸弹”，让其无处可躲、无处可藏，只能从实招来。

回家后，不用顾及影响别人，也无须顾虑面子，他开始努力用吃力的咬舌音练习说话，尽可能少用卷舌音，用口型的调整来帮助发音吐字。练习的方法或喊，或唱歌，或读报。经过大半年的不懈努力，终于像常人一样可以说话、表达了，比较准确的发音得益于说的是粤语，因为少了许多的卷舌音，偶尔个别词语说得不够清晰，已经不影响他正常的工作、生活。后来到医院复查时，医生欣喜地告诉他，能恢复成这样，简直就是奇迹！

重回岗位，有人出于善意的规劝，不要拿命去搏，否则，不觉得傻吗？

他自认为，既然已经“死”过一次了，还怕死吗？既然死都不怕，苦点、累点又算得了什么！命运是由许多的偶然因素所决定的，人们只能把握到其中的一部分。他将所有的偶然因素排除掉，双脚踏在坚实的大地上，双手拿着法律的尺子丈量着善与恶。正因为如此，他没有了许多不属于自己的名和利的欲念，活得很轻松，工作上的累和苦就变成了生命轻松、人格自在的主要部分。这很好地诠释了一个共产党人眼中的优点，而在世俗的眼光中就是弱点，屡屡被人暗地里嘲讽：何必这么拼命？一句话，就是傻！如果我们多一点优点中的“弱点”，将会成为无坚不摧的公平、正义的力量。

支队的领导尽可能不安排他外出办案，本意是照顾他的身体，让他习惯买菜做饭、分担家务、陪伴妻女的家庭生活，但是他却执意变成可以让他集中时间、集中精力对案件进行审核把关的职责。尽管其中还有一个很重要的原因，考虑到他的病虽然基本痊愈，但因为手术切除了舌头而留下了吞食困难的后遗症，只能吃半流质的食物。外出办案讲求的是争分夺秒，为了能让他吃好，势必会延长就餐的时间。他深深地感谢同事们对他照顾的好意，更明白耽误不起办案的时间，因此，对案件进行审核把关是他最好的选择，既是自己工作上的强项，又可以不影响案件侦查工作的展开，两者都可以兼顾。熟悉办案的侦查人员都非常清楚，审核案件线索和证据并不比外出侦查时的酷热难当、寒风刺骨、顶风冒雨、蚊虫叮咬、挨饥抵饿、短兵相接、性命相搏来得轻松，并不是抓到了嫌疑人，案件就一了百了。如果审核不严，就有可能漏掉深挖犯罪的线索，或漏掉、适用错了罪名，或放纵了罪犯，不能将案件办成铁案，甚至会出现冤假错案。可见，对案件材料的审核是办案的重要组成部分，不但一点都不轻松，且责任重大。

由于经验丰富，侦查功底扎实，他的办案经验已形成一种系统的案情分析思维：准确构建犯罪现场，缜密判断侦讯关键，全面把握侦查方向，果断实施抓捕行动。这种经验还外化为：对审核案件时的阅卷笔录进行表格化管理。如果没在公检法干过的人，也许不能想象得到是怎么一回事，但千万不要拿企业管理的表格化去套。举个通俗的例子也许有助于理解，那就好比一个中医开了药方子，只要按方到药柜抓药就可以治好病。因此，同事们送给他一个“中药师”的称号，“药”到“病”除——成功侦破、办结全市全部涉黑涉恶案件和部分重特大案件几十起。

侦办案件的脑力劳动是最繁重的劳动，审核案件时的阅卷不是在看小说，更不是在自娱自乐。很多时候，他白天参与审讯，晚上对当天收集回来的所有证据材料进行审阅梳理、相互印证，确定证据体系是否完整，进而列出第二天的审讯方案、侦查提纲。尤其是黑社会组织犯罪案件办结后的卷宗，最多的超100卷，大多数为40多卷，最少的也有20多卷，而每卷都有150页左右的证据材料。几十起涉黑涉恶案件和部分重特大案件加起来该是多少卷卷宗呢？他为审核案件所做的摘录和开列的侦查提纲写下了200万字，是多了还是少了？他长年累月在高负荷、高标准、严要求的环境下工作，身心承受着常人难以想象的压力，埋首阅卷两三个小时后，视力就变得模糊，放下卷宗合上眼休息一会，脑子却仍停留在案情上；腰痛的毛病又犯了，站起来叉着腰活动一下，眼睛却没闲着，瞄着放在垒起来的卷宗顶部的各种表格；头痛发作了，用药油擦一下，不能让思考着的问题中断。这些舌癌的后遗症不断地在折磨着他。他还是用挺一挺就过去这个老办法来对付。为了把案件办成铁案，他经常查阅案卷、审核证据材料到深夜，有好几次还晕倒在办公室里，醒来了接着干。有一次深夜，同事们离开办公室时反复提醒他早点回家休息。可是，第二天同事们进办公室后见他还在审核案情，他却反问他的同事："你们还没回去休息吗？" 他得到的回答是："你又熬了一个通宵。"

他的同事是这样评价他的办案能力的：

伟哥的身体不太好，冲冲杀杀已经不适合，但他在案件审核把关方面却是一把好手。他一看卷宗就知道嫌疑人在哪个犯罪行为上回避了，哪里没有如实交代，为什么如此，是什么心理，是畏罪还是避重就轻地推卸责任，把案件梳理得脉络分明，应该如何查清案件事实有明确的侦查方向、措施和手段，可谓是火眼金睛。

在支队里，每每遇到拒不交代的犯罪嫌疑人，都是伟哥亲自出马把案件的"堡垒"攻下来。

每件大案和恶性案件也都由伟哥来审核把关，大家对案件的质量才能放心，称他为“定海神针”。

他还把几十年来的办案经验毫无保留地与同事们一起交流，对提高侦查水平和破案率帮助极大。

众所周知，在办案中，责任心强、认真、细致、严谨是他一贯的工作作风。经他审核的案件，定性准确、处罚得当，从没有出现因审核把关不严而被撤销的。他拟写的或审核修改的法律文书，语言规范、事实清楚、证据充分、说理透彻、简洁明了，经常被作为范本供同事们参考、学习。

习惯了，也就觉得很自然。他一直认为：“我的事情很平凡，大家不都是一样做的吗？”

把这一切看作是习惯，你能做到吗？

他不但一贯保持这种习惯，而且提升为一种精神境界：“虽然我今年已经58岁，职位退了，工作还在；年龄大了，事业还有。我愿付出一生的光和热，无愧于党的培养，无愧于人民的期望，无愧于人民警察的光荣称号。”

公安网、新浪网公布得票结果：他分别得票30296和2986456，排名分别为第一和第三，当之无愧地成为全省“南粤十佳卫士”。还有，在1984年至2016年间，先后荣获个人一等功、二等功各1次，个人三等功7次，记功1次，嘉奖2次；多次被评为优秀团干部、优秀共产党员、优秀党务工作者，多次被评为省、市公安系统先进工作者，分别荣获广东省“五一”劳动奖章、全省优秀人民警察、云浮市第一和第二届道德模范荣誉称号等共32项。1991年，他还作为肇庆市的唯一代表参加省公安厅组织的“立功英雄模范报告团”赴江西省开展经验交流。如果把他谦让给战友的荣誉算上，那就更多了！但他也多次说过：“是战友们伸手托举起我这个老刑警的荣光。”

这些用血水、用泪水、用汗水、用责任换来如此多集于一身的荣誉，在梁瑞伟的眼里仅仅意味着“我就是本本分分做好一个人民警察该做的事”。这是何等的谦逊！然而，他本分吗？按常理，他完全有理由做一些更加轻松的工作，领导和同事们也是这样劝他的，谁也不会怪他挑肥拣瘦。但是，他却仍然坚定地、不顾一切地选择在刑侦这个岗位上，在这一点上说，他又是不本分的。从另外一个角度理解他的这个不本分，除了说明他忠诚于刑侦事业、忠诚于党的事业、忠诚于人民之外，就再也找不到更好的理由来解释他为什么在与病魔抗争的20年里仍能屡立新功：“有你伟哥出马，就没有侦破不了的案件！”他也用铿锵有力的语言做出了回答：“只要还有一口气在，我就要付出自己的全部力量！”

他出名了，并没有把这作为谋私利的手段；他出名了，并没有把这作为向组织伸手讨价还价的本钱；他出名了，仍然保持着脚踏实地、任劳任怨的一贯本色；他有名了，将它转化为忘我工作的不竭动力。在他的信念里，“他们图的是什么，我不太清楚，或许跟我的是一样。人是需要精神和动力的。我图的是一个好人民警察的名，更是一个合格共产党员的名”。他的忠诚，不因病魔而递减，反因生命而递增。

为家、为党、为国，这就是榜样的力量！

战友们习惯地尊称他为伟哥，不仅仅因为他年长，也不仅仅因为他在38岁时得了癌症后绝处逢生，而恰恰是因为他在刑侦的岗位上整整奋斗了38个年头。伟哥，着力显示的是人民警察的责任与担当、人民警察的忠诚与力量、人民警察的荣誉与使命。

再有一年多的时间，他就要退休了，在这里，我们齐声祝福他——身体健康、家庭幸福！

2017年3月

一枝腊梅吐清香

李　娜

一个风和日丽的早上，窗外是南山葱绿的林木、红灼的花朵，时有小鸟和蝴蝶从花丛中穿过。我与一个检察官的对话，就从这个宁静的时刻开始。

初次见到刘瑛，完全不是我想象中公诉人的形象，她长头发，笑起来眼睛弯弯的，说话的声音很温柔。她叫刘瑛，云浮市检察院公诉科副科长。

"不知不觉，来云浮已经15年了！"刘瑛感叹。记忆拉回到了15年前开始的时刻。

宝剑锋从磨砺出

2003年夏天，黄河之滨的甘肃政法学院。

刘瑛从法学专业毕业了，面临着一个巨大的人生抉择：跟同学一起来到云浮参加招考，考进了郁南县检察院。

一切从头开始。外地人初到云浮，语言不通，买菜时连价格也问不了，常常是对方要多少给多少，从不讨价还价。因为大家彼此不了解，所以外出吃饭常常被人问有没有吃过鸡、有没有吃过鱼等等，同时在很多方面也不被别人认同。只身来到云浮，对周边的情况不熟悉，闲余时外出还常常迷路。2003年的郁南，路况很差，交通也不便利，从郁南坐车到云浮找同学要花近三个小时。加上广东天气炎热，她居住的房间也没有空调，生活对她来说似乎是在“炼狱”。虽然生活艰辛，但作为外地人，她也有得天独厚的优势，当时刘瑛是郁南县为数不多的全日制本科生，又是学法学的，所以在工作上，她有扎实的理论功底。加上她肯钻研善总结，对工作她有十足的信心。“纸上得来终觉浅，绝知此事要躬行。”新的环境、新的工作也给了刘瑛不断学习的动力。刘瑛从小养成的吃苦耐劳品质，为她在艰苦的环境中努力工作做好了充分的准备。

一切从平凡开始。除了做好内勤的本职工作外，刘瑛还积极争取机会，帮助案件承办人制作案件审查报告，制作法律文书，特别是2005年夏天，她用了大半年的时间装订了单位近十年的案卷档案，也正是这项工作，为她此后独立办案打下了坚实的基础。那时候工作虽累，但刘瑛每天都过得很充实。很多人都说，司法考试是我国目前最难的考试之一，自2002年全国统一司法考试以来，一直到2005年，郁南县检察院还没有人通过这项考试。为尽快取得办案资格，刘瑛通宵达旦，利用一切可以利用的时间备考，2005年便顺利通过了考试，成为该检察院唯一通过司法考试的人。刘瑛在郁南检察院工作了三年，支撑她坚持下来的信念除了自己梦寐以求的检察官梦，还有郁南人民给予她的帮助与包容。尽管工作和生活都有诸多的不顺利，但刘瑛认为一切困难都只是暂时的，她相信自己能够化茧成蝶。要想按质按量完成单位交给自己的每一个案件，就必须练就过硬的本领，其中除了具备扎实的法律理论水平，还要有丰富的社会实践经验。三年的郁南工作经历给了刘瑛宝贵的人生阅历。她时刻注意学习，向身边的每一个人学，向身边的每一件事学。

功夫不负有心人。经过三年的沉淀，刘瑛从一名办事员成长为书记员，从一名助理检察员逐渐成长为一名公诉人，她在用自己的行动践行着法律的尊严，她在用自己的方式为正义发声。那时候，她很怕接到法院的电话，她担心她办理的案件会出现大大小小的问题，也正是在这种工作压力下，刘瑛总是举一反三，反复研究案件中的每一份证据材料，确保其所起诉的案件不会在审判阶段被法院挑毛病。

一切从细节开始。刘瑛有一个习惯，她会用一个笔记本专门登记自己所办理的每一个案件，记录案件的每一个进展，这样一是方便自己记住办案期限，不会造成超期积压，二是积累办案经验。好多时候，公安机关送案过来，但凡是刘瑛之前办过的，她一看名字就知道这个人有没有前科，从而督促公安机关全面取证。

2006年，刘瑛办理一单盗窃案，她发现该案犯罪嫌疑人的绰号与她之前办理的另一单抢劫案在逃的嫌疑人绰号相同，而公安机关在侦查其盗窃犯罪时并没有任何有关抢劫的讯问，于是在提审时，她迂回周旋，并最终确定该嫌疑人就是之前抢劫案的在逃人员。

法亦有情心作秤

在一般人的眼里，检察官是铁面人、无情人。其实只说对了一半。检察官在铁面之中，依然是一个有情人。

随着办理案件的增多和经验的积累，她办案的效率越来越高，办案速度快的话，对被告人是一种公平，对于小案件的被告人，特别是对于小案件的被告人来说，很快审判完以后，减刑也会尽快执行。如果拖得太久，本来判八个月，等他拿到判决书的时候八个月已经过去，便没有了减刑的意义。也许被告人不一定感受得到这种公平，但刘瑛会督促自己尽量快，这是对被告人最负责任、最简单的公平方式。

然而，一部分要被判刑的人心理很奇怪，他们等待法院判刑，不管判多久，只要判下来，心里就安定了，不一定会考虑是否减刑的问题。案件在审理的时候，刘瑛将涉法、说理都给当事人讲清楚，他们应该判多少年，实际判了多少年，让他们清楚自己应负的责任和拥有的权利。刘瑛办理过的案件很少有人上诉。自办案以来，跟同事去提审，同事都会有一个感觉，即使被告人被告知他可能会被判死刑，可他依然会很感谢刘瑛，他觉得刘瑛是来帮助他的，很多杀人犯都是这样。

助力修复社会关系。刘瑛认为不管是谁，她都会真诚对待，即使被告人杀了人，罪大恶极，他可能被判处死刑，但他是社会的一员，并不是说他杀了人，两眼一闭就结束了，他还有老婆、孩子和家人；虽然犯了罪，但还有需要他承担的社会责任，在执行死刑前有很多可以做的事情，以减轻、弥补刑罚对被害人家庭造成的伤害和自己家庭造成的创伤。比如，杀了人，死刑离开后，他的老婆、孩子一辈子要面对被害人的家属，还要在社会上生活。刘瑛讲了他们应该做的事情和做这些事情的原因后，很多人会幡然悔悟，给被害人家属道歉，被害人家属也多少会有些释怀。这对修复社会关系起了很大作用。

有这样一个案子，罪犯跟小孩的爷爷有矛盾，去找小孩爷爷报复，他进去以后问孩子爷爷在不在，孩子说："不在！"他就拿水果刀在孩子的头上、背上乱扎，孩子便当场身亡了。被害人家属写了很多信到处上访，要求立即判老头儿死刑，被害人家属还写了投诉信给检察院，如果不立即处理这件事，他们就去报复被告人一家。刘瑛得知此情况后，对被害人家属说，不要过分悲伤，这样会伤了身体，事情已经发生，要向前看……

即使开庭前刘瑛给被害人的父母做了很多思想工作，但在法庭上，孩子的父母情绪还是非常激动。他们在外地打工，孩子暑假回来本来是想陪爷爷两天，无缘无故就被杀了，孩子父母很难接受。孩子的死，不光是两个年轻父母的问题，还影响了两个小年轻跟自己父母亲的关系，两代人之间的关系因此变得紧张。刘瑛告诉孩子的妈妈："谁都不想发生这样的事，但事情已经发生了，我们必须要接受现实，继续好好生活下去……"因此当一个案件发生，不仅仅要看怎么给罪犯判刑，案件中涉及的人物关系更需要公诉人来调和，刘瑛不将自己的工作局限于审理案件，还用心与当事人沟通，缓和家庭之间的矛盾，促进社会和谐稳定发展。

梅花香自苦寒来

在市检察院，大家很佩服刘瑛的吃苦精神，可以说一般人比不了。然而对她来说，好像十分自然，因为她是贫困家庭出身的苦孩子。

1978年3月，刘瑛出生于甘肃省酒泉市金塔县一个偏僻的农村，她的父母都是质朴的农民，家有两姐妹，父母为抚养她们两姐妹长大，默默耕耘，任劳任怨。自小父母亲对两姐妹的学习较为重视，虽是女孩，但她们的父母并没有受缚于西北农村重男轻女的传统思想，而是坚持供她们读书。那时候父母说得最多的就是"只有考上大学才能改变世世代代都是农民的命运”。父母读书不多，没有能力辅导她们学习，在那个年代，农村的学校也没有辅导班，成绩好坏全靠自己。

刘瑛读初中时，学习成绩在学校已是名列前茅，中考有两门课程是满分。她那时寄宿，周一到周六上课，周六晚上回家，周日在田里帮父母做农活，寒暑假风雨无阻。她出去放羊，妹妹则在家帮忙做其他杂活。放羊的岁月对刘瑛来说是阅读课外书籍的绝佳机会，那时候在村里的小商店三五分钱就可以租到一本小人书，《鸡毛信》《平原枪声》《地道战》等是她少年时代最深的记忆。在外读书的邻居哥哥假期回来，他书包里的《西游记》《红楼梦》《水浒传》是她念念不忘的“美味”，也正是那个时候，刘瑛爱上了读书，并不断从书本中汲取养分。

她的高中生活单调而充实，差不多每天都会比班上其他同学早起半小时到一小时，学校门卫值班室的灯光，北方寒冬刺骨的风雪，对当时那个对读书如饥似渴的刘瑛来说是最好的清醒剂。功夫不负有心人，她的成绩总是名列前茅，每次开家长会，刘瑛都会被老师多次表扬，她的父亲每参加一次家长会都会兴奋好几个月。能让爱她的人因她而骄傲，是最让刘瑛感到幸福的事，因为那个时候的她，经济条件比城里的同学差，她希望通过自己的努力为自己和家人争口气。

父母亲为人处世的方式对刘瑛的影响很大，他们性格谦和，从不与人争吵，一家人和睦相处，给了两姐妹宽松的成长环境。他们遇事泰然处之，也养成了姐妹俩如今知足常乐的心态。对刘瑛影响最深远的人是她读高一、高二时的班主任，他也来自农村，用自己的汗水浇灌出自己精彩的人生，他每天坚持学习，要考取更高的文凭。他在学习上常常鼓励刘瑛，还借各种各样的书给她，让刘瑛通过书本的窗口有了放眼远眺诗和未来的机会，走出去的想法在她的心里埋下了种子，逐渐生根发芽。这也是大学毕业后她从甘肃远下广东的重要原因。

俗话说，台上一分钟，台下十年功。每次在法庭上有力的辩论，都是刘瑛不知花费了多少精力和时间熬出来的。法庭上的掷地有声，都是法庭下的汗水凝聚而成的。

“10·9”案件是一起与黑社会有关的案件，七十几个人要被审查。由于人数多，从前期的准备工作到审查起诉阶段再到出庭，工作量和难度都相当大。需要记清每个案件期限，并起来以后按最初案件为准，不能超过第一个案件的时间，每个人关押的地点不同，全市看守所都有关押的人，要分别告诉他们权利和义务，对案件进行询问，还要记清已经核实过的案件内容和时间，这是对案件期限的考验。

大案要案，比拼的是一个人的智慧、能力，更比拼的是一个人的耐力和精神。刘瑛要对公安送过来的材料进行初步熟悉，分别找七十几个人核对情况，看材料是否属实，不同的关押点给案件的审核带来了难度，关押的人办好手续就能审，一部分取保候审的人要打电话约时间。不仅如此，还要证实某人当天发生了某一件事情，不是靠一两个证人，而要靠大量的证据材料才可以确定。比如一段事情有哪些人提过，几月几号提的，在哪里提的。这仅仅是七十几个被告人，还有三四百个证人，被告人都有哪些证人，被告人的作案工具是什么，需要大量的证据，将所有的材料综合起来，通过比对，得出结论。这些只是不到1/3的工作，有一两千页的名字要校对，其中真名和花名的辨别很难，他们是兄弟关系或父子关系。由于黑社会案件的特殊性，七十几个罪名到底跟黑社会有什么关系，这是最难的部分。刘瑛要将所有这些小的内容套到大的体系中，根据黑社会的组织特征和经济特征，犯罪所得有没有供给黑社会，谁分配，怎么分配，给了多少，怎样的给法，分析过程很难，所有这些工作都是刘瑛一个人来完成。她每天晚上从11点工作到凌晨4点，连续做了将近一个月，完成报告分析部分。形成材料需要付出的劳动很多，需要分析、思考，是很烧脑的过程。

到了这一步，通过报告可以得出七十几个人每个人到底触犯了哪几个罪名，每一个罪名判多久，有没有从轻处罚的，是否起诉，每个人该负的责任，分别做过的案件，以及每个人在黑社会里的位置。证据不够的要求公安补充不完善的材料，这是把小的零散的内容放在一个大的链条里面。这就是审查起诉阶段。

对符合条件的人提起公诉，送给法院。开庭前要考虑到所有的可能性，包括被告人和律师，每个被告人有两个法警，云浮法警不够，要从武警等协调调人；维护庭审的秩序，念清楚每个人的名字，时间有限；避免押解路上劫车劫狱，要进行道路戒严，还得提防被告人半路串供，跟法院沟通好，避免律师在庭捣乱等等。开庭后，刘瑛等公诉人给每个被告人发号码牌，有事举牌，开庭七天，效率完成庭审。其间，刘瑛每天晚上要将次日开庭用到的证据再次熟悉，思考用最快速度出示完的方法，还要保证展示清楚，不能乱，这既检验了刘瑛对案件和证据的熟练程度，又考验了她的概括和归纳能力。刘瑛作为公诉人，白天面对律师，晚上为了高效庭审，要做好证据整理和归纳工作。

越难预测的越难应对。法庭的律师多，不可能预测到每个律师提出的问题，靠猜来做准备，刘瑛在法庭上随机应变，令在场的律师无力回击。七天的庭审，刘瑛他们终于赢了，在场的被告人和律师对于刘瑛在庭上的表现，都无话可说。这是对刘瑛日日夜夜为之付出艰辛劳动的最好回报。

“铁娘子”也是好妈妈

在单位，刘瑛雷厉风行；在家里，刘瑛细致入微。

在刘瑛的女儿两岁时，刘瑛将她从甘肃老家接到自己身边。那时的女儿不听话、是非不分，刘瑛不厌其烦地告诉女儿事情的是非标准。在一遍遍的“熏陶”下，女儿上了小学后逐渐建立起了正确的价值观。女儿在电视上看到有关日本、印度等国家的地理、人文等节目时，她说自己还是最喜欢中国。女儿玩手机，知道哪些是可以看的内容哪些不可以。受刘瑛夫妇工作影响，女儿喜欢看《名侦探柯南》《今日说法》等与破案有关的影视节目。谈到这里，刘瑛嘴角微微上扬。

刘瑛有个热爱阅读的女儿。周六周日，早上起床，都会看到手捧书本、津津有味读书的女儿。在8月的南国书香节云浮分会场上，刘瑛为女儿买的中国名著、世界名著、杨红樱的丛书、龙应台的书很快被女儿读完了，刘瑛还会陪着女儿一起读。平时生活中，女儿会说一些很有哲理的话，这让刘瑛很是惊讶。当问到这些话都是从哪里看到的，女儿就会胸有成竹地说是哪本书上的哪个人说的，刘瑛会悄悄去翻女儿说的书，确实如此。女儿还掌握了写读书笔记的方法。女儿成绩优异。这一切与刘瑛夫妇的教育和影响是分不开的。刘瑛夫妇在家中看文件，为第二天的工作做准备，女儿误把父母看资料当成看书，自己跑去拿一本书来读。刘瑛在生活中不惯着孩子。利用饭桌上的时间教育孩子，帮助她了解周围的人和事。比如平时刘瑛夫妇给老人打电话女儿都在跟前，换季的时候，要记得问候老人，为老人买一些补品或衣服，借此在饭桌上告诉女儿尊敬老人是中华民族的传统美德，胜过干巴巴的说教。

从事检察官工作15年来，刘瑛没有停顿过自己奋斗的足迹。她先后获得了广东省五一劳动奖章、广东省政法干警核心价值观“先进个人”、广东省检察机关第七次双先表彰“先进个人”、广东省“百名好母亲”、云浮市“十佳检察官”。她爱岗敬业，勤勤恳恳，默默无闻地以纤纤之躯挑起了一副副重担，被称为云浮检察机关的“铁娘子”。

刘瑛直言，新时代，检察官肩上的担子更重了。在司法体制改革完成后，每一个公诉人在工作中承担责任终身制；生活中的处事态度是知足常乐，与他人融洽相处，相互理解。

窗外风景依然。一番对话之后，我看到了一个女检察官的强大心灵。她铮铮铁骨，从容面对恶势力，用事实说话，与不法分子对簿公堂，展示正义的力量；她柔情似水，站在当事人的角度，为修复社会关系出一份力，展现法律的温度，为女儿撑起半边天，散发母爱的光芒。

祝福刘瑛！祝福新时代的女检察官！

2018年10月

满园春色园丁情

李　娜

她在讲台上像园丁般精心浇灌着花朵，将雨露撒遍大地，辛勤哺育着幼苗，耐心等待着花骨朵绽放成怒放的鲜花。每当此时，笑容便爬上她的面庞。她就是林雪莲，现为云浮市第一中学的高三语文老师。

初见林雪莲，是在她家中。个头娇小，染黄了的到肩部的长发，戴着一副眼镜，与人讲话很随和。她家中并不富丽堂皇，但是窗明几净，客厅的墙上挂着一幅背景墙，上面写着："雅舍兰香——霓裳片片晚妆新，束素亭亭玉殿春。已向丹霞生浅晕，故将清露作芳尘。"

人如其名，林雪莲有着雪莲花一样纯洁、积极向上的品质，具有不畏逆境、坚韧不拔的性格。自1989年参加工作至今，一直在云浮市第一中学从事语文教学工作。在这从教的29年中，她不畏艰难险阻，多年从事高三语文教学工作及担任高三班主任。在她的不断努力下，所教高三学生在高考中都取得了优异的成绩。2015年她被授予“广东省劳动模范”荣誉称号，这与她认真负责的工作态度、对学生勤勤恳恳地付出是分不开的。林雪莲的为师、为人、为妻、为母，可以用一个词组来形容——雪莲幽香。

一

林雪莲出生于1969年，她的父母都曾在硫铁矿公司工作，她是典型的硫铁矿子弟。林雪莲万万没想到自己会去当语文老师。她1987年考上肇庆师范专科学校（现在已改为肇庆师范学院）中文专业。1989年毕业后，上进心强的林雪莲在1990年9月又去读了华南师范大学的函授。经过三年的努力学习，通过了颇为不易的英语考试，顺利拿到了学位，1993年6月获得本科学历。她说，那时没几个人能通过英语，唯一的方法就是不断去学习。

林雪莲起初并不是很喜欢读师范类专业，但既然已经考上了就只能去读，就这样她尝试着接受师范院校的一切。后来实习时，带的是一个学生比较调皮捣蛋的班。由于林雪莲是实习女老师，体型娇小，有些学生便恶作剧“欺负”她。这些并没有令她退缩，而是尝试着跟学生有更多的接触。跟学生们相处了两三个月，学生们虽然调皮捣蛋，但是林雪莲在下课后像朋友一样和他们聊天，慢慢地，她觉得当老师既能教他们知识，还可以与他们谈心，也还是挺有意思的。就这样，做老师的想法在她的心中萌发，一做就做了30年。现在回想起来，林雪莲觉得自己适合做老师，教了一届又一届学生，送了一批又一批，看到他们一个个读了大学，接受高等教育，很有成就感，很满足。

二

林雪莲刚从学校毕业出来是教初中语文，2002年开始教高中语文，教了两年高一后，2006届开始学生由她从高一带到高三，并做班主任，还教两个班的语文。第一次教高三学生，班里有几个同学不信任林老师的能力，想换有经验的老师上课，校长找到她反映这个问题。林雪莲回忆，当时心里还是很难过，挺失落的。但是人始终都要有第一次，她选择迎难而上。林雪莲在备课方面更加细致，不断做题、备课、查资料。当时网络不发达，她就买了很多书籍看，对比之前高考真题，有针对性地一点一点归纳总结考点，拼命钻研。当时她的孩子还小，还要照顾小孩，她就利用晚上的时间下功夫，同时主动与学生交流，了解学生的学习动态。

林雪莲的教学生涯迎来春天。在8月份假期补课的时候，学生们看到了林老师的努力，反馈她上课准备得很充分，9月份开学学生真正接受了林雪莲。受林老师的影响，学生学习更加努力，劲头十足。这批由林老师从高一带上来的学生，在没有硝烟的战场上并肩作战，应战高考，取得了优异成绩。其中，2006届高三（2）班高考平均分为543.2分（标准分），排在云浮市第三名，仅次于罗定中学和罗定廷锴中学，所教学生杨鸿帆750分排在云城区第三名，朱纹佳739分排在云城区第四名。

学生杨鸿帆成绩优异，在备考后期，文章阅读写得很不错，但语文选择题做得比较差，当时很担心，就问林老师自己该怎么办。一般来讲，语文要想拿高分，选择题原则上只能错一两道题，而他会错五六道。每次做完他就将题拿给老师，林老师给予讲解，针对性地对他辅导。高考一结束，第二天聚会时，杨鸿帆说选择题只错了一道。后来他考到了华南理工大学。

三

2009年至2012年，林雪莲主持全国教育科学“十一五”规划教育部重点课题“新课程改革中转变学生学习方式的研究”的子课题“接受学习方式与语文课堂有效教学的研究”，并顺利结题。课题研究的内容是如何通过改变师生间的学习方式，与学生进行互动。云浮市第一中学一直以来是接受式的学习方式，这种学习方式有利有弊。林雪莲就研究什么时候用接受式的方法，什么时候用其他的学习方式，并思考在这种接受式传统方式的基础上，怎么跟新的方式融合，才能尽可能达到好的教学效果。

一切都是刚刚好。林雪莲2009年被广东省人事厅评为“语文中学高级教师”，2010年被广东省教育厅确定为高中语文省级骨干教师培养对象。她主持课题的时候，恰逢被派去华南师范大学参加广东省骨干教师培训。其间华师大的教授给省际骨干教师上课，讲授怎么进行课题研究，怎么提升讲课方法。集中理论学习了一个多月后，当年10月、11月，林雪莲去深圳北师大附属中学进行为期近两个月的跟岗学习，进行课题研究。同培训的学员有十多个人，其中云浮有两个。北师大附属中学名师工作室的宋如郊导师不仅亲自示范给他们上课，还请其他名师给他们进行理论上的提升。跟岗学习结束以后，林雪莲回到自己的工作岗位上自我提升。省级骨干教师培训需要通过答辩，才能结业。当时林雪莲正好在做课题，便将课题中的思路运用在论文中，在准备论文答辩的时候，扩展了所研究课题的深度和广度。

林雪莲去参加省级骨干教师培训前，还有一段小插曲呢！她当时任高三某班班主任，被通知6月份去培训，但6月份恰逢学生们高考。“高考是孩子们一生中的大事，如果我去培训了，他们怎么办？”当时有很多要去参加培训的老师带着高三年级，华南师范大学得知这个情况后，将培训时间推迟到7月份，好让老师们安心带着学生参加完高考，这才让捏了一把汗的林老师放下心来。在这期间，一个男同学把一块硬东西丢到一个女同学耳朵上，那个女同学的耳朵肿得很厉害，林老师耐心地处理了这件事。2010年、2011年、2013年林雪莲被评为云城区“优秀教师”。

在林雪莲站上讲台的第24个年头，她被云浮市教育局确定为首批云浮市中小学名师工作室主持人。工作室的成员都教高中语文，约为14人，有三个是云浮中学的骨干教师，其他都是云浮市第一中学的骨干教师。谈到在工作室做主持人的具体工作时，林雪莲说主要是指导工作室中的年轻老师关于教学方面的内容，学校每学期都会上公开课，林雪莲去听他们的课，以评课、校验的方式提高团队每个成员的教学水平，帮他们解惑，特别是同一个年级的老师。林雪莲主持的是一个市级课题，在她的带领和工作室成员的共同努力下，2016年7月16日结题， 2017年被评为合格。工作室期满后林雪莲没有继续挂牌，一方面工作室中老师的教学能力已经有了很大提高，以后就需要他们自己继续理论学习和教学实践；另一方面可以给其他老师机会，加之林老师的工作很忙，她想将更多的心思用在学生身上，这也是她做教师的初衷。记得那年她不仅带两个班的语文，做班主任，又担任语文学科科组长，还搞课题，当年5月还带个初中升高一的直升班，她都不知道自己是怎么忙过来的。林雪莲白天处理学校教务、教学等工作，经常是晚上在家备课。她从不烦躁，没有抱怨，而是考虑怎么尽心尽力做完这些工作。

四

2015年林雪莲被评为“广东省劳动模范”，荣誉的背后，是她始终如一日对工作岗位的坚守，是她耐心细致对学生一点一滴的教导。5月1日这天，全市播放了“广东省劳动模范”的宣传片，而林老师本人却浑然不知。五一假期过了以后，林老师的学生在街上看到老师的宣传片，就录下视频给老师看。看到林老师上了电视，学生比老师还激动。当问到林雪莲获得此殊荣有什么感受时，她说能得到这个荣誉，是学生对她的认可，打心眼里高兴，但最重要的是不忘教书育人的初心，继续坚守在讲台上。林雪莲从工作的第一天起，就希望用自己所学教好学生，因为学生的基础不同，可以接受学生的学习不好，但学生学会做人是她最看重的。学习成绩不好，可以通过不断学习赶上来，但做人会影响学生的一生。在这么久的教学工作中，林雪莲一直以为只要她对学生好，学生始终是会明白的。但是高三周六要上课，有的学生不理解，认为剥夺了自己的假期，他不想上课，也不想其他人上课。这种想法与社会的影响、家长的教育密不可分。林雪莲作为老师，在思想上做学生的工作，告诉他们现在学习是为了自己，是在为未来打基础，以后的路也要靠自己走下去……

教育改革的脚步从未停止，1978年至今，这一路改革都是为了教育事业适应新的社会环境更好发展。但不管怎么变，都对林雪莲的教学工作不会有太大影响，因为她本身就是一个善于学习、善于接受新事物、喜欢求新求变的老师。她认为思想观念应该随着不同的社会时代而改变。过去的课堂老师讲得多，老师是绝对的权威。随着改革开放更加深入，林雪莲认为，课堂上不应只有老师的声音，不能让老师一味地带着走，而要通过与学生互动，调动学生的学习积极性和主动性，让学生通过表达自己的看法参与到课堂中来，课堂上的观点是多元化的，从而培养了学生自主学习的能力。

在近30年的教学生涯中，林雪莲从不会上两节完全一样的语文课，每天都要备课，其他老师好奇教了那么多年语文的林老师怎么还要备课，林老师的回答是："虽然我年年教语文，但是教每一届的方法都是不一样的，即使都是语文课，我在上一届上课时的不足，我会记住，那么在下一届上课的时候就会改进方法，我不允许拿着以前的课件和教案，再给下一届学生上课，每次上课都有不同的想法，不断改进，这是对学生负责。"

大多数学生在潜意识里会觉得语文不重要，有的学生上语文课时看课外书，认为看的书多就行了。林老师凭借着有用、有趣、幽默的教学方式，让学生从内心接受语文课，让学生知道林老师的语文课是有用的。语文试卷有很多题型，比如在学文言文时，林雪莲会告诉学生学习文言文的方法，要记忆每个字的含义，包括20个文言实词、18个文言虚词，这些是需要在高一高二时就积累的。林雪莲回忆，有一个学生想学好文言文，就来问她要怎么学，她就让学生读《史记》，对照白话去读，还借了一套给学生看。现在林雪莲在朋友圈里看到这个学生写的文章很有文采，与上学时候的文笔相比大有进步。

林雪莲一直与时俱进，在改革开放的大潮中，跟上了时代的步伐，跟上教育改革的变化而创新教学方法，并不断努力去提升自己。她没有因为现在取得的成绩而骄傲，没有因为评到了高级职称而安于现状，她喜欢尝试新的挑战，不断创新。在工作中，跟上新的形势，能力就提升了。改革开放的政策，给她提供了机会平台，让她在教学路上越走越远。

五

曾一举是2018年参加高考的林雪莲的学生，平时的语文成绩都只有七八十分，有一次语文考得特别差，他才觉得不能再这么吊儿郎当下去了。在高考前的两三周，有段时间他对做选择题没有信心，就发微信给林老师求助。林老师便给他辅导病句等知识点，耐心地从词性、名词动词、主谓宾这些语法讲起，把每一个病句拆分出来，分析哪里错，为什么错，就这样辅导了四五节课。在高考中，曾一举语文考了97分，考上了自己心仪的大学，这得益于林老师的细心教导和自己的努力。曾一举说："在我很绝望的时候，是老师帮助了我，一直鼓励我。临近高考的一次考试考砸了，老师不但没有放弃我，还一直鼓励我不要放弃，很细心、耐心地教我。在生活中，老师待人很温和，比如有时候没交作业，老师不会凶我，只是教育我要对自己的未来负责，用'男儿何不带吴钩，收取关山五十州'这样的话，激励我好好学习，对未来要有担当。"这个学生沉默寡言，不善言辞，但他说得最多的话便是很感激老师对他的帮助。

张亿慧与曾一举本身语文底子不太好不同，她从小喜爱文学，对语文很感兴趣，到了高三语文成绩都很稳，又觉得语文没有那么重要，所以语文课上就在学英语，然后有一次月考让张亿慧的语文成绩遭遇"滑铁卢"，考了一个令自己都惊讶的差成绩，68分。这对她来说无疑是晴天霹雳，很绝望。张亿慧说，后来静下心来分析原因，是自己的心态没有调整好，不重视语文了，其实无论哪一科只要放松下来，逆水行舟不进则退，而且因为补短腿科目，而忽视了自己擅长的学科，也是得不偿失。她去向林老师"求救"，林老师并没有批评她，而是很温和地鼓励她，不要因为一次考试就否定自己。之后张亿慧每次月考或写作文后都会去找老师进行分析。那阵子她的作文总是写偏题，老师不但没有不耐烦，还给张亿慧一本练习册去练习，慢慢语文就回稳了，高考语文考得不错。张亿慧说，很感谢老师没有批评自己心态摆不正，反而还一直鼓励她，给她很多机会去发挥自己的特长。她就想，如果以后她做了老师，也不会放弃任何一个学生。

林雪莲在工作上投入了大量时间，无奈在儿子的学习和生活上关心就少了。孩子小时候需要照顾，林老师工作忙没空做饭，所幸她老公很体谅她。她儿子高中是在云浮中学寄宿，林雪莲说，高三时别的家长都是煲汤送给孩子，她却从没送过。因为工作忙，也很少去看他。就是高一送他去学校的时候看过他，去云浮中学学习的时候见一见他，平时很少见，周六、周日都由老公负责接送，到了高二他就自己骑单车上学。她只是利用周六、周日煮饭、煲汤给儿子，算是弥补孩子了。现在儿子已经读大学了。

2018 年 10 月

廿三载从医路

覃娅婕

“是丁主任救回了我妻子的命，让我们一家渡过了难关。”

“我信任丁医生，医生说怎么办我们就怎么办。”

“丁医生、丁主任”所说的都是同样一个人——云浮市人民医院妇产科的主任丁红梅，一个看上去稍显瘦弱的女人，头发简单地扎了一个马尾，长年穿着医生标配的大白褂，除了手术和巡房的时间，大多数时候都坐在电脑前排着值班表和查看病例，电脑的光映照在她脸上，显得有些严肃，但当她眼睛注视着你时，你就会知道这是一个干脆利落和爽快的人。大多数人对她的了解来自她的一项项荣誉：科室负责人、学科带头人、医院先进个人、党委优秀党务工作者、市省三八红旗手、市省劳动模范……只有她的病人和她自己能够明白这些奖项都只是她医生生涯中一颗颗转瞬即逝的流星罢了，真正永恒不变的是她几十年如一日对病人的关怀、对工作的负责和对医学的热爱。

“为医廿三载，我从来不为路途的诱惑而迷失，坚信不忘初心方得始终。”2006年，丁红梅在中大肿瘤医院进修一年，带她的科主任和隔壁组的老教授都非常认可她的工作能力和态度，介绍她去省里某家医院开拓妇产科，承诺可以安排家人的户口工作和小孩的学位，所有人都知道，这是一个十分难得的机遇。从一个市级单位跨入省级医院，还可以担任妇科的带头人，这对当时还只是市人民医院妇产科副主任丁红梅来说是一个不小的诱惑，但是她婉言谢绝，很坚定地告诉他们：“医院需要我！”同样的事情发生在2013年省医师学会年会上，丁红梅和一位惠州医院的院长一起作为会议主持人，会后相互交换名片时院长很惊异地发现来自小地方医院的丁红梅能做肿瘤根治术，并能像省级医院那样在腔镜下完成常规肿瘤手术，立即邀请她去他们医院工作，被丁红梅拒绝后还是很惋惜地对她说：“回去如果哪天想通了请给我电话。”这意味着这家医院的大门永远为丁红梅打开。本地周边的医院也不断地伸出橄榄枝，劝说丁红梅为同一地区的群众服务不在乎固定在哪个医疗单位，但是她终究决定留下来，为了这个她热爱的医院，也为了那些需要她的病人。

1991年夏天，和其他准大学生一样，丁红梅开始苦恼大学志愿的填报问题。她的大学志愿中，50%是报医学院，那是继承故去母亲的遗愿，也是家族的期盼；另50%报的是师范大学，那是受父亲和家族的教育事业所影响。最终，命运为她做出了抉择，丁红梅被汕头大学医学院临床医学系录取，从此正式走上医学之路。1995年7月，丁红梅大学毕业，踌躇满志地和九位校友一起分到了云浮市人民医院。然而，当时的市医院无疑是让丁红梅失望的，破烂陈旧的外墙和内部设施甚至还比不上当时珠三角的一个卫生所，但是丁红梅依然决定留下来，当时的她怎么也没想到，这一留就是20年之久……

整整23年的时间，丁红梅亲历了市医院的搬迁、壮大、声名远播，而市医院也见证了丁红梅从一个青涩小女孩成长为一个有担当的医生、贤惠的妻子、温柔的母亲和成熟的女人，丁红梅迄今为止生命的一半都是和市医院紧密相连，他们的根是系在一起的。

二

从1995年至今，丁红梅的生活仿佛没有一刻的静止时间，晨曦微露，她就已经准时地出现在了科室，带领科室团队交班、查房、病例讨论、开医嘱、做手术……这一天的时间貌似用这几个简单的词语便概括了，然而，事实往往复杂得多，一台手术三到五个小时是常态，低于七个小时是正常，十多个小时也并不罕见，上班时倒下的一杯水往往直到下班后都没空去喝上一口。

2014年年底，市医院妇科接诊了一位已结扎的中年妇女，此时患者腹痛休克、面如白纸，血压已经测不出来，甚至难以从她的血管里抽出血液来做常规检测，病情非常危急，但手术室所有室间都正在手术。已连续进行了3个多小时手术刚刚下手术台的丁红梅闻讯后，马上一边与手术室协调手术室间，一边让值班医生进行大血管穿刺，并进行大剂量输液抗休克处理。20分钟后该患者被送进手术室，术中发现腹腔出血竟达5000毫升以上，在这危急关头，丁红梅带领手术医生迅速止住了输卵管峡部妊娠出血，挽救了患者的生命。“是丁主任救回了我妻子的命，让我们一家渡过了难关。”该患者的丈夫感激地说。

这已经不是丁红梅第一次在危急关头披挂上阵了。早在2013年，为一位病患进行卵巢癌手术，为了将手术做到最好，减少手术后的后遗症，丁红梅在手术台上连续战斗了11个小时。这11个小时中，为了将精力高度集中，整个手术过程都没有中断过，可是这样的高强度手术终归还是给丁红梅的身体造成了严重的损伤。下了手术台，丁红梅恍然发觉自己已经连续三次排出肉眼可见的血尿了，好在她自己做了尿检之后，发现并无大碍，只是长时间体能消耗和精神过于紧张导致的后遗症。乐天派的丁红梅，对这台手术的总结不是减少手术时间和医生轮番手术，而是真诚地考虑以后术前备好牛奶和水，让台下护士给喂食补充点水分，认认真真地思考着以后“打仗”要“兵马未动，粮草先行”。

可是，幸运之神并没有一直眷顾着丁红梅。2009年，丁红梅接任了妇产科主任的职位，主管妇科，丁红梅身上的担子更重了，本来就排得满满的工作表更加密集了，各种各样的职业病折磨着她，腰椎间盘突出导致她只要长时间站立便剧痛难耐，她只能在工作的间隙去做针灸短暂地缓解疼痛，然后拖着病躯继续工作。连续好几天的手术后，她的感冒已经演化成了肺炎，这让丁红梅的椎间盘突出症加重，不得不卧床近一个月。一个月后，她歪着S形的腰回到了工作岗位。直到现在，在进行少则三五个小时多则十余小时的肿瘤手术时，因为体液消耗，精神高度紧张，每每下台后，她拉的都是血尿，而腰椎的旧患更是令她彻夜难眠。然而第二天，她依然如期出现在手术室间里。当同事关切地询问她站了这么久累不累，腰痛不痛时，她笑着回答：“手术台如战场，站在台上就像被打了鸡血一样，只有兴奋，哪会觉得累呢!”

三

那是2017年的一个普通的凌晨，像往常一样，丁红梅在床上浅眠，突然一阵铃声大作，丁红梅一个激灵，一把抓过从未关机过的手机，手机里传来带着哭腔的声音："丁医生，丁医生，怎么办呀？""你别慌，慢慢说，怎么了？"丁红梅心里很是着急，她很清楚，基层医生这个时间点来电必然是有病人出现了紧急情况，但她必须保持镇静。"丁医生，我们这边的病人产后大出血切了子宫，现在止不了血呀，我们不关腹就把她送到你那去吧！"这个基层医院的妇科医生们在用完了附近三个医院的存血之后彻底慌了，基层医院存血有限，从市里的血液中心送血过去一来一回就得耗费两个小时，远水救不了近火，人命关天的危急关头，他们第一时间想到的就是将病人紧急送往市医院丁红梅这里。但是当他们提出害怕关腹造成更严重的出血，而意图不关腹膜的时候，丁红梅严词拒绝了这个提议："不关腹是绝对不行的！你们赶紧用大纱布压迫止血，然后立马关腹！送来之后不要去产科，我让我们产科的值班人员到ICU开个绿色通道，直接就送进ICU。"

然而，令丁红梅始料不及的是病人的病情比想象中更为严重，在抵达急症科后，已经来不及去三楼的ICU了，紧急插管、上呼吸机、心肺复苏之后才勉强可以坚持到ICU去。至此，病人已经失血太多了，心肺功能一度停止运作，丁红梅立即和产科主任商议请求会诊，将腹外科、内科、呼吸科经验老到的医生们集中在了ICU。这时，灌水之后导致的腹胀水使病人腹部高耸，会诊的医生们纷纷开始质疑丁红梅用纱布压迫止血的决定，他们普遍认为纱布压迫致使病人产生腹胀水严重、梗阻等等问题，开腹取出纱布是最好的方法。这时，丁红梅默默在心里面告诉自己要撑住，要相信自己，而且她确信一块纱布是不会压至肠梗阻，如果再次开腹极有可能恶化病情乃至于致其死亡。丁红梅坚定地对产科主任说："我们现在坚决不能开腹，病人已经流失了4000CC左右的血，没有血源去补充她的血色素和凝血物质，病人可能就下不了手术台，最起码要先改善病人的凝血功能才能再开。"

第二天，病人的情况稍微稳定一些之后，丁红梅再次组织专家会诊，虽然已经决定开腹取纱，但是怎么操作又成了一个难题摆在了丁红梅的面前。病人原来做的是一个横切口，为了避免再次伤害，紧急取纱不能在同样的位置再做横切，只能往上，但是往上开腹又不清楚病人腹腔的情况，然而纵切口也必然会跨过原来的横切口，形成一个十字架，对病人伤口的愈合是非常不利的。这时，丁红梅提出了一个大胆的想法，那就是可以完全不做大的切口，只在病人的腹部开三个做腹腔镜的小孔，一方面便于止血，另一方面可以避免对肠道的刺激，从而减少各种突发状况的发生。令人惊喜的是，手术很成功，纱布非常顺利地从小孔里取了出来。这看起来像是突发奇想的手术方法，其实是丁红梅经过深思熟虑得出的。从病人在送往市医院的过程中开始，丁红梅就一直在想如何能将手术对病人的伤害减到最小，她结合病人的实际情况和市医院优秀的腹腔镜技术得出了这个最佳方案。

下了手术台之后，丁红梅迫不及待地查阅各种文献资料，想要学习这方面的专业知识，然而一无所获。丁红梅这时才恍然惊觉，这居然是国内首例"腹腔镜术后压纱"案例，在当年佛山市举办的第九届中国及亚太地区妇科肿瘤微创诊治高峰论坛暨佛山市医学会妇产科分会2017年学术年会上，丁红梅将"腹腔镜术后压纱"的这一新型手术案例搬上了论坛，希望作为一种临床上的方法与同行探讨。时任大会主席的王刚教授赞赏了她的新思路，但是由于手术时情况过于紧急以及当时手术室中的录影设备老旧，以至于没有清晰地记录下手术的过程，丁红梅至今引以为憾。

了解了丁红梅的履历你就知道在手术台上的灵活机动、大胆创新，需要的并不只是胆大心细这样的精神品质，更多的是专业技术、学术知识的日积月累，种种结合才造就了丁红梅现如今的各种功勋和成就。丁红梅曾先后到广州市第一人民医院，中山大学附属第一、第二医院，中山大学附属肿瘤医院等多个省级医院进修学习。2009年在妇科新开展盆底康复训练项目，2012年新开展宫腔电切技术，2013年将开展腹腔镜下妇科恶性肿瘤的微创手术，每年一个台阶，是科室持续发展的计划。在丁红梅的带领下，通过新开展项目以及专家专科门诊，妇科业务增长率达10%以上，年收住病人达2300余人次，手术1000余例次，均获良好效果，没有发生过一例医疗差错事故。

四

曾有一位患者家属为答谢丁红梅给他妻子完美地做了全子宫切除术，在她查房时偷偷地往她的白大褂口袋塞了一个红包，她发现后马上转交给护士长，让其拿去支付该患者的医疗费用。第二天患者家属发现住院押金突然多了600元，才知道丁主任已将红包变成了患者的住院费，顿时，心头一热，对丁红梅的崇敬之情油然而生。

“医者，仁心仁术”，丁红梅的人生历程还未过半。

2018年9月

冰心妙手可回春

胡　鸿

随着每天早上的太阳，如果不出差的话，曾晓智每天上班时间都会准时在专家门诊室坐诊，静静等候前来医治的患者；每天下班后，曾晓智又是最晚离开的人，每当他送走最后一个病人时，已经是华灯初上了。20多年如一日，曾晓智默默地奉献着，在平凡的工作岗位上做出了不平凡的成绩。2003年5月，他被评为云浮市“十大杰出青年”；2014年，他获得了享受国务院特殊津贴专家殊荣；2015年5月，他被评为广东省劳动模范。

一

凡是在云浮工作的江西老乡，说起曾晓智，无人不晓，个个都会竖起大拇指，因为他医术高明，医德高尚，是“老表”

们的骄傲和自豪；凡是在云浮医疗卫生系统工作过的人，提起曾晓智，个个都会为他点赞，因为他是云浮市中医院副院长，针灸推拿主任中医师，是全市医疗卫生系统中的佼佼者；凡是被曾晓智看过病问过诊的群众，谈起曾晓智，个个都赞不绝口，因为他是针灸推拿学科带头人，“曾氏手法”的创始人，他的针灸推拿家喻户晓，赫赫有名，数以万计的群众经过他的“巧手”，及时解除了病痛，回归了生活。

曾晓智的人生履历非常简单，他1970年8月出生于江西省丰城市，1995年7月从江西中医学院针灸骨伤系毕业后一直在云浮市中医院工作，先后担任针灸主治中医师、针灸副主任中医师、针灸主任中医师，2005年3月，担任云浮市中医院副院长至今。

说起与云浮的结缘，曾晓智深有感触。一直以来，江西中医学院毕业的各类专业人才，深受社会青睐和欢迎。青春年少的曾晓智刚刚迈出大学门，怀着对医学事业的梦想和追求南下广东，许多同学不是去了北上广深，就是去了长三角和珠三角，而他却以试试看的心态来到了刚刚成立地级市不久的云浮山区市。那时，云浮正是万物复苏、百业待兴的时候，当他沿着324国道坐了一整天“一来三补”（即来一次云浮，要补身体、补腰、补车胎）的汽车、带着倦意跨入云浮时，映入眼帘的是那巴掌大的市区，零乱狭小的街道，那听不懂的白话，他好像置身于一个贫穷落后的“外国”，有种无可奈何的感觉，刚到不久，他就想打退堂鼓。心想，在改革开放的广东，竟还有这么落后的地方，真是不可想象，实在难以接受。特别是当他拖着简单的行李来到那个拥挤不堪、技术落后、人才缺乏的市中医院时，他简直不能相信，这与他梦想中的医院相差太大了，与一个地级市的医疗条件相差太远了。他有些后悔，有些失望，特别是当那些在发达地区工作的同学向他发出邀请时，他有些动摇，他想一走了之，永不回头。可是，经过几天的适应，当他看到一个个病人经过他的精心医治，身体很快得到了恢复，病人开心了，他觉得很有成就感；特别是每天看到山区那纯朴善良的群众那一双双期盼的眼睛时，曾晓智从群众的需求中读懂了一个人的价值，从病人的眼神中读懂了什么是幸福。曾晓智慢慢感悟，慢慢品味，好像觉得自己开始热爱着云浮，已经离不开云浮了。他坚信，美好是属于自信者的，机会是属于开拓者的，奇迹是属于执着者的。只要自己肯下决心，是金子在哪里都会发光的。于是，他暗暗发誓，一定要努力学习，勤奋工作，放下架子，沉下身子，以自己的聪明才智，努力在云浮这个落后的山区干出一番自己的事业，拼出一片自己的新天地。

对于一名医生来说，放弃各种优越环境，抵制各种各样的诱惑，在一个医院、一个科室坚持不懈地从事一个专业20多年，从没中断过，这是一般人很难做到的，但曾晓智做到了。自1995年7月毕业以来，他一直在云浮市中医院针灸推拿科工作。做一行就要爱一行，踏踏实实地做好本专业，往这一方面去钻研，不好高骛远，是曾晓智的一大特点。他说，只要你爱这个专业，又有刻苦钻研的精神，就肯定会有所建树，成为这一行业的专家。

20多年来，曾晓智一直在临床一线勤勤恳恳地工作，在工作上兢兢业业，任劳任怨。他一边工作，一边挤时间学习业务知识，除了每天坚持必要的自学之外，曾晓智还经常参加各项专业培训，从学习中不断领悟最前沿的医学资讯，并将学到的东西用于临床实践，集众家之长，形成了自己的独特见解。他不仅将扎实的针灸推拿理论知识和操作技能较好地运用到临床中，还将传统的针灸疗法及中国特色的推拿手法运用到治疗常见病、多发病方面，诸如颈、肩、腰、腿痛等病症经他大手针灸推按后，疗效特佳，深受患者好评。

据不完全统计，曾晓智治疗的病人超过15万人次以上，他也收到不少病人送来的锦旗，但低调的他从不挂出来炫耀，同事评价他是“接地气”的针灸推拿专家。

二

曾晓智经常告诫同事说，复杂的事情简单做，你就是专家；简单的事情重复做，你就是行家；重复的事情用心做，你就是赢家。曾晓智是这样说的，也是这样做的。

认识曾晓智也是一个巧合。几年前的一天早上，我按照平时的生活规律，7点左右就要起床上班了。可是那天不知何故，突然发觉自己腰酸背痛得厉害，甚至连转身都困难，真是病来如山倒。因为太突然，没有办法，我只有忍痛去看医生。可是由于自己对卫生系统不熟悉，更不知道找哪个医生看更有效果。于是乎，我打电话向朋友请教。朋友二话不说，直截了当地告诉我去找曾晓智。我咬紧牙关赶到市中医院，谁知曾晓智诊室前已经排了长长的队伍。那时他也不知道我是江西“老表”，见我表情痛苦，直冒冷汗，他主动向其他群众解释一下后，优先帮我医治，经过一番望闻问切，他说我是严重腰肌劳损，是坐办公室太多，平时缺少锻炼所致。我告诉他，正好那段时间单位会议多，材料多，工作忙，压力大，还经常加班加点，晚上休息又不好。病源找到后，曾晓智用针灸在我的背上扎了一阵后，全身的脉络好像全部打通了，我立即感到腰和背轻松了许多，后来，他还为我做了一会按摩，身体立即恢复如初。更为奇怪的是，找其他的医生看病，又是打针，又是吃药，还要折腾一两个疗程，效果不是那么明显，而曾晓智治病不用打针，也不用吃药，效果立竿见影，药到病除。自从经历过中医治疗后，我对中医刮目相看，第一次感觉到中医的神奇和博大精深，我对曾晓智的医术佩服得五体投地。

他常说：“我是在基层第一线的，只管把病看好，能解决问题就行，疗效决定一切。”疗效好了，病人自然就会相信你，就会来找你治，这就是医学的宗旨。随着现代人生活节奏加快，工作紧张繁忙，尤其是以车代步，玩电脑、上网购物、刷微信等一族多了，各种颈、肩、腰、腿痛的症状剧增，如腰椎间盘突出症、骨质增生症、颈椎病、肩周炎、网球肘、急性腰扭伤、慢性腰肌劳损、风湿类骨痛病、关节痛病、卒中后遗症等等困扰人们。曾晓智最擅长的是“颈、肩、腰、腿痛”疾病，这么用手一按一推一针就能治好种种疑难杂症。有一次，一位妇女腹痛厉害，做了很多检查都查不出病因，后来找到了他，只见他用手按着患者疼痛部位，嘱其一吸气，一吐气，很快，患者就不痛了。曾晓智是云浮本地成长起来的针灸推拿专家，其独特的推拿手法是他在工作中摸索，糅合古代中医和现代理论知识，突出自己的特点形成的，有人调侃称这叫“曾氏手法”，许多颈椎病、肩周炎、腰椎病，就是被曾晓智“推”掉的。

“今天治不好的病不等于明天治不好”，这是曾晓智的座右铭。在他的字典里，没有“放弃”这个词，只要是解决不了的难题，他一定会从书里找答案，或向老师请教，向同行学习。正是因为曾晓智有了这种坚定的信念和执着追求，才促使他不断地学习、不断地进步，以自己精湛的医术让备受疾病折磨的患者看到了康复的曙光。

三

曾晓智认为：“医学不只是一种知识，更是一种医学的艺术。知识是有标准答案的，但艺术没标准答案。只有能将知识转化为艺术，你就已超越标准答案，准确地说是超越自我。我喜欢这种超越自我的感觉。”这就是曾晓智对自己坚持不懈探索医学高峰的完美诠释。

云浮市中医院针灸推拿理疗科原是一个并不起眼的科室，1995年曾晓智到这里工作的时候，办公室不足10平方米，设备非常简陋，总资产加起来也只不过几千元，年业务总收入不过5万元。自从2000年曾晓智担任学科带头人以来，为了扭转落后的局面，他绞尽脑汁，“对症下药”。一方面，强化管理。他要求科室每位同事认真执行首诊负责、三级医师查房等核心制度，以认真、负责、优质的态度对待每一位病人，从微细处关心、体贴病者的疾苦。另一方面，大力提高科内人员的技术水平。先后派出多名医生和护士到上级医院进修学习，同时在科室内部开展“勤学习、勤讨论”活动，使科室的技术水平迅速提高；同时，开展优质护理示范工程，使优质护理服务切实做到“三贴近”（即贴近医院实际、贴近患者需要、贴近护理实质），不断提高护理人员业务和技术水平，提高病人满意度，促进医护关系和谐。

经过曾晓智的严格管理，如今的针灸推拿科已成为市中医院特色科，不仅有门诊，而且有住院部，是一个“产、学、研”一体化的科室，多年来治愈了许许多多用一般治疗方法治不好的疑难杂症，深受患者好评。近几年来，针灸推拿理疗科每年业务总收入均在800万元以上，该科室经常被中医院评为“先进科室”，也列入了广东省中医药局重点专科。曾晓智说：“这几年，看着医院日新月异的变化，感受着医院对针灸推拿科的重视，工作干劲越发旺盛。”

多年来，曾晓智还为医院引进了20多项新技术、新方法。平时他除了繁忙的工作外，还刻苦学习和钻研，不仅撰写了不少高质量的学术论文，而且搞了不少科学研究。如：广东省中医药课题“中医药治疗老年性脑梗死的临床研究”获广东省科技进步三等奖，省中医药课题“穴位注射综合疗法治疗慢性盆腔炎的临床研究”获广东省科技进步二等奖，省中医药强省课题“对山区城市体检人群开展中医治胃病健康干预的研究”获广东省科技进步三等奖，广东省中医药课题“更年降脂饮治疗妇女围绝经期高脂血症的临床研究”成果获云浮市科技进步三等奖，同时，还在国家核心期刊发表论文数十篇。此外，2000年曾晓智加入了中国针灸学会，如今，还是广东省针灸学会常务理事、广东省针灸推拿学会疼痛专委会副主委、广东省针刀学会常务理事、云浮市中医药学会副会长、云浮市医学会常务理事、《中国临床康复》杂志特约编委。2003年被评为云浮市“十大杰出青年”，2015年度荣获享受国务院特殊津贴专家，是云浮市2000年来获国务院特殊津贴荣誉的两位同志之一，也是全市卫生系统第一位获得者。

四

曾晓智不仅医术精湛，而且医德高尚。他视病人如亲人，总以真诚而慈祥的面容热情地接待每一位诊治的病人，除了帮病人诊治病情，还经常借钱给病人交药费或帮病人垫一些交通费。有一次，曾晓智看到一位刚刚从建筑工地架子上摔下来的患者，需要做CT检查，出来得急没带够钱，曾晓智二话没说先垫上，检查出结果再说。后来有人提起此事，他只是淡淡地笑一笑。“曾医生真是好人！他的针灸推拿技术很棒，很多人都找他治疗。他还没有架子，不管是对城里人还是乡下人，都一视同仁，老少无欺。无论是上班还是下班时间，只要有病人等着治疗，他都不会撇下病人不管。”许多患者都这样评价曾晓智。

在工作中，曾晓智要求别人做到的，自己首先做到，他以院为家，以事业为重，从不计较个人得失。由于一心扑在工作上，他顾及不上家里的许多事情，对家人也疏于照顾。

谈起自己的家，曾晓智常怀愧疚。“热情真诚，舍小家，顾大家，默默无闻，乐于奉献”，是曾晓智的真实写照。由于远离家乡，也不能常陪伴父母左右，对父母他感到特别愧疚，作为儿子，他深深感谢父母的生育养育之恩，但是为了工作，为了医院发展，为了让更多的病人免受病痛的折磨，在他们最需要照顾的时候，因为工作而未能陪伴在他们身边。他只能抱歉地对他们说：“敬爱的爸爸妈妈，儿子对不起你们。”由于自己以院为家，家里的大小事务常常由妻子一个人承担。他说，自己是一个不称职的丈夫，在这里只能从心底里说一声：“亲爱的妻子，你辛苦了。”由于工作繁忙，曾晓智没有时间教育儿子，对儿子的教育只能靠妻子了，不能像一般家长那样去辅导他的学习，就连学校召开的家长会，他也经常“缺席”，所以，他常说，他对儿子的学习教育有愧。由于工作的辛劳，由于对工作的高度负责，生活和工作的压力使白发早已爬上了他的两鬓。

曾晓智，你是好样的！曾晓智，为你点赞！

2017 年 9 月

医者仁心

陈小敏

三次电话联系张志广，通话不到一分钟，电话就挂断了。后来张志广回复，最近一直很忙，每周都要做多台手术，而且还要查房、值班，完全没有时间接受采访。几经周折，终于见到张志广。面对采访，张志广说：“我只是和大多数的医生一样，做了自己应该做的事。”

一

2017年7月的某一天，张志广和往常一样，早早就来到了医院，整理一天工作所需要的材料。那天是“门诊日”，在7时30分左右，大批患者已经在排队等候就诊。办公室就是他的门诊室，张志广站起来理了理身上的白大褂，仔细地把名牌别在胸口，才开始问诊。面对自己一天中的第一个病人，张志广首先打开话匣子：

“身体怎么样？”张志广边为患者量血压边问。

“感觉浑身都不舒服。”

“哪里不舒服？”张志广看了看血压表。

“感觉头晕，胸口闷。”

“舌头伸出来我看看。”他检查了患者的舌头。

“有点小感冒，平时要多注意，按时吃药，不要贪凉，多喝水，多开窗通风。”最后，张志广嘱咐道。

然后轮到下一个患者，“昨晚休息得怎么样？”……面对患者，张志广就像妈妈一样，总是有说不完的关心话。

张志广是科室主任医师，同时也是党支部书记，办公桌上摆满了工作材料和学习书籍。每次当他为患者量血压时，患者的手就经常直接放到材料和书籍上。与手术台上十分严肃、不苟言笑的状态不同，在门诊室里，张志广和蔼可亲，这可能与他的外表有关，常年穿着干净整洁的白大褂，身材圆圆的，脸胖胖的，长着一张和弥勒佛一样的脸，连笑容都是一样，亲和力十足。经他问诊的病人说：“看到张医生就不紧张了！”

下午6点左右，张志广送走了最后一个问诊的病人。此时已经是下班时间了，从早上到现在，张志广连续工作了10多个小时，正收拾东西准备回家。中午休息的时间，张志广也没有停下来，他去病房检查，在走廊里，遇到了患者家属，张志广问他家人的身体怎么样，患者家属回道，已经痊愈了。张志广虽然对自己的医术十分自信，但是每次上手术台，他都会像第一次上手术台一样紧张，每次手术结束，他都会一天几次去查房，看看患者，和患者家属聊天，了解患者身体状况。就在此时，有一位患者突然晕倒在地，他面色十分苍白，脉搏微弱，神色模糊，已经失去了意识，性命危在旦夕，须马上进行急诊手术。护士立刻通知张志广，他马上赶到导管介入手术室，立即实施手术。经诊断，患者为广泛前壁急性心肌梗死合并心源性休克，手术过程万分凶险。过了一个多小时，病人才被推着从手术室出来，手术十分成功，患者脱离危险，转入了普通病房。但此时，张志广身体一下子放松下来，连续不间断的工作击垮了他，面色苍白，感觉身体里像刀割一样，痛苦难耐，只能紧紧地按压着腹部，扶着墙壁站立。同事察觉张志广情况不对，张志广却说："无大碍，休息几天就好了，我自己的身体我自己清楚，没有什么大问题。"同事知道张志广的性格，一工作就顾不上自己的身体，立即为张志广进行检查。经诊断，是急性胰腺炎，需要住院治疗。经两周的住院治疗，张志广重新回到了他热爱的工作岗位上。

他上班的那天还特意去剪了头发，同事等候在办公室门前，为他送上了鲜花。

从那以后，张志广十分注重自己的身体健康，他认为，身体是革命的本钱，没有强壮的身体，怎么能做好手头的工作。于是，张志广每周都会爬山，休息时间去大金山和植物园散步，有时候还会走路上下班。

从事心血管内科临床医疗工作的30年来，他每年度均被评为先进工作者。张志广1987年7月毕业于广东医学院医疗专业，他家里原来并没有人学医，他是家里的第一个。父亲以前是军人，60年代初退伍以后，在村里当上了生产队队长。母亲一直在家务农。当他告诉家里人他填报医疗专业的时候，家里并没有人反对，爸爸妈妈十分支持他，他是家里的老大，弟弟妹妹也没有反对，他填上了志愿——广东医学院。上学第一天，父亲亲自送他到学校，并嘱咐他："既然学医，就要一心学习，不要半途而废。"看着父亲粗糙的双手，张志广心里想到，我一定要学有所成，让爸爸妈妈为我骄傲，让弟弟妹妹以我为荣。在学校里，张志广刻苦努力，认真专研，在校学习成绩优秀，多次当班长，最终以优异的成绩毕业，毕业后分配到肇庆市第一人民医院从事心科临床工作。

1990年，张志广从肇庆市第一人民医院调到当时的云浮县人民医院心血管学科工作。1994年4月5日，国务院批准将原县级云浮市升格为地级市，云浮县人民医院正式改名为云浮市人民医院。当时的县人民医院条件简陋，设备不发达，技术落后，连一间设备齐全的手术室也没有，看到这样的医院环境，张志广心里很不是滋味，于是，他就到省人民医院心血管病研究所学习，参加了全国第14届心血管进修班。在2001年，他又进修学习心血管内科介入治疗。2002年开始，张志广主管的心血管内科就和省人民医院心血管研究所合作开展介入治疗，开启了我市心内科介入诊疗的先河，并成功开展了我市第一例冠心病介入治疗术。到2009年，张志广和他的心内科介入团队已可以独立开展冠状动脉造影术、冠状动脉成形术（PTCA）、急诊PTCA+急诊冠状动脉支架植入术、冠状动脉支架植入术，其中包括难度较大的心血管分叉病变、糖尿病合并冠脉弥漫性病变、左主干及三支病变等。

通过张志广及其团队的努力，2012年，市人民医院通过审核，成为云浮地区唯一获得心血管介入治疗准入资质的医院，张志广也获得了心血管介入治疗的资质。

2014年，广东省人民医院举办冠脉介入培训班，学习期为一年。此时，张志广已经54岁了，当他听到这个消息以后，没有丝毫犹豫，立即报名参加了培训班。张志广说："我喜欢医生这个职业，每次有学习新知识的机会，我都不愿意放弃，要研究它，把它学透彻。"当时张志广是整个云浮市唯一一个参加学习的人，在培训班里，他也是年纪最大的一个，同班一起参加培训的都是30岁左右的年轻人。

现在，张志广已经成为市人民医院心脑血管方面的知名专家，获得的奖状和荣誉数不胜数，他已经成为医院里的一块活招牌。从2015年开始，广东省家庭医生协会每一年度都会推出《岭南名医录》，用一年的时间，通过“为医护人员点赞”活动，先选出点赞数排名在前1000名的三级医院医生，再经过专家组评选，挑选医德高尚、医术精湛的医生然后整理成名单，2015年、2016年、2017年，张志广已经是连续三次登上了《岭南名医录》。

二

在张志广办公室的外墙上，密密麻麻地贴着锦旗和奖状，许多都是送给张志广个人的，锦旗上面的话体现出了患者对张志广医术的尊重和信赖，“关怀备至，体贴入微”“心怀苍生，仁心仁术”“转危为安，痊愈如初”，通过这些锦旗，不难看出患者家属对张志广的感激之情。张志广说：“医院放着的锦旗只是一部分，虽然有些已经不记得是谁送给我的，但这些都是病人和病人家属对我的认可，我要妥善保存它们。”

“当医生就要当人民的好医生，不能当庸医，误人性命。”张志广说，“这不仅是对心血管内科临床工作30余年的自己的承诺，也是对不计其数的患者的承诺。从事心血管专科至今，我已独立为1000名患者进行冠心病介入治疗，植入冠脉支架约1000枚，没有一例失误，成功率达100％。”

有一次，有病人在办理门诊以后，刚刚走到病区走廊，突然晕厥在地，情况十分危急。张志广看见后，马上组织医务人员抢救，经心肺复苏、吸氧、建立静脉通道，并做心电图、心肌酶等相关检查，确诊为急性心肌梗死，立即开放绿色通道，给病人做了冠状动脉造影、冠状动脉支架植入术，抢救病人的生命，然后办理入院住院继续治疗，最终，患者得救了。病人痊愈以后，家属带着家里的番薯、芋头、玉米等土特产，特地前来感谢。张志广说，在医院看病的病人都应该知道，医生是不会收患者红包的，“本院拒收红包回扣”的标语就贴在墙上。“张医生，我知道医院的医生不收红包，这是家里的番薯和玉米，送给你。”“我们不仅不能收红包，也不能收病人的任何东西，您带回去吧。”最后，患者提着一袋土特产回家了。张志广拒绝了患者家属的礼物。张志广感叹道：“病人和家属都很淳朴，知道医生不收红包，所以就带着土特产到医院里来。每年，都有许多病人提着土特产前来看我。为患者治好病，就是我的工作，救死扶伤治病救人，既是我的责任，也是我的本分。病人的好意我心领了，收了礼物，医生救死扶伤的性质就变了。”

张志广认为，医生是一个救死扶伤的职业，为患者看病、把病治好，在手术台上抢救生命，在手术台下查房、问诊，这些都只是医生本职工作的一部分。

有一次，张志广外出去广州、深圳观摩学习回来，他下决心要改善医院的服务效果及服务质量。他心里想，广州、深圳比较先进，云浮也不差，医疗服务也不能落后，我要把学到的东西利用好，让医院变得更好。于是他带头，率先在医院试行人性化服务，他首先与领导、同事协商，反复修改，最终制定了现在的服务准则，要求自己与他人根据严格的服务流程来规范自己的服务行为。接待病人时先主动介绍自己，病人入院住院时要经常查房，和患者聊天，给病人发放全程监督卡，监督医生和护士的服务，出院前给病人发放问卷，征求病人态度，让病人来评价医生的服务，询问他是否对医生的服务态度表示满意，离院时坚持回访。同时，张志广带领心血管内科团队分别与云安区人民医院、云城区人民医院、郁南县人民医院、郁南县第二人民医院、新兴县人民医院、腰古医院、镇安医院、南江口医院签订医联体协议及网络业务建设，成立专科联盟，与广东省人民医院开展双向转诊，远程会诊。

一次休假，因为一家人很久没有一起出去游玩，张志广的妻子悄悄地订了酒店，打算给家人一个惊喜，准备一家人去新兴泡温泉。然而张志广还是如往常一样早早就出门了，妻子很疑惑。

问他："你要去哪里？"

张志广回答："去医院。"

又问："你今天不是要休假吗？你怎么还要去上班？"

回答："我取消休假了。"

问道："为什么？"

张志广说："我刚给几个病人做了手术，我放心不下。"

最后，妻子和女儿两个人去新兴泡了温泉。

三

在同事眼中，张志广是一个完完全全、彻彻底底的"工作狂"，除了工作还是工作，从来没有看见张志广停下来休息过。"无论什么时间，张志广要么是在手术台上，要么是在病房查房，要么就是在进行问诊，连午休的时间也不放过。"同事说，"曾经有一次，张志广一天做了17台手术，平均下来1个小时就有1台手术。"

2017年，心血管内科有两名特困户患者，患有急性冠脉综合征，生命垂危，急需手术治疗。虽然手术成功，但是患者家境困难，生活条件拮据，无法交付所有医疗费用。张志广了解到情况后，默默地捐了2万多元，然后再组织科室医务人员献爱心，帮助患者渡过了难关。

心脑血管科的病人大多是老年人，张志广经常组织病人开病友会，自己当讲师开展健康教育讲座，向病人宣传健康知识，科普如何预防与治疗疾病知识。有一次，张志广在科室医生办公室举办冠心病友会，邀请了几十位冠心病患者及家属参加，张志广既做主持人又做讲师，向病人介绍冠心病发病的危险因素、主要症状、治疗方法和预后，还重点介绍冠脉介入治疗、康复锻炼、饮食与生活方式。张志广用活泼生动的语言，把一次严肃的病友会办得像朋友间的聚会一般，病友们相互鼓励，约定一起战胜病魔，共渡难关。

对于自己所做的工作，张志广十分谦虚。“我一个人也不能做好全部的工作，成功离不开团队的努力。”张志广说，“在手术台上，每个人的角色都十分重要，有时候从早上8点开始做手术，一直持续到晚上10点，这么长时间的工作，我一个人也坚持不下来。”现在，张志广的工作强度与以前相比已经减弱了很多，但是一周的时间还是安排得满满的，周一、周三、周五手术，周二、周四查房和进行专家门诊。张志广说：“现在，虽然我年纪大了，但是我还在临床手术，还在一线的手术台上抢救病人，医生是我一生的事业，我要当一辈子的医生！”

作为医生，张志广像一架拧紧发条的机器不停地忙碌着，查房、检查病案、上手术台、出诊、备课，日复一日，年复一年。作为父亲，张志广为孩子树立了一个良好的榜样，女儿跟随父亲的脚步学医，现在已经是南方医科大学硕士研究生，正准备读博士，立志当一名和父亲一样优秀的医生。

张志广兢兢业业地工作，他的努力获得了回报。目前，他获得了2016年广东省五一劳动奖章，2016年“云浮市人民医院十大名医”“云浮市人民医院首席专家”“云浮市直机关优秀共产党员”等称号，2017年受到云浮市医学会表彰，并获得脑心同治专业分会一等奖，心血管病学分会一等奖。

2018 年 9 月

田野里的梦想

陈锦嫦

春天固然美丽，然而硕果累累、瓜果飘香的秋色，更透着丰收的喜悦。金灿灿的稻田、忙碌的农民伯伯……这个丰收的季节，迎来了全国个体劳动者协会成立30周年。国务院总理李克强指出，个体私营等非公有制经济是社会主义市场经济的重要组成部分，是中国特色社会主义事业的重要建设力量，其在促进增长、活跃市场、创造财富、满足群众多样化需求等诸多方面都发挥着重要作用。

近年来，在新兴县经济社会快速发展的过程中，也涌现出了较多优秀的个体典范，他们为本土非公有制经济的活跃发展注入了新的力量，天堂镇有着“万年青之王”美誉的石金坤便是这样的优秀个体代表。

石金坤，17岁入伍，20岁返乡创业，26岁开始花卉种植业，30岁带动周边农户户均年纯收入增加7万多元。石金坤个人致富后无偿向群众传授花卉种植技术，带领周边农户奔小康，也推动了当地花卉种植业的发展。2013年被云浮市农村创业青年协会选为云浮市农村创业青年协会副会长，2014年被评为“云浮市乡村创富好青年”，2015年4月被评为广东省劳动模范，受到省委书记胡春华、省长朱小丹等领导的亲切接见……从一贫如洗到农村创业青年杰出代表，从无人知晓到成为业界标杆，从四起四落到事业稳步发展，石金坤走出了一条不凡的充满正能量的励志人生路。

一

采访石金坤当天，他正在自己的农庄里搞基建，接驳水管、平整土地、和水泥浆，农庄的建设工作他样样在行，亲力亲为，从他满身的泥水完全看不出他是个年创收数百万元的成功青年。

“习惯了自己动手，我是闲不下来的。”石金坤说，因为家里穷，他从小便养成了什么事情都自己动手的习惯。也正因为做得多，他练就了各种手艺，下厨对他来说简直小菜一碟，砌墙装修对他来说并不是什么难事，就连开卡车和铲车他都驾轻就熟。

石金坤出身于一个普通家庭，父亲是村干部，母亲务农，他底下有个弟弟和妹妹，妹妹是领养的。由于母亲身体长期欠佳，加上父亲耿直务实，因此家庭条件并没有因为父亲在村委会上班而有所改善。石金坤说，直到一九九几年，他家里还常年没吃几餐猪肉，更是没几个像样的家电，自己的衣服很多都是借堂哥们的，困难程度难以想象。

石金坤的父亲也当过兵，是个十分正直的人，退伍后当上了村干部，对占小便宜的做法特别嗤之以鼻。这种耿直，实际上体现了一种自强的志气，石金坤从小深受教育和影响。

贫穷的家境没有压垮石金坤，更没有让他自卑，恰恰相反，石金坤打小心里便埋下了一颗誓要创业改变命运的梦想种子。

1996年6月，石金坤初中毕业，7月，稚气未脱的他就直接走出社会，只身前往深圳打工，并进入自己向往的餐厅厨房，接触餐饮工作。他一心想着赶快赚钱养家，又迫不及待地想积累经验，希望用自己的力量改善家里的条件。

回想起当年的情况，石金坤至今唏嘘不已。当时，石金坤每天工作十几个小时，加上一点点奖金，一个月也只能挣800元，当时他的弟弟正在读高中，石金坤第一个月的工资就拿了600元给弟弟做学费。剩下的200元用来交电话费、水电费及其他生活所需，天气最热时也只是买两个雪糕解解暑，除此之外就没别的消费了，工作生活十分拮据。

石金坤做人谦虚，乐于学习，初到深圳工作的那段时间，他对师傅所讲的每一道菜的要领都牢记心中。下班后，同龄人们都出去喝酒、K歌，石金坤却选择留在宿舍总结做菜经验，反复练习厨艺。他做事的干练和认真努力获得了认可，很快餐厅老板便提拔他为中厨、主厨，工资翻了几番。努力得来的进步和认可让石金坤大受鼓舞，他看到了坚持梦想的曙光。

二

“要取得成功，就要让自己变得更加强大，但是强大不是靠恶，也不是靠自己有多壮，强大靠的是自己的内心、意识和技术。”这是采访石金坤时他多次提到的一句话。1996年，母亲打电话告诉石金坤，家乡正在征兵，希望他能入伍参军。石金坤是个不安于现状的人，他深知自己知识水平不高，如果一直在餐厅干下去，工资虽说不低，却看不到太大的发展空间。

在自己纠结于到底是否入伍的时候，石金坤想到了自己的父亲，父亲通过当兵，提升了自己的能力，当上了村干部，如果自己也去磨炼磨炼，肯定能有更大的作为。想到那让无数青年向往的军旅生活，石金坤豁然开朗。9月，他毅然选择了参军，纵然老板一再挽留。1996年10月，石金坤正式入伍并成了武警深圳市支队的一名战士。

穿上庄严的军装，石金坤无论是训练还是生活，都严于律己，倍加用心，努力进取，处处创先争优。在部队的长跑、射击、厨王争霸等比赛中，他屡获“战功”，综合表现十分优异。此外，他还通过自学努力拿到中级厨师证，并被提拔为士官……当初尚带稚气、稍显浮躁的石金坤成为一名真正有担当的男子汉。

“咱当兵的人，就是不一样……”三年的时间很快便过去了，1999年，到了退伍的时间。由于表现突出，部队向石金坤伸出了橄榄枝，希望他留队。然而，石金坤创业致富的心早已经根深蒂固。“修炼”三年的他，迫不及待要“重出江湖”，大干一番。

三

1999年，退伍的石金坤选择留守深圳这个对外开放的大都市，在一家酒店打下手，经过短短几年时间，便做起了师傅，月薪拿到近6000元，生活十分“滋润”。

2002年，石金坤“野心”更大，干脆辞去师傅职务，瞄准了当时火热的快餐市场，大胆贷款3万元，自己开起了快餐店。然而，厨房工作与店铺经营终究存在较大的区别，缺乏管理经验、人手不足、起步资金有限等主动因素制约之下，石金坤还是敌不过竞争激烈、节奏迅猛的快餐市场。2002—2005年的四年时间里，石金坤先后开了5间快餐店，但经营始终不容乐观。

石金坤对餐饮行业是热爱的，执着的，甚至是痴狂的，因此他从未想过放弃。不服输的他放弃深圳市场，辗转肇庆，凭借自己的经验，聘请40名员工，开了一家西餐厅。可2005年的肇庆哪有什么西餐市场？连本带利亏个精光的石金坤又转战广州，他不相信自己堂堂一名“厨师”，却无法在餐饮行业立足。于是，又开始做起了大排档。

在创业的几年时间里，石金坤起早摸黑，每天早上4点起床，打米浆、做菜、送外卖，中午稍作休息一个小时，下午接着干，直到晚上11点才收工，每天工作十几个小时。然而，扣除人工、房租、水电费，一个月下来他仍然所剩无几。由于资本不足，经营方式不合理，铺位又不理想，加之自己无法和其他商家一样，用冻肉、次油做生意，所以石金坤的“高质量+高成本+有良心”的快餐与快速发展的深圳格格不入，因此大排档开了不到一年就濒临倒闭。

4年的时间，开店数间，跑遍深圳、肇庆、广州，屡挫屡战，石金坤起起落落，虽然没有走向成功，但在深圳、广州等市场大浪中能成为一只“不死鸟”，也真是创造了饮食界的奇迹了。

四

人生有时候总是很奇妙的，当一个人山穷水尽时，往往会柳暗花明，这也许就是所谓的“天无绝人之路”吧。

2006年，当石金坤过完春节，再次来到广州时，他的一名在广州开花店的同学找到了他，并建议他不要再做餐饮业了。“尝试一下跟我种花吧”，同学真诚地邀请他。石金坤心想，在餐饮行业摸爬滚打多年，不仅没有什么成绩，反而亏损了不少钱，也许是时候改行了，兴许到时候会有不一样的收获。2006年年中，石金坤决定回乡和同学种植万年青。

餐饮和种植是风马牛不相及的两个行业，石金坤刚进入这个行业时遇到了不少困难。不懂技术、没有资金、没场地、亲朋好友不看好、市场环境不景气等一系列因素考验着他。然而，石金坤敢想敢干，他毅然卖掉广州的大排档，拿着扣除车费还剩下的15,000元回到了天堂镇龙坪村，租下了一亩地，和朋友正式搞起了万年青种植。

不懂技术他就从零开始，主动向经验丰富的老师傅学习，向同学朋友请教，同时购买各种专业书籍自己充电，并参加农村青年创业培训班和各类种植技能培训班，丰富自己的知识。经过两年的努力，石金坤完全掌握了种植万年青的技术，并摸索出了自己的一套行之有效的栽培、种植模式，万年青质量和数量大大提升。

然而，2006—2008年，石金坤的花场是做得很憋屈的，他说，由于同学原来是采用种植多少卖多少的方式，以“无所谓”的心态经营的，因此随着市场的发展，花场实际上始终没有太大的起色。“2006—2008年，我平均一年只挣到6000元，养自己都不够。”2008年，石金坤的同学干脆把花场转给了他，让他自己干了。这下好了，机缘与巧合出现在了石金坤面前。石金坤毫不犹豫地全权接过花场，并立即开始“改革”，转变经营模式，采用当时许多人并不看好的“温氏模式”，即采用“公司+农户”的模式，积极鼓励和扶持农户扩大万年青种植量。

石金坤认为，只有联合更多的农户、散户，才能在短时间内得到更多的货源，并且减轻自己的负担，加快货源和资金流转速度，达到盈利目的。

2009年，石金坤再次大胆尝试，牵头成立花卉种植合作社，放开手脚，大刀阔斧地开拓万年青市场。那一年，石金坤的万年青种植量直线飙升，营业额从数十万元骤然升至800万元，并连续多年保持快速增长势头。2011—2012年，石金坤的合作社年营业额达到了巅峰，突破1000万元大关。石金坤名下的种植场面积也由原来的5亩提高至目前的600余亩。

2008—2012年的几年时间里，石金坤等天堂镇万年青种植户们通过自身的努力，成功把原来万年青的规格从230提升至330、350，甚至450。规格的提升，既为万年青种植市场创造了利益，又引领了全国市场的导向，获得了充分的市场认可。

如今，在石金坤的带领下，天堂镇公路两旁的荒地形成了十里花卉画廊，全镇种植万年青面积也由几百亩提升到3000余亩，其中广州芳村花卉市场销售的万年青产品80％来自天堂镇。天堂镇的万年青源源不断地销往湖南、湖北、江苏、浙江、上海等省市，打响了品牌，石金坤也因此树立了全国万年青种植的标杆。

从当初的5亩地，拓展到了600亩，从年收入只有6000元，到年纯收入达到数百万元，石金坤用自己的努力创造了天堂镇花卉种植界的奇迹。

五

在天堂镇，熟悉石金坤的人都知道，他不仅是一个工作狂，还是一个十分慷慨且有爱心的青年。

“在我的创业道路上，我得到了许多朋友的支持，所以感恩在我的心目中有着重要意义。”经过多年的摸爬滚打，在花卉种植事业蒸蒸日上的石金坤没有忘记家乡的父老乡亲们，他先是把自己的经验毫无保留地传授给周边农户，鼓励村民们充分利用资源拓展花卉种植业，继而带头成立诺怡花卉种植专业合作社，采用多种方式，联合散户，扩大种植面积，提升农户抗风险的能力，积极带动周边农户加入万年青种植队列中。

据统计，目前已经有近40户农户通过石金坤的帮助，走上了万年青种植道路，户均年纯收入增加7万余元。“刚成立合作社的时候，我们积极采取措施保护农户的利益，别人收购价是12元一盆，我们就给农户15—16元一盆。”石金坤说，他宁愿自己赚少点也要确保农户的利益，他的初衷，就是要携手农户共同发展。

石金坤给我们算了一笔账：一盆万年青多赚2—3块，种植量大的农户年产数万盆，一年就能收入好几万甚至十几万元。“这几年越来越多种植户买小车，他们基本上都是我们合作社下的合作农户。”石金坤自豪地说。

石金坤表示，乡亲们仅靠种地的收入很难维持生活，村里的青壮年劳动力大多选择外出打工，留下老人照顾年幼的儿童，因此，平时在村子里很难看到青壮年，小孩得不到很好的教育，老人得不到应有的照顾，每每看到老人、孩子那茫然的眼神，心里就不是滋味。

于是，石金坤重点招聘村里的青壮年剩余劳动力，实现村民的就近就业，既解决了相当大一部分村民的就业难题，使他们能挣钱补贴家用，又方便村民兼顾家庭。在石金坤的帮助下，不少当时的待业青年实现了致富，他们最出色的，目前已种植花卉近30亩，年纯收入达10多万元。

此外，石金坤经常给予所属村五保户老人关怀，为他们送去生活补助，多年累积捐资数万元，为五保老人及困难家庭及时送去了温暖，传递了浓浓的正能量。

六

如今，走进天堂镇龙坪村的君诺农庄，你会被那优雅别致的风格吸引，红红的灯笼、设计独特的竹篱笆、摆设合理的水榭、动听的音乐……所有这些无不让人油然生享受自然之感。

采访石金坤时，他为我们送上了几杯自己农庄的招牌咖啡奶茶，细细品味，咖啡的浓香和奶茶的酥纯刹那间让我们的味蕾大开，怎么在乡村农庄里也有这么美味的港式奶茶？笔者不禁好奇。“我爱人在深圳的时候是专业的奶茶师，现在我们农庄的奶茶和牛排可是一流的。”石金坤自信地介绍道，多年在深圳从事奶茶制作工作的妻子也随自己一同回来创业了，在经营好合作社的同时，他们一同创新性开发了多家休闲农庄。

如今，妻子拿手的奶茶、咖啡、果饮，丈夫拿手的牛排、特色菜等美食重新搬上了桌面，在夫唱妇和的君诺农庄里，熠熠生辉。逢年过节，无数顾客被吸引而来，带来了可观的收入。

石金坤说，他始终还有一个做餐饮的梦，想把自己拿手的好菜奉献给广大消费者。如今，为了这个梦，他一手抓万年青种植，一手抓农庄建设。随着休闲体验式旅游行业逐渐成为未来旅游和餐饮业的新方向，石金坤想用自己的创新思维，辐射带动更多村民投入这个新市场，争取创造更多经济效益，实现更大的财富。

正如“君诺农庄”这个名称一样，君立大志，诺行天下。我们相信，这个努力、执着、从不言弃的“万年青之王”，在新兴县党委政府大力促进生产要素流动、刺激创业就业的政策环境下，定能带领更多天堂镇老百姓，走上奔康之路。

2018 年 11 月

南燕呢喃报春晖

洪盘东

任何一个人，离不开时代这个大潮。今天，我们要叙述的主人公，就是在“海归”这个大潮中回国的南粤拔尖人才李凌瀚。

李凌瀚博士，先后就读于上海交通大学、日本立命馆大学、日本东京大学，分别获得工学学士、硕士与博士学位。归国前，他在法国国家科学研究院从事MEMS技术（微光机械电子系统学）、物联网通信网络的科研和产学研工作。

2014年，李博士放弃了留在一线城市发展的机会，毅然来到中国禅都——禅宗六祖故里新兴县，开始了新的创业。迄今，在国内外发表论文30多篇，获得各项授权专利20余项，承担省部级科研课题5项，领导新型产品的开发20多项，促进了粤西地区传统工业的升级转型和经济发展。同时发挥本人所处的国内外人才网络的地位和关系，为地区产业跨区域国际合作及先进技术的融合发展发挥了纽带作用。

2014年，荣获“广东省扬帆计划引进紧缺拔尖人才”称号和项目资金资助；2015年，分别获得广东省人力资源和社会保障厅“双创之星”、有国际设计界奥斯卡之称的德国红点奖、广交会出口产品设计奖银奖、台湾金点设计奖等；2016年，分别获得中国设计红星奖、2016年第八届“省长杯”工业设计类铜奖（粤西赛区唯一获奖者）；当选为云浮市第六届人民政治协商会议常务委员、新兴县第十届人民政治协商会议常务委员。

一串串光环，闪烁出李凌瀚博士海归创业3年来的足迹；一个个故事，续写了他情系新兴的动人篇章。

让我们沿着李凌瀚博士的海归创业足迹，看看这位享誉南粤的海归博士是怎样闯出一番业绩的。

一

12年前，毕业于上海交通大学电子科学与技术专业的李凌瀚坐着飞机，去了日本立命馆大学理工学研究科攻读硕士学位。与大多数留学生一样，他以为此去自己不会回头了。

李凌瀚带着对知识的渴求来到日本，进入立命馆大学理工学研究科攻读硕士学位。立命馆大学，是日本京都市的著名私立大学，是日本四大顶尖私立名校之一，在日本久负盛名，是日本文部科学省选定的“超级国际化大学计划（Top Global University Project）”所重点投资的37所大学之一。雄厚的师资力量、一流的办学环境为该校的教学质量和科研发展奠定了基础，同时也吸引了许多优秀的留学生，李凌瀚在这里充分地感受到浓厚的学术氛围。这所大学有许多学者获诺贝尔奖，严谨务实的校风激励学子高标准要求自己。李凌瀚和来自不同国家的同学相处得很好，他们共同讨论课题，自发地成立学习小组，取长补短，他学到了扎实的知识。2005—2007年两度获得大冢纪念奖学金；2007年获立命馆大学研究生院育英奖和日本机械学会三浦奖；2007—2010年获由Transoms Corp设立的东京大学AIS奖学金；2012年获IEEE（电气和电子工程师协会）CPMT国际低温接合技术大会论文最佳发表奖。

光阴似箭，日月如梭，转眼之间，他在立命馆大学硕士毕业了。李凌瀚在东京大学博士毕业后，在立命馆大学任博士后研究员、特任助教等职务；从事科研工作后，共发表SCI/SSCI、EI、ISTP/ISSHP索引收录论文21篇，其中9篇日本国内学术会议论文，5篇国际杂志论文。正当李凌瀚在从事科研工作小有成就，正欲在国外放开手脚大干一番之时，一次偶然的机会改变了他的人生。

二

命运之力有时变幻莫测。2013年一个秋风送爽的夜晚，李博士刚迈进家门，这时，他的手机“嘀”的一声响了一下，打开一看，朋友圈一个典型的“美国梦”的故事吸引了他的眼球。他忍不住往下看——

很多年前，赵海平登上赴美国的飞机出国留学时，以为自己踏上了一条“不归之路”，此后的20多年一再证明了这一点。他是中国某个省份30年前的高考状元，毕业于美国的名牌大学，在世界高科技之都硅谷拥有成功的事业，加入了美国国籍，把父母也接到了美国。但在2015年3月，命运显示了它神秘的力量：赵海平辞掉工作，坐上了飞往中国的航班，他称自己在中国找到了用武之地，要继续“成为最伟大的计算机科学家的梦想之路”。

朋友圈的这个故事，像一磅重型炸弹把李凌瀚的心给炸开了。他举一反三，辗转反侧，心情久久不能平静。

此刻，他脑海里又出现了在读高中时老师语重心长的话：“先往外走，深造后再回国，利用学到的知识为家乡贡献自己的一份力量。”尽管他在外经历了多年的教育，但他始终没有忘记老师这番殷殷期望的话。

自2010年开始，李凌瀚也频频被中国企业委托的猎头公司试探。

这是一个人生的选择。获得一份体面的工作需要十几年，而辞掉它只需几分钟就够了。李凌瀚博士毕业在立命馆大学任博士后研究员从事科研工作后，他还认为回国是不可思议的事情，需要巨大的勇气。而在法国中央研究所展开研究工作期间，他发现自己的内心总觉得缺少点什么东西，总是有点怅然若失。那时候在东京遇到的日本人，觉得他们都活得那么理直气壮，哪怕他们是在跟人吵架。而华人即使做了教授，也给他一种疲弱无力感。他感到这是长期客居他乡给他造成的外在精神缺憾。

此时，他找到了他“内心总觉得缺少点什么东西，总觉得有点怅然若失”的原因：原来，他的根在中国！“如果落叶归根、落红护花的情怀不灭，就海归吧，中国是你永远的家园，永远的根——从广东走出去的留学生！”有一个声音在呼唤着。

2014年4月8日上午9时，李博士乘坐中国南方航空准时从东京机场起飞，目标是广州白云国际机场。当飞机划过一道美丽的弧线，平稳地穿行在云层中时，坐在舷窗边的李博士，倚窗凝视，心情如窗外飞过的白云，久久不能平静。

李博士如同太平洋中一条回游的鱼，随着一股清晰的潮流，从太平洋穿越地球上最广袤的水域，游回了中国。

三

李博士回到了禅宗六祖故里——中国禅都云浮市新兴县。新兴县古称新州，天露山大山脉下一片美丽神奇的土地。

他惊喜地发现：此时的禅宗六祖故里，已发展成为中国不锈钢餐厨具之乡、中国果品加工之乡……全国农业产业化重点龙头企业和全国最大的不锈钢制品生产基地也在这里。江罗高速、省道、县道、村道交通公路网四通八达，工业园区、农业示范区、生态旅游区，比比皆是，村庄和城市已经无法分界。这里与国外很多城市已无多大分别：小到从地摊买一包零食、在农贸市场买一斤青菜，都可手机支付；大到如温氏、凌丰等企业，其现代化厂房建筑之气势，其科研机构攻关实力之雄厚，其产品创新所诱发出之魅力……令他大开眼界，顿生感慨："这里的变化真是出乎意料，很多地方做得比国外先进！"

在他看来，他们这批人并没有在中国真正生活和工作过。成年后没走上社会就出国留学的李凌瀚博士说："我作为一个中国人，没有在祖国这片土地上工作过，总是感到很遗憾。因而我选择了海归，选择了回家乡广东，选择了享有中国禅都美誉的云浮市新兴县，选择了广东万事泰集团有限公司。"

当时曾有过不少好心人劝诫他：该公司是一家生产不锈钢餐厨炊具的企业集团，破碎的不锈钢边角料是很锋利的哟！要知道，碰到或踩着都会流血的，可要付出很大代价的呀！

李博士深知这其中的分量，对这些好心人的劝告，只是一笑置之。

一如他的名字一样，凌瀚者，为人胸怀如浩瀚的大海一样广大、宽阔；善于学习，理念求新，勇于进取，搏击潮头。他的双眸之间始终写着善良和慈爱，睿智的目光里始终透射出惯有的沉稳和刚毅。

认识有多高，实践的空间就有多宽。在李凌瀚博士看来，如何使云浮新兴不锈钢餐厨具在现有如此高的起点上实现新突破？这是摆在他面前的一道命题。

李博士别出心裁，用“两大奇招”破解这道命题，乃至后来这两招被有识之士誉为：见常人所未见，思常人所未思，具有极高的审美价值和创新价值，由此开创不锈钢餐厨具创新驱动“智能化”平民时代，令世人感受产品创新的尖端科技带来的便利与价值，备受万千家庭煮妇的青睐。

奇招一：组建“最强大脑”。在万事泰集团研究所，文质彬彬的李博士感慨地对我们说：“目前，研究所里已有12名成员，其中硕士7名，博士5名。为了组建集团研究所‘最强大脑’，得到这些尖端专业人才，我和集团高层都费了不少心思。因为新兴地处粤西地区，扎实的工科技术人才并不容易招，尖端专业人才就更不容易招了。”

为了招到这些尖端专业人才，他想了很多办法，跟着企业一起去招聘，“威逼利诱”他以前的同学和学生，所有他能想到的办法都做过了。在他看来，得人才者兴。他要在新兴这块被有识人士誉为灵秀之地的地方凝聚高精尖专业人才，组建研究所“最强大脑”，掀起“头脑风暴”，为本地区不锈钢餐厨具产业在创新驱动、产业升级，智能化物联网平台的突破性发展方面提供智囊支持。

奇招二：产品研发更贴近生活。这一招，是他从习近平总书记在全国文艺工作座谈会上的讲话“文艺创作方法有一百条、一千条，但最根本、最关键、最牢靠的办法是扎根人民、扎根生活”中受到启发的。李博士主要研究方向是微光机械电子系统学、多物理场计算机分析、陶瓷不锈钢新材料以及物联网技术在智能家居系统的应用。他想：习近平总书记针对文艺创作这一科学论述，对他们这些工科研究的人来说，具有重要的指导意义和现实意义。

李博士夜以继日开展设计产品外观，做产品的结构规划以及耐久测试……

四

一切准备就绪，试产开始了。

试产，失败，再试再败，连续试产了半年多，失败仍然没有停止。生产工人对着一大堆闪着寒光的废品，心情十分沉重，李博士更是心痛欲裂，陷入了困境。此刻的万事泰，风言风语四起，大有“黑云压城城欲催”之势。

多少个不眠之夜，“动心忍性”，冷静分析设计环节；多少个劳累的白天，“苦其心志，劳其筋骨”，坚守在生产车间试验现场，查找失败原因，及时做出相应调整，几经周折，终于取得了成功。

新设计出来的微压锅操作十分简便，只要轻轻旋转就可以打开使用，不需要排气，比一般的锅蒸水速度要快10%左右。用心总是会有所回馈，这款锅具设计出炉后就获得了有国际设计界奥斯卡之称的2015德国红点奖，同年还获得了广交会出口产品设计奖银奖。

李博士以坚强的毅力和出类拔萃的才能取得了成功。人们在他的身上，看到了一代海归博士报效祖国，一心为众生着想的光辉形象在闪光！

2016年8月19日，在全市人才工作会议上，“扬帆计划”入选者、万事泰集团研究所所长李凌瀚博士的典型发言，引起与会者的广泛赞赏。

“吾志所向，一往无前，愈挫愈勇，再接再厉。”这是伟大革命先驱孙中山先生的名言，也是李凌瀚博士和大家分享的一句话。正是这种坚定的信念，驱使着李博士回归故土，加入广东万事泰集团有限公司，创建了集团研究所并担任所长，发挥工匠精神助推高新技术发展。

日历翻到了2016年7月20日。这一天，新兴县创新中心应运而生，标志着该县为实现“大众创业，万众创新”迈出了坚实的一步。

该中心负责人指出，新兴的不锈钢产业在过去的30年里取得了长足发展，但面对经济波动、成本与竞争压力，企业决策者迫切需要为企业的可持续发展寻找新方向。创新能够在市场波动中保护企业的有形和无形资产，人才是创新的基础。

9月1日，李博士被任命为创新中心副总裁，全职进入创新中心工作。进入创新中心工作两个多月，李博士凭着激情与智慧，推动创新中心工作有声有色开展。此时的新兴县创新中心，“创新”已是东风吹来满眼春。

——建立了人才驿站；

——筹建创新中心科技研发平台；

——利用影响力举办工业设计沙龙，举办了第一届新兴县工业设计大赛；

…………

进入新兴县创新中心，在创新中心的展厅上，展示着李博士发明的智能厨房新型产品。李博士热情地向我们介绍：这款新型的电磁炉，只需要通过悬浮式的各种手势，就能控制桌子上的嵌入式电脑来调节电磁炉的功率；智能调节温度锅柄，利用手机应用软件的操作，结合传感器的接收，通过软硬件相结合给用户带来更加创新、智能、方便的体验。

李博士表示，其团队搭建推进的世界领先水平的传感器技术，还可以运用在大健康领域，例如即时检测与某些疾病相关的血液传感设备。“工匠精神”始终驱使着他带领团队在高新技术上的钻研，二次创新和应用型协同更把技术的原型发展成一个个完善的产品，两者相互结合。

谈到人才方面，李博士认为，新兴是六祖文化的发祥地。一个城市，一个地区拥有深邃的文化是十分宝贵的财富，要能留得住人才，文化方面的软性输出是必不可少的。海归后，他一直致力于促进人才交流和引进、产学研多元化合作创建新平台工作。2016年11月，他为主要召集人和论坛执行秘书长，举办了“智能传感器与智能应用技术产业论坛”，邀请了日本东京大学、孔子学院、国内“千人计划”专家成员等国内外顶尖学者、产业领袖人物共360多人参加会议。这在广东都是创新性的举措，拓宽了技术交流渠道，推进了技术发展。

从专注研发出一款深受群众喜爱的微压锅具并获得了有国际设计界奥斯卡之称的2015德国红点奖和广交会出口产品设计奖银奖等，发展到今天为当地企业提供多领域、深层次的先进技术，打造自主品牌产品，带动企业有效转型升级……

他在创新的路上一路奔跑。

2017年3月

128万公里的生命重托

洪盘东

这是一个平凡的数字：截至2016年3月20日，云浮市汽车运输集团有限公司新兴分公司叶金有司机创造了驾驶客车33年、安全行车128万余公里零事故的全国最新纪录。

128万余公里到底有多长？举个形象的例子，相当于绕地球赤道32圈多。叶金有创造的这一纪录，不能不说是一个奇迹！

让我们沿着叶金有33年安全行车128万余公里的历史轨迹，看看这个奇迹是怎样创造的。

一

让我们将视线拉回到20世纪80年代。

1983年1月，叶金有以优异的成绩考进了新兴汽车客运站，成了一名客车司机。

艺术大师罗丹说过，一个人的经历都会在外貌上表现出来。叶金有，中等身材，国字脸，剪一个小平头发型，红润的脸膛，浓黑的眉毛下，一双炯炯有神的眼睛，给人的感觉特别醒神，精明中夹着憨厚，憨厚中透着善良。阳刚、稳重、成熟、善良，浑身散发着男子汉的阳刚之气和善良之风，仿佛他的头脑里蕴藏着无限的驾驶技能和活力。

驾驶行业是叶金有最热爱的行业，也是他最大的兴趣爱好。一说到开车，原本不善言谈的他侃侃而谈，思维清晰，见解独特，有条有理，出言不凡，令人折服。他说："驾车中速行驶、礼让三先，不超速，对乘客安全常挂心上，对自己负责、对乘客负责，开车，一定要打醒十二分精神，千重要万重要，安全行驶最重要……"

"对司机来说，最重要的是对乘客的生命财产负责，所以必须认真对待这份工作。容易发生事故的驾驶员往往不遵守交通规则，开斗气车。另外，维护、检查车辆是每个驾驶员必须做到的。每天出车前和回场后，我都必须仔细检查车辆轮胎、传动、转向、刹车、灯光等部件，防止车辆'带病'行驶……"叶金有的一席话，令我们受益匪浅。

新兴汽车客运站的规章制度十分严格，对于司机尤其苛刻，每个月都要开安全例会或考试；在开车前30分钟车检，只要发生一次事故，之前的安全里程归零。因此，每次开安全例会，他都记在随身带的小本子上，反复分析，时刻提醒自己：要安全行车，客车车型大，速度要慢，要稳中求快，不可盲目开快车。根据自己多年的行车经验，按道路、季节、车况、任务等情况对行车危险进行分析，时刻做到心中有数。

身为客车司机就必须严守规章制度，这是为了保证安全，因为每趟客车都运载着几十个鲜活的生命，司机哪怕是走个神，打个盹，就可能造成车毁人亡的重大事故。对此，叶金有深有体会地说："千重要万重要，安全行驶最重要；严格的规章制度，都是由一个个沉痛的教训总结而来的。”

有一次，叶金有驾着载满乘客的客车行驶在九曲十八弯的里洞路段，突然乌天黑地，风雨交加，路面能见度非常低。叶金有当时感觉到眼前的场景发生了变化。他的眼睛死死地盯着路面，但是单凭视力，无法辨识，保险起见，他立即采取了制动措施。客车一再减速，离近之后才发现路面上确有异物，原来是一块大石头，被狂风掀起来从山上滚落在路面上。最终客车停稳了，距离石头只有一米多远。他马上联想到了半个月前，他目睹了一辆大货车掀翻在该路段，事故的原因就是落在路面上的一块大石头。

33年来，叶金有凭借丰富的经验以及认真细致的工作态度，避免了数不清的大小事故。站里的同事们都说他具有某种过人的禀赋，甚至是特异功能。其实他心里明白，哪里有什么特异功能，归根到底，还是他强烈的责任心。

二

1966年，叶金有出生在新兴县新城镇司背居委北门村一户普通家庭。当他背着书包上学时，父亲给他起了一个书名——金有。希望他刻苦学习，有朝一日金榜题名。他家庭人口众多，兄妹4人，排行老一，家境贫穷，父亲叶达三尽全力供他读完初中后，就再也没有能力让他继续升学了，要他回来跟舅父劳一文外出做泥水匠，打工挣钱，帮补家用。孝顺的叶金有心里明白父亲的难处，尽管他酷爱读书，但只好遵从父命。

来到建筑队之后，叶金有被施工队长安排揩灰浆、挽灰斗等下工活。

那时的他，不过一个十四五岁的青少年。他深信“三百六十行，行行出状元”，不出一个月，叶金有就把做泥水的下工活干得十分出色，经他揩出来的灰浆，黏性恰到好处，上工师傅用起来顺手，他让要求严格的施工队长刮目相看，很快从一个下工仔升为上工了。

当时，新兴县汽车客运站就在叶金有家门口附近的农机一厂斜对面。每天看着进进出出的客车，久而久之，他对驾驶行业产生了极大的兴趣。

他辗转反侧，夜不成寐，一个能让他大显身手的想法在脑海里闪现——到驾校学开车。恰在此时，新兴县交通局附属的新兴县驾校第二期招生。从此以后，新兴汽车客运行业中，出了一个响当当的优秀驾驶员。

新兴县汽车客运站，这是一个令当地人向往的国营单位，在那个年代，谁能够进去工作，那就不只是跳出了“农”门，端上了“铁饭碗”那么简单。叶金有当然不会放过这难得的机会，他立刻报名参加应试，并顺利通过了考核，进入了新兴县汽车客运站工作，实现了他抓“方向盘”的梦想。

三

叶金有如愿以偿，成为新兴县汽车客运站一名正式司机后，为了练就一身过硬的“人车合一”本领，每逢休息的日子，他都泡在汽车客运站的检修车间里。为了能够充分了解客车的构造，他请求检修师傅，把整台客车拆成零件，逐一讲解。最终他把客车上所有的部件都反复摸了几遍，这为他日后达到“人车合一”的状态奠定了基础。

经过多年的修炼，叶金有练就了一种“听车”的本事。客车走在某个路段上应该发出怎样的声音，什么样的声音是不正常的，不正常的原因是什么，应该采取怎样的措施，他都能心中有数。

20世纪80年代，县内外的路况都是沙土路且路窄弯多，晴天尘土飞扬，雨天坑坑洼洼，在路面上经常停着前后不见头尾的汽车长蛇阵。叶金有颇有感触地告诉我们，每当行驶在那些凹凸不平的沙土路面时，客车在路面上颠簸着，都会发出“一阵阵喘气”，仿佛一个人背负着沉重的负担一样。他解释说，客车发出的声音是因路况变化而产生的，客车在坑坑洼洼的路面颠簸，不堪重负时就会发出“喘气”的声音。他对客车的理解和感受，远远超过常人。

看电视，看报纸，和人聊天，叶金有总是最牵挂路况，已经成了“魔怔”。新兴改造县城至里洞、大江等沙土路，建设县城至天堂、车岗、集成（现六祖）、东成、稔村、水台等级公路，他都耳熟能详，总要由此去探索路况的安全问题。有段时间，S113线过境公路新兴至春湾路段实行升级改造，沿途有几处靠近大山悬崖，路窄弯急，一旦有物体从山而降，将会造成严重事故，叶金有一直忧心忡忡。他曾经几次骑自行车考察该路段与几处事故的隐患点，反复琢磨，如何消除安全隐患。这在外人看来，就像是杞人忧天，可对叶金有而言，则是未雨绸缪。33年来，叶金有的生活里几乎全是客车和路况。

安全行驶128.2万公里，是一公里一公里跑出来的。采访中，我们都想知道，这一纪录是怎样创造的，其中有什么秘诀。对此，叶金有的回答只有一句话：“每天上班，我都当成第一天来上。”

多么朴实无华的话语！我们从这一朴实无华的话语中，似乎找到了创造这一纪录的答案。

四

在新兴县汽车客运站综合办，工作人员热情地为我们介绍：

——叶金有师傅在工作中从不摆架子、不提条件、不讲价钱，作为一名客车驾驶员，主要执行的任务就是穿梭于省站班线及机动班次，长途任务更是家常便饭。他在执行各项任务时不挑肥拣瘦，上级安排到哪就干到哪。起早贪黑，总是能够安全、优质地完成任务，赢得领导和乘客的信赖。

——交通安全可以说是全公司各项安全工作中的重中之重，叶师傅在交通安全管理上，始终坚持“居安思危、警钟长鸣”的工作方针，他经常与班组成员学习交通法规，经常教育班组人员要遵章驾车，不可习惯性违章，安全问题来不得半点侥幸心理；在出车制度上，他坚持做到不见车票不出车，不准出私车和私自出车，不准带病驾车等安全驾车规章制度。

——1988年以来，叶师傅开始驾驶车辆驰骋于长途运输班次上，兢兢业业、任劳任怨、埋头苦干。“不爱岗就要下岗，不敬业就要失业”，这一点对于每一个企业员工来说是一种压力，叶师傅却把它作为自己工作的巨大动力，时时处处用这句话来鞭策自己，以一种热情去对待工作，激励自己拼搏奋斗。工作中总是想旅客之所想，急旅客之所急，讲风格，讲礼让，从严要求自己，对待顾客文明礼貌、服务周到，始终坚持任务就是命令，风里来雨里去，不分昼夜，没有节假日，一心一意扑在工作上。平时工作积极主动，处处留心，依靠优质服务和真心实意来赢得乘客的一致好评和认可。

谈到广州省站长途专线，客运站综合科科长苏小鹏说：“广州省站专线是企业的形象标志，也是一面旗帜，要为乘客提供最优质最满意的服务，让每一个乘客感觉到长途客车就像一个流动‘花园’那样温馨。”

苏小鹏介绍：为了给乘客提供一个安全、舒适的乘车环境，叶师傅自

1988年开始走广州省站专线以来，每次出车前，他都做好车辆技术状况和卫生保洁的检查，确保车辆内外干净、整洁，并耐心地站在车旁迎候乘客上车，帮助乘客摆放行李，扶老携幼，做好安全告知。行车途中，他会叮嘱乘客带好小孩，不要在车内来回走动。到站后，他会提醒乘客拿好随身物品，不要将物品遗留在车上，捡到手机等物品主动联系乘客认领……叶金有驾驶客车33载，让其印象深刻、记忆犹新的事情数不胜数。

采访中，苏小鹏还为我们讲述了一件十分感人的事：2014年2月18日下午4时30分左右，一位外籍女乘客从叶师傅的车上下来便站在落客区哭了起来，叶师傅看到后立刻停好车返回来热心地询问起那位乘客。但该乘客说的是英语，他听不明白，马上去找同事来帮忙。经过找来英语老师和该乘客的一番沟通，事情终于弄明白：原来该乘客是想去深圳银湖，由于语言沟通问题，广州省站的售票员卖了广州至新兴的车票给她，她不知道买错票就上了车，一下车就发觉地方不对，手机刚好没电了通知不了朋友，六神无主之下就大哭起来。叶金有听完后，主动带该乘客到客运科再次寻求协助，让客运人员帮助她重新踏上归程，在该乘客的不断感谢声中，叶师傅淡淡地笑笑，向该乘客挥挥手又投入行车工作中去了。

五

自1983年到新兴汽车客运站工作以来，叶金有先后获得过“广东省安全文明驾驶人”等荣誉，2016年被中华全国总工会授予“全国五一劳动奖章”。在接受媒体采访时，叶金有多次表示，驾驶行业的驾驶员中像他这样的人太多了，他只是他们当中普通的一员。

“云浮汽运集团新兴分公司有客运车170多辆，员工300多人，光我一个人干，怎么可能保证每趟客车的安全？云浮汽运集团新兴分公司是一个整体，大家共同奉献，才能保证客车安全运营，荣誉里有他们的一份功劳。”这一番话，是叶金有的肺腑之言。

的确，叶金有的肺腑之言不无道理。如在客车里直接与乘客打交道的是司乘人员，他们的工作也十分繁重，除了协助乘客上下车，还要随时应急处理乘客突然出现的如心脏病、低血糖、缺氧甚至争吵斗殴等突发事故，他们的工作岗位，被业内称为“没有硝烟的战场”。

有一次，叶金有驾驶着粤WO9537客车行驶在广州省站专线，途经高要医院附近，车上有个孕妇乘客突然腹痛难忍，即将分娩，情况相当危急。叶师傅连忙将车开到高要医院路旁停住，司乘员高洁霞一如战场上的救护员，冒着枪林弹雨，奋不顾身背起孕妇送抵医院。孕妇刚被送到医院妇产科，就听到“哇”的一声啼哭，孩子就出生了。

又有一次，叶金有驾驶着粤WO9537客车行驶在广州省站专线途中，突然狂风大作，大雨滂沱，前方有一棵树倒在了路面上。叶金有发现后果断地停稳客车，司乘员高洁霞毅然下车走进了狂风暴雨当中。叶金有和车上的49名乘客都在紧张地等待着，这趟车一旦停驶时间过长，整个广州省站专线就将陷入塞车瘫痪状态。以高洁霞这个年轻女司乘员的力量，短时间内很难把树干搬走，但她仍然使尽全身力气排除故障。仅用了10分钟，广州省站专线便恢复通车了。

“别看我们客运的年轻司乘员，都是独生子女，一旦遇到险情，都能够忘记个人安危，将来客运就指望他们了！”叶金有的话里充满着欣慰。

“乘客都希望乘坐的班车准点、安全到达目的地。”一说到这一话题，叶金有滔滔不绝，“其实线路车流量密度这么大，每天南来北往的乘客那么多，无数车辆在道路上行驶，每一分钟、每一秒钟都可能出现安全事故，正是整个集团的员工，日复一日、年复一年地坚守着自己的岗位，团结协作，再加上科学管理，客运这个庞大而精密的系统才能承受如此大的负荷，才能一直保证安全运营。”

今天，叶金有仍然在第一线跑车。年近50的客车司机，全国已经为数不多，因此，叶师傅愈发珍惜时间。

128万余公里风雨兼程，数不清的不眠之夜，一次次惊心动魄，前半生行色匆匆，没有工夫仔细回味。在叶金有的眼里，客车不仅承载乘客，也承载着人们的梦想。

2016年12月

四 云浮好人·仁爱篇

○为了这片美丽乡村

○扛起爱的天空

○平凡『的哥』

○心灵的底色

○普通人的大爱

○醉心民间文学60年

为了这片美丽乡村

卓超明

这是2011年深秋的一天，云浮市云安县石城镇横洞村，稻黄花红，瓜果飘香，景色宜人。时任中共中央政治局委员、广东省委书记汪洋与横洞村外出乡贤张水金，两人就传统文化、乡村治理展开了对话：

汪洋："你在佛山有房子，为什么还这么热心干这个？"

张水金："树再大再深，也要叶落归根。"

汪洋："叶落归根。就是要好好地利用这个中国人的传统文化观念，过去我们重视得不够。传统文化在社会治理中的作用值得发扬。"

面对省委书记，时年47岁的张水金，落落大方。横洞村人记得这一天，2011年11月1日，汪洋在省和当地有关领导的陪同下，沿着竹林环绕的河边小路一路兴致勃勃地参观了横洞村，在农民公寓、在观光河堤、在竹林凉亭，流连忘返。汪洋书记与村民们促膝长谈，参加他们的"乡村音乐会"，与张水金等村民理事会的一班人合影留念。

这条人口只有900多人的小山村为何会引起汪洋如此大的兴趣？

一

走到横洞村口，一大片青翠的竹林就扑面而来，一条清澈的小河在安静地流淌着。映入眼帘的是一幢八层楼高的漂亮楼房，这就是远近闻名的“农民公寓”，矗立在山林河溪之间，与周边大自然环境和谐交融、相得益彰。

这座农民公寓设计别具一格，既古色古香又现代时尚。它是云浮最有规模的农民集约建房，占地面积433平方米，一、二楼作为公共活动场所，主要用于举办婚宴酒席等大型活动，可同时摆下100桌；三至五层每层四套住宅，面积100平方米左右，一共18户人，按照城市里的商品房样式设计建设，并预留了电梯口。

除了因为设计漂亮新颖引人关注外，这幢楼重要的意义在于它是按照“拆旧建新、集约用地、集资建房”的模式而建，这种模式在农村用地日益紧张的情况下节省了大量用地。按农村一套房占地150平方米算，18套房要2700平方米，意味着为村里节省了2300平方米土地。在农村生活过的人都知道，要统一众多村民的思想合建这样一幢楼同住，其难度之高难以想象。但横洞村就是把它建成了，而且不止一幢，新建的“农民公寓”46套，解决了全村约33％的人口住房，节约用地超过7000平方米。

集约建房只是横洞村其中的一个特色。在横洞，有着人畜分离、雨污分流、垃圾分类这些一般只在城市小区才有的公共设施系统，还建起了河堤观光栈道、运动场、公德楼、凉亭等公共文化娱乐设施。更让人称道的是横洞村伦理道德文化底蕴深厚，以“仁、义、礼、智、信”为核心的传统文化和道德价值体系在这条村里兼收并蓄。老有所养，幼有相帮，学生读书有奖学金，困难户有补助。红白大事、修桥铺路、水电设施建设等，村集体和乡贤出钱出力解决。建立了村民理事会，制定了村规民约，规划了“文化横洞”十件事，编写了村歌、村史、好人好事汇编，有曲艺社，有文艺演出，有篮球赛、足球赛，还有农民编织大赛等等，文化氛围浓厚。近年来，横洞村刑事治安案件、矛盾纠纷、非正常上访、赌博吸毒均为零。“仓廪实而知礼节，衣食足而知荣辱”，在这条小村庄里得到了充分的体现。

漫步横洞，放眼望去，四周青山绿水环绕，村内稻田泛绿，房屋有序排列，村道整洁干净，花香四溢，美不胜收。而这样一条风光秀丽、充满文化氛围的山村的建成，除了与横洞全村人团结一心、共同努力密不可分外，还与这条村里的一个人有着莫大的关系。

他是张水金。

二

促使张水金带这个头建农民公寓和进行宜居村庄建设的，正是这种质朴的传统观念。之所以产生这种思想，形成这种观念，要从张水金的人生经历说起。

张水金曾经是一名教师，深受传统文化熏陶并影响他以后的人生。1989年，从教8年后的他辞职下海经商，到佛山从事石材装饰工程生意。创业伊始，他尝尽艰辛，遇到不少挫折。尽管如此，他心中始终坚守一个原则，就是商业信誉高于一切。

90年代初，张水金的一位顺德客户，在装修工程验收使用了两年多以后，才向张水金反映地板有空壳现象，而那时候工程款早已全部结算了。以当时的营商环境，这种情况一般老板都不会再理睬。而张水金没有任何推搪，没收一分钱把地板花岗岩撬起来换掉。这对于刚创业不久的张水金来讲是一笔很大的损失，但他宁愿亏本也要坚守信誉。

这件事也让张水金更明白严控质量关的意义，之后对待工程质量他更加严格。但意外情况总会有，2005年，张水金碰到一位比较挑剔的房地产商客户。在为那位客户装修已经接近完工的时候，对方才提出花岗岩地板有点色差，要求更换，而要更换这些花岗岩石，张水金至少损失60万元。60万元在那时候的佛山，足可以买到两套房子了。一贯持质量、诚信为底线的张水金，决定为那客户全部更换地板。当地板被撬起后，客户却心痛了，叫张水金他们不用撬了。但为了客户的满意，为了信誉，张水金还是把地板全部撬了。这件事情以后，这位客户从此认定了张水金这个老板，后来几千万元的工程都非常放心地交给他来做。

通过不断学习和积累经验，张水金在佛山站稳脚跟，实力也越来越雄厚。2006年，广东省第12届运动会前夕，张水金接到省运会运动场馆佛山岭南明珠建设工程，要求必须在省运会前完成。俗语说，“没有金刚钻，就不要揽瓷器活”。这个占地22.3公顷、建筑面积7万多平方米的体育馆对于从事装饰工程的企业来说是一个极大的挑战。其中短时间内要组织数量庞大的有经验的工人就是一个考验。而张水金把这个活给揽下来了。张水金良好的口碑产生效应，他的号召力和凝聚力在这个时候发挥出来，知道他为人的都愿意跟随张水金干活。他身边迅速集聚了数量庞大的工程施工人员，其中有300多人就来自他的家乡托洞。

“半年的工程量，要在两个月内完工，如果不能按时按质完成将会损失过千万元。当时，很多业内的工程队都不敢接。我们凭着班底的实力，还提前了一个星期高质量地完成了任务。”张水金说，这项工程后来被评为“省优工程”。自此以后，张水金的“云浮佛山市金雄石业”公司名号更响了，石材装饰工程生意从佛山扩展到广州、深圳等大城市，并以过硬的质量和优质的服务在行业内有口皆碑，让他的生意越做越大。

2010年，经过佛山市相关部门的推荐，张水金获得了由中国民营企业协会颁发的中国优秀民营企业家称号，并在北京人民大会堂召开的中国民营企业领袖年会上接受颁奖。后来他还当选为云浮市政协委员和云安区人大代表。

在风云激荡的改革开放浪潮中，张水金在佛山一路打拼20多年，创下了基业。而生活在佛山的张水金也成了半个佛山人。但是，他从未忘记生他养他的故乡。

三

在佛山，张水金生活过得很不错，只是总有种身在异乡为异客的感觉。他一直牵挂着他的家乡，炽热的家乡情怀，深深植根于他的心中。逢年过节和周末，总是开车回到横洞的家。

可是，20多年身处经济发达的珠三角前沿阵地的张水金回到家乡，对比珠三角农村的快速发展，他发现家乡的变化却并不大，依然还很落后，他心中感到失落。他的心里，如同那首熟悉的歌《弯弯的月亮》：“我的心充满惆怅，不为那弯弯的月亮，只为那今天的村庄，还唱着过去的歌谣。”

“穷则独善其身，达则兼济天下”，经济宽裕后的张水金很想为家乡做点事情。他先后为家乡的横洞村修路，建设石城中学教学楼，以及镇内的基础设施等，他带头捐资数万元，并发动外出乡贤一起捐。

回家的路修好了，可是，村里随着经济的发展和人口的增加，横洞村很多外出务工致富的村民回乡建房，新增建设用地十分困难，形成了新建房屋与用地的矛盾。张水金与村长张秀全，外出经商经常回来的张华、张木生等人商量，想到“拆旧建新、集约用地、集资建房”的办法。

张水金首先发动自家兄弟叔侄一起建房。2008年下半年，张水金、张华、张木生等18户张姓村民达成共识，拆掉了自己家的瓦屋，在原有旧房子空地上共同建造一幢高8层的大楼。造价300多万元的楼房，张水金一人就出了200多万元，另一位老板张木生则出资100多万元，其他村民每户则仅需5万元。

他们把这幢楼美其名曰“农民公寓”。在外经商20多年的张水金见多识广，特别是在传统文化底蕴深厚的佛山长期从事装饰工程，深受岭南传统建筑风格的影响。在他的倡导下，农民公寓的设计理念充满西关大屋的风情，既有农村传统又集合现代生活习惯。一、二楼作公用，以青砖作墙，三至八楼外墙贴瓷砖。张水金形容说一、二楼是根，以上是开枝散叶。楼的大门上有瓦檐，寓意“有瓦遮头”。进入屋内，木石砖雕、灯笼楹联、门槛窗花等每一处细节都充满浓郁的岭南建筑韵味与风采。后来汪洋进屋参观称赞这楼房时，张水金答称是按照汪洋书记对云浮定位“美丽大西关”的风格来设计的。

2011年11月20日，横洞村里群狮起舞、锣鼓喧天、鞭炮齐鸣，张水金等18户100多名村民在同一天集体欢庆新居进宅之喜，来自四面八方的2000多名亲友嘉宾前来祝贺，成为横洞村的一件大事。

四

在建房过程中，张水金他们感觉到即使建起一幢漂亮的房子，但村容村貌脏、乱、差，没有公共文化娱乐配套设施的话，也是生活得不舒服。

2010年，经过张水金、张华、张木生以及村长张秀全等村里有影响力的村民们共同商议，达成“有钱出钱，有力出力”，把横洞村建设成生态、文明、和谐、富裕、团结的宜居名村的共识。

为了把这项村中的大事顺利推进，他们还成立了村民理事会，由村长张秀全任理事长，张水金任副理事长。正如后来张水金向前来调研的汪洋汇报时所说，成立理事机构后不单力量壮大了很多，他们这样做起来也名正言顺了很多，村民们不会说你多管闲事。在这无意之中，张水金他们的做法产生了一种新的农村社会治理模式，一个以民主提名和村民选举为原则、以村中族老和外出乡贤为骨干、以村民自治和公共服务为核心的村级自治组织。理事会制定了章程，共11名成员，由每户村民代表推选产生。这种村民自治模式后来吸引了大批领导专家学者纷纷前来调研、其他村前来学习取经。

为了优化村容村貌，张水金带村民代表外出去其他管理先进的村庄参观学习。之后横洞村实施了“雨污分流、人畜分离、垃圾分类”村庄环境卫生管理办法：每家每户建设一个化粪池，再经过专门的管道汇入村里的沉淀池，避免了污水横流；村民集中圈养家禽，在村后建圈养区，将对各家各户所饲养的鸡、鸭、鹅等家禽实行集中圈养；对于生活垃圾，村民先分类处理，再按分类不同分别采用填埋、焚烧、镇转运等方式进行处理。

在张水金等人的大力发动之下，村民们热情高涨，积极响应宜居名村建设的号召。2010年1月，张水金出资75万元捐建本村观光河堤，总长

250米。2月，50户村民参与村庄雨污分流、铺建村道等两项工程建设，建成村道全长600米，村民义务投工投劳400工次，工程耗时1个月。3月，张水金、张华、张木生等三位乡贤共捐资170多万元，为全村所有房屋进行立面装修，实施“穿衣戴帽”工程。

但事情并非一帆风顺，因为要建圈养区、广场、篮球场、凉亭、公德楼等公共文化娱乐用地，需要用到部分村民旧房、猪舍和田地，一小部分村民思想有抵触。但最终，经过村民理事会一班人带头拆除自己旧房和让出田地，并做了大量的思想工作，之前有抵触的村民转变思想主动配合，全村共拆除旧房、猪舍64间。并且，村民们还自发到一些宜居村庄学习取经、出谋划策，发挥出“共谋、共建、共管、共享”的作用。

经过一年多的努力，横洞村旧貌换新颜。特别引人注目的是楼高三层、外观典雅的公德楼，成为村民学习和聚会的地方。公德楼内设施齐全，有图书阅览室、议事厅、健身室、多媒体会议室等。公德楼的修建也是在村里几位外出经商的乡贤组织下，筹集了80多万元，并争取了政府“以奖代补”30万元，得以顺利落成。

焕然一新的横洞村如公园般，绿树成荫、鸟语花香、生态良好。当时汪洋进村时第一个发现树上的蜥蜴，并指着蜥蜴称赞这里生态好，并诙谐地说：“你看我当摄影师视觉也很敏锐啊！”

五

如果说村容村貌的改观让横洞村变得更美，这是一个面子，那么村里传统文化内涵就是横洞村的里子。

张水金时常说，不要忘记老祖宗留下的传良传统。在他的倡导和提议下，村庄的改造提升突出文化元素。观光河堤的石栏上刻着“礼之用，和为贵”等古代名言警句。在河边，一块书状的石雕上醒目地刻着《横洞村村规民约》：“不准虐待老人儿童，不准乱丢垃圾、乱放禽畜、乱搭乱建、乱砍滥伐，不准违规上访，不准搞非法宗族活动……”以“十不准”的形式、简约易懂的语言对村民的日常生活行为进行规范。村里的树木挂着村民认养的牌子，还有一些村庄道路，也都以家庭为单位由村民认领管护。传统文化渗透在村民们的自我管理和生活细节中。

村里成立了曲艺社，村民们开始学习拉二胡、弹扬琴，连汪洋来的时候也被村民们的音乐声吸引过去，并风趣地说来参加乡村音乐会；编写了村史，让横洞人不要忘记横洞村的历史；编写村歌《我的家乡横洞村》并拍摄成MV，获“中国村歌三等奖”，收录在《中国村歌精选100首》里面；举办了横洞村传统工艺编织竹制品比武大赛；邀请了15位省书画名家前来即席挥毫，现场创作赠送春联和书画作品。整个横洞村充满了文化氛围。

每逢春节等传统节日和村里办喜事，村中总是高朋满座。张水金、张华、张木生等一些较有经济实力的乡贤更是会请来广东电视台以及《外来媳妇本地郎》等一些深受本地群众喜欢的主持人和演员前来演出，甚至吸引了很多邻村的人前来参加。村子热闹非凡，其乐融融。

村庄变漂亮了，文化活动也多了，乡情亲情更浓了，外出的人都愿意、乐意经常回来。这是张水金的初衷。他经常带儿女回横洞村，他希望不仅是他这一辈，更希望下一辈的人都经常回横洞村，因为这里是他们的根。他引用当下的话说：“不忘初心，不忘乡情乡音。”

六

横洞村有近200年的历史，村民均为1863年从粤北翁源移民的客家后裔，几辈人见证了时代的变迁，也在看着横洞村的变化。2013年，横洞村注定又要划上时代的印记，规划新建的江罗高速公路要经过横洞村，刚新建不久的公德楼、篮球场、足球场、凉亭等都要被征用拆迁。

消息传来，横洞村民们震惊不已。花了这么大力气，付出了这么多辛苦汗水，好不容易才建好不久的一个漂亮村庄却要拆除相当一部分，他们感到痛心。

这个时候，张水金站了出来。他和其他理事会成员安抚村民说，建高速公路是利国利民的大好事，请父老乡亲舍小家、为大家。在全局利益和集体利益前面，横洞村民们主动配合拆迁工作，江罗高速建设在横洞村非常顺利地进行。

公共文化活动的场所没有了，张水金又拿出了当初建设宜居村庄时的劲头。他和其他理事会成员们商量，在农民公寓斜对面河边重新建一幢公德楼，在公德楼前面建休闲广场和凉亭等。

为了美化村边河流，2015年，张水金又捐资70多万元把800多米长的河坝进行修整，并且准备再捐110万元建公德楼前面的休闲广场。

为了让村庄变得更漂亮，生活得更舒服，张水金捐资的金额已达数百万元。但是，他却一直刻意淡化他捐资的事。“并非有钱就可以做事，要村民们认可你，人家才会和你玩，不然你自己玩去。”张水金用“玩”字来形容和村民们的关系。的确，他回到村里，和村民们相处总是可以无拘无束，尽管他在众人心目中是一个德高望重、有面子、有社会地位的人。而他自己并不这样认为，对村中长幼，中国传统的仁义礼数他总是很注重。例如每年春节之前，他对全村80多位60岁以上的老人总会每人派发300元的红包敬老，这一做法他已持续了十年之久。

如今，公德楼、文化广场和周边的配套设施都已建成投入使用，比以前更舒适漂亮了。横洞的村民们聚在这里休闲娱乐健身嬉戏，如同一个其乐融融的大家庭，祥乐和美的氛围格外浓厚。

推动横洞村喜人变化的，是横洞人民。这当中，横洞村一批外出乡贤发挥了重要的作用。汪洋在结束横洞调研后，在云浮市政府与同调研的省、市领导座谈时强调，要发扬传统文化，充分发挥好乡贤的作用，造福乡里。

张水金无疑是这乡贤中杰出的一个。2013年12月，张水金被云浮市文明委评为云浮市首届道德模范中的模范乡贤，同时他作为云浮市政协委员积极参政议政，所提的多个提案均被市政协评为优秀提案。广东省人民政府参事、广东省珠江文化研究会会长黄伟宗在调研横洞村后评价张水金：是以“积德”为行善之宗，以“落叶归根”之情怀建设家乡，正是传统伦理道德的质朴体现。

“对上以敬、对下以慈、对人以和、对事以真”，用这句话形容张水金的待人处事之道恰如其分。他的处世哲学形成了他独特的人格魅力并影响了身边的人和事。他身体力行地传承着优良的道德传统，怀着深厚而质朴的人文情怀，让更多的人望得见山、看得见水、记得住乡愁。

他说：无论走得多远，也不要忘记了回家。

2016年12月

扛起爱的天空

李燕媚

一个天气晴朗、阳光明媚的周末下午，我慕名前往采访广东好人、云浮市道德模范刘水娇女士。

当我在出租屋楼下见到刘水娇时，映入我眼帘的她穿着一身蓝色的工作服，身高不足1.5米，显得有点腼腆。在她的引领下，我踏着昏暗漆黑、安静的楼道小心翼翼地跟在刘水娇后面，一步步来到三楼。看到她租住的居室时，眼前的景物还是出乎意料：幽暗昏黄的灯光、石灰脱落的墙面、简陋破旧的家具、90年代出厂的19寸电视机。刘水娇非常热情，我坐在那张破旧的沙发上，一边喝她倒给我的茶，一边听她缓缓地叙说昔日的故事。在断断续续的述说中，呈现了一个柔弱女子的生活轨迹。

刘水娇于1982年出生于南江口镇深湾村，兄弟姐妹共5人，她是长女，只有她和二妹是正常人。三妹、四弟和五妹都是智残人士，其中三妹二级残疾、五妹三级残疾。三个从小就有精神问题的孩子都不能照顾自己的饮食起居，不能识别、懂得生活中包括金钱的任何物品。

十岁前，刘水娇家里虽然贫穷，还要照顾几个精神不正常的弟妹生活，但她依然有自己的快乐和梦想，因为她还有父亲这个家庭顶梁柱。然而十岁那年，父亲生了一场大病，因没钱医治，带着对5个孩子无尽的牵挂、担忧和不舍去世了，其时五妹才一岁。讲起当时的情景，刘水娇虽然拼命忍住，但泪水还是在眼眶里打转。

多年来，她时常沉浸在失去爸爸的巨大悲痛中，至今还忘不了爸爸临死前紧紧握住她瘦小的手，用无限深情的目光和低沉的声音对她说："大妹，我走后，你是姐姐，既要当爸爸又要当妈妈，你一定要照顾好几个弟弟妹妹，要让他们有饭吃，有衣服穿……"见到刘水娇点头答应了，父亲用力地抽搐了几下，才闭上留在这个世上的最后目光。任凭刘水娇撕心裂肺地痛哭，也哭不回来爸爸的一道目光、一句叮咛了。

记得埋葬父亲那天，在叔伯兄弟、亲朋好友的帮助下办完父亲的后事时，小小的刘水娇意识到以后再也见不到世上唯一的依靠了，她悄悄地跑到屋后的松林里，抱着一棵松树失声痛哭，几乎哭晕过去。她诘问苍天：老天爷，你为什么要把我最爱的、最爱我的爸爸带走？为什么要把这么多的不幸降临到我这么一个身高还不到1.3米的十岁孩子身上？为什么会有三个精神失常的弟弟妹妹？

母亲面对着一贫如洗的家庭和几个傻里傻气的孩子，无法承受生活的重压，为了逃避家庭的种种不幸，早已于刘水娇远远未够十岁时就改嫁了。只是嫁去的家庭也非常贫穷，无法照顾到刘水娇姐弟们。从此，刘水娇就要遵循父亲的遗愿，照顾好一家5口人的生活；从此，她幼小的双肩就要承受起生活的重负。80年代出生的十岁孩子，多少人还在爸爸妈妈的双膝里承欢撒娇，多少人还在美丽的校园里吮吸着知识的甘露，多少人还在家人的宠爱下过着小公主般的甜蜜生活。可怜的刘水娇却在养活自己的同时，还要赚钱养活弟妹，照料一个正常、三个精神失常的弟弟妹妹。

屋漏偏遭连夜雨。刘水娇14岁那年，母亲也因抑郁成疾，无钱治疗去世了。母亲在世上，虽然给不了她任何帮助，但他们起码还是有妈的孩子，起码还有一点精神寄托和生活的支撑。但随着妈妈的永远离去，刘水娇的天空坍塌了，她多希望能像邻家的伙伴一样可以有一个无拘无束、快乐成长的童年，多希望能像村里的同龄女孩一样唱着歌儿上学，多希望能像所有的孩子一样回到家可以叫一声爸爸和妈妈……但是这些美好愿望只能夜深人静时在脑海里如流星划过天际似的一闪而过。悲痛中的她没有多余的时间去想这些美好，她必须找工作做，必须赚钱养活自己和四个弟妹。但是她这么小的年纪，那样小的身材，谁会请她？她又能干些什么呢？

哪怕是一株小草也要顽强地生长，何况是一个活生生的人，何况是自己血脉相连的手足，即使他们是傻的，也是生命，我一定要听爸爸的话，要尽自己最大的努力让弟弟妹妹成长。刘水娇一次次在心里为自己打气、加油。

没有找到工作时，她跟随伯父伯母到田地里干活，尽管早出晚归，山沟农村里的收入还是极其微薄，稻谷的产量也低。平时在伯母家每日三餐都是吃番薯、芋头、木薯、玉米等杂粮，其时正处于身体发育阶段，田地活又消耗体力，她常常饿到两眼昏花。有好几次，记不清多少天没有尝到大米的味道了，她饿到实在支撑不住，就悄悄地偷摘了几瓣正在挂胎的稻穗来吃，有两次甚至连禾叶一起嚼碎咽下肚子里。有一次她摘邻居的禾穗来吃，被村里的人发现了，就告诉了她伯母，她遭到了邻居和伯母的狠狠责骂，伯母要她们姐弟搬离她的家。刘水娇哀求了伯母很久，发誓以后不管多饿都不会再摘禾穗来吃，以后会更加勤劳帮着干活，伯母才原谅了她。

为了解决饥饿问题，在耕田种地之余，细小的女孩刘水娇到小溪里捉鱼鳝，在田洞里捕老鼠，在稻田里抓禾虾……只要有些许收获，就是丰盛的一餐，这简直是世上最难得的极品佳肴。一天中午，她把从田洞里用浓烟熏倒的两只老鼠杀好放到碗柜里，下午插田时还美滋滋地想，晚上一家人可以吃到香喷喷的鼠肉了。谁知道，傍晚回到家时，看见三个弟弟妹妹手上各自拿着一抓生鼠肉津津有味地吃着，看见姐姐回来了，弟弟和妹妹争先恐后邀功似的拿着生鼠肉奔向姐姐："姐姐，吃。姐姐吃，好好吃啊……"看到他们把血红色的生鼠肉拿来吃，刘水娇生气地举起手，想一巴掌打醒这三个不懂事的弟妹，但手到半空，又无力地垂下来。因为她知道，即使把他们打死，他们都不明白是怎么一回事，他们都不懂得生和熟的区别。一瞬间，无助的刘水娇悲痛地哇哇大哭起来。她不知道自己流的泪水究竟是因为家里穷，还是因为几个弟妹傻，或者因为命运的不公平，甚至因为整整一个下午的甜蜜期待转眼又落空，恐怕又都兼而有之。

刘水娇的家一贫如洗，衣服鞋物这些生活的必需品都奇缺。不管是到山上去割草，还是到田地里干活，她基本上都不穿鞋，长年累月下来，她的双脚常常被石子、草头戳出血都没有痛感。有一次，她挑着一担草回家时，邻居的三叔婆看见了她走过的地方有鲜红的血液，仔细一看，原来是她的右脚受伤了，鲜血还不停渗透出来，可她居然没有感觉。三叔婆叫她休息一会，摘了一大把三丫苦草药咬碎，敷在刘水娇脚伤处。她怜爱地搂着这个苦命的孩子，连声说："可怜，可怜！"

有时双脚受伤太严重，怕感染，刘水娇才穿上邻居不要的用破旧自行车轮胎制成的十字形木屐。刘水娇没有什么衣裤，更舍不得把爸爸穿过的破旧裤子扔掉。由于她身材瘦小，就把裤子剪掉一段裤腿，把裤头缝窄后再穿，她把爸爸留下的裤子全都穿过。农村人迷信思想严重，死人的东西一般人就是看一眼都觉得害怕和认为不吉利，更不要说使用了。邻居孩子知道她穿死人留下的裤子，都不愿意和她玩耍。刘水娇顾不了这些，她全部的时间和精力都要照顾四个弟妹。

12岁那年，经邻居介绍和极力推荐，小学没毕业的刘水娇谋到了一份不能让厂里公开的工作——到南江口电池厂做童工。厂长也是深深同情刘水娇的不幸遭遇，才悄悄收下她。刘水娇把四个弟弟妹妹寄养在伯母家，小小年纪的她非常懂事，担心弟妹会饿着，担心伯母会对弟妹不够好，就每月将工资一分不留交到伯母手中。刘水娇15岁那年，堂哥20多岁，到了结婚年龄，开始谈对象了。家在深湾农村，环境已是不如人意，加上还有3个智残的亲人。伯父伯母担心儿子带女朋友回家看到这几个生活不能自理的弟弟妹妹会嫌弃而分手。为了不影响儿子的婚姻大事，伯母叫刘水娇带四个弟弟妹妹回她自己原来不足30平方米的矮小泥砖房居住。

从此，五兄妹共同住在一间窄小、破旧的房子里；从此，长姐如母，15岁的刘水娇既当爸爸又当妈妈为四个年幼的弟弟妹妹撑起生命的天空。她去电池厂上班时，1985年出生的二妹读到五年级，因为实在拿不出钱读书而弃学，刘水娇就让她在家里照顾几个弟妹。唯一值得安慰的是，三个傻乎乎的弟妹不会到外面闹事惹祸，这让小小年纪就要上班的她能安心工作了。

后来，由于很多原因，南江口电池厂倒闭了。为了生活，刘水娇于2001年带着四个弟弟妹妹到离家50多公里的都城永光集团旗下的电池厂打工。五姐弟妹在厂附近租了20多平方米的楼房居住。她一边打工一边照顾弟弟妹妹，由于三个弟妹从小没有得到什么教育，就像一个四五岁的小孩，生活完全不能自理，过马路应该如何走、洗头该怎样洗等，刘水娇都要不厌其烦地反复教。经过她几年的调教，3个智残的弟弟妹妹虽然不能生活自理，但都很听话，每天都待在家里，不到外面的公路玩耍，这令她很放心。

二

不管生活的天空多么黑暗，命运总会为善良的人带来曙光。2008年，26岁的刘水娇经人介绍，认识了前妻因嫌弃家庭贫穷而离婚的本镇平罗村委会白花村村民梁国树，梁国树比刘水娇大12岁。刘水娇第一次见到梁国树时，感觉到他忠厚、老实、善良，是一个值得托付终身的人，尤其想到他年纪比自己大一轮，又遭遇过婚姻的不幸，应该会懂得珍惜她。梁国树知道了刘水娇生活的不易，并没有被她特殊的家境吓倒，反而坚定地答应了刘水娇——可以带着4个弟弟妹妹嫁到他家里。刘水娇得到梁国树的郑重承诺后，答应了和他结婚。共同的命运、相似的遭遇，使他们彼此惺惺相惜和心心相印。更让刘水娇欣慰和感恩的是，她的家婆虽然不识字，但通情达理，善良勤劳，尽心尽力地帮助她照顾几个弟妹。刘水娇和梁国树生下一女一男后，家婆帮忙照顾三个弟妹和两个孙儿，作为儿媳的刘水娇主动分担家务，尽量不让婆婆累着，因而婆媳关系融洽。家婆的勤劳和体恤、体贴、爱怜，让刘水娇常常觉得自己的妈妈又活过来了。丈夫对三个舅姨更是照顾有加，从没有怨言，夫妻之间互敬互爱，邻里关系和睦。有了家婆和丈夫对弟弟妹妹的照顾，刘水娇对家人、对生活充满了感恩。正是因为她的善良和承担，感动了周边的人。很多工友知道她家的情况后，时常关照她，有的拿青菜、大米给她，有的送旧衣服给她的弟妹穿。他们都为刘水娇对智残弟妹不离不弃的精神所感动，希望在自己能力范围内给予她一些帮助。

三

目前，刘水娇正常的二妹与平罗村一个村民结婚了，现在都城永光电池厂工作。虽然住在泥砖砌成的瓦房子里，但一天三餐已不用刘水娇担心。经人介绍，2008年，一个智残的妹妹嫁给了本镇黄岗村的一名青年，该青年智力也有一定的障碍，结婚后生育了2个小孩。由于不懂得抚养，两个小孩出生后不到一个月就死亡了。2010年第三个小孩出生了，当时刘水娇的第二个小孩也只出生50天。为了妹妹能有一个小孩，她毅然将妹妹出生几天的小孩接回家帮其抚养。有次小孩得了重病，去医院治疗，还向人借了5000元，刘水娇节衣缩食一年，才把这些钱还清。

刘水娇有一个叔子，由于吊儿郎当，整天像流浪汉一样不顾家，他的妻子生下女儿不到两年就离家出走，至今音讯全无。善良的刘水娇又把这个叫梁金利的女娃接来抚养，现在金利已在南江口中学读书，她非常听话，成绩也比较好，只是因为出生卡上她父亲“梁永森”的名字错写成了“梁炳森”，至今梁金利在派出所还没有户口。当刘水娇问我能否帮助她时，笔者人微言轻，只能答应刘水娇一定会向上级领导反映她的困难情况。

刘水娇家只有15平方米的二间水泥楼房，最多时却住着老老少少9人。2012年，丈夫家部分山地、水田被征用于建设顺景陶瓷厂，得到4万元征地款，由于人口多，她和丈夫商量计划回家建房。她建房子的消息被当地政府部门知道了。当地政府、永光电池厂、县妇联都很关心，协助她建起一层70平方米的水泥楼房。想到以后三个精神失常的弟妹到终老都要自己照顾，一厅两房不够住，她同丈夫商量，又向别人借款4万多元，加盖二层水泥楼房。虽然房屋还没装修，但她十分满足，对所有关心、帮助过她的人都心怀感恩。遇到有困难需要捐助或者公益性的活动，刘水娇都会积极参加，尽自己的能力去帮助有需要的人，正如别人帮助她一样。为了更好地培养下一代，她节衣缩食，将一双儿女送到都城幼儿园读书。她认为，只有儿女将来成才了，才有能力回报帮助过她的人，才能更好地回报社会。

四

2013年，郁南县县委、县政府主办的“郁南好媳妇”评选活动，刘水娇当选为“郁南好媳妇”。在采访她时，有记者问她，如果给你一万元奖励金，你准备怎样用。当时在场很多人都知道，她所建的新房没有门窗，连大门都没有安装，而刘水娇不假思索地说：“我向亲戚朋友借了很多钱，先把钱还给他们，因为他们已经帮我很多了。”听了她的话，在场的人都觉得很惊讶，但细想一下，这样一个先人后己的人，才配得上“郁南好媳妇”这个称号。

2014年，刘水娇被评为广东好人；2015年被评为云浮好人；2016年获得云浮市第二届道德模范“云浮绅士”称号。

巴菲特说：“评价一个人时，应重点考察四项特征：善良、正直、聪明、能干。如果不具备前两项，那后两项会害了你。”里根也曾说过：

“如果你正直，这比什么都重要；如果你善良，什么也都无关紧要！”

很多人常说：没文化，真可怕。但文化是什么？是学历？是经历？是阅历？其实“文化”是根植于内心的修养，是无须提醒的自觉，是为别人着想的善良。刘水娇，小学都没有毕业，虽然没有学历，但她的修养、她的自觉、她的善良，让大家觉得她比无数有学历的人更有文化。在刘水娇身上，我们明白了一个道理：在生活和工作中，当我们因先天的、后天的很多主观、客观原因影响，未能有足够高度时，就要多为自己找几块垫脚的东西垫高自己——或知识与智慧，或技能与才华，或性情与品行……而在这些美德中，性情与品行是最重要的。刘水娇，她个子虽然不高，但是她用中华民族优秀的传统美德——孝顺、善良、宽容垫高自己，在我们每一个人面前是那样高大伟岸。

一个人，只要有了崇高无私的精神和蕙质兰心的品行，人生之灯就会更加明亮和辉煌，生命之树就会更加茂密和高大。做个正直善良的人，自己坦然，贵人也会发现你，更会帮助你！

刘水娇，这位出生成长在郁南县南江口镇深湾村的普通女性，用她孱弱的肩膀，坚强地扛起残缺不全的家庭，用爱心撑起弟弟妹妹生命的天空。在她身上，我们看到了中国传统女性善良、担当和坚韧的优秀品质。而她获得的一系列荣誉，也是生活给予她的最好回馈。

2017 年 12 月

平凡“的哥”

黄美莲

他是一位家境贫困的出租车司机，在为母亲治病花光了积蓄后，妻子又患重病做了大手术，孩子读书又急需交借读费，在欠下17万元巨额债务急需资金时，他竟然无意中拾获一万多元现金和三个房产证。意外的横财就摆在眼前，是据为己有还是交还失主？他没有丝毫的犹豫，及时通知了出租车公司总台，随后，他在公司等了两个小时，终于把钱物交还失主。他先后20多次拾获顾客遗失的财物，但每次他都拾金不昧，将拾到的现金、手机、电脑等价值共4万多元的物品全数物归原主。那个拾金不昧的人就是张社会，云浮市云龙出租车公司的一名的士司机。

1976年，张社会出生在河南驻马店市新蔡县，因为家境贫困，15岁就辍学开始打工。他从事过很多工种，年轻时走南闯北，靠自己多年的拼搏，生活渐渐有了好转，命运之神对张社会似乎有了眷顾。1998年他回老家建起了房子，1999年结婚，2000年有了自己的孩子。

一家人的幸福日子过了不久，2002年冬天，张社会的生活开始走下坡路，他母亲的心、肝、脾、胃、肺都被诊断有严重的疾病，张社会不得不回家照顾母亲。家里多年的积蓄花光殆尽，却没能使母亲的身体有所好转。祸不单行的是，2008年，妻子又被诊断为甲状腺肿大，做了一个手术花了几万元，妻子从此每天还要吃药。2011年，张社会的母亲拖着患病多年的病弱之躯离开了人世，张社会还没从悲痛之中恢复过来，妻子随后又被诊断患上了糖尿病。糖尿病俗称富贵病，需要长期服用降糖药。张社会为母亲治病已负债累累，如今又要为妻子治病而奔波劳碌。为了让妻子的病情得到有效控制，张社会只有努力挣钱。他省吃俭用，把挣到的钱用来给妻子治病。张社会为母亲和妻子治病先后欠下了17万元债务。

巨额的债务如山一样沉重压在身上，为尽快还清债务，勤奋的张社会选择了来云浮当一名“的哥”。他每天努力工作早出晚归地接载乘客。患病的妻子也找到一份在面馆帮忙洗碗的钟点工，从下午5时30分干到晚上9时，一个月工资900元。张社会天天吃老婆做的馒头、稀饭、面条和青菜，一个星期才能见到一次荤腥。年幼的孩子十分懂事，从不吵着要肉吃和买零食。尽管家境如此贫困，张社会却只想通过自己努力，踏踏实实去攒钱，争取早日把欠下的债务还清。

二

2014年3月11日，张社会驾驶的粤WKA660出租车，在兴云西路城区公路局附近搭载了两个客人。客人准备去石城，因为临时有事半路折回，装有房产证和现金的公文袋不慎掉在副驾驶座位底下。客人浑然不觉地下了车。随后，张社会又载客前往人民医院、罗沙等地。途中他无意间发现该公文袋后，便及时通知了总台。随后，张社会怀揣着这个神秘的文件袋呆呆地在公司等了两个小时，终于把失主程先生等来了。张社会亲手把拾获的内装有三个房产证和一万多元现金的公文袋还给了失主。原来失主程先生是准备把房产证拿去银行抵押贷款做生意的，如果房产证找不到，自己将错失贷款的时机，导致生意泡汤。程先生感激地说："要是没有张司机，我们至少要损失30万元。"

其实，类似这样的拾金不昧行为，张社会自进入云浮市云龙出租车公司以来，已经为数不少。仅2013年张社会就17次拾获了贵重物品，价值3万多元。

张社会虽然家境十分贫困，他一家以月租400元租住了一间约40平方米的小房子，但面对客人遗落在车上的现金、手机，老实的张社会却丝毫不动心，从没有产生过占为己有的贪念。

张社会拾金不昧的行为，充分表现出了一名普通司机的高尚人格品质和良好社会公德。公司主要领导在获知了此事后，做出批示，号召公司全体司机学习他这种拾金不昧的精神。好人好事有带动作用，全公司的司机共拾获了100多件贵重物品，总价值在10万元以上。

张社会说，做好事让自己心里踏实和愉快。他还总结，做好事心情愉快后，生意也跟着来了。如今，助人为乐已成为一种习惯，有一次他在电视上看到一句话叫“予人玫瑰，手有余香”，他取来笔和纸，抄了30多遍，以此提醒自己。

有不少人喜欢将手机塞在裤袋里，坐车时就很容易滑出来，遗忘在车上。张社会估计，这几年遗落在他车上的手机有10部左右。对于还在用着400多元廉价手机的张社会来说，这些功能先进的手机充满诱惑，但他也从未动心。

有一年石展会期间，一位伊朗客商乘坐了他的车，在河口初城国际石材城下车时落下了一部名贵手机。当张社会发现手机时，商人和其随从翻译已下车走了将近10米远，由于人多拥挤不便开车上前和下车追赶，情急之下张社会猛按喇叭，并摇下车窗，以吸引伊朗商人回头看，伊朗客商这才发现了自己的手机不在身上，立刻跑回来领回。后来，出于对张社会的信任与感谢，伊朗商人一连四天包下了张师傅的车，张师傅就此成了伊朗客商在石展会期间的专车司机。

有一天晚上，张社会在市中医院载了一名女乘客前往马岗，结果座位上遗留了一部价值4000多元的苹果5手机。张社会拿着手机交回公司，失主王小姐很快领回了手机。

自从当上“的哥”以来，张社会拾获的物品现金、手机、电脑等共4万多元，他都将物品悉数归还给失主。

张社会说：“公司的人都知道我缺钱，但我不缺德。”老实的张社会说，“是我的血汗钱一分钱也要，但不属于我的我绝不动心。”

三

拾金不昧是中华民族的传统美德，是一个人高尚道德情操的体现。张社会用自己拾金不昧的实际行动展现了云龙人优秀的个人品质，为云龙出租车公司赢得了良好的声誉。这样的正能量，让人备感温暖。

张社会是云浮市优秀青年的代表，因其拾金不昧的高尚品德去年被省文明办评为“广东好人”等。十年来，他一直坚守在出租车营运事业第一线，默默地为云浮市的居民百姓开好每一班车。

张社会在平凡的岗位上，有着不平凡的精神，在2014年接连获得“2014年云浮好人”“2014年广东好人”与入选2014年广东省向上向善好青年等荣誉。如今，云龙出租车公司的100多名司机纷纷以张社会为榜样，掀起了一股学习好人、文明驾驶的新风尚。近年来，好人好事层出不穷，张社会也因此被人亲切地称呼为“好人哥”。

张社会的事迹传遍了云浮大地，他的小儿子到了读书年龄，因为户籍原因，经云浮市云城区教育部门多方协调，让其小儿子就读于云浮市第三小学，少交了好几千元借读费，解决了读书难问题。

广州一位姓刘的老人，从有关媒体看到张社会的事迹及生活状况后，知道张社会妻子患病的消息，几经周折，终于找到张社会的联系方式，并将一批保健品顺利寄到张社会的妻子手上。张社会得到老人的帮助，十分感动。

勤奋的张社会有着朴素的愿望，就是尽最大的努力，早日还清亲友们的债务：“我计划每年攒4万多元还债，争取4年内，把债务还掉。”

张社会自从被省评为“广东好人”后，在公司司机队伍中处处起模范带头作用，努力回报社会，还经常前往学校、医院、出租车司机队伍等团体宣讲好人故事（事迹）十余次，以自身的故事传递正能量。

张社会应邀来到云浮市第五小学，以自身经历鼓励广大小学生多做好事、感恩社会，受到该校学生的热烈欢迎。

“同学们，你们长大后要做一个好人，多为社会做好事。”张社会对着学生代表提出了殷切的期望。

他说：“大家评选我为广东好人，我受之有愧。我将继续践行自己的好人原则和做法，继续在自己的能力范围内为云浮人民多做好事。”

张社会平凡、朴实的好人事迹，深深感动了在座的师生们。

自从张社会被评为“广东好人”后，他一直严格要求自己，决不给云浮、给出租车司机抹黑。他已深深爱上云浮这座有着青山绿水、蓝天白云的城市。他说：“作为一名出租车司机，相比老家冬季的雾霾天气，我和家人更愿意在云浮生活。”

在当今这个物欲横流、金钱至上的社会环境下，张社会拾金不昧的行为，充分体现了他高尚的道德情操和忠厚朴实的精神风貌，他拾金不昧的行为为广大人民群众树立了榜样，赢得人们一致的称赞。

2016 年 12 月

心灵的底色

李　艳

霜降之后，阴雨绵绵的上午，行人们都在匆匆忙忙地赶着回家，连汽车都在疾驰着。这天，是我采访人大代表张昆生的日子。我正担心打不到车，而焦急地等待着，却接到张昆生打来的电话，他说担心我不方便，会来接我。这一通及时的电话，让我对这位还没谋面的人大代表的亲和印象瞬间飙升。

按照约定好的时间，我站在屋檐下一边躲雨一边等待，细雨中一辆汽车缓缓开到我的面前，驾驶座上的人让我惊讶了一瞬：我想象中的张昆生，应该是一个不苟言笑、做事风风火火的壮年人，但面前的这个人，无论是两鬓的白发还是眼角的皱纹，都在告诉我他已经度过壮年这个阶段了。

采访之前，我对张昆生的了解只停留在文字层面上，张昆生，云浮本地人，出生于1947年，曾担任云浮市云城区高峰街张屋村村长一职，并连续三届当选市、区两级人大代表，他带领张屋村村民建设美好家园，使张屋村成为远近闻名的生态文明村、卫生村。他本人也先后被评为云城区、云浮市的文明标兵，任职期间，他提出的建议意见达上百条，解决多个民生问题，深受群众拥护。这就是我对他全部的认知，不曾想过，经过一天的相处之后，我会深深沉浸在这个人的人格魅力中。

“我这一生都在和群众打交道，为政府排忧解难，为群众谋福求利，是我的责任，也是我的使命。”这是我见到张昆生后，他说的最多的一句话。

一

张昆生的普通话并不是那么标准，而我又听不懂粤语，同一句话我要反复听，他要反复说，费时又费力，但他很健谈，不断地询问我生活上和工作上的问题，在这“努力”的交谈中我渐渐放下了因语言不通带来的不安，对采访充满了期待和信心。

在前往采访地点的途中，刚好经过云石遗址公园，他很自豪地向我介绍说“这个公园是我建议修建的”，说着便停下了车，激动地说要带我参观参观。从入口的石雕墙，到铺的地板、草甸，再到供游客休息的亭子，他都一个不落地给我介绍了，从他的眼中，你能看到，他对这个地方的爱有多深沉。

石艺文化是云浮三大文化之一，它承载了每一个云浮人的故乡情怀和记忆，张昆生就是其中深受影响的人之一。

“石艺文化是云浮最具代表的文化之一，在国际上都是有一定影响力的，它不仅是一个产业，更是代代云浮人的标志和记忆，是应该发扬光大的。但是从当下的效果来看，不论是宣传措施还是重视程度都还远远不够。我就在思考，有什么办法可以将这种文化保存下来，宣传起来，于是我就提出了建云石遗址公园这条建议。”张昆生边走边对我说。

我问他，为什么会产生修建云石遗址公园的想法，他转头盯着遗留下来的两块云石对我说“因为梦想”。2008年12月，张昆生在参观埃及金字塔的过程中，被强烈的文化底蕴和自信深深地震撼，那种扑面而来的历史文化气息点燃了他心中对故乡石艺文化的骄傲和自信，但面对发展滞后的现状，他也陷入了深思，要怎么做才能保存和发展好云浮的石艺文化。带着疑问，他愣是一晚没睡，想出来建云石遗址公园的想法，并连夜写了一封建议，第二天一早便通过直通车递交了回去。“别人的传统文化为什么能宣传得这么好？因为他们的文化有历史、有底蕴、有价值，同时政府重视，全民支持，而我们的石艺文化，作为三大文化之一，同样有历史、有底蕴、有价值，毫不逊色于其他文化，只是我们缺少重视和宣传，而我刚好有这样的途径可以去做这些方面的工作，肯定要全力以赴啊。”张昆生坚定地对我说。

他指着遗留云石向我介绍道，公园是建在原云石矿产遗址上的，云石矿场遗址是20世纪80年代开采云石山遗留的历史遗存，是云浮石城历史以及发展现代化都市的重要历史见证。遗址在2012年底被列入第七批广东省文物保护单位，是一张待人印刷的名片，而张昆生就是那个带头印刷的人。在张昆生的建议下，遗址公园第一期工程已于2017年完工。

提到这个遗址公园，他眼中满是掩藏不住的自豪，走在公园的石板路上，我听他说着对公园期待，仿佛能看到他所构建的那个未来。“这个云石矿场遗址有几个‘最’：云浮最早开采云石的地方；最大规模开采云石的地方；最能见证云石发展壮大的地方；最能体现云石先进开采工艺的地方，是云浮石艺的文化价值最鲜明的体现。因此一定要加强对遗址的保护力度，尽快完善周围设施，另外我还跟领导们建议，要加快周边地方的开发利用步伐，避免这一带成为违法分子倾倒石材废料、建筑垃圾的地方，要让遗址公园真真正正成为云浮的名片，让云浮的石艺走向世界。”张昆生坚定地说。

二

从云石遗址公园出来，张昆生带我来到了他的家。干净的客厅里家具不多，客厅中间摆着实木的椅子和茶几，茶几上摆着精致的茶具，大大的中国结挂在窗户边的墙上，电视机上方是一家人各个时期的照片和全家福，每一个地方都体现出了这个家的温馨和幸福。

参观完客厅，我们没有马上开始聊工作，他给我倒了一杯茶，见我盯着照片里的小女孩看，他马上来了兴趣，给我介绍说是他的孙女和外孙女，说着便高兴地将手机里孙女画画的照片、参加钢琴比赛的视频和获奖证书通通拿出来展示给我看，仿佛像个小孩在炫耀自己的宝贝，眼中的欣慰和自豪藏也藏不住。

谈到和睦的家风，张昆生说其实是受父母教育的影响，从小父母就教育张昆生和兄弟们要心怀感恩、与人为善，他们对待亲戚朋友甚至帮干活的工人都同样热情周到，曾跟随张昆生的两个施工员就经常与他们同桌吃饭，俨然一家人。张昆生任村长时，村中70岁以上的老人共有20多人，每逢老人们生日时就会收到他或他家人送来的礼品和红包，至今仍会不时去问候，粗略估计，十几年来，他一家为各种社会公益事业捐款达数十万元。父母所做的大大小小的善事，不仅对张昆生自己，对整个家族的人都影响颇深。

在聊天的过程中，他起身走进了房间，几分钟后抬出了一个大箱子放到了我的面前，打开盖子，里面装满了荣誉证书，他从箱子里拿出了几本，小心翼翼地打开递给了我，几本证书都是省和国家给张昆生的家庭授予的“广东省五好文明家庭”和全国“平安家庭”示范户的荣誉。“我的家庭很幸福，政府和国家能给我们这样的荣誉，我和家人都很自豪，我也希望通过自身的表率，所有人的家庭都能像我的家庭一样幸福。”他笑着说。和采访时的状态不同，谈到家庭的张昆生褪去了人大代表的那一份责任意识，回到了一个普通人的状态，眉宇间尽是温柔。他对我说：“当上村长和人大代表到现在十多年了，我大部分的时间都在外面跑，在家的时间寥寥无几，但是我的家人都十分支持我的工作，我很庆幸，也很感谢。”

三

聊完家庭，我们自然而然地聊起了工作，对于村长和人大代表的头衔，他说，没想到担子会这么重。

改革开放之初，只有初中文凭的张昆生就凭着长远的眼界和辛勤的劳作，开办石材厂和承包工程，成了当地最早的一批“万元户”。致富成功以后，他并没有安于享乐，看着周围的村民们连温饱问题都解决不了，他产生了一个让所有人都吓一跳的想法——竞选张屋村村长，带领村民发家致富。听到张昆生的想法，家人们虽然有疑惑却也十分支持他。于是，2005年，张昆生成功当选张屋村村长，但是，让他没有想到的是，这条路会这么难。彼时他面对的是一个集体经济几乎一片空白，人均集体收入只有600元的贫困乡村，在致富梦因为现实问题停滞不前的情况下，村民们人心晃动，张昆生感到了空前的压力。“刚刚当选村长的时候，我充满了抱负，觉得通过自己的努力一定可以很快带领大家致富，但是现实问题让我不得不清醒地认识到，我承担的是一个村几百人的未来，巨大的压力让我经常失眠，睡不着的时候我就思考如何发展集体经济，很庆幸的是，我们成功了。”深知要搭上改革开放的首班车才能真正实现村民致富的张昆生，在走访过程中发现张屋村有很多闲置的荒地，于是他便牵头带领村民们在云六公路两旁建起了6000多平方米的厂房、店铺，利用处在城乡接合部、交通便利的优势，采取“以工补农”的方式，大力发展第二、第三产业，办起了汽配商贸区，然后通过招商引资开办了20多家厂和店，使集体经济实现了零的突破，2012年村民们分红达到了1600元的最大值。拿着远远高于以前收入的分红，村民们纷纷心怀感激地说：“交给张村长，我们放心。”

当上村长后的张昆生，在日常工作中不断体会到作为基层干部，能做的只是寥寥，于是2007年，张昆生正式走上了人大代表之路。

成为人大代表的张昆生，关心每一个大大小小的民生问题，张屋村的发展便是他第一个要完成的目标。在张屋村出生、长大的张昆生，知道村民们除了温饱问题，还深受村内公共设施不完善的困扰，于是，张昆生便带头集资，还呼吁村民们一起，投入数十万元于村道、村容村貌和生态文明村的建设上，除部分是上级支持外，大部分都是村民和村中热心老板们自掏的腰包。看到钱都花在了实处，村民又自筹资金20多万元，建设村中的防洪排灌渠等农田基本设施，完善卫生村、生态村的基础设施，而这20多万元的资金中，张昆生出了大部分。“听到要集资的时候，很多村民是不愿意的，毕竟大家都不富裕，也害怕捐的钱会打水漂，比起说的，我只能用行动去证明、鼓舞大家，只要有需要集资的活动，我一定会冲在前面给大家做表率。”说到这个问题的时候，张昆生紧紧握成拳的手让我知道，作为人大代表，他的心是坚定不移的。“张屋村是我的家，建设它就是建设我的家，与其存在银行，不如把钱都花在有意义的地方。”张昆生笑着对我说。

对于张昆生来说，张屋村就像是一个战场，在这场战役中，他是领头的将军，以身作则，冲锋陷阵。毫无疑问，在这场战役中，他取得了胜利，而张屋村的村民都是受益者。

聊到一半的时候，张昆生的妻子回到了家，尽管还没有做自我介绍，看到有一个陌生人在家里，她也并不惊讶，笑着和我打招呼，还忙不迭地拿出柜子里的果干和糖，一一摆在我面前，这才坐下歇口气。我问她，作为人大代表的妻子怎么看待丈夫的工作，她笑着说“相信他，支持他”。作为人大代表，张昆生是政府和群众之间沟通交流的桥梁，在群众工作中，他甚至起到了连政府都起不了的作用。2009年，政府打算打通金山大道，但在必经之路上，钉子户成了最大的难题，政府为了说服钉子户拆迁，前后总共花了五年的时间，仍然没能说服成功，最后还是云城区区委书记想到了张昆生，这才去请张昆生出面协调。“我们区委书记为了说服钉子户，去他们家连吃了三顿饭还是没能说服成功，找到我之后，书记给了我十天的时间说服钉子户，比起觉得困难，我当时想的是，一定要完成任务。”张昆生说。接到任务后，他马不停蹄约拆迁户见面，因为之前与政府协商的不愉快，拆迁户甚至不愿意在村委会见面，也不愿意见到政府领导，于是二人约在了茶馆。张昆生全程没有和他讨论拆迁的问题，而是像个老朋友一般聆听对方的难处，晓之以理，动之以情，谈话到最后，拆迁户终于松口，这让张昆生欣喜若狂，马不停蹄地四处奔走，终于在最短的时间内完成了拆迁户的要求，成功获得拖了五年的拆迁权，而此时离区委书记给他的10天期限，只过去23个半小时。

作为人大代表的这些年，这种“争分夺秒”日子张昆生没少过，因为太过疲劳而被送进医院的次数也多不胜数。面对这些辛劳，他也只是笑笑说："为群众谋利是人大代表的责任，也是人大代表的使命。"张昆生口袋里总是带着一支笔和一个笔记本，走到哪里都会把村民的想法记录下来，他说："我是群众选出来的代表，人民的呼声就是我努力的方向。人大代表不能开会时凑热闹，闭会后默默无闻。我承担着群众的信任与期望，一定要走到群众中去，走到部门中去，倾听群众的呼声，了解群众，这样才能写出好的建议。"于是，已经年过花甲的张昆生，仍然每天都在外面奔劳。

在一次日常的个人调研中，张昆生经过旧云六公路高峰段时，因为路面坑坑洼洼，他的鞋和裤子上都沾满了泥泞，非常不便。正想着一会儿回家换衣服的他突然联想到那些每天都经过这条路的居民应该会更不方便，于是他马不停蹄跑到群众家里去了解情况，了解过后他发现沿线近4000名群众行路十分艰难。因为这段路程难走，甚至连公共汽车都停开了，给居民们带来了很大的不便，同时，下雨天还给就读高峰小学和高峰中学的学生们带来了一定的安全隐患。看到这样的情况，张昆生在出席云浮市人大代表会议时就提出了相关建议，并很快得到了市政府的高度重视，交通部门马上制订了初步改造方案，及时向省交通厅申请了解决资金，将原来的坑洼路面修复好，解决了沿线群众行路难的问题。从发现问题到解决问题，只花了155天的时间。

"我觉得自己每天都在和时间赛跑，要抓紧调研，抓紧提意见，抓紧写报告，跑赢了，群众的利益就到了，我应该是整个云浮市用直通车用得最多的人大代表了。"张昆生笑着说。在每一次调研或是联系群众的过程中，只要发现紧要事件，他就会立马采用直通车的形式递交建议，建议也几乎都会被采纳实施。他说，直通车好，在民意和政府决策之间搭起了一座直通的桥梁。

在对张昆生进行采访的过程中，他的手机铃声没有间断过，其间有无数的人找他帮忙或者询问工作，忙碌到无数次将那杯已经送到嘴边的茶重新放下。我问他："辛苦吗？"他笑笑说："已经习惯了。"我想，这大概是一种境界，是一种因为用心生活，所以体现出来的云淡风轻。采访过后，他又亲自将我送回了家，和来时不同，相处了一天的我们已经像老友一般亲切自在了。和聊天时的轻松不同，我清晰地听到他坚定地说，当代表的这半辈子，他笑过、气过，喜过、怒过，但从来没有后悔过。

2018 年 11 月

普通人的大爱

覃娅婕

2006年7月盛夏的夜里，台风吹来的雨黏黏糊糊地粘在梁志坚的腿上再缓慢滑落进地上的坑洼中，仿佛在和路上的泥泞紧紧胶着，让梁志坚前进的脚步越发地沉重起来。路旁稀稀拉拉的几户人家里隐隐约约地传来“由于台风‘碧利斯’的影响，广东各地暴雨成灾……各位市民需减少外出……做好防台风准备”新闻播报的声音。梁志坚埋着头沉默地赶着路，1个多小时后，在一处和旁边居民楼并无二致的建筑前停了下来。看了看门前牌匾上印着的“云浮市红十字会”几个大字，梁志坚用手搓了搓脸，试图让自己显得精神一点，再抖了抖裤腿上的雨水，走了进去。鞋上的泥水印在地板上，一步一个脚印地踏入了志愿者的行列。然而令他没想到的是，这一冲动，竟然就是一辈子……

“爱心爸爸”重建心灵之塔

2008年5月12日，一场空前的浩劫降临在四川汶川，8级地震让这座美丽的小城一时间房屋坍塌，桥断路裂，哀鸿遍野，绝望与悲伤笼罩着这座不幸的城市。“众志成城，抗震救灾”，此时此刻，灾区人民需要中华人民携手相助，把他们从废墟中拯救出来，他们需要帐篷，需要物资，需要心灵辅导。梁志坚明白这时候他们必须要上前线去，到灾民的身边去，12日后的多个晚上，坚叔都彻夜难眠，思考着如何以最快的速度、最好的方式支援灾区人民，他身在云浮心已经到了汶川。看着电视上播放的灾区新闻，坚叔心里比谁都着急，他四处奔走，积极筹集善款。5月18日晚，在市红十字会牵头举办的大型爱心慈善捐款义演活动中，梁志坚带领的志愿者队伍冒着倾盆大雨组织发动捐款、接收捐款、信息发布及提供服装等后勤服务工作。由于时间紧，梁志坚从下午2点开始就一直坚守在晚会表演现场，中午只吃了一点面包，晚饭也来不及吃，一直坚持到晚会结束后仍彻夜守卫着晚会上募得的800多万元善款，直到第二天下午2点才能回到家洗漱。6月19日，梁志坚带领来自云浮市红十字会的工作人员、热心企业家、心理医生等行业的13名志愿工作者踏上奔赴四川汶川之路。当他们来到受灾严重的水磨镇小学，眼前的一切让梁志坚感到震惊和心痛。教学楼的一半陷在地底，另一半也只留下了残垣断壁，钢筋穿破墙体裸露在外，已经丝毫看不见当初校园的轮廓，难以想象这下面埋葬着该校几乎一半的师生，昔日欢声笑语不断的校园，顷刻间土崩瓦解。操场上有零星的几个学生望向废墟，眼神空洞，车子的引擎声都能让他们身体发颤。这一刻，梁志坚无比坚定自己的信念——尽最大的力量给孩子们播下信仰和希望的种子，“房子倒了可以再建，但希望不能倒，希望倒了，就什么都没了”。

梁志坚一行顾不上连日的疲劳，立即为水磨镇小学70多名学生开展心灵辅导课程，来自邓发纪念中学的心理辅导老师林桂清和市人民医院医生陈妍在现场以游戏的形式为孩子们上了一堂生动活泼的心理辅导课。梁志坚看着饱受惊吓的孩子们渐渐地放松心情，长舒一口气的同时又总觉得还少点什么，受到严重创伤的心灵不是短短的几日心灵辅导就可以痊愈的，那将是一个缓慢而又煎熬的过程。梁志坚抚摸着倒下的光秃秃的旗杆，突然想到，有什么能比灰色的大地上飘扬的红旗更鼓舞人心的呢！说干就干，梁志坚一行决定出资为学校重修旗台。当太阳从东方升起的时候，金色的阳光映射在红旗上，熠熠生辉，这面旗帜如同星星之火，以燎原之势温暖着水磨镇小学全体师生的身心。于是，孩子们给梁志坚取了一个可亲的外号——爱心爸爸，感恩他用父亲一般的亲厚与仁慈给这些孩子重建了心灵“象牙塔”，免生忧，免生怖。

从学校出来，梁志坚来到了灾民安置区，看到了一个双腿残疾、卧病在床的青年男子，母亲模样的妇人垂首在侧，整个帐篷里安静得令人窒息。上前交谈，得知父亲在地震中已不幸丧生，儿子被救出来时双腿已断，再无站立的可能。梁志坚急切地想要帮助这个破碎家庭，又怕话语间再次戳中母子二人的伤心事，梁志坚犹豫了一下，轻轻问了一句：“我有什么可以帮到你们的吗？”母亲看了看孩子，又低下了头，梁志坚想靠近一点点看看孩子的伤势，这个动作似乎把母亲从自己的思绪中惊醒了，她近乎自言自语：“奥运会快到了吧，孩子一直想看奥运会，你能……”梁志坚急切地摸索着全身上下的口袋，拿出事先准备应急的2000多块。“你们等一下！等一下就有了！”说完便飞速地向外跑去，短短几十分钟，梁志坚和志愿队伍的同伴就已经抬着电视机回到了母子俩的营帐中。母亲在衣服上擦了擦手，碰了一下电视机，就又紧紧地攥住，嘴里不停地说着谢谢。

不仅是汶川地震，玉树地震、西南旱灾、2009年海峡两岸风灾、云浮冰灾等历次自然灾害中，梁志坚也总是不畏艰辛冲锋在前，个人带头捐款，多方筹集救灾款物，为灾区排忧解难，将他那颗火热的心与灾区同胞的心连在一起，深得当地人民的敬重。

“坚叔”的“红丝带”

梁志坚今年63岁，认识他的人喜欢叫他“坚叔”。

2016年元旦节前后，一个突如其来的电话让梁志坚心头猛地一颤，受艾滋病折磨多年的李文（化名）在这样一个普通的日子深夜来电意味着什么，梁志坚不敢多想。接通电话，梁志坚试图用平时和他闲谈的语气来让这通电话显得不那么突兀。梁志坚对着话筒说了一分钟左右，电话那边始终保持着静默，只有略微急促的呼吸声传入耳里。梁志坚脑海里瞬间划过百种假设，无一不是最坏的结果：“你怎么了？你说话！不要干傻事！你还有家人需要你！”终于，电话那头传来了李文诺诺的应答声：“坚叔，我不想活了……”梁志坚知道，这一切终归还是来了。

梁志坚和李文在一个艾滋病人救助会上结识，李文看上去和普通人没什么差别，只是时不时地叹息让他整个人显得尤为疲惫，这时的李文已经被病魔缠绕许久了，梁志坚主动和他交谈，了解他的身体状况和家庭情况。梁志坚深深地同情着他，逢年过节总是提着礼物上门去看望他，有相关政策出台，可以领取到补助时，也会让他赶紧申请，并时不时自掏腰包希望能给他生活上带来一些帮助。慢慢地，李文开始信任梁志坚，把他当成自己生活上的朋友、精神上的老师，大事小事总爱打电话和梁志坚说说。梁志坚对他的情况也非常了解，看着他慢慢走出艾滋病的阴霾，梁志坚打从心底为李文感到高兴。只是近半年来，联系的次数越来越少，梁志坚没有多想，只当他开始过上了正常人的生活，打电话时情绪也都调节得不错，然而没想到他终究还是要走上这条不归路。

梁志坚来不及多想，一手抓起车钥匙，一手拿着电话安抚着李文，匆匆套上件大衣就直奔李文所在的村子，途中也不敢停下和李文的谈话，车子到了村子外面卡在了泥坑里，梁志坚将车停在原地，沿着乡间小路狂奔。寂静无声的村子没有一点光亮，梁志坚凭着手机微弱的灯光照着前进的道路，然而连续几天的绵绵细雨让小路上充满了陷阱，行至中途，梁志坚被突然出现的高坎绊倒，跪在了地上，小腿胫骨断裂传来剧烈的疼痛，让梁志坚近乎晕厥，但他甚至不能停下来检查受伤的具体部位，从路旁捡起一根木棍，一瘸一拐地继续赶路。到了李文家，看到李文还活生生地坐在椅子上，手边桌上的百草枯瓶盖还是盖上的，直到那一刻，梁志坚才挂断电话，静静地看着李文。李文看着梁志坚衣衫不整，头发凌乱还滴着雨滴，一条腿以扭曲的姿势立在地板上时，不禁痛哭出声。梁志坚知道，他赢了，李文从此以后都欠他一条命，他不能再随意地赴死了。梁志坚时年61岁。

近年来，梁志坚成了一名名副其实的“红丝带”大使，经常上山下乡探访吸毒者和艾滋病感染者，为艾滋病人找回了失落的“太阳”。近几年，他坚持每月深入娱乐场所发避孕套、接听吸毒者的电话，并与艾滋病患者真诚沟通，让艾滋病人动员健康的亲友捐献骨髓、献血。对于那些需要帮助的人来说，坚叔是个有求必应的人。那一条薄薄的红丝带，象征着梁志坚对艾滋病患者和感染者的关心与支持，象征着他对生命的热爱和对和平的渴望，象征着他要用“心”来参与预防艾滋病的工作。“坚叔”在艾滋病人群中已经不仅仅是一个亲昵的称呼，更给予他们心灵上的救赎。

“最美志愿者”的“义工之家”

2012年，一个暖洋洋的午后，梁志坚像平时一样在办公室接待前来求助的人，不时有工作人员进出办公室交接工作事宜，一派平静而又充满烟火气的景象。这时，红十字会的工作人员冲进了办公室，急切地向梁志坚表示，市里的医院接收了一位大出血的病人，云城区所有的A型备用血源都用上了还是不够，急需有人去献血。梁志坚一听，立马说道自己就是A型血，在前往献血站的路上仔细地询问了病人的具体情况，考虑到病人病情很危急，仅仅抽梁志坚一个人的血肯定是不够的。梁志坚一边在脑海中飞速地筛选着有A型血的人，一边开始往家里打电话，让同样是A型血的夫人把在广州工作、上学的一双儿女叫回来一起去医院献血，自己则让两个同父异母的兄弟前来助力。一双儿女也立即向学校及公司请假赶回云浮，经历长途跋涉，拖着疲惫不堪的身体完成了这场生命接力赛。病人家属对梁志坚一家感激涕零，甚至一度下跪表达难以言表的感恩之心。

人们总是习惯性地把一个好人塑造成孤胆英雄，然而这一套却并不适用于梁志坚，他把自己能十年如一日地坚持红十字志愿服务事业归功于家庭的支持，在他背后，有默默支持他的妻子、女儿、儿子、儿媳。梁志坚自从2006年加入市红十字会以来，12年没收过一分钱的工资，反而是先后把家里两辆车无偿借给红十字会使用，还包揽了所有加油的费用；遇到困难群众，梁志坚也总是自掏腰包捐赠给他们。至今为止，梁志坚的私人捐款数额超7万元，发动周围亲朋好友捐款达60多万元。而梁志坚自己及其家庭过得却略显拮据，他和妻子常教导后辈：“虽然现在的生活条件越来越好了，但是勤俭持家的传统不能丢，要从生活中的每件小事做起。”勤俭节约的意识已深入每一个家庭成员之中，并成为全家人一种良好的生活习惯，他们全家人的洗衣水总是用盆接起来拖地或冲刷厕所，平时注意节约每一度电和每一滴水。对此，家人没有一句怨言，反而对梁志坚选择做志愿者打心眼里佩服和支持。

在梁志坚的带动下，他的妻子、儿子和儿媳先后成为红十字会志愿者，他还动员乡下的两个弟弟和一众亲人加入了红十字会志愿者队伍，成了名副其实的“义工之家”。

梁志坚的“本我”

褪去他那华丽的帮扶履历，你会发现梁志坚也不过是个普通人，不高的个子，黝黑的皮肤、稍显瘦弱的身材和总是笑眯眯的眼睛构成了他给别人的第一印象。他也会因为忙于工作忽略家人而感到愧疚，也会因为路上的陌生人唤他一声“坚叔”感到小小自豪，也会因为听到求助者的事迹而热泪盈眶，这么一个平凡而又非凡的人带给身边人的感动又何止一二。

2005年，50岁的梁志坚从一家国营的建筑公司下岗了，这对梁志坚并没有造成多大的影响，从13岁开始工作至今已经37年了，从粮站到建筑公司他都投入自己最大的精力去完成一切交付给他的工作，所以他无愧于心，无愧于行，甚至还有一丝丝的窃喜，忙碌了半辈子，终于可以静下心来思考自己到底要做什么。这时，好几个公司都向梁志坚抛出了橄榄枝，其中一个石材公司给梁志坚开出了3000多元的工资，犹豫再三，梁志坚还是拒绝了。他这一生受到了太多人的帮助，能把剩下的全部生命，投入反馈社会中多好……

梁志坚是“吃百家饭”长大的。梁志坚读小学三年级时，唯一亲人奶奶与世长辞，留下他和一双弟妹成了孤儿，他就是靠着自己去南山河边挑沙填河，及周围街坊邻居的帮助下成长起来的。13岁，梁志坚从小学毕业，一时间有些茫然，不知该何去何从。这时听到粮食局的员工们集体投票推荐他去粮站工作，这些无不是政府和乡邻对他的特殊照顾，梁志坚铭记于心。现在机会来了，2006年梁志坚推掉了所有工作邀请，加入了红十字会，成为一名志愿者，积极用自身的力量，造福乡梓。他给南山社区的邻居老太太送去食物和生活必需品，逢年过节也把老太太接到家里吃饭聊天，老太太去世前，嘴里还在念叨着梁志坚的名字，想要再看一眼这个自己照顾过，也照顾过自己的孩子；发起筹备“红十字志愿企业家服务队”，得到了30多名企业家的响应，并在援助罗定市古薄塘小学修缮校舍和救助贫困学生中发挥了作用；多举齐下募集市民的富余物品，免费供应给需要救助的人，为“扶贫双到”摸索一条融会贯通于百姓日常生活又可持续运作的新模式……

梁志坚是“爱心爸爸”，是“坚叔”，是“最美志愿者”，更是最真的“梁志坚”，不求名扬四海，但求无愧于心。

2018 年 11 月

醉心民间文学60年

罗荣南

认识叶旭明，是在1995年3月。这天上午，县里召开一个会议，县政协安排叶旭明参加，县委宣传部安排笔者参加。笔者当时调入县委宣传部不久，坐在他旁边，见他是个陌生面孔，于是跟他聊了几句，才知道他原来是笔者早已在报纸杂志上熟悉名字却从未谋面的艺术多面手叶旭明先生。

从此，笔者与叶旭明常有来往，话题多是文学、民间艺术，偶然也会谈及他最先出道的拿手好戏——漫画创作。

在20世纪90年代期间，叶旭明在县政协从事文史资料收集、整理与研究工作。其间，他的业绩贯以“硕果累累”应该毫不为过。他除了编辑出版《郁南文史》之外，还积极收集撰写民间文学、民俗文化等方面的著作，并在国家正规出版社出版后获奖，其中《考试趣话》获广东省首届民间文艺著作一等奖，《古今中外婚俗奇谈》获广东省第四届鲁迅文艺三等奖，《肇庆民间楹联话》获广东省第四届鲁迅文艺三等奖，《西江饮食文化》获广东省民俗论文二等奖，《山村拾韵》获全国首届微型文学作品大奖赛三等奖。其小传收入《中国专家人才库》《中国当代文艺名人辞典》等。他还与崔风合著撰写了描绘本县抗日战争、解放战争为背景的长篇小说《山城风火》，描写本县籍抗日英烈蔡朝昆生平传记文学《蔡朝焜传》等。

叶旭明在民间文学方面研究与写作有这么深的造诣，靠的是什么？是天赋还是仅凭爱好？笔者给他的定性是醉情，至于恰当与否，读者阅过下文应该会给出答案吧！

一

打开云浮市地图，在南江流域的郁南县连滩镇上桥村，这是个渺小得几乎看不到的小山村。这个小山村，20世纪40年代初已是一片清泉滋润的绿洲，四面环山，树木成荫，风景秀丽。这里的人家大都姓叶，屋子全都建在这一带的小盘地上。村庄入口有座无名山，无名山上有座天池庵，顾名思义，能称天池，美之难尽。无名山山峦滴翠，松涛轻吟，天池庵素雅庄重，使人清心寡欲。

村庄山旁，有条小河，河边周围是稻田，风景秀美，水似碧罗带，稻若绿绒毯，如诗如画……

1944年10月的一天，一声婴儿的啼哭打破了这个小山村的寂静——一个幼小的生命在这里诞生了，他是谁？就是本文的主人公叶旭明先生。他的父母目睹这个身子细小孱弱的小男孩，有喜又有忧，喜的是是个男孩子，忧的是身子这么孱弱，能否长大成人还是个未知数，即使长大了，怎能干得了农活?

谁知，世事往往出人意料，叶旭明不但精乖伶俐，而且像荒野上的小草般茁壮成长……

光阴似箭，日月如梭，叶旭明很快步入6岁的童年。他的爷爷、奶奶、父亲、母亲都是有点文化的人，谈吐较为风趣。因此，从懂事起，他就常听各种各样的故事，如《人熊婆》《人心不足蛇吞象》等本土的民间故事，有时候还躺在父母亲的怀抱里学唱《月光光》《鸡公仔》等粤语儿歌……

上桥这个小山村，不但自然景色美丽，而且小鸟、松鼠、野兔、蛇、虫、蚁等小动物也常与人为伴，这些动物的举动，在幼小的叶旭明心灵引起巨大震撼，他想：要把它们形象永远定格在纸上有多好啊！画，要用纸把这些活泼可爱的小动物画出来！就这样，在他幼小的心灵深处萌发了绘画……

读小学五年级时，叶旭明的父亲在连滩镇街边开了间经营布匹的小商店，他有幸从乡村来到了圩镇上，成了人人仰慕的“街边仔”。然而，他的“身份”虽然变了，可绘画的“怪癖”却始终如一。他成了“街边仔”，生活富有了吗?不，只能基本解决温饱，他每天上学的早餐钱只有5分钱，再没零用钱了。爱好绘画的人都知道，这项艺术是要花费的，比如买连环画之类的书、蜡笔、水彩、纸张等等。没钱怎么办?他只好选择饿肚子——不吃早餐，把早餐钱积攒起来买绘画用品。

就这样，叶旭明的早餐钱变成了一幅又一幅画作……

当然，叶旭明当时绘画，不是孤军作战，而是有几个画伴，如罗觉强、邱可国等人，罗觉强的父亲还是个画家哩，还常常指点叶旭明。有一次，他临摹的一幅中国画《三鱼图》，深得罗觉强父亲赞赏。

叶旭明的美术天赋，在小学时期还得到美术老师谢炳榕、余伟宗的赏识，每次学校出墙报、搞展览等，都会给足他施展才华的机会。

叶旭明这人，无论在什么场合，一画起画来就什么都不顾了，称他为画痴也毫不为过。不知有过多少次，一画起画来竟然忘了下课，直到教室寂静得只能听到他画画的笔尖发出的沙沙声，肚子饿都置之脑后……

在读初中期间，叶旭明已是一个名声在外的小画家了。特别是得到了梁允康、王毓国老师的教导，深刻认识了美术范畴中素描这门基础课，狠下苦功练好素描基础。

1966年5月，叶旭明决定读完初中就报考美术学院，因为那时候国家包分配，一毕业的身份就是国家干部了，农村穷人的孩子早当家，多威风啊。于是，他踏上了前往广州应考的征途……

考完试，叶旭明感觉挺好，有三只手指夹田螺——十拿九稳的信心。而他的恩师、同学乃至熟悉他的人，都以为他能进入美术学院深造了。

果然不出所料，没多久，他就收到了“苏州纺织工学院美术设计专业”的录取通知书，那时候高兴的程度就甭提了……

二

谁知，叶旭明只高兴了一阵子——一场史无前例的“文化大革命”席卷全国，就在准备入学的前几天，这张用辛勤劳动换来的录取通知书顿时变成了废纸——学校停课不再招生了。此时此刻，他那灼热的红心顿时降到了冰点，双眼望着那份录取通知书，两行泪水像断线的珠子般往下淌……

不知过了多久，他带着受了巨伤的心灵漫步南江河畔，用那双忧伤的眼神望着缓缓流淌的南江河水，禁不住叹息：人生的经历像一条河啊，有时轻波细浪地漂流，有时汹涌澎湃地起伏，没有尽头……

在回家的路上，他还想起曾听过和从书报上看过的那些大画家的成才故事……

正因为他把自己比作河水，所以在挫折面前不但不低头，而且更要勇往直前。于是，他挺起胸膛，擦干眼泪，暗暗发誓：我进不了美术学校，靠自学也要闯出一条画画的成功之路。

没几天，他的心情恢复了平静，又像平常那样画这画那了……

可是，人生的道路不是一帆风顺的，而是艰难曲折的，有时甚至是残酷无情的。

他进不了美术学校，当然要出来工作的，干什么呢？为了赚钱，先后与他人联合开过镜画店、折扇厂、缝过衣服，但都因种种原因而告终。

1967年初的一天，他获悉“肇庆西江船厂”招工，抱着进城市的心态应聘。谁知，进厂后，分配给自己干的是“泥水佬”活儿（即泥水工）。这工种，在建筑行业中是最低下的工种。每天在烈日下，师傅喊要什么就要拿什么给他，如要灰砂浆就拿灰砂浆，要砖就拿砖……在建筑工地上一身汗一身水地来回奔跑。一连干了几天后，累得像散了架似的，难道甘心就这样丢掉了画笔？不，画画是我的爱好、我的事业，不能丢弃，我要继续画画，我要圆画家梦……他的心总是这样想。可是，光凭想是不行的。他再度陷入了人生旅途的迷惘之中……

功夫不负有心人，机会总是向勤奋和无私奉献的人招手。一天，他偶然发现工程队驻地墙上画的毛主席像较为细小，而且是从印刷画像复制而成的，极不显眼。这墙壁要是画幅大的多好啊！他反复思考之后，按捺不住画画的冲动，硬着头皮向厂领导提出自己的建议，同时“毛遂自荐”由自己动手画。领导满脸疑惑地望了望他，心想：你这双拌水泥砂浆、搬运砖头的手能画画？最后，领导还是被他的坚定与自信征服了，表态让他试试看。

画这幅较大毛主席像，需要用布料托底，他想向领导提出买布料，可转念一想：又给领导添麻烦，万一领导不同意怎么办？画这幅画岂不变成了泡影？他深思熟虑之后，决定自掏腰包，自己出布票买布料。仅半个月工余时间，将一幅大型的毛主席画像画完了，在几个工友的帮忙下，工整地挂在墙上。

哗，逼真，太逼真了！出自哪个大画家之手啊？路过的人见了，都情不自禁地赞叹。

一幅画作改变了命运。第二天，他被抽调到厂里去了，主要任务是画各种各样的宣传画，写毛主席语录、标语口号等等。

紧接着，叶旭明的画画特长名声渐远了。肇庆地委、高要武装部等重要部门，争先恐后地“借”他去画画，简直是个画画宠儿……

过了两年，厂里鉴于他出色的表现，决定给他转为正式工人。

可是，当厂里派人“政审”时，当地有领导说他出身于“资产阶级家庭”，不同意在他的转正“政审”材料上盖章及签名。

他，就这样告别了干了三年的临时工，回到了原籍。此时此刻，他仿如从天堂瞬间掉进地狱。

天啊，我的命运为什么这么坎坷？他不禁仰天长叹……

三

叶旭明的“劳改”（当时叫劳动改造），就得从1969年初说起。他从西江造船厂转正式工不成而解雇回乡后，真是“屋漏偏逢连夜雨”，也许是他父亲在街上开了个小小的缝衣服档口吧，被当成了“资产阶级”家庭，他自然成了“资产阶级”的儿子。紧接着，回乡参加生产队干农活有他的份，与“五类”分子一起参加“锻炼”“劳改”等劳动的名目少不了他的身影……

他面对坎坷的命运，面对极其艰苦的环境，不是自暴自弃，更不是愤世嫉俗，而是像大石压顶的春笋那样，拼命地寻求一条求生与成长之路。

艺术创作灵感来源于生活，在边远偏僻的迳深坑小山村劳动中，工作之余只能观山赏花，听鸟语虫鸣，或是胡思乱想……这一切，对于充满艺术细胞的他来说，是灵感的飞跃。因此，环境促使他除了画画之外，还结合当时的需要写些快板剧、诗歌等，鼓足勇气投寄到省内的报纸杂志。不久，他根据劳动工地上的好人好事创作而成的快板剧《三老战荒山》、群口词《革命》，在连滩戏院连演多场很受欢迎。时任中共郁南县革命委员会政工组下属的毛泽东思想宣传站创作骨干陈良佳来访，看完演出后即索要剧本，很快在郁南县办的唯一刊物《工农兵文艺》上发表。从此，他在艺术的道路上又多了一项——文学创作。

大约过了半年，连滩的乡村小学缺乏教师，需要民办教师补充。他当时已是一个当地闻名的青年文化人，成了首选人物。就这样，他从“资产阶级”出身的“劳改”青年摇身一变，以“改造好了的资产阶级青年”身份成了堂堂正正为人师表的教师。

叶旭明当民办教师，一干就是三年多。其间，他在教好书的工作之余，仍然坚持画画与写作，且常有作品在《南方日报》《羊城晚报》《肇庆报》《西江文艺》等报纸杂志上发表。与此同时，他还积极义务撰写当地文艺宣传队演出的剧本。因他编写的剧本思想性、艺术性强，颇受观众欢迎，又多次参加县的各种文艺会演获奖，他自然成了文化名人。

1972年9月，叶旭明的艺术成果终于得到社会认可，郁南县宣传文化部门破格把他调到县毛泽东思想宣传站，专门从事美术工作。可以说，从此他真正走上了艺术之路。

没多久，他与傅汉明合作的漫画《南越传奇》，与杨植雨合作的剪纸《新苗》《红色娘子军》，本人单独创作的国画《创业者》《白描插图》《雏鹰展翅》等美术作品在肇庆地区展出并获奖。同时，他创作的文学作品也陆续发表，可谓美术、文学双丰收。

时光很快到了1976年中旬，他在美术方面又出现一个大飞跃：拜剧团美术大师关振东为师——学习舞台布景设计。不久，关振东调回广州市粤剧团，他自然成了舞台设计的顶梁柱。其间，他主要的舞台设计有《沙家浜》《杜鹃山》《小刀会》等等，有的参加肇庆地区文艺会演获过奖励。

叶旭明在美术的道路上行走，走过的里程虽然不算漫长，但艰难曲折与险阻的程度是令人难以想象的。后来，每当有人与他谈到艺术上的成功之路时，他总是颇有感慨地说："这一切，关键是年青时候'劳改'改出来的结果，要是没有'劳改'这段艰辛经历，也许我的艺术事业中途而废了。"

四

在20世纪70年代末之前，叶旭明在美术、文学创作方面已颇有建树，之后为什么痴恋了民间文学呢？他回忆说：主要原因是儿童时期受到老辈的熏陶，常讲些民间故事、童谣等等；再加上到了1981年中旬，由于剧团逐渐转营，他从剧团调到县文化馆创作组专门从事创作工作。从此，他在艺术道路上又多了民间艺术的门类。

先说民间文学吧，别以为民间的东西就档次低，其实是深不可测的。比如民间故事，不少人在平时虽然都能说，甚至有的说起来滔滔不绝，但真正形成文字就不容易了。可是，他在这方面怎会成为拿手好戏的呢？言简意赅地概括：勤奋、执着、肯干、奉献。每逢与他谈到艺术创作时，他总是口里不离这句话：靠吃老本、吃现成饭，文艺的生命不能维持多久；要使自己立于不败之地，就得恪守前人“学海无涯苦作舟”的治学之道，艺术之路只有起点没有止点。是的，他这样说又这样做。1983年至1989年期间，他先后参加了《鸭绿江》文艺杂志函授创作中心、上海电影电视文学剧本创作函授班、上海市集美文化服务公司广告装潢函授班、沈阳通俗文学函授培训学校、中国楹联函授学院、中国逻辑与语言函授大学写作专业班等学习，并获得毕（结）业证书。与此同时，他边学习边创作，他编著的长达28万字的《古今中外婚俗奇谈》一书，于1986年3月第二次出版全国发行，荣获1986年至1987年广东省优秀社会科学研究成果科普著作三等奖。1987年，他肩负民间文学三套集成的副主编兼《郁南歌谣资料》主编工作，既写又编，在肇庆市率先完成任务。

楹联的学习与研究，也是他的拿手好戏，他坚持“收集、整理、创新”三结合。收集，他的足迹踏遍郁南大部分地方，以“三勤”（脚勤、口勤、手勤）著称，历时五载，三易其稿，一本30多万字的《郁南古今趣谈》于1989年6月出版发行。对于这本书，中山大学教授叶春生、中国楹联学会副会长常江、中国楹联学会理事唐意成等专家学者给予高度评价。

写小说和诗歌，对他来说也是件其乐无穷的事情，天马行空，独来独往，任其虚构，想怎么说就怎么说，想怎么写就怎么写……他一心扑在创作上，一写起来就废寝忘食，甚至忘掉一切……

是的，作为一个作家，叶旭明不仅具备观察生活敏锐的眼力，判断是非的准确思维能力，汹涌澎湃的创作激情和他那无法不关心政治、无法不关心社会、无法不关心老百姓喜怒哀乐和命运的创作良心，而且还具备了娴熟运用文艺表现技巧的艺术才华。因此，他在广东和云浮市的文坛上拥有自己的一席之地。他分别加入广东省作家协会、戏剧家协会、民间文艺家协会、楹联学会等等。至目前，他在全国30多家省级以上的报刊上发表文学作品300万字，搜集整理出版的《考场趣闻录》《广东婚俗录》等10册200多万字。由于他的创作成就和影响，《西江日报》、《云浮日报》、云浮电视台等新闻媒体曾多次介绍过他的文艺创作成果。

更为可嘉的是，叶旭明于2002年初退休后，仍然坚持艺术创作，先后被云浮市非物质文化遗产保护办公室聘请，担任资料的整理、重要文稿的撰写等。他在云浮市电视台主持过《趣联故事》200集、《俚语故事》100集，深受广大观众好评，被云浮市民称为“故事大王”。

叶旭明在文学的田野上继续勤奋耕耘，他说他早已过了“古稀”之年，要在有限的生命里，再增一分热，再发一分光。

2017 年 12 月

后　记

春潮起大江，潮头有云浮。

改革开放40年，广东得风气之先，成为改革开放的排头兵、先行地、实验区。云浮紧跟全省改革开放的步伐，发扬“敢为天下先”的精神，砥砺奋进，谱写了独具特色的云浮篇章。在改革开放40周年之际，我们有责任将改革开放40年中的云浮发展变化，通过众多的云浮人物写出来，以人系事，以事感人，进一步反映云浮改革开放40年取得的巨大成就，展示云浮人民开拓创新的艰辛历程、情怀，讲好云浮故事，传播云浮声音，从而进一步激发云浮人民的斗志，启迪我们改革开放不停步、改革开放再出发，这是有重要意义的。

由中共云浮市委宣传部主持编写的这部报告文学集《云浮故事》，是值得阅读的。收集在其中的40位云浮人物，既有陈开枝、傅廷栋、陈昌立这样的杰出乡贤，他们为了爱国爱乡、奉献奋斗，书写了人生的传奇；也有李连庆、温鹏程、区秀明这样的创业先锋，他们在改革开放的追梦路上，不断进取，矢志不渝，成为学习的标杆；也有曾思妮、李冠芬、梁瑞伟这样的行业精英，他们在本领域、本行业积极创新创造，做出了积极的贡献；也有张社会、刘水娇、张昆生这样的云浮好人，他们扎根云浮，献身家乡，用他们的爱心感天动地。书中这些立体生动的人物形象，展现了云浮改革开放的精神风貌，通过他们的正能量温暖了全社会，从而为云浮高质量发展、全面建设小康社会营造了良好的舆论氛围。

《云浮故事》的创作，是一项紧张而艰巨的工作。承担具体工作任务的云浮日报社、云浮市作家协会积极筹划，组织动员了30多位作家及作者进行了两年多的采访、创作，并按期拿出了稿件。随后，组织专人进行了修改完善。

需要说明的是，报告文学中的人物名单，几经筛选。可以说，本书中的人物，是云浮成千上万人的代表。

感谢南方日报出版社社长周山丹的亲自把关。感谢责任编辑付惠平女士的精心编校，在最短的时间内完成本书的排版与付印。

感谢所有支持本书的人们。

编者

2018年12月28日